LOCUS

LOCUS

LOCUS

to

fiction

to 091
逃離與留下
Storia di chi fugge e di chi resta
作者：艾琳娜・斐蘭德（Elena Ferrante）
譯者：李靜宜
責任編輯：翁淑靜　封面設計：林育鋒
內頁排版：洪素貞　校對：陳錦輝
出版者：大塊文化出版股份有限公司
台北市10550南京東路四段25號11樓
www.locuspublishing.com

讀者服務專線：0800-006689
TEL：(02)87123898　FAX：(02)87123897
郵撥帳號：18955675　戶名：大塊文化出版股份有限公司
法律顧問：董安丹律師、顧慕堯律師

總經銷：大和書報圖書股份有限公司
地址：新北市新莊區五工五路2號
TEL：(02) 89902588　FAX：(02) 22901658
初版一刷：2017年9月
定價：新台幣380元
Printed in Taiwan

Storia di chi fugge e di chi resta

逃離與留下

艾琳娜・斐蘭德（Elena Ferrante）著
李靜宜　譯

人物索引與前兩集情節摘要

瑟魯羅家族（鞋匠家）

費南多．瑟魯羅：鞋匠，莉拉之父。

倫吉雅．瑟魯羅：莉拉之母。和女兒很親，但無力支持她對抗父親。

拉菲葉拉．瑟魯羅：又稱「莉娜」或「莉拉」。出生於一九四四年八月，六十六歲時從那不勒斯消失，沒留下一絲線索。她是聰慧的學生，十歲時寫了一篇小說《藍仙子》。小學畢業後即未升學，學習當鞋匠。她很年輕就嫁給斯岱方諾．卡拉西，先是管理新社區的雜貨店，接著掌理位於馬提尼廣場的鞋店，都非常成功。在伊斯基亞島度假時，她愛上尼諾．薩拉托爾，離開丈夫。後來與尼諾關係破裂，生下兒子傑納諾（小名叫黎諾）之後，莉拉發現斯岱方諾讓艾達．卡普西歐懷孕，便堅決與他斷絕關係。她和恩佐．史坎諾搬到特杜西歐的聖吉瓦尼，開始在布魯諾．蘇卡佛的香腸工廠工作。

黎諾．瑟魯羅：莉拉的哥哥，也是鞋匠。借助莉拉的能力和斯岱方諾．卡拉西的財力，他與父親費南多創設瑟魯羅鞋廠。他與斯岱方諾的妹妹琵露希雅訂婚。莉拉的兒子也以他的名字命名。

其他子女。

格瑞柯家族（門房家）

艾琳娜・格瑞柯：也叫「琳諾希亞」或「小琳」。一九四四年八月出生，是我們目前所讀的這部長篇故事的作者。她在得知童年好友莉拉（別人都叫她莉娜）失蹤之後開始動筆。小學畢業後，艾琳娜繼續升學，表現越來越好。高中時期和宗教老師因為聖靈的問題發生衝突，但因她自己的能力，以及嘉利亞妮老師的保護，得以安然無恙。她從童年時期就偷偷愛著尼諾・薩拉托爾，在他的邀稿之下，她借助莉拉的協助，把和宗教老師的衝突寫成文章，但最後卻未能在尼諾寫稿的雜誌刊登。艾琳娜成績優異，從比薩的師範大學取得學位，並與彼耶特洛・艾羅塔訂婚。後來把街坊的生活與她在伊斯基亞島的青春經驗寫成小說，出版成書。

派普、紀亞尼和艾莉莎：艾琳娜的弟弟妹妹。

父親是市政廳的門房。

母親是家庭主婦，她的跛腳是艾琳娜始終揮之不去的陰影。

卡拉西家族（阿基里閣下家）

阿基里・卡拉西閣下：童話故事裡的食人魔，從事黑市買賣，高利貸鯊魚。被謀殺身亡。

瑪麗亞·卡拉西：阿基里閣下之妻。斯岱方諾、琵露希雅、埃爾范索之母。在家裡經營的雜貨店工作。

斯岱方諾·卡拉西：阿基里閣下的長子，莉拉之夫。掌理父親攢下的產業，旗下兩家雜貨店生意興隆，並與梭拉朗兄弟在馬提尼廣場合開鞋店。因為和莉拉的婚姻生活波濤不斷，他和艾達·卡普西歐有了婚外情。在艾達懷孕後，兩人同居，而莉拉則搬到特杜西歐的聖吉瓦尼。

琵露希雅·卡拉西：阿基里閣下女兒。在雜貨店工作，嫁給莉拉的哥哥黎諾，生下兒子費南多。

埃爾范索·卡拉西：阿基里閣下的次子，是艾琳娜的同學，也是瑪麗莎·薩拉托爾的男朋友，後成為馬提尼廣場鞋店的店長。

佩盧索家族（木匠家）

艾佛瑞多·佩盧索：木匠，共產黨員，被控謀殺阿基里閣下，遭判刑入獄，死於獄中。

姬塞琵娜·佩盧索：艾佛瑞多之妻，以前在香菸工廠工作，盡心盡力照顧兒女與服刑的丈夫。在丈夫死後，自殺身亡。

帕斯蓋·佩盧索：艾佛瑞多與姬塞琵娜的長子，建築工人，主戰派共產黨員。他是第一個驚豔於莉拉之美，對她表達愛意的人。他厭恨梭拉朗兄弟，曾是艾達·卡普西歐的男友。

卡梅拉・佩盧索：也叫作「卡門」，帕斯蓋的妹妹，在日用品店當店員，後來被莉拉延攬到雜貨店工作。她曾是恩佐・史坎納的女友，但他在退伍之後，沒來由地離開她。她後來與通衢大道的加油站老闆訂婚。

其他子女。

卡普西歐家族（瘋寡婦家）

玫利娜：莉拉媽媽的親戚，發瘋的寡婦。在舊街坊公寓清洗樓梯維生，曾是唐納托・薩拉托爾，也就是尼諾父親的情婦。薩拉托爾家因為這段婚外情而搬離街坊，玫利娜因此發瘋。

玫利娜的丈夫：果菜市場的搬運工，死亡的原因神祕難解。

艾達・卡普西歐：玫利娜的女兒。幫母親清洗樓梯，在莉拉協助下，受雇於卡拉西雜貨店。她是帕斯蓋・佩盧索的女友，後來成為斯岱方諾・卡拉西的情婦，在懷孕後，搬去與他同居。兩人生下女兒瑪麗亞。

安東尼奧・卡普西歐：艾達的哥哥，技工。他是艾琳娜的男朋友，非常嫉妒尼諾・薩拉托爾。因為他極為擔心被徵召入伍，艾琳娜去找梭拉朗兄弟幫忙，他覺得深受羞辱，而與艾琳娜分手。服役期間精神崩潰，提早退伍。回到街坊之後，迫於貧困，而為米凱爾・梭拉朗工作，後來被派到德國長期從事神祕任務。

其他子女。

薩拉托爾家族（鐵路局員工詩人家）

唐納托．薩拉托爾：火車服務員，詩人，記者。愛捻花惹草，為玫利娜．卡普西歐的情人。艾琳娜到伊斯基亞島度假時，因為他的性騷擾而不得不匆匆逃離。然而隔年夏天，艾琳娜卻因為莉拉與尼諾戀情的刺激，在海灘上獻身於他。為了驅除這斷羞辱的經驗，艾琳娜寫成小說，並出版成書。

麗狄亞．薩拉托爾：唐納托之妻。

尼諾．薩拉托爾：唐納托與麗狄亞五個子女中的長子。他痛恨父親，也是位出色的學生，與莉拉有段隱密的長期戀情。莉拉懷孕之後，兩人曾短期同居。

瑪麗莎．薩拉托爾：尼諾的妹妹，埃爾范索．卡拉西的女朋友。

皮諾、克蕾莉亞、希洛：唐納托與麗狄亞的另三個子女。

史坎諾家族（蔬果販子家）

尼寇拉．史坎諾：蔬果販子，死於肺炎。

阿珊塔．史坎諾：尼寇拉之妻，死於癌症。

恩佐．史坎諾：尼寇拉與阿珊塔之子，也是蔬果販子。莉拉從小就對他有好感。他與卡門．佩魯索維持了很長一段時間的情侶關係，但退伍之後，沒來由地和她分手。

服役期間，他重拾學業，取得工程文憑。莉拉決定離開斯岱方諾時，他扛起照顧她和她兒子的責任，三人一起移居特杜西歐的聖吉瓦尼。

其他子女。

梭拉朗家族（梭拉朗酒館糕點店老闆家）

席威歐．梭拉朗：酒館與糕點店老闆，黑幫老大，掌控街坊的非法交易。他反對瑟魯羅鞋廠。

曼紐拉．梭拉朗：席威歐之妻，放高利貸，街坊都怕她的紅色帳本。

馬歇羅與米凱爾：席威歐曼紐拉之子。自誇自大，但街坊的女生卻都愛他們，除了莉拉與艾琳娜之外。馬歇羅愛上莉拉，但她不要他。弟弟米凱爾比較冷酷，也比較聰明，比較暴力。他和糕餅師傅的女兒姬俐歐拉訂婚，卻迷戀莉拉。

斯帕努羅家族（糕點師傅家）

斯帕努羅先生：梭拉朗酒館糕點店的糕點師傅。

蘿莎．斯帕努羅：糕點師傅之妻。

姬俐歐拉．斯帕努羅：糕點師傅之女，與米凱爾．梭拉朗訂婚。

其他子女。

艾羅塔家族

吉鐸・艾羅塔：希臘文學教授。

瑷黛兒・艾羅塔：他的妻子，為米蘭的出版社工作。那家出版社後來出版了艾琳娜的小說。

梅麗雅羅莎・艾羅塔：長女，米蘭的藝術史教授。

彼耶特洛・艾羅塔：艾琳娜的大學同學與未婚夫，學術生涯前景看好。

老師

費拉洛老師：老師，也是管理圖書館，曾頒獎表揚莉拉和艾琳娜喜愛閱讀。

奧麗維洛老師：是第一位察覺莉拉與艾琳娜潛力的老師。莉拉寫出《藍仙子》之後，非常喜歡的艾琳娜拿去給老師看。但老師很生氣，因為莉拉父母不肯讓女兒上中學，所以對這篇小說不置一詞。事實上，她不再關心莉拉，只把注意力集中在督促艾琳娜追求成就。後來長期臥病，在艾琳娜大學畢業後不久病逝。

澤拉西教授：高中老師。

嘉利亞妮教授：高中老師。她很有教養，也是個共產黨員。艾琳娜的聰慧立即吸引她。她借書給艾琳娜，在艾琳娜與宗教老師發生衝突時，也出面保護。同時邀請艾琳娜到家裡參加兒女舉辦的派對。但在尼諾因為愛上莉拉而與她女兒娜笛雅分手之後，就疏遠艾琳娜。

其他角色

季諾：藥師之子。艾琳娜的第一個男友。

妮拉．因卡多：奧麗維洛老師的表妹，住在伊斯基亞島，夏季把房子分租給薩拉托爾家。艾琳娜有年夏天住在她海邊的家。

亞曼多：醫學院學生，嘉利亞妮老師之子。

娜笛雅：學生，嘉利亞妮老師之女，尼諾的女友。尼諾在伊斯基亞島與莉拉陷入熱戀，寄給她一封分手信。

布魯諾．蘇卡佛：尼諾．薩拉托爾的朋友，是那不勒斯附近，特杜西歐的聖吉瓦尼的富商之子。他在他家經營的香腸工廠給莉拉一份工作。

法蘭柯．馬利：學生，是艾琳娜剛到比薩師範大學唸書時的男朋友。

1

我最後一次見到莉拉是在五年前，二〇〇五年的冬天。那天一大早，我們沿著通衢大道散步，就像在這之前好幾年來一樣，兩人都覺得不太自在。大部分時間都是我在講話，我記得。她只哼哼啊啊的，一面和不理會她的人打招呼，偶爾幾次打斷我，也都只是發出驚呼聲，而且和我講的話沒有什麼明顯的關聯。這些年來發生太多壞事，有些甚至很可怕，為了重拾往日的親密關係，我們必須講出心中隱藏的祕密心事，但我沒有力氣去找話來說，而她雖然可能有力氣，卻沒有欲望想講，因為不覺得講了有什麼用。

然而我還是很愛她，只要回到那不勒斯，我總會想辦法去看她，儘管我不得不承認，我有點怕她。她變了很多。當時我們都有了年歲，但在我慢慢變胖的同時，她卻永遠還是那麼瘦。她的短髮是她自己動手剪的，滿頭白，不是因為她刻意如此，而是疏於照顧。她臉上皺紋很多，而且越來越像她父親；笑聲神經兮兮的，簡直像尖叫，講話的聲音也太大。此外，她講起話來也總是比手畫腳，每個手勢都斷然用力，看起活像是要把房子、街道、行人和我切成兩半似的。

我們走到小學的時候，有個我不認識的年輕人追上我們，上氣不接下氣地對她嚷著說，教堂旁邊的花圃發現了一具女屍。我們匆匆趕到花園，莉拉抓著我擠過群集的好奇旁觀者，粗魯地開出路來。側躺在地的這個女人很胖，身上穿著過時的深綠色風衣。莉拉馬上就認出她來，但我沒有：這是我們的童年好友姬俐歐拉．斯帕努羅，也就是米凱爾．梭拉朗的前妻。

我已經好幾十年沒見過她了。那張漂亮的臉孔已經毀了，腳踝變得很巨大。原本是褐色的頭髮如今是刺眼的紅色，雖然還像以前那樣留得很長，但已經變得稀疏，散落在鬆軟的泥土上。她一腳穿著陳舊的低跟鞋，另一腳是灰色的羊毛褲襪，腳趾部分破了一個大洞，鞋掉在幾公尺之外，彷彿因為疼痛或恐懼而踢掉了。我立時哭了出來，莉拉則用很火大的眼神看我。

我們坐在附近的長椅上，默默等著歐俐姬拉的屍體被運走。她到底出了什麼事，她是怎麼死的，當時大家都還不知道。我們到莉拉家，也就是她爸媽原本住的那幢舊公寓。現在她和兒子黎諾住在這裡。我們談起我們的這個朋友；莉拉對她沒什麼好話，批評她的生活，她的自以為是，她的背叛。我聽不下去。我想起那張側臥在泥土上的臉，那頭稀疏的長髮，那白白的頭皮。和我們一起長大的女孩有多少人已經不在人世，因為疾病，因為她們的神經系統無法承受痛苦折磨，因為她們鮮血流盡，了無生息。有那麼一會兒，我們就這樣無精打采地坐在廚房裡，誰也提不起精神清理餐桌。後來我們就又一起出門了。

冬日晴朗的太陽讓大地萬物顯得一片祥靜。儘管我們都變了，但舊街坊還是和以前一模一樣。低矮的灰色房舍猶在，我們玩遊戲的院子，隧道口，以及暴力，也都還在。但是周圍的環境改變了。一座座綠色的水塘已經不見了，舊罐頭工廠也消失了。取而代之的是閃閃發亮的玻璃摩天大樓，彰顯著以前沒有人相信的燦爛未來。這些年來，我目睹這些改變的發生，有時候非常好奇，但更多時候渾然不在意。小時候，我曾想像街坊之外的那不勒斯充滿各種不可思議的驚奇。例如中央車站旁邊的那幢摩天大樓，許多年前就曾經讓我驚嘆不已。起造的時侯，那一層一層疊高的建築骨架看在我們眼裡非常之高，就在那座野心勃勃的中央車站旁。走過加里波第廣場時，我是多麼驚訝啊：看，這有多高啊。就在我們走向海邊，走到富裕區域周邊時，我對莉拉，對卡門、帕斯蓋、艾達、安東尼奧，對當時所有的同伴說。我心想，大樓頂端住的一定是天使，他們會讓整座城市洋溢喜樂。爬到上面，那騰雲駕霧感——我肯定會滿心歡喜。這是我們的摩天大樓，儘管不在我們的街坊裡，但這是我們一天天看著成長的東西。但那工程停止了。我從比薩回來之後，車站摩天樓不再是個城市復興的象徵，更像是另一個孕育低效能的溫床。

在那段期間，我堅信我們的街坊和那不勒斯並沒有太大的不同，抑鬱不安從這個區域流向另一個區域，毫無阻礙。無論何時回到這裡，我總會發現這城市的懦弱，沒有骨氣，無法承受任何的改變，不管是季節、熱氣、酷寒，或者——尤其是——暴風雨。看看加里波第廣場是怎麼淹大水的，看看博物館對面的美術館是怎麼崩塌的；這裡曾經有過土石流，有過大停電。我記憶深處還牢牢記著那黑漆漆的街道，充滿危險，交通紊亂，路面破碎，處處積水。阻塞的水管破裂，水流得到處都是。山坡上擠滿太多脆弱的新建築，底下被掏空，流下一道道的水、泥流、垃圾和穢物，沖進海裡。人們因輕忽大意，因腐敗貪污，因濫權暴行而喪命，然而在每一次的選舉裡，卻都還是熱心支持那些讓他們日子更加難以忍受的政客。只要一下火車，我就在這座我生長的城市裡步步為營，很小心地只說方言，彷彿要讓大家都知道：我是你們的人，不要傷害我。

大學畢業之後，像彗星爆發一樣，我寫的一部小說在短短幾個月裡意外出版成書，於是我出身的那個世界，對我來說似乎變得更加遙遠。在比薩，在米蘭，我都覺得很自在，有時甚至很快樂。但回到我生長的這個地方，我總是擔心會有不可預期的事情發生，讓我再也無法逃脫，讓我所獲得的一切都被奪走。我可能會再也不找到即將與我結婚的彼耶特洛，我可能會再也進不去那家井然有序的出版社。我可能會再也無法親近優雅的璦黛兒，我未來的婆婆，與我媽媽完全不同的一位母親。我打從過去就覺得那不勒斯很擁擠，從加里波第廣場到佛塞拉、杜崔斯卡、拉文奈歐、拉提菲羅，都非常擁擠。在六〇年代末期，這擁擠的情況似乎格外嚴重，不耐與挑釁也無邊無際地擴散。有一天早上我到梅佐坎農路，很多年前我在這裡的書店打過工。我之所以到這裡來，是想看看我當年辛苦工作的地方，也想看看我沒能上的那所大學。我很想拿這所大學來和我在比薩上的師範大學比較一下，甚至還希望或許能碰到嘉利亞妮老師的子女——亞曼多和娜笛亞——誇耀我現在的成就。但那條街，那所大學的建築都讓我失望。這裡到處是那不勒斯、外省市和整個南方來的年輕人，衣著入時，洋溢自信，也有一些比較粗獷、比較沒那麼出色的人。他們擠在入口和教室裡，吵吵嚷嚷在系祕書面前排起長長的隊伍。毫無來由的，距我身邊幾步的三、四個人開始打起來，彷彿光只看見對方就足以爆發辱罵和拳打腳踢。這些男生用我無法理解的方言忿怒咆哮，不濺血不罷休。我匆忙離去，彷彿在我自認為安全的地方卻碰上了恐怖的事情。

換句話說，情況一年比一年惡化。雨季時，整座城市爆裂開來，老舊的建築傾頹，彷彿有人坐在老舊的椅子上，傾身靠著被蟲蛀朽的扶手，跌了下來。喪命，受傷。咆哮、鬥毆、鞭炮。整座城市彷彿停泊在無法宣洩的忿怒上，因而由內向外爆裂，或者是從表面的膿瘡一一炸裂，那因為蓄積眾人怨毒——孩童、成人、老人、其他城市來的訪客、北約組織的美國人、各種國籍的觀光客和那不勒斯本地人——而腫脹的膿瘡。這麼失序危險的地方，無論城郊、市區、山丘或維蘇威火山腳下都混亂不堪的地方，怎麼有人能受得了呢？特杜西歐的聖吉瓦尼和到那裡去的路程，讓我留下非常不堪的壞印象。莉拉工作的那座工廠多麼野蠻無情。而莉拉自己——莉拉和她的小孩住在破舊的公寓裡，和恩佐住在一起，雖然他們並沒有同床共枕。她說他想研讀電腦，她也努力幫他。我還記得她講話的嗓音，她彷彿想抹去特杜西歐的聖吉瓦尼，抹去薩拉米肉腸、工廠臭味和她的景況，而裝腔作勢地引用縮寫的專有名詞：米蘭國立大學電腦控制學中心、電腦科學之社會科學應用蘇維埃中心。她一心想讓我相信，像這樣的研究中心不久也會在那不勒斯成立。我當時想：在米蘭或許會有，在蘇聯肯定是有的，但在這裡不會有，在這裡有的只是你那無法控制的腦袋想出來的愚蠢夢想，把貧困忠貞的恩佐拉下水的夢想。離開吧。永遠離開，遠離這我們從出生以來一直過著的生活。在井然有序的地方，在一切真正有可能實現的地方安身立命吧。我是逃離了。但是在後來的數十年裡，卻發現我錯了，這只是條鍊圈一圈比一圈大的鎖鍊，我們的街坊連著那不勒斯，那不勒斯連著義大利，義大利連著歐洲，歐洲連著整個地球。我如今已然明白：病入膏肓的不是我們的街坊，不是那不勒斯，是這一整個地球，這一整個宇宙，或無數個宇宙。而所謂的精明就是躲藏，對事物的真相避而不見。

二〇〇五年冬天的那天下午，我和莉拉聊到這個問題，用著強調的語氣，彷彿賠罪似的。我希望能公開承認她打從年輕時就什麼都懂，儘管從未離開那不勒斯。可是我話才出口就覺得羞愧了，我在自己的話裡聽見了急躁不安的悲觀，是年華老去的人會有的悲觀。我知道她也察覺到了。

她臉上是緊張痛苦的微笑，露出一口老朽的牙齒，說：「你這是在假裝無所不知，假道學嗎？你究竟想做什麼？你想寫我們的故事？你想寫我？」

「不是的。」

「說實話。」

「太複雜了。」

「可是你想過了，你現在還在想。」

「是有一點。」

「放過我吧，小琳。放過我們吧。我們必須消失，我們一文不值，不管是姬俐歐拉或我，沒有人值得。」

「才不是這樣的。」

她一臉不滿的醜陋表情，盯著我看，瞳孔幾乎看不見了，嘴唇半張。

「好吧，」她說：「寫吧。你想寫就寫，寫姬俐歐拉，想寫什麼就寫什麼。但是不准寫我，你敢寫試試看。答應我。」

「我誰也不寫，連你也不寫。」

「小心點，我會盯著你。」

「真的？」

「我會查你的電腦，讀你的檔案，刪除掉。」

「少來。」

「你以為我做不到？」

「我知道你做得到。但我可以保護自己。」

她笑了起來，是以前那種刻薄的笑。

「碰到我就不行。」

2

我始終沒忘記那句話，那是她對我說的最後一句話：「碰到我就不行。」好幾個星期以來，我以順暢的節奏寫作，完全沒浪費時間重讀。如果莉拉還活著——我小口喝著咖啡，眺望窗外拍打伊莎貝拉公主橋碼頭的波河想像著——她絕對不容我反抗，逕自搜查我的電腦，讀我寫的東西，這個難搞的老太太肯定會很氣我不聽話，會想要插手干預，想要增刪修改，完全忘了自己一心想要消失。我洗好杯子，回到書桌繼續寫，從四十多年前在米蘭的那個冷冽春日開始寫起。那天，戴厚厚眼鏡的那人當著所有人的面嘲弄我和我的書，我不知所措地回答，渾身顫抖。然後，尼諾·薩拉托爾站了起來，一臉亂七八糟的黑鬍子，讓人幾乎認不出是誰的他，挺身凌厲攻擊那個攻擊我的人。就在這時，我全身的每一個細胞都默默呼喚他的名字——我已經多久沒見到他了，四年，不，五年——儘管我緊張得渾身冰冷，卻覺得自己臉紅了。

尼諾一講完，那人就默默做個手勢，想要回答。他顯然覺得尼諾冒犯他了，但我情緒太過激動，一時之間並不了解原因。我當然很清楚，尼諾的話把整個對話的方向從文學轉向了政治，而且用的是挑釁，甚至近乎不敬的態度。然而我當時並沒有特別在意。我不能挺身為自己辯護，不能在這些通曉世事的聽眾面前有出色的表現，讓我無法原諒自己。然而我有點小聰明。高中的時候，我扭轉劣勢，靠的是模仿嘉利亞妮老師，我學會她講話的口吻，她的遣詞用字。在比薩的時候，光靠這樣一個女性榜樣是不夠的，因為和我打交道的是閱歷極為豐富的人。法蘭柯，彼耶特洛，極其優秀的學生；當然還有師範大學那些聲望卓著的教授，他們用極為繁複的方式表達想法，用精心推敲編織的詞藻寫就文章，這都是嘉利亞妮老師無法做到的。但我想辦法把自己訓練得像他們一樣，而且經常做得很成功：在我看來，我對文字語言的運用已經到了爐火純青的地步，可以情感洋溢、口若懸河地駁倒世上每一個人的反對之論。簡而言之，我現在已經知道如何用口頭的言詞，用書寫的文字——藉由精雕細琢的詞彙、審慎衡酌的節奏、堅毅不撓的立論，以及絕不出錯的井然有序——把對方的銳氣挫減到讓他喪失反駁的意志。但是這天下午，情況的發展並未如我所願。首先，璦黛兒和她那些在我看來極為通達世事的朋友，以及後來的這個戴眼鏡的老先生，都讓我心驚膽跳。我再一次變成出身那不勒斯貧困社區的懷抱渴望的小女孩，講著南方方言的門房之女，來到此地，扮演年輕作家的角色，讓我茫然失措。所以我喪失自信，表現得很沒有信心，毫無邏輯可言。更不要說有尼諾在場。他的出現讓我僅存的最後一絲自制都煙消雲散，而他為我辯護的一字一句，更加證明我已在轉瞬之間失去所有的能力。我們出身的背景並沒有太大的不同，我們都竭盡所能地精進自己的語言能力。如今他不僅能自然流利地駕馭語言，在必要的時候，甚至還能若無其事地放膽在優雅高尚的義大利文裡刻意夾雜一些凌亂，讓其他人的學究口吻顯得不合潮流，甚且還有些可笑。於是，看見批評我的那人又想要開口時，我心想：他是真的很生氣，他剛才對我的書提出了一些惡評，這會兒肯定要講出更惡劣的話來羞辱為我辯護的尼諾了。

但是這人心裡想的並不是這件事，他沒再談起我的書，他完全沒提到我。他在意的是尼諾不經意提及、但重複了好幾遍的幾個詞彙，例如：貴族的傲慢、反威權文學。我這時才意會到，讓他忿怒的是討論的重心轉向政治。他不喜歡這些詞彙，為了強調，他以低沉的聲音甚至嘲諷似地尖起嗓子（這麼說來，如今對知識的引以為傲就是某種虛榮，因此文學也就成為反權威嘍？）。然後他開始意味深長地耍弄「權威」這兩個字。他說，謝天謝地，幸好還有權威可以阻止沒有文化的年輕人，不讓他們用天曉得是大學裡什麼學生運動搞出來的胡言亂語，對所有的事物大放厥詞。他抓住這個話題滔滔不絕，講了好久，而且不是直接對尼諾或我，而是對著聽眾講。然而做結論的時候，他先是衝著坐在我旁邊的這位年老書評家，接著又針對瑷黛兒，因為她或許才是他一開始想要辯駁的真正對象。我對年輕人沒什麼意見，他說，但是對那些受過良好教育的成年人很有意見。他們因為自私自利，總是隨時隨地準備好要跟上所有愚蠢的最新潮流。講到這裡，他沉默下來，準備離開。他沒再說什麼，但一路精神十足地說著：「借過！」「讓讓！」「不好意思！」

眾人站起來讓他走過，頗有敵意，但也畢恭畢敬。我猛然意會到，他必定是個重要人物，重要得連瑷黛兒面對他不懷好意的點頭時，都要親切回答說：「謝謝您，再見。」或許就因為這樣，所以尼諾接下來的舉動讓大家有點驚訝，從他略帶玩笑但不失恭敬的語氣聽來，他很清楚這人是誰，他稱他為教授——教授，您去哪，別走啊。拜一雙靈活長腿之賜，他攔住那人的去路，面對他，換了新的講話口吻，但從我站的地方聽不見，也無法真的理解到底是怎麼回事，但他倆的對話想必如同豔陽下的鋼索那麼熾熱吧。那人靜靜聽了一會兒，沒有不耐的表情，接著伸手做了個讓開的手勢，朝門走去。

3

離開桌旁的我頭暈目眩，努力消化眼前的事實：尼諾真的在這裡，在米蘭，在這個屋子裡。他已朝我走來，面帶微笑，踏著節制、不急不徐的腳步走來。我們握手，他手溫熱，我手冰涼，我們都說這麼久之後再見，真是太好了。我知道這天下午最壞的情況終於過去了，此刻他活生生地站在我面前，緩解了我惡劣的情緒，但沒有減輕我的激動。我把他介紹給好意讚美我作品的那位書評家，說他是我那不勒斯的朋友，也是我的中學學長。這位教授雖然也被尼諾的批評炮火掃到，但彬彬有禮地讚賞他對剛才那人的態度，親切地談起那不勒斯，彷彿把他當成值得鼓勵的優秀學生。尼諾說他在米蘭住了好幾年，主修經濟地理學，屬於——他露出微笑——學術金字塔裡最卑微的那一類，也就是講師。他講得一派愉快，完全沒有年少時那種幾近憂鬱的語氣，我覺得他彷彿已經卸下高中時讓我深受吸引的沉重戰甲，如今他換上了較為輕盈的盔甲，甩掉了不必要的重量，好讓自己可以敏捷優雅地行動。我注意到他手上沒有婚戒，鬆了一口氣。

這時有幾位瑷黛兒的朋友拿書過來請我簽名，讓我很緊張：這是我的第一次。我有點遲疑，不想讓尼諾在我眼前消失，但也想要淡化我在他們眼中的笨拙形象。所以我留他和老教授在一起——這位教授名叫塔拉塔諾——自己禮貌地和讀者打招呼。我想儘快結束簽書，但因為書是新的，還飄著油墨的味道，和莉拉與我從街坊圖書館借出來的臭味舊書很不一樣，讓我很不想用筆弄髒它們。我盡力寫出當年從奧麗維洛老師身上學來的娟秀字體，逐字推敲題詞用語，讓等候的幾個女人很不耐煩。我一面寫，心一面怦怦跳，眼睛還一面盯著尼諾。想到他可能會離開，我就不禁顫抖。

他沒離開。璦黛兒走向他和塔拉塔諾，尼諾充滿自信，但帶著敬意和她交談。我想起他以前在高中的時候，是怎麼在走廊和嘉利亞妮老師講話的，我花了一晌功夫，才把當年那位優秀的高中生和眼前的這個年輕人連在一起。但與此同時，我也不顧一切地拋開他的其他身分，那些無關緊要、只會讓我們都痛苦的身分：在伊斯基亞島的那個大學生，我那位已婚好友的情人，躲在馬提尼廣場那家鞋店廁所裡的無助青年，以及傑納諾從未謀面的父親。莉拉闖進他的生活，肯定讓他偏離正軌，但是——如今看來似乎很明顯——那只是暫時的。無論那段經驗如何刻骨銘心，留下的印記如何深刻，如今都已結束了。尼諾找回理智，我很高興。我心想：我一定要告訴莉拉，我見到他了，而且他很好。接著我又改變心意：不，我不要告訴她。

簽完書之後，聽眾都離開了。璦黛兒輕輕拉起我的手稱讚我，說我把書介紹得很好，也說我把那個戴厚眼鏡男人的粗魯干擾——她是這麼說的——應付得很好。因為我否認自己表現得好（我心知肚明這不是真的），她就要尼諾和塔拉塔諾表示意見，而他們倆都不吝大加美言。尼諾甚至一本正經地看著我說：你們不知道這個女孩在高中的時候是什麼模樣，她聰明得不得了，有涵養，非常勇敢，非常漂亮。就在我覺得自己臉頰發燙的時候，他開始用客氣到誇張程度的口吻說起我多年前和宗教老師起衝突的事。璦黛兒聽得直笑。她說，我們全家人都一眼就看出來艾琳娜的優點。她說她已經在附近的餐廳訂位。我心一驚，很尷尬地說我很累，並不餓，想和尼諾散步一會兒，然後回去睡覺。我知道這樣做很失禮，因為這頓晚餐是為了慶祝我新書出版，也是為了感謝塔拉塔諾教授提供的協助，但我克制不了。璦黛兒用冷冷的眼神看了我一會兒，說她當然也邀我的朋友同行，接著像要補償我的犧牲似的，神祕兮兮地說，她為我在店裡準備了一個驚喜。我不安地看著尼諾：他會接受邀請嗎？他說他不想造成困擾，看看手錶，接受了。

4

我們離開書店。璦黛兒很技巧地和塔拉塔諾走在前面，我和尼諾跟在後面。但我馬上就發現自己不知道該對尼諾說什麼，很怕講出口的每一句話都是錯的。但他沒讓我們之間陷入沉默。他再次稱讚我的書，充滿敬意地談起艾羅塔家族（他說他們是「義大利最有文化教養，最舉足輕重的家族」），他說他認識梅麗雅羅莎（她總是站在第一線，兩個星期之前，我們才有過一次大辯論），他恭喜我，因為聽璦黛兒說我和彼耶特洛訂婚了。他知道彼耶特洛那本討論酒神儀式的書，讓我很驚訝。但他用格外尊敬的語氣談起彼耶特洛的父親，吉鐸．艾羅塔，說他是「真的非常特別的人」。他知道我訂婚的消息，讓我有點不高興，但也讓我很不安，因為對我那本書的讚美，只是個開場白，用來揭開讚美彼特耶洛的整個家族、讚美彼特耶洛那本書的序幕罷了。我打斷他，問起他自己的事，但他含糊其詞，只約略提到說他做一些很無聊但不得不做的事。我追問他，剛到米蘭的時候是不是很難受。他只泛泛提到，從南方來到此地，口袋裡沒有半毛錢，確實碰上一些問題。接著突如其來地問我：

「你現在又回到那不勒斯了？」

「暫時是。」

「在舊街坊？」

「是的。」

「我和我爸徹底絕裂了，我沒見家裡的任何人。」

「太慘了。」

「這樣比較好。我只是很遺憾，沒有莉娜的消息。」

這時我想，我是錯了，莉拉始終沒離開他的生活，他來到書店不是為了我，而是為了打探她的消息。但我對自己說：要是他真的想知道莉拉的消息，這麼多年來早就找到辦法了，我的反應很激烈，用的是想結束話題的嚴厲語氣。

「她離開丈夫，和別人住在一起。」

「她生了兒子還是女兒？」

「兒子。」

他一臉不悅，說：「莉娜很勇敢，簡直是太勇敢了。可是她不知道如何屈服於現實。她無法接受別人，也無法接受她自己。愛上她是很艱苦的經驗。」

「從哪一方面來說？」

「她不知道什麼是奉獻。」

「你或許太誇張了。」

「不，她這個人真的很差勁，不管是心裡或是其他的事情，甚至連性的問題也一樣。」

最後這句話——甚至連性的問題也一樣——比其他話更讓我吃驚。所以尼諾認為他和莉拉的關係是負面的？所以他是不安地對我傾訴，包括性愛在內的看法？我瞪著走在前方的瑷黛兒和她朋友陰暗的輪廓，盯了好幾秒。我意識到甚至連性的問題都一樣只是一個引言，他還想講得更清楚。好幾年前，斯岱方諾在婚後對我坦言，說他和莉拉之間有麻煩，但並沒有提到性的問題。在我們那個街坊裡，沒有人會這樣講自己心愛的女人。比方說，帕斯蓋對我提起和艾達的床事，或更慘的，安東尼奧對卡門或姬俐歐拉談起和我的性事，都是不可想像的。男生或許私底下會聊——他們不喜歡或不再喜歡某個女生之後，就會用很下流的方式來議論——可是男生和女生之間不會談到這個話題。我猜尼諾，這個新尼諾，覺得把他和我朋友的性生活拿出來和我討論是很正常的。我很尷尬，退縮了。我心想，這件事我也絕對不會對莉拉提起，然後裝出漠不關心的樣子東拉西扯：過去的事就讓它過去吧，別這麼傷心，我們聊聊你吧，你現在做什麼研究，你在大學裡的發展如何，你住在哪裡，一個人住嗎？但我肯定是表演得太過火了，他一定察覺到我在閃躲。他露出諷刺的微笑，準備要開口回答。但我們已經走到餐廳門口。我們進去。

5

璦黛兒幫我們排好位子：我坐在尼諾旁邊，對面是塔拉塔諾；她在塔拉塔諾旁邊，對面是尼諾。我們點菜，話題也轉向那個戴眼鏡的男子。我這才知道，他是位義大利文學教授，也是天主教民主黨黨員，固定幫《晚郵報》寫稿。璦黛兒和她的朋友這時百無禁忌。除了在書店的那個場面之外，他們沒能再多說那人的什麼壞話，於是開始恭賀尼諾挺身給那人好好指點一番的態度。他們格外津津樂道尼諾攔住那人去路時所說的話，這一段是他們聽見，而我沒聽見的。他們要他再逐字複述一遍，但尼諾退縮，說他不記得了。但他們還是講了，或許和他當時講的略有出入，但大意是：為了捍衛所有形式的威權，你們擱置了民主。就從這時開始，他們三個越來越熱情激昂地談起社會服務，談起希臘，希臘監獄的刑求，越南，不只在義大利、甚且在全歐洲、全世界出乎預期風起雲湧的學生運動，以及艾羅塔教授發表在《橋》那篇探討大學研究與教學狀況的論文。尼諾說他完全贊成艾羅塔教授的觀點，每一個字都認同。

「我會告訴我女兒說你喜歡。」璦黛兒說：「梅麗雅羅莎覺得那篇很糟。」

「梅麗雅羅莎感到熱情澎湃的，都是這世界所不能給我們的。」

「說得好，她真的就是這樣。」

我對未來公公的那篇論文一無所知。這個話題讓我很不安，我默默聆聽。先是考試，接著是論文，再來是這本書的快速出版，耗掉了我大部分的時間。我對世界大事都只有膚淺的認識，對於學生、示威、衝突、受傷、逮捕、流血幾乎完全不知所以。如今我已離開大學，對於這些混亂局勢的理解都來自於彼耶特洛的牢騷和埋怨，他說那是名副其實的「比薩胡言亂語」。我突然發現自己置身在一個迷離的情境裡，周圍滿滿都是難以理解的數字，不管我的同伴再怎麼精心解釋，我都聽不懂，特別是尼諾說的。我坐在他旁邊，聽他講話，手臂挨著他的手臂，雖然只是衣服的碰觸，但還是讓我很激動。他很愛談數據：他引用了一大堆數字，在大學註冊入學的學生數目，目前已經為數甚多，建築的容量等等；終生職教授實際工作的時數，他們之中有多少人沒投入研究或教學，而是坐在國會、執行委員會，或去做有利可圖的諮詢工作和私人事業。璦黛兒贊同他的看法，她的朋友也是，他們偶爾會打岔，提到我從沒聽過的人。我覺得自己被排除在外。慶祝我的新書出版，不再是他們心中最重要的問題，我婆婆似乎已經忘了她之前說要給我的驚喜了。我說我要離席一下，她心不在焉地點點頭，尼諾繼續熱情洋溢地講。塔拉塔諾一定察覺我感到無聊，用輕得像耳語的聲音親切對我說：

「快點回來喔，我想聽聽你的看法。」

「我沒有看法。」我勉強擠出微笑說。

他也露出微笑，「作家總是可以創造出看法的。」

「也許我根本不是作家。」

「是，你是。」

我去洗手間。尼諾向來有這種能力，一張口就突顯出我的落伍遲鈍。我得要開始唸書，我心想，我怎麼可以任由自己淪落至此？當然，只要我願意，我也是可以假裝內行，假裝熱情洋溢的。但是我不能一直這樣下去，我學了太多無關緊要的東西，真正重要的事情則所知甚少。和法蘭柯的戀情結束之後，他在我心中喚起的，對世界的好奇心，也不復存在了。而我和彼耶特洛訂婚，並不能改善這個狀況，因為我的興趣缺缺，對他來說並不重要。彼耶特洛和他父親、他姊姊、他母親多麼不同啊。而且他和尼諾也極為不同。若是按他的意見，我根本就不會寫這本小說。他對這件事很不滿，彷彿違反了學術規範似的。也或許是我太誇張了，這只是我自己的問題。我的能力太有限，一次只能專注做一件事，其他的事情都必須排除在外。可是我必須改變。在這頓無聊的晚餐之後，我要拉著尼諾，要他陪我散步一整夜，問他我該讀什麼書，看什麼電影，聽什麼音樂。我要挽著他的手臂，告訴他說：我好冷。迷惑的意圖，殘缺不全的邀約。我藏起心裡的苦惱，只對自己說：這或許是我們唯一的機會，明天我就要離開了，我不會再見到他。

我生氣地瞪著鏡子。我的臉看起來疲憊，下巴冒出小青春痘，眼睛周圍一圈黑，預示我經期就要來了。我長得醜，長得矮，胸部又太大。我早就該知道，他不可能喜歡我，他選擇莉拉並不是意外。但結果如何呢？她真的很差勁，甚至連性的問題都一樣，他說。我迴避這個問題是錯的。我應該表現出好奇，讓他繼續講。要是他再提起這件事，我會敞開心胸，說：我得問你，你說女生連性的問題都很差勁，是什麼意思？我會邊笑邊說，以便有必要的時候可以修正自己的說法。應該可以修正吧，誰知道呢。我很厭惡地想起和他父親在馬隆提海灘上發生的事。我想起和法蘭柯在他比薩那間房間的小床上做愛——我是不是做錯了什麼，而他雖然注意到，卻很得體地不對我提起？若是說那天晚上，假設說，我和尼諾上床，我會不會犯下更多錯誤，讓他想：她真的很差勁，就像莉拉一樣，然後背著我對大學裡的其他女生，比方說梅麗雅羅莎，提到我的事？

我醒悟到他這句話很失禮，我應該要反駁的。我應該對他說，從你這錯誤的性行為，你這如今給予負評的經驗裡，孕育出了一個孩子，小傑納諾，非常聰明的孩子。你這樣講很不厚道，你不能把問題簡化成誰很差勁，誰很好。為了你，莉拉毀了她自己的人生。我下定決心：只要擺脫了璦黛兒和她的朋友，讓尼諾送我回旅館的時候，我就要挑起這個話題，這樣告訴他。

走出洗手間，我回到用餐區，發現我不在的這段時間，情況已經改變了。我婆婆一看見我，就對我招手，臉頰發亮，愉快地說：驚喜終於出現了。驚喜就是彼耶特洛。他坐在她旁邊。

6

我未婚夫跳起來，擁我入懷。我從沒對他提起過尼諾。我只約略提過安東尼奧，也提了我和法蘭柯的事，反正那在比薩的學生圈裡早就眾人皆知了。然而我從沒提起過尼諾。因為那是讓我心痛的故事，是我羞於提起的痛苦回憶。要談起這件事，就表示我得承認自己永遠愛著某人，也就等於永遠不可能愛他。而要把事情理出頭緒，講清楚，我就得談起莉拉，談起伊斯基亞島，甚至還得進一步談到我和那個老男人的一夜情，承認我書裡的情節是來自在馬隆提海灘的真實經驗，只因為當時我是個絕望到奮不顧身的女孩，而今，在過了這麼多時日之後，讓我一想起來就滿心厭恨。這是我自己的事。我必須守住自己的祕密。若是彼耶特洛知道，他就會明白為何我沒興高采烈地歡迎他。

他再次落座，坐在桌子的另一側，在他媽媽和尼諾之間。他吃牛排，喝了點葡萄酒，但用警覺的目光看我，注意到我的不開心。他肯定以為是因為他沒及時抵達，錯過了我人生的重要時刻，因為他的輕忽大意可以被解釋成他不愛我，因為他放我一個人置身在陌生人之中，沒有他在身邊撫慰。我很難告訴他，我的臉色不佳，我的沉默不語，恰是因為他沒有乾脆不現身，因為他如今闖入了我和尼諾之間。

而尼諾讓我更加不開心。他坐在我身邊，但沒和我講半句話。彼耶特洛的現身似乎讓他很高興。他為他倒酒，遞菸，點菸。他們一起抽菸，聊起從比薩搭車到米蘭的路途奔波，以及開車的快樂享受。他倆的差異之大，讓我驚訝：尼諾高瘦，嗓音高亢親切；彼耶特洛矮胖，寬大的額頭上有一撮糾結的頭髮，胖胖的臉頰用刮鬍刀刮得乾乾淨淨，嗓音總是壓得低低的。他倆似乎相見甚歡，這在彼耶特洛來說是很不尋常的，因為他通常很含蓄。尼諾追問他，對他的研究課題表現出真誠的興趣（我在某某地方讀過你的一篇論文，拿牛奶與蜂蜜來和酒比較，談到各種不同的酒醉），要他多談談。於是我這位向來不談這個話題的未婚夫屈服了，談笑風生地敞開來聊。就在彼耶特洛開始有了信心的時候，璦黛兒介入了。

「聊夠了。」她對兒子說：「你給艾琳娜的驚喜呢？」

我不太有把握地看著她。還有其他的驚喜？彼耶特洛馬不停蹄開了好幾個鐘頭的車，及時趕來吃這頓為我慶祝的晚餐還不夠？我好奇地看著未婚夫，他一臉沉鬱，我知道這是他被逼著在眾人面前談自己的事情時慣有的表情。他聲音輕得像耳語似地對我宣布，他已經拿到終生教職，非常年輕的終生教授，在佛羅倫斯。這麼不可思議的事情，卻這麼低調，是他的典型作風。他從不吹噓自己的卓越出色，也不太了解自己身為學者的價值，總是對自己承受的種種痛苦奮鬥默而不談。這時，他一派漠然地提起這個消息，彷彿是被媽媽逼的，彷彿對他來說不值一提。事實上，這麼年輕就拿到終生教職是極為不凡的成就，代表了經濟保障，代表了要離開比薩，代表了要逃離這幾個月來不知為何讓他惱怒的政治與文化氣氛。這代表了在今年秋天或者明年年初，我們終於要結婚，而我也終於可以離開那不勒斯。最後的這件事沒有人提及，他們只恭喜我和彼耶特洛。就連尼諾在瞥了一眼手錶之後，也對大學教學生涯講了幾句尖酸的評語，說他很抱歉，得先離開了。

我們全都起身。我不知道該怎麼做，拚命搜尋他的目光，卻沒得到任何回應，心中填塞巨大的哀傷。這個夜晚落幕了，錯失的機會，無疾而終的渴望。走到馬路上時，我希望他可以留電話號碼或地址給我。但他只和我握手，祝我一切順利。就從這一刻起，我覺得他的一舉一動都是在刻意和我切割。我給了他一個勉強的微笑當成道別，宛如手中握筆似地揮了揮手。這是懇求，意思是：你知道我住在哪裡，寫信給我，拜託。但他已經轉身離去了。

7

我謝謝璦黛兒和她的朋友為我和我的書這麼費心。他們都對尼諾讚不絕口，很真心地對著我說，彷彿是我讓他變得這麼討人喜歡，這麼聰明伶俐似的。彼耶特洛什麼都沒說，他媽媽要他早點回去的時候，他緊張地點點頭。他們要住在梅麗雅羅莎家。我馬上說：你不必陪我，和媽媽一起走吧。沒有人認為我是認真的，他們不知道我心情不好，寧可獨處。

一路上我都顯得不可理喻。我大嚷著說我不喜歡佛羅倫斯，而這根本不是事實。我嚷著說我不想再寫作，我想要教書，這不是事實。我嚷著說我累了，我想睡，這當然也不是事實。不只這樣。彼耶特洛突然說他想要去見我爸媽，我吼著對他說：你瘋了，別再提我爸媽了。你不適合他們，他們也不適合你。他很害怕，問我：

「你不想嫁給我了嗎？」

我正要說，是的，我不想嫁給你。但及時克制自己，我知道這也不是事實。我虛弱地說，對不起，我心情不好，我當然想嫁給你，我拉起他的手，手指纏著他的手指。他是個才智煥發的人，格外有教養，而且人很好。我愛他，我不想讓他痛苦。然而，儘管我拉著他的手，儘管我保證自己想嫁給他，我心裡還是很清楚，這天晚上如果不是他出現在餐廳裡，我一定會想辦法和尼諾上床。

我很難對自己承認。當然，彼耶特洛不應該受這樣的羞辱，但我還是可能欣然行動，甚至毫不懊悔。我會找到辦法把尼諾拉到我身邊，在這麼多年之後，從小學到高中，甚至經過伊斯基亞島與馬提尼廣場的事件之後。我會和他做愛，雖然他對莉拉的評語我不喜歡，也深感困擾。我會和他上床，但對彼耶特洛不置一詞。或許我會告訴莉拉，但誰知道是何年何月，說不定要等到我們都成了老太婆，等到我覺得對她和我來說一切都再也無所謂的時候。最關鍵的就是時間。尼諾只待一個晚上，等到早上他就會離開我。儘管我已經認識他一輩子了，但他整個人是夢編織成的，想永遠和他在一起是不可能的：他來自我的童年，由童年的夢想構築而成，沒有實體，不可能面對未來。相反的，彼耶特洛代表了當下，是一塊巨大有實體的岩石。對我來說，他是一方新的領域，一方理智的疆域，管轄他的是源自他歷史悠遠的家族所制定、且賦一切以意義的律法。他的家族擁有崇高理念，聲譽崇隆，極度重視原則。在艾羅塔家的疆域裡，沒有任何東西是敷衍了事。例如，婚姻就是對世俗發動的一場戰爭。彼耶特洛爸媽就只有公證結婚，而就我所知，彼耶特洛雖然有廣博的宗教知識，但也絕對不會在教堂結婚，他寧可放棄我，也絕不那麼做。洗禮也是一樣。彼耶特洛沒受洗，梅麗雅羅莎也沒有，所以我們未來的孩子也不會受洗。他身上的一切都有這樣的傾向，彷彿接受某種高一等的規則指引，雖然這規則並非來自上帝，而是源於他的家族，但依舊讓他確信自己是站在真理與公義的一方。至於性，我不知道，他很小心。他很清楚我和法蘭柯．馬利的事，所以當然知道我不是處女，但他從沒提起這個話題，甚至沒用譴責的口氣，沒說下流的話，也沒笑我。我不認為他交過其他女朋友，更難想像他和妓女鬼混，我非常確信，他這輩子沒花過一分鐘的時間和其他男人討論女人。他討厭淫穢的話語，他討厭八卦，討厭高聲談話，討厭派對，討厭任何形式的浪費。雖然他環境優渥，但他顯得——和他爸媽與姊姊不同——身在富裕之中卻清心寡欲。他有一種責任感，絕對不會辜負我。他絕對不會背叛我。

不，我不想失去他。儘管我受過教育卻仍然不夠精緻的本性遠遠及不上他嚴格的標準；儘管坦白說，我不知道自己如何和他勢均力敵，維持平衡。他給了我機會，讓我可以逃離我爸那投機取巧的慣性和我媽那苛刻嚴厲的態度。所以我強自壓抑對尼諾的想望，挽著彼耶特洛的手臂，低聲呢喃說，不，不，我想嫁給你，我們儘快結婚吧，我想離開家，我想考駕照，我想旅行，我想有電話有電視，我向來一無所有。這時他開心起來，笑著答應我隨口要求的一切。離旅館還有幾步路的時候，他停下腳步，啞著嗓子低聲說：我可以和你睡嗎？這是今晚最後一個驚喜。我很迷惑地看著他：我之前有好多次都準備好要和他做愛，他總是迴避；如今在米蘭，在經過書店的討論折磨，經過和尼諾的會面之後，我不覺得自己想在這家旅館的床上和他做愛。我回答說：我們已經等這麼久了，我們可以再等一會兒。我在陰暗的角落吻他，然後站在旅館大門口目送他沿著加里波第大道離去，不時轉身溫柔揮手。他那笨拙的步伐，那雙扁平足，那頭亂七八糟的頭髮，讓我心裡一動。

8

從這時起，生活開始逼得我一刻不得閒，這個月迅速地跳到下一個月，每天都有事情發生，無論是好事或壞事。我回到那不勒斯，想念著尼諾，想念那次沒有結果的會面，偶爾會有很強烈的念頭想要去見莉拉，想去那裡等她下班回家，在不傷害她的情況下把事情經過說給她聽。但後來我又斷定，光是提到尼諾的名字就會傷害她，於是就放棄了。莉拉有自己的日子要過，他也是。而我也有迫切的事情要處理。例如，回到那不勒斯的那天晚上，我告訴爸媽說彼耶特洛要來看他們，因為我們可能在一年之內就結婚，我要搬到佛羅倫斯去。

他們沒有表現出任何喜悅之情，甚至連滿意的表情都沒有。我想他們終於漸漸習慣我的行徑：隨自己高興來去，和家庭日益疏遠，對他們的生計問題也漠不關心。在我看來，只有我父親略顯激動也是正常的，因為他總是為自己未曾準備好面對的未來覺得很緊張。

「那位大學教授一定要到我們家裡來嗎？」他忿忿地問。

「不然要去哪裡？」我媽生氣地說：「他不來我們家，又怎麼向琳諾希亞提親？」

她通常比他更有心理準備，務實堅決到簡直冷漠的地步。可是一等到遏止了老公，一等老公上床睡覺，艾莉莎、派普和紀亞尼在餐廳裡架好他們的床之後，我原本的想法就不得不改變了。她用壓低但尖銳的嗓音罵我，一雙泛紅的眼睛充滿怒火：我們對你來說一文不值，你什麼都沒告訴我們，直拖到最後一刻，這位年輕小姐自以為是重要人物，因為她受過教育，因為她寫了書，因為她要嫁給教授，可是老天爺啊，你是從我肚子裡生出來的，你就是這個家庭出身的，所以別表現得不可一世，千萬記著，要是你很聰明，那麼生下你的我也一樣聰明，甚至更聰明，要是我有機會，也會有像你一樣的成就，懂嗎？接著，在盛怒之下，她先是罵我說因為我離開家，因為我只想著自己，所以我的弟弟妹妹在學校成績不佳，接著又要我給她錢，是強迫：她需要錢給艾莉莎買件像要的衣服，給房子稍微整修一下，既然我強迫她接待我的未婚夫。

對弟弟妹妹在學校成績不佳的事，我不置一詞。但是她要的錢，我馬上就給，儘管她並不是真的需要錢來整修房子——她不斷問我要錢，什麼理由都用得上。她從未明說，但她顯然很難接受我把錢存在郵局帳戶，而不是像我以前幫忙帶文具店女兒去海邊或在梅佐坎農路書店工作時那樣，把錢交給她。我想，或許她是想藉由掌管我的錢這個動作，讓我知道不只是我的錢，連我這個人也屬於她，就算我嫁人，也永遠都屬於她。

我心平氣和，就當補償似的，說我會裝一部電話，也會買一部電視機。她很不確定地看著我，露出和剛才說那些話時大相逕庭的讚賞表情。

「電視和電話裝在這個房子裡？」

「是的。」

「你出錢？」

「是的。」

「就算你結婚，也還是裝在這裡？」

「是的。」

「那個教授知道我們不會給任何嫁妝，就算他給聘金，我們也一毛不給？」

「他知道，而且沒有聘金。」

這時她心情又變了，眼睛發出怒火。

「什麼意思，沒聘金？他得要給錢啊。」

「不，我們不來這套。」

我媽又火大了，用盡各種方法來激怒我，希望我反擊，這樣她就可以更生氣地回敬我。

「你還記得莉拉的婚禮嗎？記得她的聘金嗎？」

「記得。」

「而你，你比她優秀得多，竟然什麼都不要？」

「不要。」

我們就這樣你來我往，到最後我決定，與其忍受她一次次的脾氣發作，不如讓她一次氣個夠：

「媽，」我說：「不只這樣，我們不辦婚宴，也不在教堂舉行婚禮，我們要在市政府公證結婚。」

這時彷彿門窗都被強風給吹開了。雖然她並不是信仰虔誠的人，但這會兒卻怒氣大爆發，傾身欺近我，臉脹得通紅，開始對我罵髒話。她咆哮說，如果沒有神父宣告有效，婚姻就一文不值。她咆哮說，要是我沒在上帝面前成婚，那我就不是妻子，而只是個娼婦。她雖然瘸腿，但卻健步如飛地去叫醒我爸和弟弟妹妹，要讓他們知道她向來害怕的事情終於發生了，受太多教育把我的腦袋搞壞了，說我雖然很走運，卻還是被當成賤貨，養出像我這樣心中無神的女兒，她羞愧得再也無法走出家門了。

我那只穿內衣的爸爸說不出話來，我的弟弟妹妹則想搞清楚他們又得幫我收拾什麼爛攤子，拚命安撫她，卻徒勞無功。她嚷著說，她想馬上把我趕出家門，趁我還沒像莉拉和艾達那樣當小三讓她丟盡顏面之前，先把我掃地出門。雖然她沒真的動手打我，但手不停揮來揮去，好像我是一道影子，已被她抓在手裡，使勁地打。過了好久，她才平靜下來，這得要歸功於艾莉莎。我這個妹妹小心翼翼地問：

「是你想在市政府公證結婚，還是你未婚夫？」

我向她解釋，但彷彿是對所有人解釋似的，很長一段時間以來，教堂在我心中就已經無關緊要了。對我來說，在市政府結婚或在祭壇前面結婚，並沒有兩樣。但對我未婚夫來說，只公證結婚卻很重要。他對宗教知之甚詳，堅信宗教不管多麼有價值，只要介入國家事務就毀了。換言之，我總結說，要是我們不在市政府公證，他就不會娶我。

原本立即支持我媽立場的父親不再附和她的咒罵和哀嘆。

「他不會娶你？」

「不會。」

「那他會怎麼做？離開你？」

「我們不結婚，但會一起住在佛羅倫斯。」

這是我媽最沒有辦法忍受的消息。她整個人徹底失控，說要是這樣，她發誓要拿刀子割開我的喉嚨。我爸則緊張地搔搔頭髮，對她說：

「閉嘴，別把我逼瘋，我們講講道理吧。我們都很清楚，有人由神父證婚，舉行盛大婚宴，最後還是沒有好下場。」

他指的顯然也是莉拉。這個醜聞在我們街坊依舊歷歷在目，所以我媽終於理解了。神父並不是保證，在我們生活的這個殘酷世界裡，沒有什麼是有保證的。所以她不再咆哮，把評估情況的責任留給我爸，要是不得不，那就只好讓我照自己的意思做。可是她還是不停踱步，拖著瘸腿，搖著頭，咒罵我未來的夫婿。他以為自己是誰啊，教授？他是共產黨吧？共產黨兼教授？活見鬼的教授，她說。他是哪一種教授啊，竟然會有這樣的想法？什麼狗屁不通的想法。不，我爸回答說，你說狗屁是什麼意思啊，他受過教育，比誰都了解神父那些狗屁倒灶的勾當，所以他才只肯到市政府去說：「我願意。」沒錯，你說的對，也有很多共產黨員這麼做。沒錯，你說的對，我們女兒這樣就好像沒結婚一樣。但是我寧可相信這位大學教授，他愛她。我不相信他會讓琳諾希亞陷入像娼婦那樣的窘境。更何況，就算我們不信任他——我是信任他的，雖然我還不認識他，但他是個重要人物，是女孩夢寐以求的對象——也要信任市政府啊。我在那裡工作，在市政府，在那裡公證結婚，我向你保證，絕對像在教堂結婚一樣，是合法有效的，甚至還更有效力。

他就這樣講了好幾個鐘頭。後來我弟弟妹妹撐不住，都回去睡覺了。我留下來安撫爸媽，說服他們為我而接受這件事。因為在眼前，這是我得以進入彼耶特洛的世界的重要象徵。況且，這讓我覺得自己比莉拉更大膽無畏。最重要的是，如果我再碰到尼諾，我很希望可以意有所指地對他說：看吧，當年和宗教老師的辯論有了什麼結果？任何的選擇都有其緣由，我們生命中的點點滴滴都窩在牆角等待宣洩，宣洩的那一刻終將到來。但我太誇大其詞了。事實上，原因簡單得多。過去至少十年以來，童年的那個上帝已經威力大減，已經像個滿身病痛的老人被冷落一旁了。我覺得沒有必要尋求所謂神聖的婚姻。最重要的是離開那不勒斯。

9

我們家人對公證結婚的驚恐反應當然沒在一夜之間就消失，但確實減緩了。隔天我媽對我的態度，很像是只要拿到手的任何東西——咖啡壺、奶罐、糖缽、剛出爐的麵包——都恨不得往我臉上砸，但沒再大嚷大叫。至於我，我沒理她，一大早就出門，開始去申請裝設電話。為了辦這件事，我到阿爾巴門，順便逛書店。在這短短的時間裡，我下定決心，要是再碰到像米蘭那樣的情況，一定要可以自信滿滿地開口講話。我隨意挑選了一些書籍雜誌，花了不少錢。尼諾的那句話不時浮現心頭，幾經猶疑之後，我買下了《性學三論》——雖然我對佛洛伊德所知甚少，僅知的一鱗片爪又讓我很不滿——以及幾本談性的小書。我打算像以前應付學校功課、考試、論文那樣，像應付嘉利亞妮老師給我的報紙或法蘭柯給我的馬克斯主義教科書那樣，埋頭苦讀研究當前世界。我當時對這些議題有什麼了解，實在很難說。我曾經和帕斯蓋討論過，也和尼諾談過。我對古巴和拉丁美洲的問題稍有關注，也了解舊街坊無法克服的貧窮和莉拉失敗的戰爭。我的弟弟妹妹在學校表現不佳，因為他們不像我這麼執拗，不像我付出這麼多心力。我和法蘭柯的冗長對話，以及偶爾和梅麗雅羅莎的交談，如今全纏結在一起，宛如一縷輕煙（這個世界不公不義至極，必須加以改變。但是美國資本主義與史達林官僚體系的和平共存，加上歐洲，特別是義大利，工黨的改革主義政治，讓無產階級陷入觀望的困境，澆熄革命之火。如果全球僵局無法改變，如果社會民主主義得勝，那麼未來的幾個世紀都會受資本宰制，工人階級也就成為強迫消費主義的受害者）。這些刺激確有作用，長久以來都在我身上產生影響，偶爾也還讓我興奮激動。但是讓我強迫自己毅然決然趕上時代潮流的，其實還是以往那種追求成功的渴望。我很久以前就讓自己相信，只要願意，你就可以訓練你自己學會一切，包括政治熱情在內。

付帳的時候，我瞥見自己的小說在架上，立刻就轉開頭。無論何時，只要看見我的書和其他剛出版的小說一起擺在櫥窗裡，我心中就百感交集，既驕傲又恐懼，歡喜才剛閃現，就被焦慮所取代。沒錯，我寫出這個故事純屬巧合，在短短二十天之內，宛如消除沮喪情緒的鎮定劑，不費什麼力氣就完成了。況且，因為對古典文學下過許多功夫，我知道何謂偉大的文學作品，所以在寫作時，我從來也沒想過自己寫的是什麼有價值的東西，只一心一意尋求表現的形式。而這專心致志就成為這本書，成為一個把我涵括在內的具體物品。如今我在此地，光天化日之下，看見自己，心臟在心口狂跳。不只是我自己的書，甚至是所有的小說，都有著讓我心情激盪的元素。一顆赤裸裸的心，在我胸口狂跳，一如遙遠往昔，在莉拉提議我們一起寫本書的那一刻。這讓我不得不嚴肅以對。但這是我想要的嗎？寫作，有目的地寫，寫得比我現在更好？讀過去與現在的小說，了解這些作品如何構成，學會以建構人心來理解這個世界的一切，相信沒有別人能寫得比我好，就算莉拉擁有機會也永遠寫不出來？

我走出書店，在卡佛爾廣場停下腳步。這天天氣很好，雖然美術館搭起鷹架，但佛利亞街看起來比平常更乾淨，更堅實。我像往常那樣自律，掏出我近來帶在身邊的筆記本，希望開始像個真正的作家，寫下思緒、觀察與有用的資訊。我把《統一報》從頭到尾讀完，記下我所不知道的東西。我找到彼耶特洛的父親刊載在《橋》上的那篇文章，好奇地匆匆讀完，但似乎不像尼諾所說的那麼重要。但這篇文章耽誤了我許多時間，原因有二：第一，吉鐸．艾羅塔用了專業術語，就像那個戴厚眼鏡的男子一樣，但比那人的話更嚴苛難懂；第二，在談到女學生的那一段（「這是一個新的群體，」他寫道，「從所有的證據看來，她們都不是出身名門，這些衣著樸素、教養普通的年輕女子，期望透過孜孜不倦的勤學奮進創造家庭之外的一片天地。」），讓我覺得好像在暗指我，雖然不知是刻意或無心。我也在我的筆記本裡做了摘要（對艾羅塔家來說，我是什麼呢？是他們宅心仁厚的王冠上的一顆珠寶？）。於是，我心情不佳，甚至有點生氣地翻閱《晚郵報》。

我還記得那天暖洋洋的，我還記得那個氣味——不知道是真的記得，還是我創造出來的——融合了油墨和烤披薩的味道。我一頁頁翻看標題，直到有一頁讓我霎時無法呼吸。在一大堆文字之中，有一張我的照片。背景是我們的街坊和火車隧道。標題寫著：野心勃勃女孩的情色回憶錄：艾琳娜・格瑞柯的小說處女作。撰文者是那個戴厚眼鏡的男子。

10

讀這篇書評的時候，我渾身冷汗，覺得自己就快暈過去了。我的書被當成是個大放厥詞的機會，用來宣稱過去十年來，所有生產、社會、文化領域，從工廠到辦公室、大學、出版、電影，整個世界都在不長進的年輕壓力下崩潰了，毫無價值。他偶爾引用我的話，打上問號，證明我足以代表我們這教養不佳的世代。在結論裡，他說我是「只知道用平庸瑣碎的文字掩藏自己欠缺天分的女孩」。

我哭了起來。從這本書出版以來，這是我讀過最嚴厲的一篇書評，而且不是登在日報裡的小小一篇，而是在義大利閱讀率最高的一家報紙。更重要的是，我的笑臉出現在這篇無禮的書評裡，讓我難以忍受。我走路回家，怎麼也甩不掉報上的評論。我怕我媽可能會讀到這篇書評，用來對付我。我想像她也許會把這篇也剪下收進她的剪貼簿，只要我一讓她生氣，就拿來丟在我面前。

我發現餐桌上只擺了我的餐具。我爸去上班，我媽去找鄰居不知做什麼，而弟弟妹妹們都吃過了。我一面吃麵和馬鈴薯，一面隨意讀著我那本書的段落。我絕望地想：說不定這本書真的一文不值，說不定出版社出這本書只是為了還瑷黛兒人情。我怎麼會寫出這麼乏味的文字，這麼平庸的言詞？怎麼會有這麼多累贅無用的標點符號？我不要再寫了。就在我既憎恨餐餚，也憎恨這本書的沮喪情緒裡，艾莉莎帶著一張紙走過來。是斯帕努羅太太寫來的。她很好心，提供她的電話號碼給我，免得萬一有人急著想聯絡我。她說有三通找我的電話，一通是負責出版社新聞聯繫的吉娜．梅多蒂，一通是瑷黛兒，還有一通是彼耶特洛。

斯帕努羅太太費勁寫下的這三個名字，讓此刻之前都還隱而不顯的想法變得具體起來：那個厚眼鏡男的恐怖文字快速傳播，一天之內就傳遍全國。彼耶特洛已經看到了，他的家人，出版社的主管們也都看到了。說不定連尼諾都知道了。說不定我在比薩的那些教授們也知曉了。嘉利亞妮教授和她的兒女當然也都注意到了。天曉得，說不定莉拉也看到了。我又哭了起來，把艾莉莎給嚇壞了。

「怎麼回事，小琳？」

「我不舒服。」

「要我幫你泡洋甘菊茶嗎？」

「好。」

但沒有時間。有人敲門，是蘿莎．斯帕努羅。她很開心，一路跑上樓梯，有點喘不過氣來。

她說我未婚夫又打電話來了，正在線上，聲音好好聽喔，北部口音真好聽。我跑去接電話，為了給她添麻煩迭聲道歉。彼耶特洛努力安撫我，他說他媽媽叫我別難過，書評主要評論的是書。斯帕努羅太太向來覺得我是個乖順的女孩，這天卻讓她大感意外，我竟然高聲嘶吼，是啊，我幹嘛在意，他講我的書，講了那麼可怕的話？他再次安撫我，並說：明天《統一報》會有另一篇書評。我冷漠地講完電話，說：最好別再有人想起我。

我一夜無法闔眼。到了早上，迫不及待衝出去買《統一報》。我就站在小學校門口的報攤上翻了起來。迎面而來的又是和《晚郵報》上一樣的那張照片，這一次不是擺在文章中間，而是文章上方，旁邊就是標題：年輕抗爭者與老派反動份子：讀艾琳娜．格瑞柯新書。這篇文章作者的名字是我沒聽過的，但顯然是個文筆很好的人，他的文字撫慰了我。他由衷讚賞我的小說，同時怒斥了那位聲望卓著的教授。我放下心中石頭回家，心情很好。我翻著我的書，這一次怎麼看都結構嚴謹，文筆精練。我媽挖苦說：你中樂透啦？我把報紙留在廚房，什麼都沒說。

那天下午接近傍晚，斯帕努羅太太再度出現了，又有人打電話來給我了。我很不好意思地道歉，她卻說，像我這麼好的女孩，她很高興能幫上忙，對我讚不絕口。姬俐歐拉運氣不好，她在樓梯上嘆氣說，才十三歲就被爸爸帶去梭拉朗的糕餅店工作，還好和米凱爾訂婚了，否則這一輩子都得當奴隸了。她打開門，讓我進到玄關。電話就裝在這裡的牆壁上。我看見她擺了一張椅子在那裡，讓我可以舒服一點：受過教育的人可以得到很大的尊敬。唸書被看成是最聰明的孩子的工作，所以他們就不必做出賣勞力的工作。我如何向她解釋——我心想——我從六歲起就是文字與數字的奴隸了，我的心情好壞全仰賴它們能組合成功，成功的喜悅很罕有，也很不穩定，只維持幾個鐘頭或一個下午、一個晚上？

「你看到了嗎？」瑷黛兒問。

「看到了。」

「開心嗎？」

「開心。」

「那我要再告訴你一個好消息：書開始暢銷了，要是能像這樣繼續下去，我們就要再版。」

「什麼意思？」

「我們《晚郵報》的那位朋友以為他在摧毀我們，結果卻是造就我們。再見，艾琳娜，好好享受你的成功吧。」

11

書很暢銷，我接下來幾天就發現了。最明顯的徵兆就是吉娜打來的電話越來越多，告訴我某某報紙有報導，或通知我某家書店或某個文化團體想邀請我，而且也從來不忘記加上幾句親切的話：這本書一飛沖天啊，格瑞柯小姐，恭喜。謝謝你，我說，可是我不開心。報紙上的報導都很膚淺，不是依循《統一報》的熱情基調，就是附和《晚郵報》的惡評。雖然吉娜每一次都告訴我就算負評也有利銷售，但那些評論還是傷害了我，我會焦急等待更多正面書評來抵銷負評，讓自己覺得好過一些。不過，我不再把負評藏起來不讓我媽看，我把好的壞的全交出去。她試著想讀，用嚴肅的表情一字一字拼讀出來，但總是讀個四、五行就找到可以吵架的話題，或是覺得無聊了，直接收進她的剪報簿裡。她的目標是裝滿整本剪貼簿，我沒東西可以給她的時候，她就抱怨連連。

當時讓我受傷最深的一篇書評刊載在《羅馬人報》，通篇反覆呼應《晚郵報》書評的論點，但華麗堆砌的詞藻最後只歸結到單一的概念：女性開始變得百無禁忌，只要讀過艾琳娜・格瑞柯這部粗鄙的小說就可以了解，比起已經相當猥褻的《日安憂鬱》，這部小說是更為拙劣的仿造版。然而讓我深受傷害的不是內容，而是撰稿人。這篇文章是尼諾父親，唐納托・薩拉托爾寫的。我想起年紀尚輕時，知道他出版過一本詩集，我心中有多麼佩服。我想起當時發現他為報社撰稿時，曾給他戴上的璀璨光環。為什麼寫這樣的書評？因為他認出自己就是書中誘拐主角的那個有家室的男人，所以想要報復？我忍不住想打電話給他，用方言惡毒咒罵他。我之所以沒做，只因為想到了尼諾，而這讓我有了一個重大的發現：他和我有極其類似的經驗。我們都不想遵循自己家庭的模式：我始終努力想擺脫我媽媽，而他則和爸爸斷絕往來。這個相似性讓我覺得很安慰，我的怒氣也慢慢消失。

但是我沒想到的是，在我們街坊裡，《羅馬人報》的閱讀率比其他報紙來得高。我是在那天傍晚發現這個事實的。藥店家那個兒子季諾，看見我經過，就從他父親店裡探頭喊我。他不像以前那麼胖，已經變成肌肉發達的年輕人，雖然沒拿到藥師執照，身上還是穿著白袍。他手裡拿著報紙，語氣嚴肅，因為他最近才剛在主張新法西斯主義的義大利社會運動黨地方支部升了小官。

他說：你看見他們是怎麼說你的嗎？為了不讓他志得意滿，我回答說，他們寫的可多著呢，然後繼續往前走。他一時慌亂，嘴裡不知嘟囔什麼，然後用絕對不容錯認的惡意說：我一定要看你那本書，我知道那書非常有意思。

這才只是開始。隔天，米凱爾．梭拉朗在街上碰到我，堅持要請我喝咖啡。我們到他家的酒館裡，姬俐歐拉招待我們，但一句話都沒說，事實上好像還很不高興我來，很可能也是因為她男朋友的表現。他說：小琳，季諾拿報紙給我看，說你寫了一本小說，是兒童不宜的小說耶。天哪，誰想得到啊。你在比薩唸的就是這個？這是他們在大學裡教你的？我真不敢相信。在我看來，你和莉拉一定祕密達成協議：齷齪的事她來做，你來寫。對不對？告訴我實話吧。我滿臉通紅，不等咖啡端來，就對姬俐歐拉揮揮手，離開了。他在背後喊我，大笑：怎麼回事，我得罪你啦？回來，我是開玩笑的。

不久之後，我又碰到卡門．帕斯蓋。我媽叫我去卡拉西的新雜貨店，因為那裡賣的油比較便宜。當時是下午，店裡沒客人，卡門滿心牢騷。你看起來好漂亮，她說，能當你的朋友真是榮幸，這是我這輩子唯一走的好運。接著她說她讀過薩拉托爾的那篇書評，只因為有個供貨商把《羅馬人報》留在店裡。她說那篇文章很可恥，她的義憤填膺看來是真心的。同時她哥哥帕斯蓋也給她看《統一報》的文章——真的非常好，照片拍得真好。你很漂亮，她說，做的每一件事都很棒。她聽我媽說，我就要嫁給一位大學教授，住在佛羅倫斯的豪宅裡。她也要結婚了，對象是通衢大道那家加油站的老闆，可是誰也說不準是什麼時候，因為他們沒錢。接著，她一口氣也沒喘地開始埋怨艾達。自從艾達取代了莉拉在斯岱方諾生活裡的地位，原本就不太好的情況變得更慘了。艾達一副儼然雜貨店老闆娘的模樣，對卡門很不好，罵她偷東西，指揮她做東做西，盯她盯得好緊。她再也受不了了，想要辭職，到未來老公的加油站去工作。

我耐心聆聽，想起安東尼奧和我計畫結婚的時候，也是想經營加油站。我把這件事告訴她，原本是想逗她開心，但她臉色一沉，喃喃低語說：是啊，想想看，為什麼不是你在加油站工作呢？你運氣真好，擺脫了悲慘命運。然後她說了一句讓我不太了解的話：太不公平了，小琳，這一切必須結束，我們不能再這樣下去了。這時她從抽屜裡拿出我的書，封面皺巴巴，髒兮兮。這是我頭一次在街坊鄰居的手裡看到這本書，前面幾頁翻得髒髒舊舊的，其餘部分卻還是平整潔白，讓我非常驚訝。我在夜裡，她說，或是沒有客人的時候看。但我只看到三十二頁，因為我沒有時間。我什麼事都得做，卡拉西家讓我從早上六點一直工作到晚上九點。接著，她突然羞怯地問，要到第幾頁才有骯髒的情節？我還得再看多少頁？

骯髒的情節。

晚一點的時候，我又碰到艾達。她抱著她和斯岱方諾的女兒瑪麗亞。我盡力表現得友善，在聽過卡門告訴我的事情之後。我稱讚她女兒，也讚美她衣服漂亮，耳環可愛。但是艾達很冷漠。她提起安東尼奧，說他們還通信往來。她說他並沒有結婚生子，說我搞壞了他的腦袋，也毀了他愛別人的能力。接著，她開始談起我的書。她沒讀過，她說，但聽說那不是一本該擺在家裡的書。她簡直怒不可遏：說要是小孩長大看見了，我要怎麼辦？對不起，我不會買。可是，她又補上一句，很高興你大賺錢，算你走運。

12

這些風波接二連三，讓我不禁懷疑，這本書之所以暢銷是因為不管是好評或負評的報紙都暗示，書中有些色情的內容。我甚至認為，尼諾之所以約略提及和莉拉的性事，是因為覺得和寫出這本書的人討論這種事情沒有問題。順著這樣的理路，我心頭再次浮現與我這位朋友見面的渴望。誰知道呢，我心想，說不定莉拉也有這本書，就像卡門一樣。我想像她從工廠下班回來，在夜裡——恩佐自己在一個房間，她和寶寶在另一個房間——雖然筋疲力盡，但還是想讀我的書，嘴巴微張，皺起額頭，就像她專心做事的時候一樣。她會有什麼評價呢？她也會認為這本書只有骯髒的情節？說不定她根本沒看過，我懷疑她有錢買書，我應該送她一本當禮物才對。有那麼一會兒，我覺得這是個好主意，接著就拋諸腦後。在我心中，莉拉仍然比其他人都重要，但我無法下定決心去見她。我沒有時間，有太多東西要在短時間唸完、學會。而我們上一次見面分手時——在工廠的院子裡，在圍裙外罩上大衣的她站在火堆前面，把《藍仙子》燒掉——彷彿也毅然決然告別了我們殘存的童年，印證我們已然分道揚鑣，說不定她會說我沒有時間讀你的書，你沒看見我過的是什麼樣的生活嗎？我繼續過我的日子。

無論究竟是什麼原因，這本書真的越來越暢銷。有一回璦黛兒打電話給我，就像平常那樣既親暱又帶點挖苦：要是照這樣下去，你會很有錢，再也不知道該拿可憐的彼耶特洛怎麼辦。接著她把電話交給丈夫，就是吉鐸本人。她說他想和我講話。我很激動，我只和艾羅塔教授講過一兩次話，而每次和他講話，我都笨嘴笨舌的。可是彼耶特洛的父親非常客氣，恭喜我的成就，用諷刺的語氣談起誹謗我的那些人所謂的高尚感，他無止境地談起義大利的黑暗時代，讚揚我對國家現代化所做的貢獻，也談起其他的事情。他沒特別提起小說的內容，他當然沒讀過，因為他是個很忙的人。但是他願意對我表示認可和敬意，真是太好了。

梅麗雅羅莎待我也很好，讚不絕口。她起初聊著我的書，但突然興奮地改變話題，說她想邀我到大學去：她覺得讓我參加她所謂的「無法停止的接連活動」，對她來說很重要。明天就來，她說，你看見法國發生的事情沒？這事我很清楚，我整天聽著我媽擺在廚房的那架裹著一層油煙的藍色舊收音機。我知道，很不得了，南特的情況，還有巴黎拉丁區的路障。可是她的消息似乎比我靈通，更熟悉內情。她打算和幾個朋友開車去巴黎，邀我和她同行。我深受吸引。我說好啊，我想想看。到米蘭，轉進法國，到達暴動的巴黎，面對殘酷的警察，讓我的個人人生融入近幾個月來最輝煌燦爛的歷史洪流裡，為我幾年前和法蘭柯展開的旅程寫揭開續篇。和梅麗雅羅莎一起去真是太棒了，在我認識的女生裡面，她是唯一一個這麼心胸寬大，這麼時髦先進，完全掌握世界時事，幾乎和男人一樣擅長政治演說。我欣賞她，在這麼混亂的時局裡，沒有其他女人挺身而出。冒險面對暴力回應的年輕英雄是魯迪．杜契克[1]、丹尼爾．孔—本迪[2]，就像在戰爭電影裡一樣，都只有男人，我們女人很難覺得是其中的一份子。你只能愛他們，接受他們的想法，悲憫他們的命運。我突然想到，梅麗雅羅莎的朋友說不定也包括尼諾。他們認識，這很有可能。

1 魯迪．杜契克（Rudi Dutschke, 1940~1979），一九六八年德國學運領袖。

2 丹尼爾．孔—本迪（Daniel Cohn-Bendit, 1945~），一九六八年法國學運領袖，之後活躍於歐洲綠黨，擔任歐洲綠黨在歐洲議會之黨團主席。

啊，見到他，和他一起展開冒險歷程，與他一起面對危險。這一天就這樣過去了。廚房靜悄悄的，爸媽睡了，兩個弟弟還在街上遊蕩，艾莉莎在浴室洗澡。離開，明天早上就離開。

13

我是離開了，但不是去巴黎。這一年動盪不安，選舉過後，吉娜要我去為書做宣傳，行程從佛羅倫斯開始。艾羅塔夫婦的朋友的朋友，一位女教授，還邀請我去課堂授課，最後是講了一堂學生自主安排的課程，這在當時騷擾不安的大學裡非常流行。來上課的大約有三十名學生，男生女生都有。讓我大吃一驚的是，大部分的女生比我未來公公發表在《橋》的那篇文章所描寫的情況更糟：亂七八糟的衣服，亂七八糟的妝容，混亂不清的思緒，動不動就慷慨激昂，對考試、對教授都滿腔怒火。在邀請我的教授逼問之下，我熱情洋溢地談起學生示威，特別是法國的示威行動。我炫耀自己所學所知，對自己很滿意。我覺得我表現得很有自信，很清晰，女學生們格外讚賞我的言談態度和對事物的廣泛了解，敬佩我能很有技巧地解析複雜問題，理出有條有序的頭緒來。但我很快就發現，我極力迴避，不想提起自己的書。談起那本書讓我不安，我很怕引來像街坊那樣的反應。我寧可引用《夸德尼期刊》或《每月評論》裡的論點來談。但我是獲邀來談我的書的，已經有人打算問問題了。一開始的幾個問題全是關於女主角努力擺脫生長環境的奮鬥。後來快結束時，有個高高瘦瘦的女生緊張發笑地要我解釋，為什麼我會覺得有必要在這麼優美的小說裡有寫出「有傷風化」的段落。

我很尷尬，我覺得自己臉紅了起來，胡亂扯了些社會學的理由。最後，我談到坦誠描述人類經驗的必要性，每一個經驗，包括——我用強調的語氣說——看似難以啟齒，我們連對自己都不提的問題。他們喜歡我最後講的這段話，我贏得他們的尊敬。邀請我來的那位教授也很讚許，說她會好好思索一下，再寫信和我討論。

她的認可讓這幾個概念在我心裡扎了根，很快就變成像歌曲裡不斷重複的副歌歌詞那樣。我經常在公開場合加以引用，有時候略帶戲謔，有時候用誇張的語氣，有時候簡潔明快，有時候則刻意用精心推敲的華麗詞藻。有天晚上在杜林的書店，我覺得格外輕鬆。雖然聽眾甚多，但我已經越來越有信心面對了。似乎很理所當然的，一定會有人帶著或同情或挑釁的態度問起海灘那段性愛情節，而我也好整以暇地準備回答。我的答案越來越圓融，也都相當成功。

在出版社的要求之下，璦黛兒的老朋友塔拉塔諾也陪我到杜林。他說身為第一個了解我小說潛力的人，他覺得很自豪，同時也像在米蘭那樣，以熱情澎湃的語彙把我介紹給聽眾。那天晚上結束時，他大大恭賀我，說我在這麼短的時間裡有了這麼大的進步。接著他用慣常的風趣口吻問我：你為什麼願意讓大家把性愛的部分稱之為「有傷風化」？為什麼你公開用這樣的方式加以形容？他告訴我不應該這樣做：我的小說並不是只有海灘的那個情節而已，還有許多更有意思、更為優美的章節，而且，如果說這本書讓人格外覺得貼心可人，主要的原因是作者是女生；情色在好的文學作品裡並不罕見，他說，這是小說真正的藝術精髓，就算超出了所謂「高雅」的範疇，也絕對不是有傷風化。

我很迷惘。這位極有文化深度的教授很有技巧地對我解釋，我這本書並沒有什麼罪孽可言，我不該每次都講得像罪大惡極似的。所以我是矯枉過正了。我讓自己屈服於大眾的短淺目光，大眾的膚淺無知之下。我對自己說：夠了，我不要再這樣卑躬屈膝，我得要學會和讀者有不同的意見。我不該降低自己的水準去迎合他們。我下定決心，下回一有機會，我就會用嚴厲的態度面對談到這些情節的人。

晚餐時分，出版社在飯店餐廳幫我們訂好位子，塔拉塔諾為了證明我已經算得上是道德高潔的作家，特別引述亨利．米勒小說的段落，聽得我既覺得有趣又頗難為情。他喊我「親愛的孩子」，並解釋說，二〇年代和三〇年代有不少頗具天分的作家用當時可能難以想像的方式描述性愛。我在筆記本上記下他們的名字，但也開始想：這個人，雖然對我讚不絕口，但並不認為我有多少天分；在他眼裡，我只是個僥倖獲得名不副實成就的女生；就算是最吸引讀者的那些段落，在他看來也一點都不出色，或許可以讓所知不多的人驚駭失色，但對和他一樣通曉世事的人來說則算不上什麼。

我說我有點累了，扶我這位喝得太多的同伴站起來。他個子不高，但有個饕客的圓滾滾肚子。大大的耳朵上方有幾簇白髮，一張圓臉，小嘴巴，大鼻子，以及一雙非常明亮的眼睛。他是個老菸槍，手指黃黃的。在電梯裡，他試圖吻我，儘管我掙脫他的擁抱，但很難甩開他，他也不肯放棄。他肚子抵著我，那帶酒味的口氣也一直噴在我身上。在此之前我從未想過，這個老頭子，這麼受人尊敬，這麼有教養，又是我未來婆婆的好朋友，竟然會有這麼不合體統的舉止。我們一出電梯到走廊上，他就迭聲道歉，說是酒精作祟，然後逕自回房間去。

14

隔天，從吃早餐到回米蘭的車程上，他都興致勃勃地談起他認為自己人生最刺激的時期，也就是一九四五到一九四八年間。我從他的嗓音裡聽到真心的悲傷，但很快就消失，開始用同樣真心的熱情描述革命的新氣象，感染老少的那種活力。我不停點頭稱是。讓我很驚訝的是，他竟這麼竭力想讓我明白，我的今天是他那驚心動魄的昨天所造就的。我有點替他覺得難過。後來他偶然提及自己的一些背景，讓我匆匆算了一下：在我身邊的這個男人五十八歲。

一回到米蘭，我就請司機載我到出版社附近，我向這位旅伴道別。我前一夜睡得不好，覺得有點頭暈。站在馬路上，我想要抹去和塔拉塔諾肢體接觸的噁心感，但我還是能感覺到那彷彿留在皮膚上的污漬，以及我打從以前就在街坊裡察覺到的那種齷齪感。在出版社，我受到熱情接待，不是像幾個月前的那種純粹出於禮貌的招呼，而是真正的心滿意足，意思是：我們真是太聰明了，一開始就猜到你有這麼出色。就連總機小姐——以前她是唯一一個用降貴紆尊態度對我的人——都從她的小房間跑出來擁抱我。而負責逐字修潤的那位編輯也頭一次邀我共餐。

我們在辦公室附近沒什麼人的餐廳裡落座，他立即轉換焦點，強調我的文字守護著一個引人入勝的祕密，在上菜的時候，他建議我最好開始計畫寫下一部小說，不必急，但也不能沉醉在自己的榮光裡太久。這時他提醒我，下午三點在國立大學有個約。這事和梅麗雅羅莎沒有關係，是出版社透過自己的管道安排了一個學生團體。我到那裡該找去誰呢？我問。我這位頗有權威的午餐同伴自豪地說：我兒子會在門口等你。

我回出版社拿行李，前往旅館，稍微休息幾分鐘，就啟程去大學。天氣熱得難以忍受。我發現周遭一片喧騰，到處是手寫的標語，紅色旗幟，奮力抗爭的人群，公告政治活動的海報，嘈雜的人聲，笑聲，瀰漫著不安的氣息。我繞來繞去，尋找可能和我有關的告示。我記得有個黑髮的年輕人跑過來，粗魯地撞上我，失去平衡，但又穩住腳步，繼續往馬路跑去，好像有人追他似的，但他後面明明沒有人。我記得有支小號純粹而孤獨的樂音劃破令人窒息的悶熱空氣。我記得有個嬌小的金髮女生，拖著一條哐噹作響的鍊子，尾端是個很大的鎖，不知對誰大聲嚷著：我來了！我記得那天的情景，因為在等某人認出我、朝我走來的時候，為了不顯得無所事事，我掏出筆記本，記下這些事情。但是過了一個鐘頭，還是沒有人來。這時我更仔細查看海報和告示，希望找到我的名字，或是書名。完全沒用。我很緊張，但決定不攔下過往的學生。我羞於提到講座的討論主題是我的書，因為到處牆上貼的海報都宣傳著更為重要的議題。我很苦惱地發現自己夾在矛盾的情緒裡：我一方面強烈同情在此地用誇張動作與嗓音嘶喊抗議，完全沒有紀律可言的學生；但另一方面，我也很恐懼，怕我從小就極力逃脫的失序混亂會攫住我，把我拖進動亂之中，讓任何一個有權力的人——工友、教授、校長、警察——發現我——向來乖巧的我——犯了錯，而處罰我。

我想要偷偷溜走，我何必在乎幾個不比我年紀小多少的孩子，對他們講些蠢不啦嘰的事情？我想回到旅館，享受成功作家的待遇：四處旅行，在餐廳用餐，在飯店過夜。但有五、六個看起來形色匆忙的女生走過，手裡提著袋子，讓我不由自主地跟著她們走，是因為那講話聲、那叫嚷，甚至是小號的樂聲。就這樣，走了又走，我最後走到一間擁擠的教室外面，裡面響起忿怒的喧鬧。我跟隨的那群女生進了教室，於是我也戒慎恐懼地走了進去。

幾個不同群體正發生嚴重衝突，擁擠的教室裡吵嚷不休，還有一小群人圍住講台。我待在門邊，準備好隨時離開。屋裡的香菸煙霧、呼吸氣味，以及眾人激動興奮所發散的濃烈臭味都讓我受不了。

我努力想搞清楚周圍的狀況。我想他們是在討論程序問題，然而在這樣的氣氛裡，有人叫嚣，有人沉默，有人取樂，有人大笑，有人渾不在意，有人在看書，似乎沒有人認為可以討論出可能的安排。我真希望梅麗雅羅莎在這裡。但我也漸漸適應了這喧囂，這氣味。有這麼多人：大部分是男的，帥的，醜的，打扮整齊的，邋遢的，暴戾的，驚恐的，逗趣的。我格外意興盎然地觀察女生，我有種感覺，覺得自己是唯一一個隻身在場的。有些——例如我一路跟隨的那幾個女生——聚在一起，就算在擁擠的教室裡發放傳單也沒分開：她們一起叫，一起笑，只要被擠開幾公尺，就會互相留意，不失去彼此的蹤影。她們可能是長年的老朋友，也可能是偶然結識的新朋友，似乎因為聚集在一起而得到權威的力量，可以在這個因失序氣氛而顯得混亂的地方屹立不搖；但是她們從之前的經驗裡也知道，不可以分開，彷彿事前已經在比較安全的地方做好決定，只要有一個人離開，全部的人也都要離開。然而其他女生也有自己一個人或頂多兩人結伴的，點綴在男生群中，表現出挑釁似的親密，毫不在意地抹滅安全距離，在我看來，她們似乎是最快樂，最有企圖心，也最驕傲的人。

我覺得自己格格不入，彷彿非法闖入，沒有必要的資格可以高聲叫嚷，可以留在此地，呼吸著這臭味，這如今讓我想起在水塘邊和安東尼奧擁抱時，從他身上、呼吸裡所散發出的臭味。我一向都逼自己在學校裡一定要出類拔萃，所以日子過得很悲慘。我幾乎沒去看過電影，沒買過唱片，儘管我非常想買。我不是任何歌手的粉絲，沒去過演唱會，沒蒐集簽名照。我從未喝醉酒，極為有限的性經驗也都是遮遮掩掩找盡藉口，驚恐擔憂地在很不舒服的地方進行。而眼前的這些女孩雖各有不同，但顯然都是在比我好的環境裡成長的，隨時準備好要改變本性，她們置身這個地方，這個氛圍裡，或許並不覺得脫軌，而只是出於正當且迫切的選擇結果。如今我有些錢，天曉得我賺了多少錢，我想我應該可以擁有一些我錯過的東西。也或許不會，因為我現在太有教養，太過傲慢，太過自制，太過習慣於擱置理念與事實來讓生活固定不變，太過接近婚姻與安定，簡而言之，就是太過頑固地堅守在秩序裡，而在此地，秩序卻顯然已經崩壞。最後的這個想法讓我驚駭。馬上離開這裡，我對自己說，任何的動作與言詞都是對我所作所為的侮辱。但我沒走，反而更往教室裡溜去。

我馬上就被一個女孩震住了。她非常漂亮，五官精緻，一頭黑髮垂在肩上，年紀肯定比我輕。我無法轉開視線。她站在幾個好鬥的小伙子中間，背後是個年約三十，抽雪茄的黑人，像保鑣似地緊緊貼近她。她在這個環境裡顯得很突出，除了美貌之外，也因為她懷裡抱了個才幾個月大的嬰兒。她給寶寶餵奶，同時密切注意衝突的進展，偶爾還叫嚷幾句。寶寶穿著藍色衣服，一雙紅通通的小腳露出來，喝完奶，嘴巴離開乳頭之後，她並沒有把乳房塞回胸罩裡，就這樣裸露著，白襯衫敞開，胸部脹大，嘴巴微張，蹙起眉頭，直到發現寶寶沒在吸奶，才反射動作似地想讓他重新貼近胸前。

這女孩讓我不安。在煙霧瀰漫的嘈雜教室裡，她是個很不協調的母性象徵。她年紀比我還輕，有精緻優雅的外表，有個孩子要照料。然而她還是掙脫年輕婦女應該專心照顧子女的刻板印象。她嚷叫，她比手畫腳，她要求發言，她忿怒大笑，她輕蔑地指著某人。然而寶寶是她的一部分，他搜尋她的乳房卻沒找到。他倆一起組成了某種脆弱的意象，彷彿是畫在玻璃上，隨時有破裂的危險：寶寶會摔出她的臂彎，某人的肘彎或某個無法控制的動作會撞上他的頭。突然之間，梅麗雅羅莎出現在她身邊，我很開心。終於，她出現了。她這麼活力充沛，這麼開朗愉快，這麼親切可人。她好像和那位年輕媽媽很好。我揮手，她沒看見。她在那位年輕媽媽耳邊簡短講了幾句話，消失，然後又出現在講台旁邊的那群人之間。這時側門進來了一小群人，光是看見他們，大家就安靜下來了。梅麗雅羅莎打個手勢，等到有回應之後，就拿起擴音器，講了幾句話，讓擁擠的教室安靜下來。有那麼幾秒鐘的時間，我還以為是因為米蘭，是因為那段時間的緊張動盪，是因為我自己的激動不安，產生了力量，讓我腦袋裡的黑影重新現身。曾經有多少次，我想起我最初的政治教育？梅麗雅羅莎把擴音器交給她身邊的年輕人，我馬上就認出他來了。他是法蘭柯．馬利，我在比薩初期的男朋友。

15

他還是和以前一樣：同樣溫暖且具說服力的嗓音，同樣有條不紊的演說能力，從一般性的泛泛之論，透過有序的邏輯推衍，一步步導向普通的日常經驗，揭露其意義所在。就在我下筆的此刻，我發現自己對他的外表記憶無多，只記得他那張鬍子刮得乾乾淨淨、蒼白的臉，以及一頭短髮。然而，他卻是當時唯一曾和我親密如夫妻的對象。

法蘭柯演講結束之後，我走向他。他眼睛一亮，不敢置信，伸手擁抱我。但我很難和他講話，有人拉他的手臂，有人開始批評他，不停指著他，彷彿要他承擔某些恐怖罪行的責任似的。我留在講台旁邊，很不安。在匆忙間，我看不見梅麗雅羅莎的身影。但這一次是她看見我了，拉拉我的手臂。

「你在這裡幹嘛？」她很高興地問。

我沒解釋說我錯過約定的活動，來到此地純屬巧合。我指著法蘭柯說：「我認識他。」

「馬利？」

「是啊。」

她興沖沖談起法蘭柯，然後低聲對我說：他們肯定會要我付出代價，我邀他來，你看看，這是捅了什麼馬蜂窩了。他住在她家，隔天就要去杜林，所以她馬上堅持要我也去住她家。我接受。可惜那家旅館了。

這場活動拖得很久，有幾次鬧得很緊張，始終瀰漫著驚慌的感覺。我們離開大學的時候，天色已暗。除了法蘭柯之外，和梅麗雅羅莎一起的還有那位名叫西薇雅的年輕媽媽，以及另一個男子。這名年約三十、抽雪茄的男子，我在教室裡就注意到了，是一名委內瑞拉畫家，名叫胡安。我們一起到我大姑很熟的一家小餐館吃飯。我和法蘭柯聊了很多，多得足以知道我錯了，他已經和從前不一樣了。戴在他臉上的這張面具——或許是他自己戴上的——看起來雖然和他以前的容貌一模一樣，但已不再落落大方。如今他憔悴，壓抑，字斟句酌。在短暫但沒有其他人聽見的對話裡，他一次也沒提起我們以前的關係，而在我提起往事，埋怨他從不寫信給我的時候，他打斷我的話說：反正就一定要這樣的。對於大學的事也是，他含糊帶過，我知道他沒能畢業。

「還有其他的事情要做。」他說。

「什麼？」

他轉而對梅麗雅羅莎講話，好像很不喜歡我們這種太過親密的交談語氣。

「艾琳娜問我們在幹嘛。」

梅麗雅羅莎很愉快地回答說：「革命啊。」

所以我裝出嘲弄的語氣，說：「那你們空閒的時間呢？」

坐在西薇雅旁邊的胡安一面輕輕搖著寶寶的小拳頭，一面嚴肅地說：「我們利用空閒的時候作好準備。」

吃完晚飯，我們塞進梅麗雅羅莎的車子裡。她住在聖安博洛吉歐區一間寬敞的舊公寓。我發現胡安在那裡有間工作室，是個亂七八糟的房間，他帶法蘭柯和我去看他的作品：大幅的油畫，用近似攝影的寫實技巧描繪擁擠的城市風景，但他刻意毀掉畫作，在畫布上釘著一管管顏料、畫筆、調色盤、松香油罐和抹布。梅麗雅羅莎讚美他的作品，但主要是對著法蘭柯講，她似乎最看重他的意見。

我默默觀察，一頭霧水。胡安肯定是住在這裡，西薇雅也是，因為她抱著寶寶莫寇很自在地在屋裡走來走去。我起初以為這位畫家和年輕媽媽是一對，像房客一樣住在某個房間裡，但我很快就覺得不對。這個委內瑞拉人一整個晚上都用心不在焉的態度對待西薇雅，雖然也是客客氣氣的，但卻常攬著梅麗雅羅莎的肩膀，有一回還親吻她的臉頰。

剛開始的時候，我們聊著胡安的畫作。法蘭柯對於視覺藝術的鑑賞力，向來好到令人嫉妒的地步，也有很敏銳的批判力。我們聽得入神，除了西薇雅之外，因為在此之前一直都很乖的寶寶，突然開始哭，怎麼哄都不肯停。有那麼一會兒，我很希望法蘭柯也會談起我的書，我相信他一定可以講些充滿智慧的話，就像對胡安的畫作一樣，有些嚴謹的評論。結果沒有人提起我的小說，胡安不滿法蘭柯對藝術與社會的某些觀點，顯得很不耐煩，於是我們開始討論義大利的文化背景，選舉所產生的政治圖像，社會民主連鎖反應似地妥協讓步，以及學生運動和警察鎮壓，也就是所謂的「法國教訓」。這兩個男人的交談開始有衝突了。西薇雅搞不清楚莫寇到底要什麼，離開房間又回來，大聲斥喝，好像他是個大孩子，一面又在她帶孩子去房間換尿布的那條長走廊上大聲嚷嚷，講著一些反駁論點的陳腔濫調。梅麗雅羅莎提到索邦大學設立托兒所，照顧抗議學生的子女，並說六月初又冷又濕的巴黎仍然因為罷工而癱瘓，這不是她親眼看見的第一手情報（沒辦法到那裡去，她覺得很遺憾），但有個朋友寫信告訴她的。法蘭柯和胡安都聽得心不在焉，而且兩人的辯論非但沒有止息，對彼此的憎惡還不斷增高。

結果是，我們這三個女人發現自己像小母牛似的，等待兩隻公牛結束彼此的角力。這情況讓我生氣。我等著梅麗雅羅莎再次出手干涉，我自己也打算這麼做。但法蘭柯和胡安不讓我們有機會。寶寶開始尖叫，西薇雅對他更凶了。我想起莉拉生傑納諾的時候年紀比她更輕。隱隱約約的，好像有著什麼因素讓我將西薇雅和莉拉之間扯上關係。這感覺從在教室裡的時候就有了。或許是因為莉拉在尼諾失蹤、與斯岱方諾關係破裂之後獨力撫養兒子。又或者是她的美貌，倘若她帶著傑納諾來參加會議，肯定會是比西薇雅更有魅力、也更剛毅的母親。但莉拉如今已與這一切無涉。我在教室裡感受到的浪潮終會湧到特杜西歐的聖吉瓦尼，但她，在那個地方安身立命、貶抑自我的她，永遠也察覺不到。多麼可惜啊，我覺得愧疚。我應該要帶她走的，綁架她，讓她隨我到天涯海角。或者讓她在我身上有更強烈的角色，讓她的聲音與我的聲音合而為一。就在那個當下，我聽見她說：就算你不想開口，就算你放任他們兩個去爭辯，就算你活像公寓裡的一棵盆栽似的，至少可以幫那個女孩一把，想想看有個小寶寶是什麼滋味。我搞不清時間與空間，搞不清這些遙遠的心緒。我跳起來，從西薇雅手裡接過寶寶，動作極輕，極小心。她很高興地把寶寶交給我。

16

這孩子長得真漂亮：這是值得紀念的一刻。我馬上就被莫寇迷住了，他的手腕、大腿都有一圈圈粉紅色的肉。太可愛了，眼睛這麼漂亮，頭髮這麼多，腿這麼修長，味道這麼好聞。男人們的聲音淡去，他們辯論的意旨與敵意也淡去，有個新鮮的感覺在我身上出現了。我覺得很愉快。我就像感受到無法控制的火燄那樣，感覺到這孩子身上的暖意和動能，我的每一個感官都變得更加敏銳，彷彿我摟在懷裡的這個完美生命有著變得無比鮮明的感受力，我體會到他的甜美和我對他的責任，我作好準備，要挺身保護他，不受潛伏在屋內任何黑暗角落的邪靈侵擾。莫寇必定也了解，所以安靜下來。這也讓我覺得很高興，能帶給他平靜安心，我覺得很自豪。

等我回到房間時，看見西薇雅頭枕在梅麗雅羅莎的腿上，聽那兩個男人的討論，不時緊張地大聲插嘴。她轉頭看我，必定也看到摟著孩子的我一臉愉悅。她跳起來，從我懷裡接過孩子，匆匆道聲謝，就抱他上床睡覺。我突然有一種失落的感覺，很不愉快。莫寇在我懷裡的暖意已經消失了，我再次坐下，心情很不好，思緒很混亂。我想要寶寶回來，我希望他再次放聲大哭，好讓西薇雅向我求助。我是怎麼回事？我想要小孩？我想要當媽媽，哺乳，唱搖籃曲？婚姻加懷孕？要是在我自以為安全無虞的時候，我媽媽又從我肚子裡迸出來該怎麼辦？

17

我花了好一會兒功夫才集中精神，注意聽法國帶給我們的教訓，也就是這兩個男人激烈爭辯的主題。但是我不想保持沉默。對於巴黎發生的事件，我想講一些我讀到的資料和我自己的想法，但是我講不出來，思緒和心裡那一個個不完整的句子纏結在一起。讓我詫異的是，向來如此聰慧、如此自由不羈的梅麗雅羅莎也一言不發，從頭到尾只贊同法蘭柯說的話，露出美麗的微笑，讓胡安緊張，偶爾還覺得很沒安全感。就算她不開口，我對自己說，我也要說，否則我幹嘛答應到這裡來，我何不回旅館就好？對這幾個問題，我已有答案。我想讓以前就認識我的人，知道我現在有了什麼變化。我想讓法蘭柯知道，他不能再當我是多年前的那個小女生，我希望他知道我已經變成完全不同的一個人，我希望他當著梅麗雅羅莎的面說，這個已然不同的人值得他敬重。因此，既然寶寶已經安靜下來，西薇雅抱他回房，他們母子倆已不再需要我，我便等了一會兒，找到時機反駁我前男友的看法。我的反駁只是隨便想到的，並沒有具體的信念作基礎，目的只是表達我反對法蘭柯，而我也確實做到了。我心中揣著幾個字句，刻意裝出信心十足的模樣。我說法國階級革命的發展讓我有些不解，學生和工人的聯盟很抽象。我語氣果斷，深怕這兩個男人會打斷我，也怕我講出一些會再次讓這兩個男人重啟戰端的話來。結果並沒有，他們專心聽我講，每一個人，包括輕手輕腳隻身回到房間裡來的西薇雅。我講話的時候，法蘭柯和胡安都沒露出不耐煩的表情，事實上，還有兩三次，在我提到「人民」這兩個字的時候，這位委內瑞拉畫家還有表示贊同。這讓法蘭柯很惱。他說，你說的這個情況在客觀上來看並非革命，他語帶嘲諷，刻意加強語氣。我認得他這個口吻，他是用取笑我來捍衛自己。我們就這樣你來我往，他說一句我就回敬一句，反之亦然：我不知道客觀是什麼意思；意思是這行動無可避免；所以若非無可避免，你就袖手旁觀；不，革命就是要去做不可能的任務；在法國，學生就做了不可能的事，教育體系崩壞，再也無法修復：承認吧，情況改變，他們也會改變；是沒錯，但是沒有人要求你或其他人出具證明或保證，證明這情勢是客觀的革命，學生採取行動，就是這樣；才不是這樣；就是這樣。諸如此類。講到最後，我們都沉默下來。

這樣的交談很怪異，不是因為討論的內容，而是交鋒的激昂語氣，我們拋開了所有的禮儀規範。在梅麗雅羅莎眼裡，我瞥見一抹興味盎然：她明白，要是我用這樣的語氣和法蘭柯講話，我們的關係必定不僅僅是大學同學那麼單純。來吧，幫我一下，她對西薇雅和胡安說。她得拿梯子來，替我和法蘭柯拿床單。兩個人跟著她走。胡安在她耳邊低聲說了幾句話。

法蘭柯瞪著地板好一會兒，緊抿嘴唇，彷彿想忍住不笑，溫柔地說：「你還是以前那個小資產階級。」

多年前，每回我擔心在他房間裡被逮到的時候，他就是這樣取笑我的。沒有其他人在場，我脫口而出：「你才小小資產階級呢，從出身、教育、行為都是。」

「我沒打算得罪你。」

「你沒得罪我。」

「你變了，你變得更有企圖心了。」

「我還是和以前一樣。」

「家裡都還好嗎？」

「都好。」

「那位對你來說很重要的朋友呢？」

這個問題的邏輯跳躍，讓我一愣。我以前對他提過莉拉嗎？是怎麼講的？為什麼他現在會想起她？他在那裡看見了我所沒發現的關聯性？

「她很好。」我說。

「她現在在做什麼？」

「她在那不勒斯郊區的香腸工廠工作。」

「她不是嫁給雜貨店老闆？」

「婚姻不順。」

「我去那不勒斯的時候，你一定要介紹我們認識。」

「那當然。」

「給我電話號碼和地址。」

「沒問題。」

他看著我，思索著要怎麼說才最不傷我。「她讀過你的書嗎？」

「我不知道。你讀過了嗎？」

「當然。」

「你覺得如何？」

「很好。」

「哪一方面。」

「有些章節很棒。」

「那些部分？」

「你讓主角有能力用自己的方法把事情串在一起的那些段落。」

「就只有這樣？」

「這樣還不夠？」

「不，顯然你並不喜歡。」

「我都說了，這本書很好。」

我很了解他，我知道他竭力不羞辱我。這讓我生氣。我說：

「這本書引起廣泛討論，賣得很好。」

「很好啊，不是嗎？」

「是很好，但對你來說不是。這書就這麼不好嗎？」

他再次緊抿嘴唇，下定決心：「不太有深度，艾琳娜。在瑣碎的愛情故事和追求社會地位提升的渴望背後，你隱藏了最值得說的。」

「是什麼？」

「算了吧。很晚了，我們該睡了。」他想裝出略帶諷刺的親切表情，結果卻只像個有重責大任要完成的人，不能把太多心力分給其他人。「你能做的都做了，對吧？但是眼前這個時機，客觀來說，並不是該寫小說的時候。」

18

這時梅麗雅羅莎和胡安、西薇雅帶著乾淨的毛巾和睡衣回來。她肯定聽到最後那句話，也知道我們是在談我那本書，但什麼都沒說。她大可以說她喜歡那本書，說任何時間都可以寫小說，但她沒說。從她的反應我知道，雖然他們都說很喜歡，但在這個耽溺於政治熱情的圈子裡，我的書被認為是無足輕重的小事，而有助暢銷的那些篇章，不是被當成我未曾讀過的那些更色情作品的廉價翻版，再不然就是被貼上法蘭柯那個輕蔑的標籤：瑣碎的愛情故事。

我這位大姑很有禮貌但匆匆告訴我浴室和我的房間在哪裡。我對法蘭柯道晚安，他明天一早就要離開。我只和他握握手，他沒打算要擁抱我。我看著他和梅麗雅羅莎走進房間，從胡安陰沉的表情和西薇雅不悅的眼神，我知道這位客人和屋子的女主人今晚會睡在一起。

我回到分配給我的房間裡。這裡有陳腐的菸味，床單凌亂的單人床，沒有床頭櫃，除了天花板上幽暗的頂燈之外沒有檯燈，地板上堆著報紙，幾本《曼納博》、《新承諾》、《馬卡特》之類的雜誌，昂貴的藝術書籍，有些被翻得很舊，有些則顯然沒人翻過。我在床底下找到一個菸蒂都滿出來的菸灰缸。我打開窗戶，把菸灰缸放在窗台上。梅麗雅羅莎借我的睡衣太長也太緊，我光著腳丫，沿著幽暗的走廊到浴室。沒有牙刷一點也不困擾我，我成長的過程裡並不刷牙。刷牙是我最近才養成的習慣，是在比薩養成的。

躺在床上，我努力用幾年前的法蘭柯印象來蓋過今晚所見到的他。幾年前的他是慷慨大方的年輕人，愛我，幫我，什麼都買給我。教育我，帶我到巴黎參加政治集會，到他爸媽在維希里亞的房子度假。但我沒辦法忘掉今晚的他。如此騷動不安的當下，擁擠教室裡的叫囂，還有那些在我腦袋裡縈繞、寫滿我筆記本的政治教條，都壓倒了當年的他。我被自己的文學前途所迷惑了嗎？法蘭柯的說法是對的嗎，除了寫小說之外還有別的事情必須做？我在他心中留下了什麼樣的印象？他對我們的愛留下了什麼樣的回憶，倘若他還有回憶可言的話？他是不是會對梅麗雅羅莎埋怨我，就像尼諾對我埋怨莉拉一樣？我覺得深受傷害，灰心沮喪。我原本以為今夜會是很開心，或許只稍帶一點點憂傷的夜晚，結果卻是悲哀的一夜。我恨不得這個晚上快快過去，讓我可以回那不勒斯。我得起身才能關掉電燈，然後在漆黑之中回到床上。

我無法入睡，輾轉反側，這房間裡的床有其他人身體留下的臭味，很類似我自己家裡那種親密接觸的感覺，只是在這裡留下痕跡的，很可能是可憎的陌生人。後來我睡著了，但猛然驚醒，因為有人進了我的房間。我低聲說：是誰？胡安回答。他用哀求的口吻直截了當地說，彷彿要求一個很大的恩惠，像請求急救似地問：

「我可以和你一起睡嗎？」

這個要求委實太荒謬，讓我霎時清醒過來，為了要釐清問題，我問：「睡？」

「是啊，躺在你旁邊。我不會吵你的，我只是不想一個人。」

「絕對不行。」

「為什麼？」

我不知道該怎麼說，只喃喃低語：「我訂婚了。」

「那又怎樣？我們只是睡覺，沒有別的。」

「走吧，拜託。我甚至不認識你。」

「我是胡安。我給你看過我的作品，你還想要什麼別的？」

我感覺到他坐在床上，我看見他黑色的側影，聞到他帶有雪茄味的鼻息。

「拜託，」我說：「我睏了。」

「你是作家，你寫愛情。我們之間發生的一切可以滋養想像力，幫助我們創作。讓我靠近你，這是你以後可以用在寫作的素材。」

他用指尖摸我的腳。我受不了，跳起來，打開電燈。他還坐在床上，只穿內衣褲。

「出去。」我恨恨地說，語氣果決，不容商量，那近乎咆哮的嗓音如此明確，如此決斷，準備卯足全力動手打他。他緩緩站起來，厭惡地說：

「你真是偽善。」

他離開房間。我關上門，但門上沒有鎖。

我嚇壞了，非常生氣，也很害怕，腦袋裡淨是殘忍的對話。我等了一會兒才回床睡覺，但沒關燈。我到底暗示自己是什麼樣的人，讓人留下什麼樣的印象，竟然讓胡安覺得提出這樣的要求合情合理？是我的書讓人覺得我是個開放的女人？難道我講出的政治語彙，不只是一種言詞交鋒，不只是一種證明我和男人一樣優秀的遊戲，而且還界定了我整個人，代表我是個可以隨便弄上床的女人？難道是某種同志情誼讓這個男人毫無顧忌地闖進我的房間，也讓梅麗雅羅莎毫無顧忌地帶法蘭柯進她的房間？或者我因為在大學教室裡所感受到的那種有毒興奮而中了毒，散發出毒氣卻不自知？在米蘭，我總是覺得自己隨時準備好要背叛彼耶特洛，和尼諾上床。但那是多年來的熱情，讓性欲和背叛有了正當性；然而性愛本身，那對性高潮無法遏止的需求，並不會，我不會想要這樣。我沒有準備，這讓我覺得憎惡。我為什麼要在杜林讓瑷黛兒的朋友撫摸我，我為什麼要在這個屋子裡讓胡安碰我？我是表現出什麼了？而他們又是想表現什麼呢？我驀然想起和唐納托．薩拉托爾的事。我後來寫進小說裡的那個伊斯基亞海灘上的夜晚並不算什麼，但他出現在妮拉廚房裡的那一次，在我剛上床時跑進來吻我，摸我，讓我不由自主地體驗到一波波歡愉的那一夜卻不然。當時那個驚駭恐懼的女孩，和在電梯裡遇襲、和今夜房間遭入侵的女人有什麼關係嗎？璦黛兒那位極有修養的朋友塔拉塔諾，以及這個委內瑞拉藝術家胡安，和尼諾的父親，那個鐵路局員工、拙劣詩人、收錢的記者，是不是都是同一個模子塑造出來的呢？

19

我無法入睡。除了繃緊的神經和各種矛盾的思緒外，莫寇也來湊熱鬧，又開始哭了起來。我想起摟他在懷裡的那個感覺，既然他哭鬧不休，我就無法坐視不管。我起床，隨著他的哭聲來到一扇有燈光滲出的門前。我敲門，西薇雅很粗聲粗氣地應門。這個房間比我的房間舒適一些，有個老舊的雕花衣櫃，床頭櫃，雙人床。她盤腿坐在床上，一身娃娃似的粉紅色，一臉惡狠狠的表情。她雙臂張得開開的，手背貼在床單上，把莫寇抱在光裸的大腿上，像是獻祭似的。寶寶也光著身子，渾身發青，嘴巴張得開開的像個黑洞，小眼睛瞇了起來，拳打腳踢。起初她對我有點敵意，接著就放鬆下來。她說她覺得自己是不適格的母親，不知道該怎麼做，非常絕望。最後她說：他老是這樣，好像不想吃東西，說不定是病了，也說不定會死在床上，她這樣講的時候，和莉拉非常不一樣——很醜，嘴唇緊張抽搐變形，瞪大眼睛。最後她哭了起來。

哭泣的媽媽和兒子讓我感動。我好想摟著他們，摟得緊緊的，輕輕搖晃。我低聲說：我抱他一會兒，好嗎？她一面哭，一面點頭說好。所以我從她腿上抱起寶寶，摟在胸前，再次感覺到他的氣味，他的聲音，他的溫暖，彷彿他的生命活力在分隔多時之後愉悅地重回我身上。我在房裡走來走去，輕聲細語地講著沒有文法的義大利文，是我即興創造、沒有意義的愛的讚頌。莫寇奇蹟也似地平靜下來，睡著了。我輕輕把他放在媽媽身邊，但不想離開他。我很怕一回到房間，就發現胡安待在那裡不肯走。

西薇雅謝謝我，但沒有絲毫感激之意。除了謝謝兩字，還冷淡地加上一堆歌功頌德：你好聰明，你什麼都會做，你知道怎麼讓人敬重，你是個真正的母親，當你的子女一定很好命。我不接受這些讚美，說我要走了。但她有點焦慮，拉著我的手，求我留下來：他會聽見你的聲音，為他留下來吧，他會乖乖睡的。我馬上接受。我們一起躺在床上，寶寶在我們中間，然後關掉燈。可是我們沒睡，我們開始聊起自己。

在黑暗裡，西薇雅的敵意減輕了。她告訴我，她發現自己懷孕時心裡有多恨。她不讓她所愛的那個男人知道她懷孕，也不想對自己承認，她相信這就像生病一樣，過段時間就會恢復正常的。然而，她的身體起了反應，體態也改變了。她出身蒙札的富裕家庭，爸媽都是專業人士。她不得不對爸媽據實以告。場面搞得很難看，她離家出走。但是，她沒承認自己拖了好幾個月，等待奇蹟出現；也沒承認是因為害怕受傷所以沒去墮胎，她竟說是因為她想要這個孩子，因為她愛讓她懷孕的那個男人。那人曾經對她說：如果你想要他，我也會因為愛你而要他。愛她，愛他：在那個當下，他們都是認真的。但過了幾個月，甚至連預產期都還沒到，他們就不再愛彼此了。西薇雅非常堅持這一點，很哀傷地說了一遍又一遍。什麼都沒有了，只留下痛苦。所以她到頭來孑然一身，能勉強撐到今天，都要感謝梅麗雅羅莎。她對梅麗雅羅莎讚不絕口，一講到她就興高采烈，說她是很棒的老師，真的站在學生這邊，是個寶貴的夥伴。

我告訴她艾羅塔一家人都很值得敬重，也說我已經和彼耶特洛訂婚，今年秋天就要結婚。她馬上激動地說：婚姻讓我驚駭，家庭也是，那都是舊東西。她的語氣陡然變得憂鬱起來。

「莫寇的爸爸也在大學裡工作。」

「真的？」

「事情是從我修他的課開始的。他好有自信，好能幹，好聰明，而且很帥。他有所有的優點。學生運動還沒有開始之前，他就說：要教育你們的教授，不要讓他們把你們當野獸。」

「他喜歡寶寶嗎？」

她在黑暗裡笑起來，用苦澀的嗓音低聲說：

「男人啊，除了你愛他、他進到你體內的那些瘋狂時刻之外，都置身事外。所以之後，等你不愛他了，你會覺得很奇怪，以前竟然會需要他。他喜歡我，我喜歡他，結束。一天裡有很多次——我被其他人吸引。你不會嗎？只維持很短的時間，然後就過去了。只有這孩子留下來，他是你的一部分。而父親呢，他是陌生人，也繼續當他的陌生人。就連名字聽起來都不習慣了。尼諾，我說，我會一遍一遍在腦袋裡唸著，一醒來就默唸，像某種神奇的咒語似的。但是如今，聽到這兩個字只會讓我傷心。」

我好一晌沒講話，最後輕聲說：

「莫寇的父親叫尼諾？」

「是啊，大家都認識他，他在大學裡很有名。」

「他姓什麼？」

「薩拉托爾。他叫尼諾．薩拉托爾。」

20

我很早就出門。西薇雅抱著孩子還在沉睡。那位畫家則無影無蹤。我刻意安排，只和梅麗雅羅莎道別。她一大早起床，送法蘭柯到車站，才剛回來，一臉睡意，顯得很不安。她問：

「你睡得好嗎？」

「我和西薇雅聊了很久。」

「她跟你提到薩拉托爾的事？」

「嗯。」

「我知道你們是朋友。」

「他告訴你的？」

「是啊，我們聊到很多你的事。」

「莫寇真的是他兒子？」

「是真的。」她忍著不打哈欠，微笑說：「尼諾很有魅力，女生為他爭得你死我活，把他拉來扯去的。還好，這都是快樂時光，你喜歡什麼就做什麼，最重要的是他有力量帶來喜悅，帶來行動的意願。」

她說學運需要像他這樣的人。然而，他也需要有人照料他，陪他成長，指引他。非常有能力的人，她說，應該要接受指引：他們心裡總是潛藏著資產階級民主派、技術管理者、現代化人士的影子，等待被喚醒。我們兩個都為沒能多些時間在一起而覺得遺憾，說下一次一定要改進。我回旅館拿行裡，就離開米蘭了。

搭上火車，展開回那不勒斯的漫長旅程時，我才開始消化尼諾有另一個兒子的事實。一股陰鬱的悲涼從西薇雅延伸到莉拉，從莫寇延伸到傑納諾。在我看來，伊斯基亞的熱情，佛利歐的愛之夜，馬提尼廣場的祕密戀情，以及懷孕——全都淡去了，只剩下毫無情感的故事設定：尼諾離開那不勒斯之後，和西薇雅燃起愛火，天曉得還有多少個女孩。這事讓我惱怒，彷彿莉拉就窩在我心裡的某個角落，我體會到她的感受。她若是知道這件事會有多痛苦，我感覺得到。我怒火中燒，彷彿他做的錯事也讓我受苦。尼諾背叛了莉拉和我。她和我都同時受到羞辱，因為我們愛他，卻沒得到他愛的回報。因此，儘管他有諸多優點，仍然是輕佻膚淺的人，是個動物有機體，只留下汗水和體液就轉頭離去，把歡愛之後的殘餘物毫不在意地留在女人肚子裡，讓那活生生的物質滋長成形。我還記得幾年前他到街坊來找我，和我在院子裡講話的時候，玫利娜在窗口看見他，把他誤認成他父親。唐納托的舊情人看見在我眼中並不存在的相似點。但如今情況很清楚，她是對的，而我錯了。尼諾並不是因為怕成為他父親而逃離父親身邊。尼諾始終是他父親，但他不願承認。

然而我無法恨他。在熱氣蒸騰的火車裡，我不只回想在書店見到他的情景，而且把他置入那段時間以來的種種事件、言論與評述裡。性愛追逐我，攫住我，齷齪卻充滿吸引力的性愛，在舉手投足、在言詞對談、在書裡無所不在。分隔牆開始崩塌，禮教的枷鎖開始碎裂。尼諾專注地活在當下。大學裡那些散發臭氣的粗暴群眾，尼諾是他們之中的一份子，他很適合梅麗雅羅莎那幢亂七八糟的房子，而他肯定也曾是她的愛人。靠著他的聰穎，他的欲望，他魅惑的能力，他可以在那段時間自信遊走，四處探究。我把他和他那個滿腦子色情欲念的父親聯想在一起，或許是錯的。他的行為屬於另一種文化，就像西薇雅和梅麗雅羅莎指出的。女孩子想要他，他接受她們，這並不是權力的濫用，並沒有任何的罪咎，這只是追求欲望的權利而已。誰知道呢，說不定尼諾告訴我莉拉很差勁，甚至連性的問題都一樣時，是想要讓我知道，裝模作樣的時代已經結束了，賦歡愉以責任是錯的。就算他遺傳了他父親的本性，他對女人的熱情也肯定是另一回事。

我就這樣回到那不勒斯，想到有多少人愛尼諾，而尼諾又愛了多少人時，我既驚訝又失望地發現自己竟然讓步，甚至承認：這又有什麼不對呢，他不過是和知道如何享受生命的人一起享受生命的喜悅。回到街坊時，我清清楚楚地意識到，正因為所有的女人都愛他，而他也接納她們每一個，所以始終愛著他的我更想要他了。我下定決心，要不計一切代價避免再見他。至於莉拉，我不知道該怎麼做。緘默，或全盤托出？等我見到她的時候，就得作個決定。

21

在家裡，我沒有時間，或者應該說我不想有時間去想這個問題。彼耶特洛打電話來，說他下週要來看我爸媽。我像接受無可避免的厄運那樣接受了，努力找家旅館，打掃房子，減輕我爸媽的焦慮。最後的這一項工作徒勞無功，情況只有變得更糟。街坊裡傳出惡毒的謠言：關於我的書，關於我，關於我的不斷獨自旅行。我媽為了辯護，吹噓我就要結婚了，但為了怕我不在上帝面前完婚引來更複雜的問題，所以她假稱我要在熱內亞結婚，而不是在那不勒斯。結果八卦更多了，讓她氣急敗壞。

有天晚上她質問我，說大家都在讀我的書，很生氣，在她背後議論紛紛。我的兩個弟弟——她嘶吼——不得不動手揍屠夫的兒子，因為他說我是賤貨。不只這樣：他們還一拳揍上艾莉莎一個同學的臉，因為他要求艾莉莎做像姊姊一樣的齷齪事。

「你到底寫了什麼？」她嚷著。

「什麼都沒有，媽。」

「你寫的是你做的噁心事情嗎？」

「什麼噁心事情。你自己看啊。」

「我才不浪費時間看你寫的廢話。」

「那就別管我。」

「要是你爸發現外面那些人是怎麼說你的，肯定會把你趕出家門。」

「不必他趕，我會自己走。」

那時是傍晚，我出門散步，免得講出我之後會後悔的話忤逆她。在小街上，在花園裡，在通衢大道，我感覺到大家都盯著我看，一條條可悲的影子，在這個我已不再棲身其中的世界裡。我碰見姬俐歐拉，她下班正要回家。我們住在同一棟樓，所以一道走。但我很怕她遲早會講出一些讓我生氣的話。但沒有，很意外的，向來凶巴巴，甚至很惡毒的她卻非常溫順。

「我讀過你的書了，很棒。你敢寫出這些事，真是太勇敢了。」

我心中一凜。

「什麼事？」

「你在海灘做的事啊。」

「我沒做。是書裡的角色做的。」

「是啊，可是你寫得非常好，小琳，和真的一樣，和真實的情況一樣骯髒。那是只有身為女人才知道的祕密。」然後她拉著我的手臂，要我停下來，輕聲說：「要是你見到莉娜，就告訴她，她是對的，我不得不承認。她不甩她老公、她媽媽、她爸爸、她哥哥、馬歇羅、米凱爾是對的，他們全是混蛋。我應該要逃離這裡，以你們兩個為榜樣的，你們是這麼聰明。可是我天生就笨，我什麼也做不到。」

我們沒再說什麼重要的事情，她停在她家外面的樓梯平台上，我回我家。但我忘不掉她的話。讓我吃驚的是，她恣意把莉拉的墮落和我的崛起扯在一起，對照她自己的情況，彷彿具有同等的積極意義似的。但是在我心裡留下最鮮明印象的，是她在我小說的齷齪情節裡，印證了她自己的齷齪經驗。這是個新的事實，我不知道該如何評估。特別是彼耶特洛來了，我有好一陣子沒再想起這個問題。

22

我到車站接他，帶他到斐藍薩路，我爸推薦了這裡的一家飯店，我最後決定訂下。彼耶特洛似乎比我爸媽更焦慮。他步下火車，像平常一樣蓬頭亂髮，疲倦的臉因為熱氣而脹得通紅，拖著一個大行李箱。他想為我媽買一束花，但有違平日習慣的是，似乎只有夠大、夠貴的花才能讓他滿意。到了飯店，他讓我捧著花在大廳等他，保證很快就會出來，結果花了半個鐘頭重新打點，換上藍色西裝、白襯衫、藍領帶和擦得晶亮的皮鞋。我噗嗤笑出來，他問：我看起來不好嗎？我要他放心，他看起來非常好。但是走在路上，我感覺到男人們的目光，他們嘲諷的笑聲，甚至比我獨行時還要來得嚴重，彷彿是要強調我的同伴不值得尊敬。彼耶特洛自己捧著那一大束花不讓我拿，每一個細節都值得敬重的他並不適合我的城市。雖然他一手攬著我的肩頭，我還是覺得我才是保護他的那個人。

艾莉莎來開門，接著我父親來到門口，再來是我弟弟，全都穿上他們最好的衣服，全都過度熱絡。我媽媽最後一個出現，在馬桶沖水聲之後傳來她瘸腿的腳步聲。她上美容院做好頭髮，嘴唇和臉頰都上了顏色，想想，她以前也曾經是個漂亮的女孩。她高傲地收下花束，我們一起坐在餐廳裡。這裡已經沒有夜裡架起、早上凌亂不堪的床鋪了。一切都整整齊齊，餐桌精心擺設。我媽和艾莉莎為做菜忙了好幾天，讓這頓飯吃得沒完沒了。彼耶特洛讓我很驚訝，變得非常健談。他問起我爸在市政府的工作，讓我爸備受鼓舞。他講到拋開費力的義大利文，開始用方言講起同事的趣事，而我這位未婚夫雖然聽不太懂，卻也一副聽得津津有味的模樣。最重要的是，他吃飯的那個勁兒，是我從未見過的，不只讚美我媽和我妹端上來的每一道料理，而且還問——他是連蛋都不會煮的人耶——每一道菜的配料，彷彿馬上就要下廚演練。他對馬鈴薯餅讚不絕口，我媽不只給他再添一份，而且答應——雖然還是平常那種不甘不願的口氣——在他離開前要再做一次。不到一會兒，氣氛就變得熱絡親切起來了。就連派普和紀亞尼也留在餐桌上，沒跑出去找朋友玩。

吃過晚飯之後，我們進入正題。彼耶特洛一本正經，請我爸允許他娶我。他的表情和充滿感情的聲音讓我妹妹熱淚盈眶，讓我弟弟覺得很有趣。我父親有點尷尬，嘟囔著說有位這麼聰明的教授提出這個問題，讓他覺得很光榮。這個晚上似乎就要這樣落幕了，但我媽突然插嘴，沉著臉說：

「你們不想在教堂結婚，我們不同意：沒有神父的婚姻不算是婚姻。」

沉默。我爸媽一定偷偷達成協議，由我媽負責宣告他們的立場。但我爸無法反對，立刻對彼耶特洛露出勉強的微笑，意思是，他太太所謂的「我們」雖然包括他在內，但他準備好要講道理。彼耶特洛報以微笑，但這一次他不再把我爸當成是有效的交談對象，而是直接對我媽說。他用充滿情感的語氣，延續他既有的習慣，以簡單明瞭的話語當開場白。他說他很能理解，但也希望他們能理解他。他說，對於虔誠信仰上帝的人，他都非常敬重，但不覺得自己能做得到。他說不信仰宗教並不是什麼都不相信，他說他有絕對的信心，絕對相信他對我的愛。他說我們的婚姻是因愛而得以鞏固，並不是因為有祭壇，神父或市府官員。他說，反對宗教儀式，就他而言是原則問題，如果他是個沒有原則的人，我肯定不愛他，或對他的愛會少很多。最後他說，我媽當然不會願意把女兒託付給毀棄自己存在基礎的人。

這些話讓我爸聽得頻頻點頭稱是，我弟張大嘴巴，而我妹再次被感動了。可是我媽不為所動。有一會兒，她就只是轉動她的結婚戒指，然後抬眼深深看著彼耶特洛，她沒重拾話題說她被說服了，或繼續和他爭辯，而是用冷淡堅定的口吻開始細數我的優點。我從很小的時候就很不尋常。我可以做到街坊的女孩都做不到的事。我始終是她的驕傲，是全家人的驕傲。我從未讓她失望。我有權利享受幸福，要是有人讓我受苦，她就要回敬他一千倍的痛苦。

我覺得很尷尬。我一直想要弄清楚她是認真的，或者一如往常，只是想要告訴彼耶特洛說，她才不在乎他是個教授，不在乎他講的那些話，不是他給格瑞柯家恩惠，是格瑞柯家給他恩惠。我分辨不出來。但我未婚夫百分之百相信她，對我媽講的話，他完全沒有異議。最後她沉默下來時，他說他很清楚我是多麼有價值的珍寶，他由衷感謝她把我培養成這樣的人。然後他伸手到外套口袋裡，掏出一個藍色的小盒子，怯怯地遞給我。這是什麼，我想，他已經給過我戒指了，難道又要給我一枚？我打開盒子。是一枚非常漂亮的戒指，玫瑰金，一顆紫水晶，周圍鑲了一圈鑽石。彼耶特洛喃喃說：這是我外婆的戒指，我們全家人都希望你能收下。

這禮物代表今晚儀式的結束。我們又開始喝酒。我爸又開始講他工作和生活的趣事。紀亞尼問彼耶特洛支持那一支球隊，派普找他比腕力。我幫我妹清理餐桌。在廚房裡，我千不該萬不該問我媽：

「你覺得怎麼樣？」

「戒指嗎？」

「彼耶特洛。」

「很醜，腿是歪的。」

「爸爸也好不到哪裡去。」

「你非要說你爸壞話不可嗎？」

「沒有。」

「那就閉嘴。你只會對我們頤指氣使。」

「才不是這樣。」

「不是？那你幹嘛讓他指揮你？他有原則，你就沒原則嗎？你也自愛一點。」

艾莉莎打岔道：「媽，彼特耶洛是個紳士，你不知道真正的紳士是什麼樣子。」

「那你就知道？小心一點，你還小，要是你不知分寸，我就揍你。你看見他的頭髮了嗎？紳士的頭髮會像那樣？」

「紳士是不能用一般的英俊不英俊來判斷的，媽，真正的紳士，你一眼就看得出來，他就是典型的紳士。」

我媽假裝要揍她，我妹笑著把我拉出廚房，愉快地說：

「你運氣真好，小琳。彼耶特洛好有修養，而且他很愛你。他把外婆的古董戒指給你，借我看看？」

我們回到餐廳。家裡所有的男人都想和我未婚夫比腕力，他們都想證明自己至少比教授體力強。他沒退縮，脫掉外套，捲起袖子，坐在餐桌旁。他輸給派普，輸給紀亞尼，也輸給我爸。他滿臉通紅，前臂青筋浮現，說對手無恥地違反比賽規則。他頑固地向派普和紀亞尼挑戰，他們兩個可都是練舉重的。他也向我爸挑戰，不知道我爸赤手就能拔掉螺絲釘。從頭到尾我都很擔心，怕不肯放棄的他會扳斷手臂。

23

彼耶特洛待了三天。我爸和我弟很快和他混在一起。我弟很開心，因為他不吹噓自己，也不因為他們在學校表現不佳而失去對他們的興趣。但我媽還是用不客氣的態度對待他，到他離開的前一天才見軟化。那天是星期天，我爸說他要帶女婿去見識一下那不勒斯的美景。他女婿也同意，提議我們在外面吃飯。

「去餐廳？」我媽蹙起眉頭問。

「是啊，媽媽，我們應該要慶祝的。」

「最好我來下廚吧，我們說好要再做馬鈴薯餅的。」

「不，謝謝您。您已經為我做得夠多的了。」

我們正在準備出門的時候，我媽把我拉到旁邊，問：「他要請客？」

「是啊。」

「確定？」

「確定，媽，是他邀我們去的啊。」

我們穿上最好的衣服，一早就到市中心。令我驚訝的第一件事情發生了。我爸為我們導覽。他帶我們的客人看新堡、皇宮、國王雕像、蛋堡、卡拉西歐洛街和大海。彼耶特洛聽得很專心，但後來，第一次來到我們這座城市的他卻開始不卑不亢地為我們介紹，讓我們對自己的城市有了新的認識。真是太厲害了。對這個我度過童年與青春期的城市，我從來沒有太大的興趣，彼耶特洛能以這麼博學多聞的方式讚美此地，讓我驚歎不已。他展現他對那不勒斯歷史、文學、神話、傳奇、掌故的認識，也了解具體可見的紀念碑與被忽略不見的史蹟。我想像他之所以對那不勒斯這麼了解，一方面是因為他原本就是個無所不知的人，另一方面是因為我，因為我的嗓音，我的姿態，我的整個人都受這座城市的影響。當然，我爸很快就覺得自己被罷黜了，我弟弟也很惱。我察覺了，暗示彼耶特洛該住口了。他臉紅起來，馬上就陷入沉默。可是我媽，以她那難以意料的扭曲心態，挽起他的手臂，說：

「繼續，我喜歡，從來沒有人告訴我這些事。」

我們到聖塔露西亞的一家餐廳吃飯，一家據我爸說（他沒來過，但聽說過）非常好吃的餐廳。

「隨便我點什麼都可以？」艾莉莎在我耳邊輕聲問。

「是的。」

時光愉快飛逝。我媽喝太多酒，講了些不得體的話，而我爸和我弟又開始彼此笑鬧，也鬧彼耶特洛。我的目光始終離不開我未來的丈夫。我確信自己愛他，他是個知道自己價值的人，但是若是有必要，他也會自然而然地放下自己。我第一次注意到他的習於傾聽，他的溫柔語調，像神父那般善於聆聽告解，而這讓我滿心歡喜。說不定我可以說服他再多住一天，帶他去看莉拉，告訴她：我就要嫁給這個人了，我就要和他一起離開那不勒斯，你覺得怎樣，我做得很好嗎？我正在思考這個可能性的時候，旁邊一桌五、六個學生開始盯著我們看，笑了起來。我馬上就明白，他們是覺得彼耶特洛的外表可笑，因為他眉毛濃密，前額的頭髮亂七八糟。幾分鐘之後，我兩個弟弟同時站起來，走向那桌，用他們慣有的惡狠態度，和那幾個學生吵起來。衝突發生，咆哮，動手。我媽厲聲叫罵，支持自己的兒子。我爸和彼耶特洛忙著去拉開他們。彼耶特洛一副很樂的樣子，似乎不明白他們打架的原因。離開餐廳到馬路上，他就嘲諷地說：這是你們這裡的習慣嗎，突然站起來，開始揍隔壁桌的人？他和我弟弟比之前更有活力，也更親近。但是一逮到機會，我爸就把紀亞尼和派普拉到旁邊，罵他們在教授面前留下惡劣印象。我聽見派普用近乎耳語的聲音為自己辯護：他們取笑彼耶特洛啊，爸爸，你說我們能怎麼辦？他叫他彼耶特洛，而不是教授，我很歡喜。這表示彼耶特洛是家裡的一份子，是品格高尚的好朋友，就算他長得不好看，也沒有人可以當面取笑他。但是這樁意外讓我確信，最好還是別帶彼耶特洛去看莉拉。我太了解她了，她為人刻薄，會覺得他長得可笑，會像餐廳那群年輕人一樣取笑他。

因為白天的行程弄得筋疲力竭，我們晚上在家吃飯，然後又一起出門，送我未來的丈夫回飯店。道別的時候，我媽情緒高昂，很出乎意料地親吻他的雙頰，還發出響亮的「啵」一聲。但是回到街坊，我們不停說著彼耶特洛優點的時候，她卻默不作聲，一句話都沒說。回臥房之前，她狠狠對我說：

「你運氣太好了——你根本配不上那個可憐的男孩。」

24

一整個夏天，我的書都非常暢銷。我繼續在全國各地演講推書。我現在很謹慎，都用超然的態度捍衛這本書，有時讓愛追根究柢的讀者很掃興。我經常想起姬俐歐拉的話，拿來穿插在我自己的語句裡。

九月初，彼耶特洛搬到佛羅倫斯，住在車站附近的旅館，開始找公寓。他在卡爾馬內聖母大教堂附近找到一間小租屋，我立即啟程去看。這間公寓只有兩個陰暗的小房間，狀況很差。廚房狹小，浴室沒窗。以前我到莉拉的新公寓去唸書的時候，她會讓我在潔白無瑕的浴缸裡泡澡，享受溫暖的熱水和濃密的泡泡。佛羅倫斯這間公寓的浴缸黃黃的，有裂縫，只能坐進去。但我壓抑我的不快，我說沒關係：彼耶特洛的課程已經開始了，他得工作，沒辦法浪費時間。況且，和我娘家比起來，這裡已經像是皇宮了。

然而，就在彼耶特洛準備要簽租約的時候，璦黛兒來了。她不像我這麼怯懦。她斷定這間公寓簡直像雜物間，完全不適合兩個大部分時間都在家工作的人住。所以她做了她兒子沒做、而她可以做的事。她拿起電話，完全不顧彼耶特洛的反對，找了幾個佛羅倫斯的朋友，全是很有影響力的大人物。沒花多少時間，她就在聖尼可羅找到一間光線充足的五房公寓，配有大廚房和像樣的浴室，而且租金低得可笑，因為這是人情價。她還不滿意，自己出錢裝修，並協助我買家具。她列出各種可能性，給建議，指引我。但我常發現她不信任我的順從與品味。要是我說好，她就要一再確認我是真的同意；要是我說不好，她就一再勸說，直到我改變心意為止。一般來說，我都照她的意見做。我很少反對她的看法。遵從她的做法，對我來說並不是問題，事實上我還努力學習。她講話的抑揚頓挫。她的動作，她的髮型，她的服裝，她的鞋子，她的別針，她的項鍊，還有她向來不可少的耳環，在在讓我目眩神迷。我像個專心學習的學生，她很喜歡我的態度。她勸我把頭髮剪短，她催我到可以給她大幅折扣的昂貴店鋪裡買符合她品味的衣服。她給我一雙她很喜歡的鞋，她本想買給自己，但覺得不太吻合她的年紀。她甚至帶我去看她的牙醫朋友。

公寓因為璦黛兒的意見不停進行新的裝修，另一方面也因為彼耶特洛工作太忙，所以婚禮從秋天延到春天，讓我媽得以延長她找我要錢的戰爭。我總是強調我沒忘記自己的家人，來避免嚴重的爭執。裝好電話之後，我重新粉刷玄關和廚房，給餐廳貼上花卉圖案的酒紅色壁紙，為艾莉莎買了一件大衣，也準備裝電視。後來我也給自己一份禮物：到駕訓班註冊，輕鬆通過考試，拿到駕照。但我媽臉色一沉。

「你這麼愛亂花錢？你又沒有車，要駕照幹什麼？」

「等著瞧吧。」

「你想買車？你到底攢了多少錢？」

「不干你的事。」

彼耶特洛有車，一旦我們結婚，我也打算拿來開。他開車載他爸媽來那不勒斯和我爸媽見面時，讓我開了一小段路，繞了舊街坊和新社區。我開上通衢大道，經過小學和圖書館，開過莉拉婚後住的地方，再折返，繞過花園。開車的經驗是我記憶中唯一一件美好的事。除此之外，那個下午可怕至極，緊接著又是一頓吃得沒完沒了的晚餐。彼耶特洛和我拚命想讓我們的父母稍微自在一些，但他們是兩個不同世界的人，沉默無限延長。艾羅塔一家離去時，我媽強迫他們打包帶走一大堆剩菜。我突然覺得自己錯了，徹頭徹尾錯了。我出身這樣的家庭，彼耶特洛出身那樣的家庭，我們身體裡流著各自祖先的血。我們的婚姻會如何發展呢？等在我面前的是什麼呢？我們的親密關係可以克服差異嗎？我可以再寫出另一本書嗎？什麼時候？寫什麼？彼耶特洛會支持我嗎？璦黛兒呢？梅麗雅羅莎呢？

有天傍晚，正想著這些事情的時候，我聽到有人在街上喊我。我跑到窗前——我馬上就認出是帕斯蓋．佩盧索的聲音。我發現他不是一個人，恩佐在他身邊。我心裡一驚。這個時間，恩佐不是應該在特杜西歐的聖吉瓦尼的家裡，和莉拉與傑納洛在一起？

「你可以下來嗎？」帕斯蓋大聲嚷著。

「怎麼回事？」

「莉拉不舒服，她想要見你。」

我馬上來，我說，急忙衝下樓梯，不顧我媽在我背後吼著：這麼晚了還要去哪裡？快回來。

25

我已經很久沒見到帕斯蓋和恩佐，但他們馬上就進入正題——他們是因為莉拉而來，劈頭就談起她的事。帕斯蓋留了切格瓦拉式的鬍子，在我看來，讓他變帥了。他的眼睛看起來更大，眼神也更熾熱，而濃密的鬍子讓他即使笑也不會露出牙齒。另一方面，恩佐並沒有變，仍然像以前一樣沉默寡言，結實精壯。坐進帕斯蓋的小車之後，我才醒悟過來，看見他們在一起我有多意外。我向來確信，街坊裡沒有人想和莉拉與恩佐扯上任何關係。但情況似乎並非如此：帕斯蓋常去他們家，他和恩佐一起來找我，是因為莉拉派他們來。

恩佐用他淡漠卻有條不紊的語氣告訴我事情原委。在特杜西歐的聖吉瓦尼附近工地工作的帕斯蓋下班後到他們家去吃晚飯，但是通常四點半就從工廠回來的莉拉，一直到七點鐘，恩佐和帕斯蓋都到家了還不見人影。公寓裡沒人，傑納諾在鄰居家。他們自己動手煮飯，恩佐餵孩子吃飯。莉拉到九點才回來，臉色慘白，非常緊張。她沒回答恩佐和帕斯蓋的問題，只用驚恐莫名的口吻說：他們拔我的指甲。這根本不是事實，恩佐抓起她的手來看，指甲都還好好的。接著她發起脾氣，把自己和傑納諾關在房間裡。過一會兒，她嚷著要他們去看我在不在家，她有急事要和我說。

我問恩佐：

「你們吵架了嗎？」

「沒有。」

「她覺得不舒服，上班的時候受傷了？」

「我想沒有。我不知道。」

帕斯蓋對我說：

「別在這裡窮擔心了。我敢說啊，莉娜一見到你就會平靜下來。能找到你，我很高興。你現在是大人物，肯定有很多事要忙。」

我否認，但他引了《統一報》的那篇舊報導當證據，恩佐也點頭贊同。他也讀過那篇報導。

「莉娜也看了。」

「她怎麼說？」

「她很喜歡那張照片。」

「可是他們講得一副你還是學生似的。」帕斯蓋嘟囔著說：「你應該寫信給報社，說你已經畢業了。」

他抱怨說就連《統一報》也把所有的版面都留給學生。恩佐說他講的沒錯，他們的論點和我在米蘭聽見的相去不遠，只是遣詞用字更粗俗而已。帕斯蓋顯然特別想講些可以討好我的論點，因為我雖然是他們的朋友，卻也是有照片登在《統一報》上的重要人物。不過他們之所以這樣做，也有可能是為了減輕焦慮。他們自己和我的焦慮。

我靜靜聽。我很快就理解到，他們的關係確實因為政治熱情而更加鞏固。他們常在下班後碰面，在黨部或什麼委員會議上。我聽他們講，禮貌地講幾句，然後再聽他們回答。但是我怎麼也無法把莉拉趕出腦海，不知為何苦惱煎熬的莉拉，這始終不屈不撓的莉拉。往特杜西歐的聖吉瓦尼的車程上，他們倆似乎很以我為榮，帕斯蓋不錯過我講的任何一句話，也不斷從後照鏡看著我。雖然他還是像平常一樣講起話來無所不知的模樣——他是本地共產黨支部的書記——但他認為我對政治的認可是強化他地位的力量。正因為覺得自己得到強力支持，所以他有點苦惱地對我說，他和恩佐以及其他幾個人參與黨內的嚴重鬥爭——他皺起眉頭說，雙手捶著方向盤——因為那些人寧可像條乖乖聽話的狗，等待阿爾多．莫羅[3]的哨聲，也不肯停止延挨，加入戰鬥。

「你覺得呢？」他問。

「就像你說的。」我說。

「你很聰明。」他稱讚我，接著，爬上骯髒的樓梯時，正色說：「你向來都是。對吧，恩佐？」

恩佐點頭稱是，但我知道他每踏出一步，對莉拉的擔憂就多深一重，就像我一樣，為自己還有心情聊天，覺得很有罪惡感。他打開門，大聲說：我們回來了，然後指著上方嵌著毛玻璃的那道門，裡面透出微弱的燈光。我輕輕敲門，走進去。

26

莉拉躺在小床上，衣著整齊。傑納諾睡在她身邊。進來，她說，我知道你會來，給我一個吻吧。我親吻她的雙頰，坐在空床上。這應該是她兒子的床吧。我有多久沒見到她？我發現她更瘦，更蒼白，眼睛紅紅的，鼻子兩側都有皺紋，修長的雙手傷痕累累。她壓低嗓音免得吵醒兒子，幾乎一口氣也沒喘地說：我在報上看到你了，你好漂亮，頭髮好美，你的事情我都知道，我知道你快結婚了，他是位教授，對你很好，你要搬去佛羅倫斯，很對不起，這個時間找你來，我的心一點用都沒有，就像壁紙那樣快要脫膠掉下來了。還好你來了。

「怎麼回事？」我問，伸手輕撫她的手。

這個問題，這個動作已然足夠。她眼睛張得大大的，拳起手，突然抽開。

「我不太好。」她說：「但是等等，別怕，我現在平靜下來了。」

她變得平靜。她字字清晰地輕聲說：

「我讓你不安了，小琳，因為你必須答應我一件事。你是我唯一信任的人。要是我出事了，要是我最後住了院，要是他們把我送進精神病院，要是他們再也找不到我，你必須帶走傑納諾，你必須收留他，帶到你家去撫養他。恩佐人很好，很聰明，我信任他，但是你能給孩子的，他沒

3 阿爾多．莫羅（Aldo Moro, 1916~1978），義大利政治家，曾兩度出任總理，為天主教民主黨的重要領袖，一九七八年為共產黨武裝派系綁架殺害。

辦法給。」

「你幹嘛這樣講話？怎麼回事？你不解釋，我怎麼會明白。」

「先答應我。」

「好吧。」

她又激動起來，讓我心裡一驚。

「不，你不能只說好吧，你要當著我的面說，你會收留這個孩子。要是你需要錢，就去找尼諾，叫他一定要幫你。但是答應我，告訴我：我會撫養這個孩子。」

我很沒把握地看著她。但是我答應了。我答應，坐下來，聽她講了一整夜。

27

這或許是我最後一次鉅細靡遺談到莉拉的事。後來她變得更加閃爍其詞，所以我也就失去了可以發揮的素材。這要歸咎於我們人生道路的分歧，我們之間的距離。然而，就算我住在其他城市，兩人從未見面，她一如往常不給我任何消息，我也不問，但她的影子仍然驅策著我，讓我消沉，讓我驕傲，讓我喪氣，讓我不得安寧。

如今，下筆的此刻，這驅策的力量甚至更強大。我很希望她人在這裡，這也是我為什麼要動筆的原因，我希望她能幫我增刪修潤我的故事，依據她的奇思異想，添加她所知道的細節，她的所思所想所言：她面對法西斯份子季諾的那一次；她見到嘉利亞妮教授女兒娜笛亞的那一次；她回到維多里歐・艾曼紐大道那幢她很久以前就覺得格格不入的公寓的那一次；她坦然面對自己性經驗的那一次。至於聆聽她這冗長故事時，我心中的尷尬、痛苦，以及我所說的一些事，我想我應該留待稍後再談。

28

《藍仙子》一在院子的火堆裡化為灰燼，莉拉就回去工作。我不知道我們的會面帶給她多大的影響——她肯定已經很久都覺得不開心了，但始終儘量不問自己到底是為什麼。她已經知道，搜尋理由是很痛苦的，她等著心裡的不快樂先是變成籠統的不滿，接著變成每日例行的工作：照顧傑納諾，整理床鋪，打掃房子，洗熨寶寶、恩佐和她的衣服，給他們三個人做午飯，千叮嚀萬叮囑地把傑納諾留在鄰居家，匆匆趕到工廠，忍受勞力工作與虐待，回家陪兒子與兒子的玩伴，做晚飯，三個再次一起吃飯，趁恩佐收拾洗碗時帶傑納諾去睡覺，回廚房協助恩佐唸書，因為這對他是很重要的事，所以她就算再怎麼疲累，也不想拒絕他。

她在恩佐身上看見什麼了？是他的本質，我想，就像她希望在斯岱方諾和尼諾身上看見的：終於顯露出他們最真實的面貌。揭掉金錢的紗帳，斯岱方諾就只是一個沒有實體，也不危險的人。尼諾揭去聰慧的紗帳，就變成一縷痛苦的黑煙。相形之下，恩佐目前似乎不會帶來什麼讓人厭惡的意外。為了她也不太明白的理由，打從小學時代，她就很尊敬他。如今長大成人，他的一舉一動都如此簡潔精練，他對待世界的態度如此堅決、篤定，同時又待她如此溫柔，讓她確信他不會突然變形。

當然，他們沒有上床。莉拉辦不到。他們關在各自的房間裡，她聽著他在隔間牆另一邊的一舉一動，直到所有的聲音都停止，只剩下公寓、大樓和街道的聲響。明明筋疲力竭，但她卻很難入睡。在黑暗裡，她無以名之的種種不快全混雜在一起，集中在傑納諾，也就是小黎諾身上。她想：這孩子以後會怎樣呢？她想：我不要叫他黎努西歐，那會讓他降格到講方言的那群人裡面。她想：我一定得幫助和他玩的那些小孩，免得他被他們帶壞了。她想：我沒有時間，我已經不是原來的我了，我再也不曾拿筆，我再也不曾看書了。

有時候她覺得胸口沉甸甸的。她一驚，半夜打開燈，看著熟睡的兒子。她看不見尼諾的影子，在她看來，傑納諾反倒長得像她哥哥。比較小的時候，他整天跟著她打轉，但現在他卻老是覺得無聊，大吼大叫，想跑去玩，對她講難聽的話。我愛他——莉拉思索——但他不管是什麼樣子，我都愛他嗎？這是個可怕的問題。雖然鄰居覺得傑納諾很聰明，但她越是觀察他，越是覺得他不會照著她所期待的樣子長大成人。她覺得奉獻給他的這些歲月都浪費了，她向來以為一個人的人格全由幼年時期所塑造，如今看來她是錯了。你必須堅持不懈，但傑納諾沒有，她也沒有。我的心總是飛馳四散，她對自己說，我表現得很不好，他也是。一想到這裡，她就覺得慚愧，輕聲對沉睡的孩子說：你很聰明，已經會認字，會加減，你媽很蠢，她永遠不知滿足。她親吻孩子的額頭，熄燈。

但她還是睡不著，特別是恩佐晚回家、沒要求她陪他唸書的夜晚。碰到這樣的情況，莉拉會想像他是去找妓女或有了情人，說不定是他工廠裡的同事，或是他加入的共黨組織的同志。男人都是一個樣，她想，至少我認識的都是這樣。他們總是得要不時做愛才行，否則就會不開心，我想恩佐也不例外，他何必要與眾不同呢。況且是我拒絕了他，是我讓他一個人孤枕難眠。我不能要求他。她只擔心他愛上別人，把她趕出去。她並不怕找不到棲身的地方，她在香腸工廠有份工作，而且覺得自己很強大，比嫁給斯岱方諾的時候更強大，因為以前她雖然有錢，卻屈從於老公。她擔心的是恩佐不再親切待她，不再關心她的苦惱，她怕失去恩佐散發的那種沉靜力量，正因為有這樣的力量，他一開始才能帶她離開尼諾，接著又帶他離開斯岱方諾。更重要的是，因為在當前的環境裡，只有他能帶給她滿足，只有他能繼續認可她非比尋常的能力。

「你知道這是什麼意思嗎？」

「不知道。」

「看仔細一點。」

「這是德文啊，恩佐，我不懂德文。」

「可是你如果夠專心，過一下子，你就會懂。」他說，半開玩笑，半認真。

恩佐很認真想取得證書，也成功了，但是，雖然她唸到五年級就沒升學了，他卻還是相信她比他更聰明，認為她有瞬間學會任何東西的神奇能力。事實上，雖然進展不多，但他深信程式語言是人類的未來，能領先加以掌握的菁英，也就能在世界歷史上占有一席之地。他馬上對她說：

「幫我。」

「我累了。」

「我們過的生活很不好，我們必須改變。」

「我覺得很好啊。」

「孩子整天和陌生人待在一起。」

「他大了，他不能活在小圈圈裡。」

「看看你的手變得多慘。」

「這是我的手，我可以用來做我喜歡做的事。」

「我希望能賺更多錢，為你，也為傑納諾。」

「你管好你自己的事，我管我自己的事。」

這話說得很不客氣，一如既往。恩佐註冊了函授課程——很貴，還要求定期把測驗卷寄回蘇黎士總部的國際資料處理中心，改好再寄回來——慢慢地他也讓莉拉加入，而且她很努力趕上進度。可是她表現出來的態度和以前與尼諾在一起時完全不一樣。當時的她整個人著魔似的，一心只想證明自己什麼都可以幫得上他的忙。但和恩佐一起唸書的時候，她很平靜，不想壓過他。研習課程的晚間時光，對他而言是一種奮鬥，對她來說卻很寧靜祥和。或許就是因為這樣，在很罕有的情況下，他遲歸，自己一個人唸書的時候，莉拉卻還是醒著，焦慮不安，聽著浴室裡的水流聲，想像恩佐刷洗掉情人在他身上留下的所有接觸痕跡。

29

在工廠裡——她很快就醒悟——過度工作會使得工人想做愛。但他們並不是晚上筋疲力盡回到家時想和妻子或丈夫做愛，而是在工作的地點，早上或下午。男人一逮到機會就伸出魔掌，光是走過身邊就能開口求歡；而女人，特別是年紀不算太輕的女人，會哈哈大笑，用大胸脯磨蹭他們，墜入愛河。而愛變成一種消遣，可以減輕勞動和無聊，帶來真實人生的滋味。

從莉拉一到工廠開始，男人們就想盡辦法接近她，彷彿要聞她身上的味道似的。莉拉推開他們，他們不是哈哈笑，就是哼著滿是淫穢暗示的歌曲。有天早上，為了把話說清楚，她甚至扯下一個男人的耳朵，只因為他走過她身邊時講了猥褻的話，還親了她的脖子。那人四十幾歲，相當有魅力，名叫埃多，對每個人都講些曖昧暗示的話，特別會講黃色笑話。莉拉伸手抓住他的耳朵，卯足全力一扭，指甲掐進耳膜，他痛得哀哀叫，想辦法躲開她踢來的腳，但她還是不放手。之後，她氣呼呼地找布魯諾．蘇卡佛抗議。

從到他家工廠上班以來，莉拉只見過他幾次——只匆匆打過照面，莉拉沒怎麼注意他。但這天，她仔細打量他。他在辦公桌後面，從容不迫地起身。莉拉詫異地發現，他面孔腫脹，眼神渙散，胸膛厚大，紅通通的臉在黑色頭髮與白色狼牙襯托之下，活像一團岩漿。她不禁尋思，眼前這個人和當年尼諾那個唸法律的朋友有什麼關係呢？她覺得伊斯基亞島的歲月和這座香腸工廠彷彿處在兩段斷裂的時光裡，之間是一片空無，從另一個時空跳躍到當前來的這個布魯諾——或許因為他父親最近病了，生意的重擔（負債，有人說）突然落在他肩上——變得比以前更糟。

她向他投訴，他卻哈哈大笑。

「莉娜，」他警告她，「我幫你忙，你可別給我惹麻煩。我們大家都在這裡努力工作，別老是把槍口對準別人。人嘛，總是需要不時放鬆一下，否則就會給我帶來麻煩。」

「你們彼此去找樂子吧，別煩我。」

他用饒富興味的目光上下打量她。

「我以為你喜歡開玩笑。」

「我想開玩笑的時候就會開。」

莉拉嚴厲的語氣也讓他的態度變了。他變得嚴肅起來，眼睛不看她：你還是像以前一樣——像在伊斯基亞島時那麼漂亮。然後指著門：回去工作，去。

但從此以後，他每回在工廠碰見她，就當著大家的面極力讚美她。這個親密的舉動到頭來鞏固了莉拉在工廠裡的境遇：她得寵於小蘇卡佛，所以最好別找她麻煩。有天下午，這個情況得到了證實。就在午餐休息時間之後，有個名叫泰瑞莎的大塊頭女人攔下她，嘲笑她說：你到風乾室去。莉拉到那間風乾薩拉米腸的大房間裡，這長方形的空間燈光昏黃，滿滿都是從天花板垂掛下來的薩拉米腸。她看見布魯諾。他看似檢查成品，但實際上是想聊天。

他擺出專家的模樣，在房間裡到處戳戳聞聞，問起她的小姑琵露希雅，然後用那種惹惱莉拉的語氣，眼睛不看她，翻看一條肉腸說：她和你哥哥在一起不開心，那年夏天，她愛上我，就像你和尼諾一樣。然後他繼續往前走，背對她說：多虧有她，我才知道懷孕的女人很喜歡做愛。接著，在她還來不及講出任何話，來不及挖苦或生氣之前，他就停在房間正中央，說他從小就覺得整座工廠非常噁心，但只有這間風乾室讓他覺得自在，這裡有種滿足、具體的氣氛，產品差不多完成了，接受最後的精煉，散發氣味，準備好上市銷售。看啊，摸摸看，他對她說，這麼緊密，堅實，聞聞看這香味，這就像男人與女人擁抱愛撫的氣味。你喜歡嗎？你知道我從年輕時候開始，帶過多少女孩來到過這裡。他伸手攬住她的腰，嘴唇沿著她修長的脖子往下滑，捏著她的臀部——他彷彿有一千隻手，先是隔著圍裙磨蹭，接著探進圍裙底下，以喘不過氣來的狂亂速度摸索著，沒有任何的歡愉，只有純粹侵略的欲望。

對莉拉來說，除了薩拉米腸的味道之外，一切都讓她想起斯岱方諾的暴力，有好幾秒的時間，她覺得自己好像被毀滅了，很擔心自己會被殺死。接著她怒火中燒，一拳打在布魯諾臉上和兩腿之間。她大聲咆哮，說你是個人渣，你什麼東西都不是，過來，把你的傢伙掏出來，我才能剪掉，你這個王八蛋。

布魯諾放手後退。他摸摸嘴唇，流血了，尷尬地笑笑，喃喃說：對不起，我以為你至少會有點感激。莉拉罵他：你的意思是說我如果不讓你抽稅，就會被開除，是嗎？他又笑起來，搖搖頭：不，你不想就不必做，就這樣，我道歉，不然我還能怎麼樣？但她很激動，直到這時才開始在身體上感覺到他觸摸的痕跡，她知道這痕跡會永遠存在，肥皂也洗不掉。她退向門口，對他說：這次算你走運，但是不管你會不會開除我，我發誓，下回你敢碰我，我肯定讓你生不如死。她離開的時候，他低聲說：我對你做了什麼？我什麼都沒做，過來，要是真的有問題，我們現在就和解吧。

她回去工作。當時她是在蒸汽缸室裡工作，工作內容之一是保持地板乾燥，這是根本沒辦法完成的工作。被她扯掉耳朵的那個埃多好奇地盯著她看。她氣呼呼地從風乾室回來之後，所有的人，不分男女，全都看著她。莉拉沒看任何人一眼。她抓起抹布，丟到地磚上，開始擦地板。她在濕淋淋的水氣中大聲用威脅的語氣說：看看哪個龜兒子敢再來試。所有的同事都專心工作。

好幾天的時間，她等著被開除，但並沒有。要是碰到布魯諾，他就會親切微笑，而她則冷冷點頭。除了偶爾的憎惡和怨恨之外，並沒有造成其他的後果。但因為莉拉繼續對上司表現出輕蔑冷漠的態度，他們突然又開始折磨她了，不停給她換工作，逼她做到累倒，還對她講不堪入耳的話。顯然是有人默許他們這樣做。

她什麼都沒告訴恩佐，沒說她扯掉別人的耳朵，沒說布魯諾對她上下其手，也沒說她每天的受苦與奮鬥。只要他問起香腸工廠工作的情況，她就用嘲諷的語氣說：那你為什麼不告訴我你工作的情況如何？他沉默不語，她講幾句揶揄的話之後，就和他一起做函授課程的功課。他們之所以用唸書來逃避，有很多理由，最重要的是為了迴避未來的問題：他們對彼此來說是什麼？他為什麼要照顧她和傑納諾？她為什麼要接受？明明恩佐的期待夜夜落空，他們為什麼還要住在一起這麼久？他每天夜裡輾轉反側，拿喝水當藉口到廚房，瞄著毛玻璃的門，看她是不是已經熄燈，看著她的影子。沉默的拉鋸——我敲門，我讓他進來——他的疑慮，她的遲疑。最後他倆寧可拿方塊流程圖當運動器材似的互相挑戰，來淡化彼此心裡的感覺。

「我們來畫開門的流程圖吧。」莉拉說。

「我們來畫打領結的流程圖吧。」恩佐說。

「我們來畫幫傑納諾綁鞋帶的流程圖吧。」莉拉說。

「我們來畫用那不勒斯咖啡壺煮咖啡的流程圖吧。」恩佐說。

他們就這樣從最簡單的動作進階到最複雜的動作，動腦筋把日常生活的種種行為轉化成流程方塊圖，儘管蘇黎士總部並沒有要求他們這麼做。而且也不是因為恩佐想這麼做，一如既往，是原本漠不關心的莉拉變得一天比一天興奮，如今，不顧夜晚風寒，她狂熱地把他們所居住的這個悲慘世界，簡化成0與1。她似乎渴望達成某種抽象的線性——也就是可以導出一切抽象結果的抽象原型——希望如此一來能帶給她寧靜秩序。

「我們來畫工廠的流程圖。」有天晚上她說。

「全部的過程？」他很不解地問。

「是啊。」

他看著她，說：「好啊，那就從你的工作開始。」

她惱怒地蹙起眉頭，說聲晚安就回房間了。

30

這原本已經岌岌可危的均衡狀態，在帕斯蓋再次出現之後打破了。他在附近的建築工地工作，到特杜西歐的聖吉瓦尼來參加共產黨支部的會議。他在路上意外碰到恩佐，很快就重拾舊誼，最後聊起政治，發現兩人有同樣的不滿。起初恩佐很戒慎恐懼地表達看法，但帕斯蓋雖然是本地支部的重要幹部——是支部書記——卻意外的膽大敢言，批評黨是修正主義，也批評太常閉眼不管的工會。兩個人聊了好久，最後莉拉發現帕斯蓋到晚飯時間還在他們家，所以只好也準備他的飯菜。

那天晚上一開始並不太順利。她覺得自己好像被監視，拚命壓抑怒氣不發火。帕斯蓋到底想幹嘛？刺探她，向街坊報告她的生活景況？他有什麼權利到這裡來評斷她？他沒說半句親切的話，沒帶來她家人——倫吉雅、哥哥黎諾和爸爸費南多——的消息。他只用男人的眼神看她，就像她在工廠裡碰到的那種上下打量的眼神，她通常一感覺到就即刻轉開目光。他一定發現她變醜了。他肯定會想，我以前怎麼會愛上這個女人，我真是笨蛋。毫無疑問的，他一定認為她是個糟糕透頂的媽媽，沒讓孩子在卡拉西雜貨店的優渥環境長大，反而把他拖到這貧困的生活窘境裡。後來她氣沖沖地對恩佐說，你收拾吧，我要去睡覺了。但是意外的是，帕斯蓋卻用誇張的語氣，充滿感情地對她說：莉拉，趁你還沒走，我有句話要對你說，天底下沒有人何女人能像你一樣，要是我們每個人都能像你這麼投入生活，這世界老早之前就改變了。就這樣破冰也似的，他告訴她：費南多回去修鞋，黎諾變成斯岱方諾要扛的十字架，不時向他要錢，而倫吉雅深居簡出，幾乎從不出門。但你做得好，他又說一遍：街坊裡沒有人像你一樣，敢當面狠狠踹卡拉西和梭拉朗一腳。我站在你這邊。

此後，他經常出現，打斷他們的自修課程。他會帶著四個熱騰騰的披薩在晚餐時間現身，還是像以前一樣，是個對資本主義與反資本主義世界運作無所不知的人，舊日的友情益發鞏固。很顯然的，他並沒有感情生活，妹妹卡門訂婚了，沒什麼時間陪他。但他用來對抗孤獨的忿怒熱情，卻是莉拉喜歡，也很感興趣的。雖然建築工地的勞動耗盡他的體力，但他還是加入工會活動：他對美國領事館潑紅漆；要動手揍法西斯份子，他一定衝第一線；他是勞工－學生委員會的一員，但老是和學生發生口角。更別提共產黨了：因為他的批判角色，隨時有失去黨書記職位的危險。面對恩佐和莉拉，他無所不言，不只談個人恩怨，也談政治見解。他們告訴我，說我是黨的敵人，他抱怨說，他們告訴我，說我製造了太多混亂，我應該要安靜點。可是他們才是毀黨的人，他們才是讓體系無法運轉的人，他們才是把反法西斯簡化成民主派的人。可是你們知道，誰是街坊的法西斯頭目嗎？是藥房家的那個兒子，季諾，米凱爾．梭拉朗的那個白癡奴隸。這還需要我講嗎，法西斯份子重新在街坊揚眉吐氣了。我父親——他感性地說——把全部的生命奉獻給黨，為什麼：就為了這沒了勁的反法西斯主義？為了我們今天過的這種爛生活？窮人落得蹲大牢，明明是無辜，徹頭徹尾無辜的人，他很氣黨放棄了他父親——他沒殺阿基里閣下——他一直都是忠心耿耿的同志，參加了那不勒斯四日行動[4]在桑尼塔港作戰，戰後在街坊比誰都敢於坦露自己的黨員身分。而他母親姬塞琵娜呢？有任何人出手幫她嗎？一提到他母親，帕斯蓋就抱起傑納諾，摟在膝上，說：看你媽媽多漂亮，你愛她嗎？

莉拉靜靜聽。她偶爾會想，當初她應該答應這個最先注意到她的年輕人，而不是把目標瞄準斯岱方諾和他的錢，而不是和尼諾糾纏不清。她應該安於本分，不犯七宗罪裡的驕傲罪行，讓心

4 那不勒斯四日行動（Four Days of Naples），指的是第二次世界大戰期間，那不勒斯人民反抗德軍占領的行動，從一九四三年九月二十七日至三十日持續四天，在十月一日擊退德軍。

靈保持寧靜。但是其他時候，因為帕斯蓋慷慨激昂的長篇大論，她又覺得自己像被童年攫住，被街坊的猛烈暴力、被阿基里閣下、被他的遇害所緊緊攫住。阿基里閣下遭謀殺的那件事，她講過好多次，添加了許多想像的細節，講到後來她覺得自己彷彿在場目睹似的。所以她記得帕斯蓋父親被逮捕的事，那位木匠咆哮得多麼大聲，還有他妻子、卡門的叫喊，她不喜歡，這真實的回憶夾雜了她虛妄的想像，她看見暴行，看見鮮血。於是她甩開這些，不想再聽帕斯蓋滔滔不絕地陳述痛苦，催他回想——回想什麼呢——他家的聖誕節和復活節，以及他媽媽姬塞琵娜煮的菜。他很快就發現話題轉向了，說不定他以為這是因為莉拉想念她的家人，就像他想念自己家人一樣。結果有一天他毫無預警地出現，興沖沖的說：看我帶誰來了。他帶倫吉雅來看她。

母女倆擁抱，倫吉雅哭了好久，給傑納諾帶了一個皮諾丘的布娃娃。但她一開始批評女兒的決定時，起初很高興見到她的莉拉就說：媽媽，你要嘛當做什麼事都沒發生，要不你就走吧。倫吉雅很生氣，陪孩子一起玩，嘴裡嘟囔著像對孩子說：要是你媽去工作，你怎麼辦呢，可憐的小傢伙，她把你丟在哪裡？這時帕斯蓋發現自己錯了，他說時間晚了，他該走了。倫吉雅起身，半威脅半懇求地對女兒說：你，她抱怨說，你先是讓我們過得像有錢人，然後又毀了我們。你哥哥覺得自己被拋棄了，不想再見你，你爸當你不存在。莉娜，拜託，我不要求你和老公和解，這是不可能的，可是至少和梭拉朗兄弟把事情擺平吧，因為你，他們奪走一切，黎諾、你爸、琵露希雅和我，我們現在又一無所有了。

莉拉聽完，把她推出門外，說：媽，你最好別再來了。她也對帕斯蓋這麼說。

31

太多問題同時發生：對傑納諾、對恩佐的歉疚；工廠裡的惡意調班，超時工作，布魯諾的下流舉動；她家人又想回來給她負擔；以及帕斯蓋的出現。對他這個人，態度再怎麼冷漠也沒有用。他從來不生氣，總是開開心心的，有時候還拉著莉拉、傑納諾、恩佐一起去披薩店，甚至開車載他們去位於海邊的阿吉洛拉，讓孩子可以呼吸新鮮空氣。但大部分時間，他都想拉她去參加他的活動。他要她加入工會，她其實並不想，只因為布魯諾不喜歡工會，所以才勉強加入。他帶各種文宣小冊來給她，內容淺顯簡要，談的是薪資福利、集體談判、工資級別之類的議題，他知道就算他不翻開來，莉拉遲早也會拿去看。他帶她和恩佐、孩子到奇艾亞海濱街，參加為越南和平舉行的示威遊行，活動最後變成一團混亂：石塊到處飛，法西斯份子製造混亂，警方突襲，帕斯蓋出拳，莉拉罵街，恩佐則怒罵他們竟然決定把傑納諾帶到這場動亂裡。

可是在這段期間，發生了兩件對莉拉格外重要的事情。有一回帕斯蓋堅持要帶莉拉去聽一位重要的女黨員演講，莉拉同意了，因為她很好奇。但是整場演講，她幾乎完全沒聽到。這場演講的主題是黨和勞工階級，但這位重要的女黨員遲到了，等活動開始時，傑納諾已經煩躁不安了，所以她不得不哄他，帶他到街上去玩，一會兒回到會場，然後又出去。但聽到的那一小部分已經足以讓她了解這位女黨員有多麼高貴，和勞工與中下階級聽眾有多麼大的不同。所以她發現帕斯蓋、恩佐和其他人對演講內容很不滿意時，就覺得他們太不公平了，他們實在應該感謝這位有教養的女人願意浪費時間來對他們講話才是。後來帕斯蓋講了一席激辯的話，這位女黨員發了脾氣，氣啞了嗓子大聲嚷著。夠了，我要走了。女黨員的反應讓她很高興，起而支持。但是一如既往，她的感覺顯然混亂不清。聽見恩佐附和帕斯蓋，吼著說：同志，沒有我們，你根本就不存在，所以你給我們留在那裡，我們要你留多久就多久，除非我們要你離開，否則不准走。她便改變心意，突然同情起「我們」了——在她看來，那女人是自作自受。她回家的時候很氣兒子，因為是他毀了她的這個晚上。

更為鮮明的例子是滿腦子想找人吵架的帕斯蓋去參加的委員會議。莉拉之所以去，並不只是因為那對他來說意義重大，而是因為在她看來，驅策他不斷去嘗試、去了解的那個動力非常之好。委員會在那不勒斯特里布納利路的一幢老房子召開。他們有天晚上搭帕斯蓋的車去，爬上搖搖欲墜的巨大樓梯。那地方很大，但出席的人並不多。莉拉發現要分辨出學生和勞工，滔滔雄辯的領導人和結結巴巴的群眾非常簡單。她一下子就覺得很火大。學生的演講在她聽來非常偽善，故作謙遜的外表和他們賣弄學識的講演內容格格不入。但那種強自壓抑的態度始終相同：我們是來向你們——也就是勞工——學習的。然而，事實上，他們卻是在炫耀自己再明顯不過的理念，那些關於資本主義、剝削、社會民主背叛、階級鬥爭形式的理念。尤有甚之的，是她發現僅有的那幾個女生大多時間都沉默不語，只拚命對恩佐和帕斯蓋賣弄風情。特別是帕斯蓋，因為他比較善交際，所以大家也對他比較親切。他是勞工——雖然他有共產黨黨員證，也是支部幹部——被挑選到革命會議上分享無產階級經驗。他和恩佐發言的時候，那些什麼事都不會、只會互相爭吵的學生都真心贊同。恩佐和往常一樣，只講了幾句語重心長的話。帕斯蓋則恰恰相反，講個沒完沒了，一半義大利文，一半方言，談起那不勒斯各地建築工地政治工作的進展，和那些不太積極的學生發生了些小口角。到做結論的時候，他毫無預警地把莉拉拖進去。他介紹她的姓名，說她是在一家小型食品工廠工作的勞工同志，在她身上堆砌了許多的讚美之詞。

莉拉皺起眉頭，瞇起眼睛：她不喜歡他們像看奇珍異獸那樣瞪著她看。帕斯蓋講完之後，有個女孩發言——這是第一個發言的女孩——她就更惱火了，起初是因為這女孩講話像背書，接著是因為她不停提到她，叫她瑟魯羅同志。第三呢，是因為莉拉認出她來，她是娜笛亞，嘉利亞妮老師的女兒，尼諾的前女友，寫情書到伊斯基亞島的那個女生。

有那麼一會兒，她也擔心娜笛亞會認出她來，但那女孩雖然是對著她講話，但看不出來有認得她的跡象。況且，她怎麼會認得呢？天曉得她參加過多少有錢人的派對，記憶裡塞滿多少人影？而對莉拉來說，那個很久以前參加的重大場合，至今仍記憶猶新。維多里歐．艾曼紐大道的那幢公寓她依然印象鮮明，尼諾和那些出身好家庭的年輕人，那些書，那些畫，帶給她的折磨經驗與不安，也一樣歷歷在目。她受不了，娜笛亞還沒講完，她就站起來，抱著傑納諾離開，心中揣著邪惡的怒氣，找不到宣洩的出口，全梗在胸腹裡蠕動。

然而，過了一會兒之後，她又回去了。她決定要發言，為了不讓自己顯得低人一等。有個鬈髮的年輕人用很內行的語氣在談義大利鋼廠和論件計酬的工作。莉拉等他說完，不理會恩佐不解的表情，要求發言。她講了很久，用義大利文講，傑納諾在她懷裡蠕動不安。她開頭講得很慢，然後在聽眾的靜默中繼續講，她的聲音或許太大了。她開玩笑地說她對勞動階級一無所知。她說她只懂得勞工，男女勞工，在她工作的工廠裡，勞工沒有學習的機會，只有悲慘的生活。你們能想像嗎，她問，一天八小時下半身浸在煮香腸的水裡是什麼滋味？你們能想像嗎，把肉從骨頭上剁下來，弄得手指全是傷是什麼滋味？你們能想像嗎，在零下二十度的冷凍庫進進出出，就只為了多賺一個鐘頭十里拉的冷凍津貼，十里拉耶？要是你們能想像，那麼你們覺得自己可以從被迫過著這樣生活的人身上學到什麼呢？女人得讓上司和同事摸屁股，連一句話都不可以說。要是老闆覺得需要，有人就得乖乖跟他進風乾室。他父親以前也常這樣做，他祖父八成也是。就這樣，在他還沒撲到你身上之前，你還要先聽他來一篇高談闊論，說香腸的味道是怎麼讓他興奮起來的。男女勞工下班前都要接受搜身，因為出口有個機器，要是亮了紅燈而不是綠燈，就表示你偷了薩拉米腸或肉腸。這個機器由一個守衛控制，這守衛是老闆的眼線，亮紅燈不只是為了抓可能偷東西的工人，而是為了找羞怯的漂亮女生和麻煩精。這就是我工作的那家工廠的境況。工會從未介入，勞工一文不值，就只是被勒索的受害人，依靠老闆的規則生活，也就是：我監視你，所以我擁有你，也擁有你的生活，你的家庭，你周圍的一切，要是你不聽我的話，我就毀了你。

一開始沒有人吭聲，接著有人開始發言，引述莉拉的話。最後娜笛亞過來擁抱她。她滿口稱讚，你這麼漂亮，這麼聰明，你講得太好了。她謝謝莉拉，認真地說：你讓我們明白，我們還有多少工作必須做。雖然用著高傲到近乎嚴肅的語氣，但在莉拉看來，她比印象中九年前和尼諾在一起的她更稚氣。他們在一起做什麼呢？一起跳舞，聊天，相互愛撫，親吻？她再也不知道了。可以肯定的是，這女孩的美令人難以忘懷。如今莉拉想，就在她面前的這個娜笛亞，似乎比以前更單純。更單純，也更脆弱，她慨然敞開胸襟，接納其他人的痛苦，把其他人的苦傷折磨全納入自己體內，到了難以承受的地步。

「你還會來嗎？」

「我有小孩。」

「你一定要再來。我們需要你。」

但是莉拉不安地搖搖頭，又對娜笛亞說她有小孩，指著傑納諾，對他說，快向這位小姐問好，告訴她你會讀書寫字，讓她聽聽你有多會講話。傑納諾把臉埋在她脖子裡，娜笛亞只露出淡淡的微笑，沒怎麼注意他，所以莉拉又對她說：我有小孩，我一天工作八小時，還不包括加班，像我這樣的人，到了晚上只想睡覺。她覺得有點頭暈，覺得自己在別人面前袒露太多內心真相。這些人很好心，但是就算表面上可以理解她的情況，實際上卻是什麼都不懂。我知道——她腦海裡出現這些聲音，但沒說出口——我知道充滿善良意圖的舒適生活是什麼樣子，你們根本無法想像悲慘的真實面貌。

一走到馬路上，她就更加不安。走向車子的時候，她發現帕斯蓋和恩佐都沉著臉，她猜是她的發言傷害了他們。帕斯蓋輕輕拉著她的手，拉近了在此刻之前他從未試圖拉近的肢體距離，問她：

「你真的在這樣的環境裡工作？」

這個肢體的接觸讓她惱怒，猛然抽開手，抗議說：「那你們兩個的工作又如何，你們兩個，是怎樣工作的？」

他們沒回答。他們的工作很辛苦，顯然是。至少在恩佐的工廠裡，那些女工也面對工作壓力，面對羞辱，面對家務責任，在在不比莉拉好過。然而他們兩個都因為莉拉的工作狀況而忿怒起來，他們無法忍受。你什麼事都得要瞞著男人。他們寧可不知道，他們寧可假裝老闆下手做的事情會奇蹟也似的不發生在對他們來說很重要的女人身上，而且——他們從小到大都這麼認為——他們會冒著生命的危險保護她們。面對他們的沉默，莉拉更氣了。「去死吧，」她說：「你們和勞動階級。」

他們上車，一路回到特杜西歐的聖吉瓦尼，只講了幾句行禮如儀的話。帕斯蓋在他們家門口放他們下車時，嚴肅地說：誰都無能為力。你們永遠是最好的。說完之後，他就開車回街坊去。恩佐懷裡抱著熟睡的孩子，鬱鬱地說：

「你為什麼從來都不說？工廠裡的人對你上下其手？」

他們都累了，她決定安撫他。她說：

「他們不敢對我動手。」

32

幾天之後，開始有麻煩了。莉拉早上很早就到工廠，被每天沒完沒了的工作折磨得很累的她，對即將發生的事情完全沒有準備。那天很冷，她已經咳嗽咳了好幾天，好像得了流感。在大門口，她碰見幾個孩子，大概是決定要翹課的學生吧。其中一個親切地向她打招呼，交給她一本長達好幾頁的宣傳小冊，而不是平常薄薄的折頁。她也和他打招呼，但覺得困惑。她一定是在特里布納利路的委員會議上見過他。她把小冊子塞進大衣口袋，經過警衛菲利波面前，看都沒看他一眼，惹得他在背後嚷嚷：連聲早安都沒有啊。

她像平常一樣，很賣力工作——她這段時間在掏內臟的部門工作——早晨的那個男生已經被她拋在腦後了。午餐時間，她帶著飯盒到院子裡，找了個有陽光的角落，但菲利波一眼就看見她，走出警衛亭，到她身邊來。他年約五十，矮胖，滿嘴下流髒話，但也很容意表露情緒。他剛生下第六個孩子，常常感情流露，掏出皮夾，給人看寶寶的照片。莉拉以為他是要給她看照片，結果不是。這人從外套口袋裡掏出一本宣傳小冊，口氣凶狠地說：

「瑟魯羅，我現在要說的話，你得仔仔細細聽好：要是你真的說了這上面寫的鬼話，那你麻煩就大了，知道嗎？」

她冷冷地說：

「我不知道你說的是什麼鬼話，讓我好好吃頓飯。」

菲利波很生氣地把小冊子甩到她面前，厲聲說：

「你不知道，呃？那就看看吧。我們在這裡很開心，也一團和氣，只有像你這樣的賤貨才會散播這種謠言。我隨便檢查你們？我對女生上下其手？我？我是有家室有小孩的人耶。給我小心一點，否則布魯諾先生就會要你付出代價，親愛的，我發誓，我非砸爛你的臉不可。」

他轉身回到警衛亭。

莉拉平靜地吃完午餐，拿起宣傳小冊。標題下得很狂妄：「那不勒斯與縣市勞工狀況調查」。她瞄了內容，發現有一段是專門講蘇卡佛香腸工廠的。她逐字詳讀，那是她那天在特里布納利路會議上親口講的話。

她假裝沒事，把宣傳小冊丟在地上，看都沒看警衛亭一眼，就走回廠裡工作。但她非常生氣，那個害她捲入這團麻煩裡的人連警告她一下都沒有，她特別氣那個神聖的娜笛亞。這東西肯定是娜笛亞寫的，寫得條理分明，感傷動容。拿刀切冷肉，忍受惡臭的時候，她越想越氣，也感覺到周圍的敵意，無論男女工人都對她很不友善。他們認識彼此很久了，都知道他們是同樣的受害人，也都知道揭發實情的是誰。就是她，她打從開始就表現出一副需要工作並不代表要接受羞辱的模樣。

那天下午，布魯諾出現了，馬上派人去找她來。他的臉比平常更紅，手裡拿著宣傳小冊。

「這是你？」

「不是。」

「老實告訴我，莉娜：外面已經有太多人惹麻煩了，你和他們一夥？」

「我告訴你說不是。」

「不是，呃？但是我們這裡沒有人有這種能力，沒有人有這種腦袋去捏造這樣的謊言。」

「一定是坐辦公桌的那些人。」

「最不可能的就是坐辦公桌的那些人。」

「那你要我怎樣，天曉得是誰惹上他們的。」

他哼了一聲，好像真的很緊張。他說：

「我給你工作。你加入工會的時候，我什麼也沒說。換成是我父親，肯定會把你踢出去。好啊，我幹了蠢事，在風乾室的時候，但我道歉了，你不能說我壓迫你。而你，你怎麼做，你破壞我們工廠的名聲，用白紙黑字寫說我把女性員工拉進風乾室？老天爺啊，什麼時候？我，工人，你瘋了？你讓我後悔給你恩惠。」

「恩惠？我工作得這麼辛苦，你給我那麼少錢。是我給你恩惠，不是你給我恩惠。」

「聽見沒？你老是講這種鬼話。你有膽就承認這是你寫的。」

「我什麼都沒寫。」

布魯諾歪著嘴巴，看著面前的小冊子，她知道他在猶豫，無法斷下決心：要用更嚴厲的語氣威脅她，開除她，或是要讓步，再找找看是誰有類似的動機做這樣的事？她下定決心，壓低嗓音——雖不情願，但露出略微迷人的表情，壓抑仍栩栩如生浮現眼前的那段被他霸王硬上弓的回憶——安撫他說：

「相信我，我孩子還小，絕對不會做這樣的事。」

他點點頭，可還是很不高興地嘟囔：「你知道你逼我做什麼？」

「我不知道，也不想知道。」

「我還是要告訴你。如果他們是你的朋友，就警告他們：只要他們敢再來，在工廠前面鬧事，那我肯定會把他們揍成肉醬。至於你，小心一點：把繩子繃得太緊，是會斷的。」

但這一天並沒有就這樣結束。莉拉離開工廠的時候，出口的紅燈亮了。這是常有的事：警衛每天都會挑三、四個受害人，羞怯的女生目光低垂，讓他搜身，而年紀較大、通曉世事的女人則會笑著說：老菲啊，你要是非搜不可，就動作快點，我還得回家做晚飯呢。這一次，菲利波只攔下莉拉一個人。天氣很冷，颳著強風。警衛走出崗亭。莉拉發抖著說：「你要是敢亂摸我，我發誓，一定宰了你，或找人要你的命。」

菲利波咧嘴笑，指著擺在警衛亭旁邊的咖啡桌。

「把你的東西全掏出來，放在那裡。」

莉拉在外套裡找到一條生的香腸，裡面的肉軟軟的，摸起來很噁心。她掏出香腸，哈哈大笑，說：「你們這些爛人，全都是！」

33

廠方威脅要告她偷竊。扣她薪水，罰款。還有辱罵。菲利波罵她，她也罵菲利波。布魯諾沒出現，但他肯定還在廠裡，因為他的車停在院子裡。莉拉猜想，自此而後，情況勢必每況愈下。她回家的時候比平常更疲累：她對傑納諾發脾氣，因為他想待在鄰居家；她做了晚餐。她告訴恩佐說，他得自己唸書，然後提前上床睡覺。因為蓋著被子還覺得不夠暖，她起床，在睡衣外面加上羊毛衣。回床上睡覺時，她突然沒來由地覺得心臟彷彿跳到喉頭，開始怦怦亂跳，跳得好用力，好像不是她自己的心臟。

這個症狀她很清楚，伴隨著後來——十一年後的一九八〇年——她稱之為外廓消融的現象一起出現。但是這個徵候向來都不太嚴重，而且這是頭一次在她獨自一人的時候發生，並不是因為有其他人在旁邊而造成的效應。這時她感覺到一陣驚恐，發現她並不是獨自一人。從她混亂的腦海裡，這天的種種形影和聲音出現了，在房間裡飄浮：委員會的那兩個男生，警衛，她工廠的同事，風乾室裡的布魯諾，娜笛亞——全都飛快移動，宛如默片播映。甚至工廠出口的紅燈也每隔一小段時間就亮起，菲利波從她手裡搶過香腸，出言威脅。這全是心靈作祟，除了睡在她旁邊小床上、呼吸規律的傑納諾之外，房裡沒有其他的人或聲響。但她並沒有因此而放心，事實上擴大了她的恐懼。她的心臟跳得好劇烈，彷彿可以讓環環相扣的實體物質爆裂開來。支撐隔間牆的抓力似乎變弱了，她心口猛烈的心跳讓床搖晃，讓水泥裂開，讓她頭顱上半部掀開，說不定也會讓孩子碎裂，是啊，會讓孩子像塑膠玩偶那樣粉碎，胸口、腹肚、頭部全都裂開，露出內臟。我必須讓他離開，她想；他離我越近，就越可能粉碎。可是她想起她沒生下的那個寶寶，那個沒能在她子宮裡長大的寶寶。斯岱方諾的孩子。是我把他給趕走的，至少琵露希雅和姬俐歐拉在我背後都是這麼說的。說不定真的是我做的，我想方設法把他趕出我的體內。為什麼到目前為止，我什麼事情都不順心呢？為什麼我要緊抓著根本行不通的事情不放呢？那狂亂的跳動沒有消失的跡象，那朦朧似煙的形影用他們的聲音追逐著她，她再次起床，坐在床沿。她渾身是汗，黏膩膩的，像是一層結凍的油。她把光腳丫伸到傑納諾床上，輕輕推，推遠一些，但沒太遠。讓他離她太近，她擔心會害他碎裂；但讓他離她太遠，又怕失去他。她走進廚房，扶著家具和牆壁小步小步走，但不停回頭，怕地板會裂開大洞，吞噬傑納諾。她打開水龍頭喝水，洗臉，心臟的狂跳突然停了，彷彿猛然煞車一樣，讓她身體往前一倒。

結束了。物體再次黏合了，她的身體慢慢平靜下來，汗也乾了。莉拉渾身發抖，非常疲倦，周圍的牆壁旋轉起來，她很怕自己會暈倒。我得去找恩佐，她想，讓身體暖起來：到他的床上去，在他睡覺的時候緊緊貼著他的背入睡。但她放棄了。她感覺到自己下午對布魯諾露出的那個表情：相信我，我小孩還小，絕對沒做這件事，那迷人的親暱表情，或許還帶著勾引的意味，是女人身體的自然反應，儘管心裡厭惡。她覺得很羞愧：布魯諾在風乾室對她做了那樣的事情之後，她怎麼還能這樣呢？然而，哼，把男人當成乖乖聽話的野獸，推他們走向根本不是他們目標的方向。不，不，夠了。過去她為了不同的原因而這麼做，幾乎是不自覺的。對斯岱方諾，對尼諾，對梭拉朗兄弟，說不定對恩佐也是。現在她不想再這麼做了。她要靠自己：應付警衛，應付同事，應付學生，應付布魯諾，應付她自己的心，這充滿種種需求、不肯屈服、因著人與聲音而疲乏而崩潰的心。

34

醒來的時候，她發現自己在發燒。但她吞了顆阿斯匹靈，還是去上班。猶未放亮的天空有微弱的藍光，舔著低矮的房舍、泥濘的草叢與垃圾。在坑坑洞洞的馬路上繞開水坑往工廠去時，她看見四個學生。兩個是前一天看見的那兩個，第三個年紀相仿，另一個是胖胖的男生，大約二十歲。他們在工廠圍牆貼海報，號召工人加入他們的鬥爭，同時也開始發放類似的傳單。但是，昨天工人或許出於好奇，或許出於禮貌而接下傳單，今天大部分人都低頭走過，或者一接過傳單就揉成一團丟掉。

一看見這些學生準時出現在門口，他們的政治活動時程彷彿比她的作息更嚴格似的，她就很火大。前一天的那個男生看見她，朝她走來，一臉親切，手裡還拿著一大疊傳單。這時，莉拉的火大變成了敵意。

「都還好嗎，同志？」

莉拉不理他。她喉嚨痛，太陽穴抽動。那男孩緊追著她，不太有把握地說：

「我是達里歐，或許你不記得，我們在特里布納利路見過。」

「我知道你他媽的是誰。」她惡狠狠地說：「可是我不想和你或你的朋友扯上任何關係。」

達里歐說不出話來，放慢腳步，幾乎是自言自語地說：

「你不想要傳單？」

莉拉沒回答，也沒罵他。但那男生一臉茫然，是覺得自己明明是對的、卻不知道其他人為什麼和他們意見不同的那種表情。這表情在她心裡揮之不去。她想，她或許應該對他解釋，那天晚上在會議上她為什麼會那樣說？為什麼她會覺得那些說法最後印在傳單上難以忍受？以及她為什麼覺得他們四個不躺在床上睡覺或去學校上課，卻站在寒風裡發寫得密密麻麻的傳單給幾乎不識字、也沒必要認真學讀書寫字的勞工是沒意義的。因為這些工人早就了解這些事情了，他們每天過這樣的生活，甚至還可以講出更慘的情況：那是沒有任何人可以說、可以寫、可以聽到讀到的事情，卻也是他們會有自卑感的真正原因。可是她發燒，她沒有力氣做任何事情，這對她來說太費勁了。她已經走到大門口，而情況也變得更加複雜了。

警衛對著年紀最大的那個胖男孩嚷著，用方言罵他：你越界了，混蛋，你們未經同意侵入私人領土，我會開槍。學生也生氣了，對著他哈哈大笑，是挑釁的大笑，再加上咒罵：他罵警衛是奴隸，用義大利文咆哮。開槍啊，讓我看看你怎麼開槍，這不是私人領地，這裡的一切都屬於人民。莉拉穿過他們兩人之間——她見識過多少次像這樣的恫嚇：黎諾、安東尼奧、帕斯蓋，甚至恩佐也很會——嚴肅地對菲利波說：就如他所願吧，別浪費時間和他囉嗦，該在床上睡覺或在學校唸書的人跑到這裡搗蛋，就該吃子彈。警衛看著她，聽見她說的話，張大嘴巴，想搞清楚她是真的鼓勵他做瘋狂的事呢，還只是取笑他。那個學生一點都不懷疑，忿怒地瞪著她，嚷著：好啊，去吧，去吻你老闆的屁股。他後退幾步，搖搖頭，繼續在離大門幾公尺的地方發傳單。

莉拉往院子裡去。才早上七點鐘，她就已經累了，眼睛發熱，眼前八小時的工作似乎永遠不會結束。這時背後傳來煞車聲，以及叫嚷的聲音，她轉頭。來了兩輛車，一輛灰色，一輛藍色。有人從第一輛車下來，撕掉剛貼到牆上的海報。這下慘了，莉拉想，本能地往回走，雖然她明知道自己應該和其他人一樣，快快去上工。

她走了幾步，就認出開灰色車的那個年輕人是誰。是季諾。她看見他打開車門，如今長得高大精壯的他下車來，手裡拿一根棍子。其他人或正動手撕海報，或正慢慢下車，帶著鐵鍊和鐵棍，總共有七、八個人。法西斯份子，多半是街坊的人。莉拉認識其中幾個。法西斯份子，就像斯岱方諾的父親阿基里閣下，就像斯岱方諾自己，就像梭拉朗一家祖孫三代，雖然他們有時候表現得像帝制份子，有時候又像天主教民主黨，端視怎麼對他們有利。她打從小時候就痛恨他們，因為她想像過他們下流言行的每一個細節，因為她發現沒有辦法可以擺脫他們，沒有辦法可以把任何東西洗刷乾淨。往昔與當下的關係從未真正打破，街坊大部分的人都愛他們，縱容他們，他們只要有機會可以爭鬥打架，就表現出極其惡劣的一面。

特里布納利路來的那個男生達里歐是第一個採取行動的，他衝過去保護被撕毀的海報。他手裡一疊傳單，莉拉心想：丟掉啊，你這個白癡。可是他沒丟。她聽見他用義大利文講著沒用的話，像是住手，你們沒有權力之類的，同時也轉身尋求朋友的幫忙。他對打架一竅不通：眼睛絕對要盯牢對手，在街坊裡他們是不開口講話的，頂多叫罵幾聲，瞪大眼睛，讓對方害怕，然後你要先下手為強，盡可能造成最大的傷害，絕不住手——除非對方有辦法讓你住手。撕海報的一個年輕人就是這樣做的：他突如其來地揍達里歐的臉，把他踢倒在地，傳單散落四處，然後騎到他身上，用力捶打，傳單四處飛揚，彷彿興奮騷動。那個胖男孩看見朋友被打倒在地，赤手空拳地衝過來幫他，但被手拿鍊條的人半路攔下，狠狠打了他的手臂。年輕人忿怒地抓住鍊條，開始拉扯，從攻擊他的人手裡搶了過來，兩人爭奪了好幾秒鐘，不停對彼此尖叫怒罵。後來季諾走到胖男孩背後，用鐵棍狠狠把他打倒在地。

莉拉忘了自己的發燒和乏力，跑到大門口，但沒有明確的目的。她不知道自己是想看清楚一點呢，還是想幫那個學生，她只是像平常那樣憑藉著直覺行動，因為打架並不讓她害怕，反而點燃了她的怒火。她來不及回到馬路上，只能閃到一旁，免得被一群匆匆擠進大門的工人給撞到。有幾個人出手阻止攻擊的人，當然也包括埃多在內。但他們制止不了，開始散開。男人女人奔逃，有兩個拿鐵棍的年輕人緊追在後。有個做行政工作的女人，名叫薏莎的，跑向菲利波。求求你，幫幫忙，叫警察吧。雙手流血的埃多自言自語大聲說：我去拿小斧頭來，咱們走著瞧。這時莉拉走到泥土路上，那輛藍色汽車已經開走，季諾正要坐上灰色的汽車，但認出她來，愣了一下，有點驚訝，說：莉娜，你怎麼淪落至此？他的同志拉拉他，他發動引擎，把車開走，但還對著窗外咆叫：你以前活像個名媛淑女似的，賤貨，看看你現在他媽的成什麼樣子啦。

35

上班的時間就在憂心之中度過，一如既往，莉拉的態度忽而輕蔑不屑，忽而出言要脅。態勢很明顯，這個向來安然無事的地方突然爆發緊張衝突，所有人都把問題怪在她頭上。但很快就分成兩群：人比較少的一群想在午餐休息時間找地方聚會，利用這個情勢，敦促莉拉去找老闆要求稍微提高工資；占大多數的另一群人則根本不和莉拉講話，凡是會讓已經夠複雜的工作狀況更加複雜的事都不碰。兩方無法達成協議。屬於前一組的埃多很擔心自己的手傷，甚至對另一組人說：要是我的手發炎，要是得截肢，我就去你們家，丟一罐汽油，把你們家燒個精光。面對這兩組人，莉拉誰也不理。她只埋頭工作，像平常那樣有效率，不理會別人的對話和咒罵，也不顧自己的感冒。但她思索過自己眼前的狀況，一團紛亂的思緒旋風也似地吹過她發燒的腦袋：受傷的那些學生怎麼了？他們去了哪裡？他們害她惹上什麼麻煩了？季諾會在街坊說她的壞話，他會把所有的事情告訴米凱爾．梭拉朗；開口求布魯諾幫忙很丟臉，但沒有別的辦法，她怕被開除，她怕失去薪水，雖然薪水微薄，卻足以讓她可以不必考慮恩佐能不能照顧她和傑納諾的生活，而繼續愛他。

這時她想起那個可怕的夜晚。她是怎麼了？她該不該去看醫生？要是醫生發現她得了某種病，她還怎麼工作，怎麼照顧孩子？小心一點，不要激動，她必須把事情理出頭緒來。因此，午餐時間，她戒慎恐懼地去找布魯諾。她想告訴他說他們拿香腸給她栽贓，她想告訴他季諾是法西斯份子，說明這一切都不是她的錯。然而，她首先做的是自己也很瞧不起的事：到洗手間梳好頭髮，塗上一點口紅。但祕書不帶善意地說布魯諾不在，一整個星期大概都不會進來。她再次覺得焦躁不安，越來越緊張。她想過要請帕斯蓋叫那些學生別再到工廠門口來，她對自己說，只要委員會的那些學生不要再來，那些法西斯份子也會消失，工廠就可以恢復舊日的平靜。但要怎麼找到帕斯蓋呢？她不知道他在哪裡工作，她不想去街坊找他——她怕碰見她媽媽，她爸爸，特別是她哥哥，她不想和他吵架。筋疲力竭之下，她煩惱到不知所措，最後決定直接去找娜笛亞。下班之後，她匆匆回家，留紙條給恩佐，要他自己做晚飯，為傑納諾戴好帽子穿好大衣，然後出門，一班公車轉過一班公車，到維多里歐．艾曼紐大道。

天空澄藍，一絲雲都沒有，但傍晚的晝光漸漸淡去，在藍紫色的光線裡狂風吹起。她清清楚楚記得那幢房子，那大門，更重要的是，往昔的羞辱讓今日的痛苦更加深重。過去的種種一碰就碎，不停地碎裂，往她身上堆疊。這幢她曾和我一起來參加讓她痛苦的派對，尼諾前女友娜笛亞住的房子，如今讓她更痛苦。但她不是甘於沉默的人，她拉著傑納諾，走上山坡。她想告訴那女孩：你和其他人給我兒子惹了麻煩；對你們來說這是樂趣，不會碰上什麼可怕的事；對我、對他來說則不是，這是嚴重的事，所以，你最好想辦法處理，否則我就要打爛你的臉。她就打算這樣說，她一直咳嗽，但也越來越生氣。等不及要發飆了。

她發現開向馬路的大門敞著。她爬上樓梯，想起斯岱方諾那天載我們來，想起我和她，我們的衣服，鞋子，上樓和下樓時對彼此說的每一句話。她按了嘉利亞妮老師家的門鈴，老師親自來開門。和她記憶中一樣，老師客客氣氣，井井有條，就和她的房子一樣。相形之下，莉拉覺得自己骯髒，因為身上有揮不去的生肉臭味，風寒卡在她胸口，發燒讓她感覺有點恍惚，而孩子咿咿呀呀的方言也讓她惱怒。她陡然開口：

「娜笛亞在嗎？」

「不在，她出去了。」

「她什麼時候會回來？」

「不好意思，我不知道。可能十分鐘，可能一個鐘頭，她愛怎麼樣就怎麼樣。」

「你可以告訴她說莉娜來找她嗎？」

「很急嗎？」

「很急。」

「你想告訴我嗎？」

告訴她什麼？莉拉一驚，眼神掠過老師。她看著高貴的古董家具與燈飾，曾經讓她著迷的藏書豐富的圖書室，以及牆上珍貴的畫作。她想：這就是尼諾和我搞在一起之前所沉溺的世界。她想：我對那不勒斯的這個部分懂得什麼呢？一無所知。我從沒住在像這樣的地方，傑納諾也沒有。就讓這一切毀了吧，放把火，燒成灰燼吧，讓火山熔岩吞噬這一切吧。最後她回答說：不用，謝謝你，我得和娜笛亞談。這趟路一無所獲，她準備要離開了。但是她喜歡老師提起女兒時的那種帶有敵意的口吻，所以突然脫口而出：

「你知道嗎，很多年以前我曾經來你家參加過派對？我不知道我抱什麼期望，但我覺得很無聊，我迫不及待想離開。」

36

嘉利亞妮老師想必也有點喜歡莉拉，或許是那幾乎可以說是粗俗的坦率吧。莉拉提起她是我的朋友時，老師似乎很高興，大喊著：喔，是啊，格瑞柯，我們一直沒再見到她，她被成功沖昏頭了。接著她把母子倆請進客廳。她的孫子也在客廳裡玩，是個金髮的小男孩，她馬上就喊他：馬可，快向我們的新朋友問好。莉拉也把兒子推向前，說，去吧，傑納諾，和馬可一起玩。她坐在舒服的綠色舊扶手椅裡，還在談多年前的那場派對。老師很遺憾自己並不記得，但莉拉記得所有的情景。她說那是她這輩子最慘的一個晚上。她談起自己有多格格不入，用挖苦的語氣模仿那些她有聽沒有懂的對話。我太無知了，她說，又太興高采烈，到今天都還是這樣。

嘉利亞妮老師靜靜聽她說，對她誠懇的態度，心神不寧的語氣，大量堆疊的義大利文，控制得很有技巧的諷刺印象深刻。我想，她一定覺得莉拉身上那種閃閃躲躲的特質很有魅力，也讓人警覺，那是一種魅惑女妖的魔力：任何人都可能感受得到，而她也感受到了，兩人交談熱烈，直到傑納諾打了馬可，用方言罵他，搶走他的小綠車的時候才被打斷。莉拉迅速起身，抓起兒子的手臂，用力打他那隻打馬可的手，雖然嘉利亞妮老師有氣無力地說，隨他們吧，他們還小。但莉拉很凶地罵兒子，要他把玩具還給馬可。馬可哭了起來，但是傑納諾一滴淚也沒掉，很不屑地把玩具丟掉。莉拉又揍他，這一次是用力打他的頭。

「我們要走了。」她緊張地說。

「不要嘛，再待一會兒。」

莉拉又坐下。

「他平常不是這樣的。」

「他長得很好看啊，這孩子。對吧，傑納諾，你是個乖孩子吧？」

「他才不乖呢。他一點都不乖。可是他很聰明。雖然還小，但他會讀也會寫所有的字母，大小寫都會。怎麼樣啊，小傑，要不要讓老師看看你會唸書呢？」

她從漂亮的玻璃茶几上拿起一本雜誌，隨便指著封面上的一個字，說：快，唸出來。傑納諾不肯。莉拉拍了他肩頭一下，又用威脅的語氣說：快唸，小傑。孩子心不甘情不願地拼出來：d-e-s-t，然後就不肯唸了，生氣地瞪著馬可的小車子。馬可把車緊抱在胸前，露出微笑，很自信地唸出整個字：destinazione。

莉拉很失望，臉色一沉，很惱地看著嘉利亞妮的孫子。

「他很會認字。」

「因為我花很多時間教他。他爸媽老是不在家。」

「他幾歲？」

「三歲半。」

「他看起來不只。」

「是啊，他長得很壯。你兒子多大？」

「五歲。」莉拉很不情願地承認。

老師愛憐地摸著傑納諾，對他說：

「媽媽讓你唸很難的字，可是你很聰明，我看得出來，你會認字。」

這時屋子有了動靜，通往樓梯的門打開又關上，腳步聲踏過屋裡，有男人的聲音，女人的聲音。是我的孩子，嘉利亞妮老師說，喊著：娜笛亞。但進來的不是娜笛亞，是個瘦瘦的女孩，皮膚非常白，頭髮非常金，眼睛藍得像假的，乒乒乓乓地衝進來。她張開手臂，喊著馬可：誰要來親親媽咪呢？孩子衝向她，她擁抱他，跟在後面進來的是亞曼多，嘉利亞妮的兒子。莉拉也馬上就想起他，看著他把馬可從他媽媽身上拉下來，大叫：快點，至少親爸爸三十下。馬可開始親爸爸的臉頰，一面數著：一，二，三，四。

「娜笛亞，」嘉利亞妮老師用突然惱火的語氣喊著：「你聾了嗎？進來，有人來看你了。」

娜笛亞終於探頭進來。在她後面的是帕斯蓋。

37

莉拉再次痛苦不堪。所以帕斯蓋下工之後就衝到這些人的家裡，和母親、父親、祖父母、姑姑、快樂的小孩為伍，全都親切和樂，受過良好教育，寬大為懷，接納他為家中一員，雖然他只是個建築工人，渾身都是工作勞動的髒污。

娜笛亞擁抱她，就像平常那樣情感豐沛。你來了真好，她說，把孩子交給我媽照顧，我們來聊聊。莉拉馬上就說好，她們得談談，馬上，畢竟這是她之所以來這裡的原因。她說她只有一點點時間，所以帕斯蓋就說待會要開車載她回家。於是他們離開客廳，離開孩子和祖母，一起到娜笛亞的房間，包括亞曼多和那個金髮女子。她名叫伊莎貝拉。娜笛亞的房間很大，有張床，書桌，擺滿書的書架，歌手、電影與莉拉所知不多的革命鬥爭的海報。房裡還有三個年輕人，其他兩個莉拉沒見過，還有一個是因為被打傷而纏著繃帶的達里歐，鞋也沒脫，整個人趴在床上的粉紅被子上。三個男孩都在抽菸，房裡煙霧瀰漫。莉拉沒等，甚至沒理會達里歐的打招呼。她說他們害她惹上麻煩了，他們的欠缺考慮，害她可能丟掉工作，那本宣傳小冊掀起軒然大波，他們不可以再到工廠門口，因為他們的關係，法西斯份子也來了，現在所有的人都很氣，氣共產黨，也氣法西斯。她罵達里歐：至於你，要是不懂打架，就乖乖待在家裡，你知道他們可能會殺了你嗎？帕斯蓋有好幾次想打岔，但她都很不屑一顧地打斷他，彷彿他是個叛徒才會出現在這裡。其他人則靜靜聽著。直到莉拉講完，亞曼多才開口。他長得像媽媽，容貌秀麗，濃密的黑眉毛，精心剃淨的鬍子留下淺紫色的鬍渣延伸到顴骨。他的聲音溫暖而渾厚。他自我介紹，說很高興認識她，上回她在會議上發言的時候，可惜他沒到場，然而，她所說的事情，他們都討論過，覺得非常重要，所以才決定印成小冊。別擔心，他平靜地總結說，無論如何，我們都會支持你和你的同志。

莉拉咳嗽，屋裡的香菸煙霧刺激了她的喉嚨。

「你們應該先通知我的。」

「沒錯，可是當時沒時間。」

「只要真的需要，怎麼樣都找得出時間來。」

「我們人很少，而且活動一天比一天多。」

「你們做什麼工作？」

「什麼意思？」

「你們靠什麼維生？」

「我是醫生。」

「和你父親一樣。」

「是的。」

「而在這個當口，你冒著犧牲工作的危險？你可以受得了有一天和兒子流落街頭？」

亞曼多不太開心地搖搖頭，說：

「比看誰的風險高是不對的，莉娜。」

帕斯蓋說：

「他被逮捕過兩次，我被控告過八次。這裡沒有誰比誰冒更大風險的問題。」

「哦，沒有？」

「沒有，」娜笛亞說：「我們全都在同一陣線上，準備好扛起我們的責任。」

這時莉拉忘了她是在別人家裡，大聲嚷著：

「所以萬一我丟了工作，就可以來住在這裡，你們會給我東西吃，負起照顧我生活的責任？」

娜笛亞平靜地說：

「如果你願意的話，是的。」

就這樣一句話。莉拉知道這不是玩笑話，娜笛亞是認真的，就算布魯諾．蘇卡佛把全廠的工人都開除了，她，有著黏膩甜美嗓音的她，也還是同樣會給出這個沒有道理的答案。她說她為工人服務，然而，在她這間擺滿書、有海景的房間裡，她希望指揮你，她希望告訴你應該怎麼做你的工作，她為你做決定，就算你最後流落街頭，她也已經下定決心了。我——這話已在莉拉舌尖——只要我願意，就可以砸碎所有的一切，比你還厲害。我不需要你來告訴我，用這種假裝聖潔的語氣告訴我，我應該怎麼想，應該怎麼做。但她克制自己，突然對帕斯蓋說：

「我趕時間，你要送我回家，還是待在這裡？」

沉默。帕斯蓋瞥了娜笛亞一眼，嘴裡嘟嘟囔囔說，我載你。莉拉轉身離開房間，連再見都沒說。女孩搶到她前面，說那樣的工作環境真是無法接受，說莉拉講得真好，我們迫切需要點燃鬥爭之火，諸如此類的。別退縮，她說，在他們走到客廳之前。但莉拉沒回答。

嘉利亞妮老師坐在扶手椅裡，正在看書，眉頭皺了起來。她抬起頭，只對莉拉說話，沒理會女兒，也沒理會一臉尷尬進來的帕斯蓋。

「你要走了？」

「是啊，很晚了。走吧，傑納諾，把車車還給馬可，穿好外套。」

嘉利亞妮老師對著孫子微笑，他嘟著嘴巴。

「馬可，把車車送他。」

莉拉瞇起眼睛，變成兩條細縫。

「你們這家人真的都太好心了。謝謝你。」

莉拉忙著給兒子穿上外套，嘉利亞妮老師看著她。

「我可以問你一個問題嗎？」

「請說。」

「你唸什麼書？」

這問題似乎惹惱了娜笛亞，她打岔說：

「媽媽，莉娜得走了。」

莉拉頭一次發現娜笛亞的語氣有些緊張，這讓她很高興。

「容我講幾句話嗎？」嘉利亞妮老師凶巴巴地對女兒說，口氣也同樣緊張。然後她又對莉拉再問一次：「你唸什麼書？」

「什麼都沒有。」

「聽你講話——還有吼叫——好像不是這樣的。」

「是真的。我只唸到五年級。」

「為什麼？」

「我沒有能力。」

「你怎麼知道？」

「格瑞柯有能力，我沒有。」

嘉利亞妮老師搖搖頭，表示不同意，說：

「要是你繼續唸書，你就會和格瑞柯一樣有成就。」

「你怎麼能這樣說？」

「這是我的工作。」

「你們老師總是堅持要大家受教育，因為你們就靠這個過日子。可是唸書沒有用，甚至沒辦法讓你進步，事實上只會讓你變得更討人厭而已。」

「艾琳娜變得更討人厭？」

「不，她沒有。」

「為什麼沒有？」

莉拉把羊毛帽戴在兒子頭上，「我們小時候就已經約定好了：我才是討人厭的那個。」

38

在車上，她對帕斯蓋發火（你變成那些人的僕人啦？）。他聽任她發洩。一直等到覺得她的氣已經消得差不多了，他才開始講他的政治理念：南方勞工的境況，他們受奴役的情形，無止境的勒索，缺乏工會的弱勢，需要大力改進，投身鬥爭。莉娜，他用方言說，語氣非常真誠，你怕失去他們給你的幾文錢，並沒有錯。傑納諾需要撫養。但是我知道你是真正的同志，我知道你了解：我們工人從來就沒有納進正規的工資待遇裡，我們被排除在所有的規則之外，我們比沒有還不如。所以我們再怎樣都不該說：別纏我，我有自己的問題，我只想管好我自己的事。我們每一個人，在指派給我們的崗位上，都應該竭盡所能，做好我們能做的事。

莉拉筋疲力竭，還好傑納諾已經在後座睡著了，右手抓著那輛小汽車。帕斯蓋的演說一波波朝她湧來。維多里歐．艾曼紐大道那幢漂亮的房子不時浮現心頭，以及老師、亞曼多、伊莎貝拉與尼諾。尼諾一定已經在某個地方找到像娜笛亞這樣的老婆了。還有馬可，年僅三歲，卻比她兒子還能認字的馬可。想方設法讓傑納諾變得聰明，根本是一場徒勞無功的奮鬥。這孩子已經輸了，他已經落後，而她無法支撐他。回到家時，莉拉發現自己不得不邀帕斯蓋進去，她說：我不知道恩佐煮了什麼，他是蹩腳的廚子，說不定你一點也不想吃。她希望他聽了這話會離開，但他卻回答說：我待十分鐘就走，所以她手搭在他手臂上，低聲說：

「一個字都別告訴他。」

「什麼事？」

「法西斯份子的事。要是他知道了，今晚就會去揍季諾。」

「你愛他嗎？」

「我不想傷害他。」

「啊。」

「就是這樣啊。」

「你要記得，恩佐比你和我更知道什麼事情該做。」

「是啊，但還是別告訴他。」

帕斯蓋蹙眉同意。他抱起不肯醒來的傑納諾，爬上樓梯，莉拉跟在他們後面，很不高興地嘟囔，這一天真是受夠了，我累死了，你和你那些朋友給我惹出大麻煩來了。他們告訴恩佐說，他們去娜笛亞家參加會議，帕斯蓋沒給他機會問問題，他滔滔不絕，一直講到半夜。他說那不勒斯就像全世界一樣有新的生命契機翻騰，他稱讚亞曼多，說他是個優秀的醫生，但不想飛黃騰達，只願免費治療窮困的人。他照顧貧民區的小孩，和娜笛亞、伊莎貝拉參與了許多服務大眾的計畫——托兒所，診所。他說再也沒有人是孤獨的，同志幫助同志，整個城市都會變好。你們兩個，他說，也不應該關在家裡。你們應該走出去，我們應該更常在一起。最後他說，他受夠了共產黨：太多醜陋的事情，太多妥協，不管是國內或國外，他再也受不了這種沮喪折磨。他的決定讓恩佐很不安，他們爭辯了很久：黨就是黨，不是的，是的，不是的，我們受夠了什麼政治安定，我們需要攻擊這個體系的制度化結構。莉拉很快就覺得無聊了，送傑納諾上床睡覺——他很睏，一面吃晚飯一面哼哼啊啊的——沒再回來。

但是她沒睡，直到帕斯蓋離開，恩佐在屋裡完全沒動靜之後，她都還醒著。她量了體溫，三十八度。她回想起傑納諾努力拼出那個字的時候。她要他拼出來的是什麼字：destinazione（命運）。這當然是傑納諾聽都沒聽過的字彙。光是認識字母是不夠的，她想，還有許多的困難。如果他是尼諾和娜笛亞的小孩，那麼他的命運就會大不相同。她覺得自己不該是他的媽媽。然而我想要他，她心想，我只是不想和斯岱方諾生小孩，和尼諾就沒問題。她是真的很愛尼諾，她深深渴望他，她希望取悅他，為了讓他高興，她欣然願意做她丈夫必須靠暴力、威脅要殺她，才能強迫她強忍住厭惡而做的事。但是在做那檔子事的時候，她從來就沒有別人說的那種感覺，不只和斯岱方諾做的時候沒有，和尼諾做的時候也沒有。男人老是想著他們的老二，引以為豪，他們以為你們女人應該要更喜歡才對。就連傑納諾也不時把玩自己的小弟弟，有時候他抓著小弟弟咯咯笑，讓人很窘。莉拉很怕他會傷害自己；替他清洗，抱他噓噓的時候，她都很小心，想辦法習慣。恩佐很謹慎，在家裡從來不會只穿內衣，也從不講髒話。正因為如此，所以她深深喜歡他，感謝他在隔壁房間耐心等候，從不犯錯。他對自己與其他事情的克制力，是她唯一的安慰。但是罪惡感產生了：讓她得到安慰的，恰恰也讓他受苦。想到恩佐因為她而受苦，讓她很難受的這一天更加難受了。發生過的種種事情與對話，在她腦海裡盤旋不去，很久很久。講話的語氣，個別的字彙。她明天在工廠裡該怎麼辦呢？那不勒斯和全世界是真的都被狂熱席捲了，或者這只是帕斯蓋、娜笛亞和亞曼多想像出來減輕自己的焦慮、排遣無聊、增添勇氣的想像而已？她應該冒著被法西斯份子逮捕的危險，相信他們嗎？或者最好再去找布魯諾，讓自己擺脫麻煩？但她去求他真的有用嗎，他會不會再一次想撲到她身上來？屈服於菲利波和上司的濫權虐待是不是有用？她想來想去還是沒進展。最後，在半睡半醒之際，她回到我們小時候就已經理解的一個老原則。在她看來，為了救她自己，救傑納諾，她必須嚇退那些想威嚇她的人，她必須讓那些想害她恐懼的人心生恐懼。她想要製造傷害，希望讓娜笛亞知道她只是個出身富裕、光會講好聽話的女孩，她要毀掉布魯諾在風乾室嗅聞香腸與女人的樂趣。於是，她就揣著這樣的想法睡著了。

39

她清晨五點鐘就醒了，渾身是汗，燒已經退了。她在工廠大門口沒看見學生，只看見法西斯份子。和前一天相同的汽車，相同的面孔，咆叫口號，發送傳單。莉拉覺得他們準備用上更大的暴力，於是低頭走過，手插在口袋裡，希望在爭鬥發生之前就走進工廠廠區。但是季諾出現在她面前。

「你還識字嗎？」他用方言問，遞出一張傳單。她手插在口袋裡，回答說：

「是啊，我識字，但你是什麼時候學會的？」

她想往前走，但沒辦法。季諾攔住她，把傳單硬塞進她的口袋，用力很猛，指甲掐到她的手。莉拉很平靜地把傳單捏成一團。

「這連擦屁股都不好用。」她把紙團丟開。

「撿起來。」藥師的兒子命令她，抓著她的手臂。「馬上撿起來，給我聽好：昨天下午我問你那戴綠帽的老公說我可不可以揍你，他說可以。」

莉拉瞪著他的眼睛。

「你去問我老公說你可不可以揍我？放開我的手，你這個爛人。」

這時埃多出現了，他沒假裝不注意，反而出乎意料地停下腳步。

「他在煩你嗎，瑟魯羅？」

就在這個瞬間，季諾一拳打上埃多的臉，埃多倒在地上。莉拉的心臟快從喉嚨跳出來，一切開始加速。她撿起石頭，狠狠敲在藥師兒子的胸口。漫長的一刻。季諾把她往後推靠在燈柱上，埃多想要站起來，這時，另一輛車出現在泥土路上，揚起塵土。莉拉認出那是帕斯蓋的破車。來了，她想，亞曼多聽進我說的話，或許娜笛亞也是，他們那些出身良好的人，但是帕斯蓋抗拒不了，他要來發動戰爭。車門打開，下來五個男的，包括他。都是建築工地的男人，帶著棍子，有條不紊地開始用力打那些法西斯份子。他們並不發火，只用很精準的手法一下一下地打倒對手。莉拉馬上就看見帕斯蓋朝季諾而來，因為季諾只離她幾步，所以她用雙手抓住他的一條手臂，笑著說：你最好快滾，否則他們會宰了你。但他沒走，反而把她推開，衝向帕斯蓋。莉拉扶埃多站起來，想把他拉進院子裡，但很困難。他很重，而且痛苦扭動，破口大罵，還流著血。直到看見帕斯蓋用棍子把季諾打倒在地，他才稍微平靜一些。情況越來越混亂：男人們隨手從路邊撿起的瓦礫碎石像子彈般亂飛，他們互相叫囂辱罵。帕斯蓋丟下不醒人事的季諾，衝進院子裡，和一個穿汗衫與藍色寬褲的男子跑過水泥地，兩人拿棍子敲打菲利波的警衛亭。菲利波把自己鎖在裡面，驚恐萬分。他們嘴裡罵著髒話，敲破玻璃，而警車的警笛聲越來越大聲。莉拉再次發現暴力所帶來的焦慮喜悅。沒錯，你得把恐懼加諸那些希望讓你恐懼的人身上。沒有別的辦法，以暴制暴，你從我身上奪走的，我一定會奪回來，你對我做的，我也一定會回敬給你。然而，帕斯蓋和他的人馬回到車上，法西斯份子拖著季諾回到車上，警車的警笛越發接近，這時她驚恐地覺得她的心臟像是上得太緊的玩具發條，她一定得儘快找個地方坐下來才行。一進到工廠裡面，她就癱倒在走廊，背靠著牆，努力想平靜下來。在內臟室工作的那個四十來歲大塊頭女人泰瑞莎照顧埃多，擦掉他臉上的血，一面嘲笑莉拉。

「你先是扯掉他的耳朵，現在又幫他？你應該把他丟在外面不管的。」

「他幫我，所以我幫他。」

泰瑞莎不敢置信地轉頭看埃多。

「你幫她？」

他結結巴巴地說：

「我不想讓陌生人揍她，要揍也是我自己揍。」

那女人說：

「你有沒有看見菲利波嚇得屁滾尿流？」

「他活該。」埃多說：「可惜他們只砸了警衛亭。」

泰瑞莎轉頭，略帶一絲惡意地問莉拉：

「是你叫共產黨員來的嗎？老實告訴我。」

她是在開玩笑嗎，莉拉尋思，或者她是密探，向老闆打小報告的奸細。

「不是。」她回答說：「但我知道是誰叫法西斯份子來的。」

「誰？」

「蘇卡佛。」

40

那天夜裡晚餐之後，帕斯蓋出現了，一臉陰鬱，邀恩佐去參加特杜西歐的聖吉瓦尼支部的會議。莉拉和他獨處幾分鐘，問：

「真是一團糟啊，今天早上。」

「我做該做的事。」

「你的朋友也贊同？」

「我的朋友？誰啊？」

「娜笛亞和她哥哥。」

「他們當然贊同。」

「可是他們留在家裡。」

帕斯蓋喃喃說：

「誰說他們留在家裡的？」

他心情不好，渾身乏力，彷彿打了那場架讓他完全沒有行動的欲望。而且，他沒邀她一起去，只邀了恩佐，這也是前所未有的事。以前就算時間很晚，天氣很冷，她不想帶傑納諾出去的時候，他也還是邀她。說不定他們還有一場男人的架要打。也許他生她的氣，因為她不肯奮鬥，害他在娜笛亞和亞曼多面前沒面子。她拐彎抹角提到早晨那場風波時的批判語氣肯定讓他心煩。莉拉想，他一定相信我不了解他為什麼揍季諾，為什麼揍警衛。不管是好是壞，所有的男人都相信他們採取行動之後，你就必須把他們供在祭壇上膜拜，彷彿他們是屠了惡龍的聖喬治。他覺得我不知感恩，他這麼做是為我復仇，他希望我至少可以說一聲謝謝。

他倆出門之後，她上床，讀了帕斯蓋很久以前給她的勞工與工會的宣傳小冊。這讓她可以安於單調的日常生活，因為她怕屋裡的沉寂，怕睡覺，怕狂亂的心跳，怕隨時要四分五裂的形影。儘管非常疲累，她還是看了很久，就像平常一樣變得激動起來，迅速掌握了很多事情。為了有安全感，她努力撐著等恩佐回來。但他沒回來，最後傑納諾均勻的呼吸聲催她入眠，她也就睡著了。

隔天早上，埃多和那個內臟室的女人泰瑞莎開始兜著她轉，態度和言語都親切和善。莉拉不只沒有冷淡回絕他們，甚至對其他工人也很客氣。她耐心聽其他人抱怨，了解他們為什麼生氣，也同情那些被虐待而口出惡言的人。她從某個麻煩講到另一個麻煩，一直滔滔不絕。更重要的是，接下來幾天，她讓埃多、泰瑞莎和他們的一小群人發言，把午餐時間變成祕密集會。因為她能讓大家覺得提議召集會議的不是她，而是別人，所以有越來越多人來參加，覺得自己的投訴不只正當，而且也迫切的必要性。除了冷凍室的問題，她又加上內臟室的問題，接著又有桶室的問題，最後她很意外地發現，某個部門的麻煩其實和其他部門的麻煩密切相關，全部串在一起，就是個剝削的長鍊。她一一列出因工作狀況而產生的疾病：手部、骨頭、肺部的傷害。她蒐集足夠的資料，證明整個工廠的情況糟糕透頂，衛生問題極其嚴重，他們經手處理的生鮮食材有時是腐壞的，有時來路不明。她找到機會私下告訴帕斯蓋說她這麼短的時間裡就著手進行了，他像平常那樣暴躁不安地大吃一驚，接著又笑逐顏開：我就說你會做吧。他和一個名叫卡波尼的人約了時間。這人是本地工會的書記。

莉拉用工整的筆跡寫下她所做的一切，交給卡波尼。書記翻看之後，也變得熱心起來了。他對她說什麼：你家鄉在哪裡，同志？你做得非常好，太棒了。而且，我們一直都還沒能滲透進蘇卡佛工廠，那裡全是法西斯份子，但現在有你，情況改觀了。

「我們該怎麼開始？」

「從委員會開始。」

「我們已經是一個委員會了啊。」

「很好，第一件事就是搞好組織。」

「什麼樣的組織？」

卡波尼看看帕斯蓋，帕斯蓋沒說話。

「你一次問太多問題了，包括永遠問不出答案的事情。你必須先搞好優先順序。」

「在那個地方，每一件事情都必須即時處裡。」

「我知道，但這是策略的問題：如果你同時要所有的東西，就有可能失敗。」

莉拉的眼睛瞇成兩條線，這就是爭執之所在。結果是，委員會不能直接和雇主溝通，工會必須介入協調。

「我不是工會？」她怒了。

「當然是，只是要講究時機和方法。」

他們又吵起來。卡波尼說：你可以稍微看看周圍，開放各種討論，我不知道耶，或許討論輪班、假日、加班什麼的吧，我們就從這裡開始。反正——他總結說——有像你這樣的同志，你不知道我有多高興，這是很少有的。我們協調合作，可以讓食品工業大步向前走——參與的女同胞並不多。這時他伸手掏出後褲袋的錢包，問：

「你需要開銷的錢嗎？」

「什麼開銷？」

「油印，紙，你花的時間，諸如此類的。」

「不需要。」

卡波尼把皮夾擺回口袋裡。

「可是不要喪氣，也不要不見人影，莉娜，我們保持聯繫。聽我說，我已經寫下你的名字。我想和你談談工會的事，我們用得上你。」

莉拉很不滿意地離開，她對帕斯蓋說：你給我惹上什麼麻煩了？但是他安撫她，向她保證說卡波尼是個很優秀的人，說他講得對，你必須了解，做事要有策略，要有手法。然後他又變得興奮，幾乎是激動，差點就要擁抱她，但想想還是不要，說：放手去做吧，莉娜，幹掉官僚體系，我會通知委員會。

莉拉沒在這些目標裡做選擇。她只忙著精簡第一份很冗長的草稿，壓縮成密密麻麻的一頁，交給埃多。這是一張清單，列出工作組織、步驟、工廠的一般狀況、產品的品質、受傷或生病的危險、少到可憐的補償，以及加薪。這時問題來了，誰負責把這張清單交給布魯諾。

「你去。」莉拉對埃多說。

「我很容易發脾氣。」

「這樣更好。」

「我不適合。」

「你非常適合。」

「不，你去，你是工會會員。而且你很會講話，你可以把他吃得死死的。」

41

莉拉從一開始就知道這工作會落到她頭上。她好整以暇，把傑納諾託在鄰居家，和帕斯蓋一起去特里布納利路參加委員會議。這場會議也要討論蘇卡佛工廠的情況。這一次出席會議的有十二個人，包括娜笛亞、亞曼多、伊莎貝拉和帕斯蓋。莉拉把她準備給卡波尼的文件發給大家，對這個版本上所列的需求，大家仔細討論。娜笛亞很用心讀，最後說：帕斯蓋說的沒錯，你是凡事都不保留的人，在這麼短的時間裡做了這麼多的事。她用非常真心的語氣，不僅讚美這文件所具有的政治與工會本質，也讚美文筆：你太聰明出色了，她說，我從沒看過有人用這樣的筆調寫這種素材！然而，在說完開場白之後，她建議莉拉不要立即和蘇卡佛當面衝突。亞曼多也抱持相同的看法。

「我們要等自己更強大茁壯。」他說：「蘇卡佛工廠的情況必須改進。我們已經進到裡面，這就是很大的成就，我們不能因為輕忽大意而冒著失掉一切的危險。」

達里歐問：

「你有什麼建議？」

娜笛亞的回答是對著莉拉說的。「我們舉行擴大會議。我們儘快和你的同志會面，強化你的組織結構，或許用你準備的材料印另一份宣傳小冊。」

面對娜笛亞這突然變得戒慎恐懼的反應，莉拉得意起來，帶著挑釁意味嘲諷說：「所以在你們看來，我做了這個工作，讓我的工作承擔了風險，好讓你們可以擴大舉行會議，再印另一份宣傳小冊？」

可是她無法享受這復仇的喜悅。突然之間，坐在她對面的娜笛亞開始晃動，像是窗框鬆脫的窗戶，溶解掉了。沒來由的，莉拉喉嚨發緊，最微小的一個動作，即使是眨眼，也都加快速度了。她閉上眼睛，背靠在她坐的那把破椅子上，覺得自己快窒息了。

「怎麼回事？」亞曼多問。

帕斯蓋心煩意亂。

「她太累了。」他說：「莉娜，怎麼回事，你要喝點水嗎？」

達里歐連忙去拿水，亞曼多量她的脈搏，帕斯蓋緊張地催她：

「你覺得怎麼樣？伸伸腿，深呼吸。」

莉拉輕聲說她很好，突然從亞曼多手裡把手縮回來，說她想休息一下。達里歐端水過來，她喝了一小口，喃喃說沒事，只是小感冒。

「你有沒有發燒？」亞曼多鎮靜地問。

「今天沒有。」

「咳嗽，呼吸困難？」

「有一點，我覺得心臟快從喉嚨跳出來了。」

「現在好一點了嗎？」

「好一點了。」

「到另一個房間來。」

莉拉不想去，覺得很心煩意亂。但她還是乖乖聽話，奮力站起來，隨著亞曼多走。亞曼多手裡提著一個有金鎖釦的黑色皮袋。他們進入一間冰冷的大房間，莉拉以前沒來過這裡。房間裡有三張小床，擺上看起來很髒的舊床墊，一個鑲有蝕朽鏡子的五斗櫃。她坐在其中一張床上，渾身乏力：從懷孕那段期間之後，她就沒做過身體檢查。亞曼多問起她的症狀，她提到只有胸口沉甸甸的，但又補上一句：沒什麼大不了的。

他默默為她檢查。但她痛恨這沉默，這沉默像是一種背叛。這個潔淨超然的男子，雖然問了問題，卻好像不相信她的答案。他檢查她，彷彿在儀器與精湛醫技的輔助之下，只有她的身體才是值得信賴的機制。他聽她的胸口，觸摸她，盯著她看，同時強迫她等待決定性的意見，看她的胸部、她的腹部、喉嚨，以及現在顯然一無所知的部位是不是有問題。最後亞曼多問她：

「你睡得好嗎？」

「非常好。」

「睡多久？」

「看情況。」

「什麼情況？」

「看我的想法。」

「你吃得多？」

「我想吃的時候就吃很多。」

「你呼吸有困難嗎？」

「沒有。」

「胸痛。」

「胸悶，但很輕微。」

「冷汗？」

「沒有。」

「你有沒有暈倒，或覺得快暈倒？」

「沒有。」

「規律嗎？」

「什麼？」

「月經。」

「不規律。」

「你上一次月經是什麼時候？」

「我不知道。」

「你不做紀錄？」

「應該做紀錄？」

「那樣比較好。你採取避孕措施嗎？」

「什麼意思？」

「保險套，子宮環，藥丸。」

「什麼藥丸？」

「一種新的藥，只要吃了就不會懷孕。」

「真的？」

「百分之百真的。你丈夫從來不用保險套？」

「我已經沒有丈夫了。」

「他離開你？」

「我離開他。」

「你們在一起的時候，他用嗎？」

「我甚至不知道保險套是幹嘛的。」

「你經常有性行為嗎？」

「談這個問題要幹嘛？」

「要是你不想談，我們就不談。」

「我不想談。」

亞曼多把器材放回盒子裡，坐在半破爛的椅子裡，嘆口氣。

「你應該放慢腳步的，莉娜，你把自己的身體操得太過分了。」

「什麼意思？」

「你營養不良，太操心，你嚴重忽視你自己。」

「然後呢？」

「你應該接受一連串檢查，你的肝有點腫大。」

「我沒時間做檢查，給我開點藥。」

亞曼多不滿地搖搖頭。

「聽我說，」他說：「我知道對你最好別拐彎抹角。你有心雜音。」

「那是什麼？」

「是心臟的毛病，有可能不是良性的。」

莉拉露出憂心的表情。

「這是什麼意思？我可能會死？」

他微笑，說：

「不，只是你必須找心臟科醫師檢查。明天到醫院來找我，我帶你去找個好醫生。」

莉拉皺起眉頭，站起來，冷冷地說：「我明天有很多事要做。我要去找蘇卡佛。」

42

帕斯蓋憂心的語氣惹惱了她。開車送她回家時，他問：

「亞曼多怎麼說，你還好嗎？」

「很好，我應該吃多一點。」

「看吧，你都不好好照顧自己。」

莉拉發脾氣。「帕斯蓋，你又不是我爸，你又不是我哥，你誰都不是。別煩我，懂了嗎？」

「我不能擔心你？」

「不能，不管做什麼說什麼，都小心一點，特別是對恩佐。要是你告訴他說我病了——我沒病，只是頭暈——你很可能就要失去我這個朋友了。」

「請兩天病假，別去工廠：卡波尼建議你別去，委員會建議你別去，這是政治上的權宜之計。」

「我才不管什麼政治不政治咧。是你們害我惹上麻煩，現在我想怎麼做就怎麼做。」

她沒邀他進去，他氣呼呼地走了。一回到家裡，莉拉就抱著傑納諾，做晚飯，等恩佐回來。她覺得自己好像一直喘不過氣來。恩佐晚歸，她餵傑納諾吃飯。她很怕今晚他是去找其他女人，混到半夜才回來。傑納諾把一杯水給灑了，她失去耐性，用方言大聲罵他，好像他是個大人：

「你就不能有一刻安靜嗎，我要揍你，你為什麼非要毀了我的生活不可？」

這時恩佐回來了，她努力表現得好一點。他們吃飯，但莉拉覺得飯菜刮擦著胸腔，很難吞到胃裡。傑納諾一睡著，他們就開始研習蘇黎士的課程，但恩佐不一會兒就累了，很有禮貌地想找理由回房睡覺。但沒有成功，莉拉一直唸到很晚，她害怕一旦把自己關在房間裡，一旦隻身在黑暗中獨處，她沒對亞曼多承認的症狀就會再出現，全部出現，要了她的命。他輕聲問她：

「你願意告訴我是怎麼回事嗎？」

「沒事。」

「你和帕斯蓋進進出出的，你們有什麼祕密？」

「是工會的事，他要我加入，現在我得管他們的事。」

恩佐看起來有點沮喪，她問：

「怎麼了？」

「帕斯蓋把你在工廠做的事告訴我。你告訴他，也在委員會上告訴大家。為什麼就只有我一個人不配知道？」

莉拉很氣，走進浴室。帕斯蓋沒保守祕密。他說了什麼？只說她要在蘇卡佛的工廠灑下工會的種子，或者也提了季諾的事，甚至她在特里布納利路覺得不舒服的事？他就是沒辦法閉嘴不說話──男人之間的友誼有其不成文且無法違反的約定，不像女人之間的友情一樣。她沖了馬桶，回來找恩佐，說：

「帕斯蓋是間諜。」

「帕斯蓋是朋友。至於你，你是什麼？」

他的語氣很傷人，但她卻出乎意料的讓步了，突如其來。她熱淚盈眶，想忍住卻還是忍不住，為自己的軟弱覺得羞恥。

「我已經讓你夠麻煩的了，我不想再給你添更多麻煩。」她哭著說：「我怕你會趕我走。」她擤擤鼻子，輕聲說：「我可以和你一起睡嗎？」

恩佐瞪著她，不敢置信。

「現在？」

「只要你想。」

「你真的這樣想？」

莉拉瞪著餐桌中央的水瓶，這瓶子有個逗趣的公雞頭，傑納諾很喜歡。她輕聲說：

「最重要的是你緊緊抱住我。」

恩佐不高興地搖搖頭。

「你不想要我。」

「我要你，但是我沒有感覺。」

「你對我沒有感覺？」

「你這樣講是什麼意思。我愛你，每天晚上我都希望你會叫我，緊緊抱住我。但除此之外，我什麼都不要。」

「我討厭你。」

恩佐臉色慘白，英俊的臉扭曲了，彷彿有承受不了的哀痛。他說：

「不，不，不要，我們做你想做的事，現在就做，我準備好了。」

他露出淒涼的微笑，沉默了好一會兒。接著，他受不了她的焦慮，喃喃說：「我們上床睡覺吧。」

「回各自的房間？」

「不，到我的床上。」

莉拉如釋重負，去換衣服。她穿上睡衣，發著抖來到他身邊。他已經躺在床上。

「我可以上來嗎？」

「可以啊。」

她鑽進被子裡，頭枕在他肩膀，一條手臂環過他胸膛。恩佐一動也不動，她立刻感覺到他身上有強烈的熱氣。

「我腳好冷，」她輕聲說：「可以貼在你腳上嗎？」

「可以。」

「我可以摸你嗎？」

「不要。」

慢慢的，她的寒意消失了。胸口的疼痛解除了，忘了喉嚨的緊縮，吸進他的暖意。

「我可以睡嗎？」她問，疲累得有點暈眩。

「睡吧。」

43

破曉時，她驚醒。她的身體提醒她該起來了。這時恐怖的想法全面襲來，非常清晰：她有病的心臟，傑納諾的倒退，街坊的法西斯份子，娜笛亞的妄自尊大，帕斯蓋的不可信任，需求的清單。在這之後，她才意識到自己和恩佐睡在一起，但他已經不在床上了。她迅速起身，剛好聽見門關上的聲音。他是趁她一睡著就起床了嗎？他一整夜沒睡嗎？他和孩子睡在隔壁房間嗎？或者他和她一起入睡，遺忘了所有的欲望？他肯定是自己一個人吃了早餐，幫她和傑納諾擺好了餐具。他去上班了，什麼話都沒說，把自己的想法埋在心裡。

莉拉把兒子送到鄰居家之後，也匆匆趕到工廠。

「所以你是拿定主意了。」埃多有點不太高興地問。

「我想拿定主意的時候就會拿定主意。」莉拉又開始用以前那種語氣講話。

「我們是委員會，你得通知我們。」

「你把清單發下去了？」

「發了。」

「其他人怎麼說？」

「沉默就表示同意。」

「不對，」她說：「沉默表示他們怕得要死。」

卡波尼是對的，娜笛亞和亞曼多也是對的。這個行動很薄弱，很勉強。莉拉氣呼呼地用力剁肉，很想要傷害別人，也想被傷害。她想用刀戳她的手，讓刀從死肉上頭滑落到她身上活生生的肉裡。她想放聲大叫，罵其他人，讓他們付出代價，補償她無力找出的平衡。啊，莉娜・瑟魯羅，你這人無可藥救。你為什麼要擬那張清單？你不想被剝削？你想要改善你的情況與這些人的情況？你一心相信你和他們從此時此刻起，就從這裡開始，要加入全世界無產階級必勝的大遊行？門都沒有。遊行到哪裡去？眼前這些一輩子不得翻身的勞工？這些從早到晚被奴役，卻相信自己有權力的勞工？胡說八道。苦藥怎麼可能變得甜蜜呢。你知道這是極其可怕的狀況，不該改進，而該徹底革除，這是你打從小時候就知道的。改進，改進你自己？就說你改進好了，難道就會變得像娜笛亞或伊莎貝拉？要是你的哥哥改進了，就會變得像亞曼多？而你的兒子會變得像馬可？不會的，我們還是我們，他們還是他們。所以你為什麼不認命？要怪就怪你的心不肯安定下來，不停地想辦法運轉。設計鞋子。忙著設立鞋廠。重新改寫尼諾的文章，逼他照你說的做。為了你自己，和恩佐一起研讀蘇黎士的課程。而今又要表現給娜笛亞看，如果她是在搞革命，你肯定做得還比她更多。心啊，就是邪惡之所在，因為心不滿足，身體才會生病。我自己是如此，我身上的一切是如此，甚至傑納諾也是如此。要是一切都順利，他最後就會在像這樣的地方落腳，匍匐爬向某個老闆，再多要個五里拉。所以？所以，瑟魯羅，負起你的責任，做你心裡始終想做的事：恐嚇蘇卡佛，革除他喜歡在風乾室上女工的習慣。讓那個長了一張狼臉的學生看看你準備了什麼。伊斯基亞的那個夏天。酒水，佛利歐的那幢房子，我和尼諾同寢共枕的豪華大床。從這個地方來的錢，從這個惡臭、這可怕的歲月、這低薪的可憐勞工身上壓榨來的錢。我到底在這裡切什麼？噁心的黃色漿液噴出。這世界天翻地覆，但還好，機會總還是有的。

就在午餐休息時間之前，她下定決心，對埃多說：我要去了。但她還來不及脫下圍裙，老闆祕書就出現在內臟室，告訴她說：

「蘇卡佛先生要你馬上到他辦公室去。」

莉拉想，一定是有奸細把情況告訴布魯諾。她放下工作，從櫃子裡拿出那張要求清單，走出去。她敲辦公室的門，進去，裡面不只布魯諾一個。坐在椅子上，嘴裡叼根菸的，是米凱爾·梭拉朗。

44

她向來都知道，米凱爾遲早會再次出現在她的生活裡，但是在布魯諾的辦公室裡看見他，讓她驚恐，活像是童年時代躲在暗黑牆角的鬼魂。他在這裡幹嘛，我得趕快離開。但梭拉朗一看見她就站起來，張開手臂，好像真的很感動。他用義大利文說：莉娜，太好了，我真是太開心了。他想要擁抱她，若非她不自覺地以排拒的動作制止了他，他就得逞了。米凱爾就這樣張著手臂站了一會兒，接著很困惑地一手摸摸臉頰和脖子，另一手指著莉拉，這一次用的是很不自然的語氣：

「可是說真的，我不敢相信：卡拉西夫人就藏在這堆薩拉米香腸中間？」

莉拉猛然轉頭對布魯諾說：「我待會兒再來。」

「坐下。」他沉著臉說。

「我喜歡站著。」

「坐下，你會累。」

她搖搖頭，還是站著，米凱爾對布魯諾露出理解的微笑。

「她這人就是這樣，別理她，她從來不肯聽話的。」

在莉拉聽來，米凱爾的嗓音比過去更有力，他的每個尾音都加重語氣，好像練習發音似的。也許是為了節省體力，也許只是為了違抗他，她改變主意，坐下來。米凱爾也改變姿勢，轉身正面對她，彷彿布魯諾已經不在房間裡似的。他仔細打量她，充滿憐愛，用遺憾的語氣說：你的這雙手都毀了，太慘了，你年輕的時候手多漂亮啊。接著，彷彿透露情報似地談起馬提尼廣場的鞋店，彷彿莉拉還是他的員工，而他們是在進行工作會議。他提起新的展示架，新的燈光照明，以及他又把洗手間通向院子的那道門堵起來了。莉拉想起那道門，輕聲用方言說：

「我才不在乎你那間店咧。」

「你說的應該是我們的店吧，我們一起創造的店。」

「我從來沒和你一起創造過什麼。」

米凱爾再度露出微笑，搖搖頭，微微表示不同意。有人投資金錢，他說，有人投資勞力和腦力，貢獻都是一樣的。金錢創造環境、情勢和人的生活。你不知道，光是靠著簽一張支票，我就可以讓多少人活得快樂或毀掉人生。然後他又開始平心靜氣地閒聊；他似乎熱中於告訴她新消息，彷彿是久別重逢的朋友。他先從埃爾范索說起，說他在馬提尼廣場的鞋店表現很好，現在已經賺夠錢可以成家了。但他不想結婚，他寧可讓可憐的瑪麗莎一輩子當未婚妻，自己繼續為所欲為。身為雇主，米凱爾鼓勵他說正常的生活有助事業，提議要幫他負擔婚宴費用。就因為這樣，婚禮終於要在六月舉行。你看吧，他說，要是繼續替我工作的是你，而不是埃爾范索，你要什麼我都會給你，你會過得像皇后一樣。接著，沒給她機會回答，他在老舊的銅菸灰缸裡撢撢菸灰，宣布說，他也要結婚了，同樣是在六月，新娘當然是姬俐歐拉，他一生的摯愛。太可惜了，我不能邀請你參加，他說，我是很想，但不想讓你丈夫難堪。他開始談起斯岱方諾、艾達和他們的孩子，先是讚美他們三個，接著說兩家雜貨店的生意大不如前。只要他爸爸的錢還在，他說，卡拉西就還可以撐下去，但如今生意宛如狂風惡浪，斯岱方諾的船早就開始進水了，情況再也控制不了了。競爭變得激烈，他說，新的店不停地開。比方馬歇羅，一直想著要把原本屬於卡羅先生的那家店加以擴充，改裝成你可以買到任何東西，從肥皂到燈泡、香腸和糖果都賣的地方。而且他也真的這麼做了，生意蒸蒸日上，店名就叫「無所不有」。

「你說你和你哥哥也打算毀了斯岱方諾？」

「什麼叫做毀了，莉娜？我們只是做我們該做的事，事實上，只要能幫得上朋友的忙，我們都很樂意幫忙的。你猜，在馬歇羅店裡工作的是誰？」

「我不知道。」

「你哥哥。」

「你把黎諾降格成你家的店員？」

「這個嘛，是你拋棄他的耶。他扛起所有的重擔：你爸爸，你媽媽，他兒子，而且琵露希雅又懷孕了。他能怎麼辦？他去找馬歇羅幫忙，馬歇羅也幫他了。這樣你還不開心？」

莉拉冷冷地回答：

「不，我不開心。你做的任何事情都不能讓我開心。」

米凱爾顯得很不滿意，想起了布魯諾。

「你看，就像我說的，她的問題就是個性很不好。」

布魯諾露出尷尬的微笑，兩人像是同謀似的。

「的確是。」

「她也傷害你？」

「稍微。」

「你知道她小時候拿鞋匠刀抵在我哥哥脖子上，當時他體型有她兩倍大。而且不是開玩笑，她是真的準備拿刀刺他。」

「真的？」

「真的，這女孩很有勇氣，很有決心。」

莉拉握緊拳頭。她厭惡在自己心裡感覺到的軟弱。房間宛如波浪晃漾，死的物品與活的人體都在不斷膨脹。她看著米凱爾，他正在菸灰缸裡摁熄菸蒂。他摁得太用力，像是也很厭惡自己平靜的語氣，得找個出口宣洩不安似的。莉拉瞪著他的手指，壓在菸蒂上，指甲都變白了。她心想，他曾經開口要求我當他的情人。但那不是他真正想要的，他要的是別的東西，與性無關，連他自己都無法解釋的東西。他著魔了，就像迷信一般。說不定他以為我有某種威力，而這威力對他來說不可或缺。他想要這個力量，但得不到，所以他很痛苦。這是他無法靠著蠻力從我身上奪取的東西。是啊，或許就是這樣。否則他現在就會捏死我。但為什麼是我呢？他在我身上發現什麼對他有用的東西？我絕對不能留在這裡，在他眼皮底下，我不能再聽他講話，他眼睛看見、他心裡想要的一切都讓我驚恐。莉拉對布魯諾說：

「我有東西要給你，然後我就走。」

她站起來，準備把那張要求清單交給他，這事在她看來似乎顯得越發無用，卻又很有必要。她想把清單擺在桌上，在菸灰缸旁邊，然後離開辦公室，但米凱爾的聲音制止了她。他的嗓音親暱至極，近乎寵愛，彷彿直覺感受到她要離開他身邊了，所以竭盡可能想迷惑她，留住她。他繼續對布魯諾說：

「你看，她個性真的很不好。我講話，她甩都不甩，掏出一張紙，說她要走了。可是請你原諒她，因為她有很多優點可以彌補個性的缺點。你以為你雇了一個工人？不是的。這女人遠遠不只是個工人。要是你肯給她機會，她可以為你點石成金，她有能力重新組織一家企業，發展成你想像不到的規模。為什麼？因為她的心、她的腦，是很少有女人可以擁有的，甚至在我們男人身上也很少見。我從小看她長大，這是真的。她設計的鞋子，我到今天都還在那不勒斯與外地銷售，讓我賺了很多錢。她在馬提尼廣場改裝了一家店，想像力之豐富，讓那家店變成奇亞伊亞路、波西利波和佛莫洛有錢人的沙龍。她還能做很多很多——非常多——的事情。可是她這人性情古怪，以為她永遠可以為所欲為。來！去！好！砸！你以為是我開除她的？不是的，有一天，突如其來的，她就不來上班了。就這樣消失無蹤。要是你逮著她，她就再溜走，她像條鰻魚。這就是她的問題：雖然她聰明絕頂，但是她不了解自己能做什麼，以及不能做什麼。這是因為她還沒有找到一個真正的男人。一個真正的男人可以讓女人安於本分。不會煮飯？她可以學啊。房子很髒？她可以打掃啊。真正的男人可以讓女人做所有的事情。例如：我很久以前碰到一個女的，不會吹口哨。呃，我們在一起兩個鐘頭——火辣辣的兩個鐘頭——之後我說：吹口哨吧。她——你一定不相信——就吹出口哨了。要是你知道怎麼訓練女人，很好。要是你不知道怎麼訓練，那就忘了她吧，否則就只好受傷啦。」他講最後這句話的時候，口氣非常嚴肅，彷彿宣判不容否定的判決似的。但就算他在講這句話的時候也還是心知肚明，他過去沒辦法，未來也沒辦法遵循他自己的這條法則。所以他瞬間表情丕變，聲音也變了，迫切想要羞辱她。他態度極不耐煩，加強語氣似地用方言猥瑣地對她說：「但是她不一樣，想甩開她很難。可是你看看她是什麼樣子，眼睛小，奶子小，屁股小，簡直像根掃帚。碰到像這樣的人，你連勃起都很難。可是，一眼就夠了，只要一眼。光是看她一眼，你就想要幹她。」

就在這時，莉拉覺得腦袋裡發出轟然巨響，彷彿心臟不再在喉頭猛跳，而是在頭顱裡爆裂開來了。她大聲罵他，詞彙之髒不下於他，從桌上抓起銅菸灰缸，把菸蒂和菸灰灑了出來，想砸他。但是儘管忿怒，但她的動作緩慢，也很無力。就連布魯諾的聲音——莉娜，拜託，你在幹嘛——都非常緩慢地淌進她耳朵裡。或許就因為這樣，所以米凱爾很輕易地攔下她，輕意地拿走菸灰缸，忿忿地說：

「你以為你是替蘇卡佛先生工作？你以為我在這裡不算什麼？你錯了。蘇卡佛先生的名字登記在我媽的紅色帳簿上已經好一段時間了，那本帳簿可比毛澤東的小紅書重要得多。所以你不是替他工作，你是替我工作，我才是你唯一的老闆。我之所以一直容忍你，是想看你能撒潑到什麼程度，你，以及那個和你上床的人渣。可是從現在起，你給我記住，我會盯著你，只要我需要你，你最好乖乖滾過來，聽懂了嗎？」

這時布魯諾緊張地跳起來，大聲說：

「放過她吧，米凱爾，你太過分了。」

梭拉朗放開莉拉的手腕，然後又用義大利文對布魯諾說：

「你說的沒錯，對不起。可是卡拉西夫人就有這個能耐：無論如何就是會讓你做得太過分。」

莉拉壓抑心中的怒氣，小心揉著手腕，指尖拂去落在手上的菸灰。然後她攤開那張要求清單，擺在布魯諾面前，就要往門口走去時，又轉頭對梭拉朗說：

「我從五歲就會吹口哨了。」

45

她回來的時候臉色慘白。埃多問情況如何，但莉拉沒回答，一手推開他，把自己關在洗手間裡。她很怕布魯諾會叫她回去，很怕要被迫當著米凱爾的面發生衝突，很怕不適應自己身體的脆弱——她無法習慣。透過小小的窗戶，她窺探院子，如釋重負地嘆一口氣。因為她看見米凱爾——身材高大，身穿黑色皮夾克與深色長褲，兩鬢漸禿，俊朗的臉刮得很乾淨的米凱爾，緊張地走向他的車，離開工廠。她這才回到內臟室，埃多再次問她：

「結果呢？」

「我交給他了。但是從現在起，你們其餘的人都要小心。」

「小心什麼？」

她還來不及回答，布魯諾的祕書又出現了，上氣不接下氣，老闆要見她，馬上。她像個聖人那樣，雖然腦袋還好好地在她脖子上，但她彷彿把已經被砍下的頭捧在手上似的。布魯諾一看見她，就嚷了起來：

「你們這些人想每天早上在床上喝咖啡？這是怎麼回事，莉娜？你知道嗎？坐下來解釋給我聽。我不敢相信。」

莉拉解釋給他聽，一項一項的，就像傑納諾不肯理解的時候她解釋的那種語氣。她斷然告訴他，最好嚴肅看待這張清單，用積極的態度加以處理，因為要是他表現得不理性，勞動檢查辦公室很快就會找上他。最後她問他是惹上什麼麻煩了，竟然會落到像梭拉朗這麼危險的人手裡。這時，布魯諾完全失控了。他紅潤的臉變成紫色，眼睛滿是血絲，叫嚷著說他要毀了她，說只要花個幾里拉就能擺平她派來找他麻煩的混蛋。多年來，他父親都賄賂勞檢局的人，她以為他會怕勞動檢查，真是癡心妄想。他咆哮說，梭拉朗會打破她想成為工會會員的美夢，最後，他啞著嗓子說：「出去，馬上給我滾出去。」

莉拉往外走，在門口轉身說：

「這是你最後一次見到我。我在這裡的工作結束了，從此時此刻起。」

這幾句話讓布魯諾陡然警醒過來。他心生警覺。他之前想必答應過米凱爾絕不開除她。他說：「你覺得被侮辱了？你有困難？你說什麼呀，過來，我們討論一下，我再決定要不要開除你。賤人，我叫你過來。」

有那麼短短的一瞬間，伊斯基亞島的那個早晨回到心頭，那天我們在海灘等待尼諾和他的有錢朋友，那個在佛利歐有幢房子，有禮貌又有耐心的朋友。她走出辦公室，才一關上門，她就開始劇烈發抖，渾身冒汗。她沒回內臟室，她沒向埃多和泰瑞莎道別，她走過菲利波旁邊，他困惑地看著她，喊著：瑟魯羅，你要去哪裡？回來啊。但她沿著泥土路往前跑，搭上第一班到馬里納的公車，到了海邊。她在那裡走了好久。風很冷，她搭纜車到佛莫洛，穿過范維提里廣場，沿著史卡拉第路、西瑪羅薩路走，然後再搭纜車下山。時間很晚了，她這才想到她把傑納諾給忘了。回到家已經九點，恩佐和帕斯蓋焦急問她發生什麼事了，她卻要他們兩個到街坊來找我。

於是我們就在這裡，大半夜的，在特杜西歐的聖吉瓦尼這間家徒四壁的房間裡，傑納諾在睡覺，莉拉壓低嗓音不停地講，恩佐和帕斯蓋在廚房等。我覺得自己像古代羅曼史裡的騎士，一身閃亮盔甲，在世界各地征戰千百回，贏得驚人勝利，然後遇見了這個衣衫襤褸、饑寒交迫的牧羊人。一輩子沒離開他的牧地，赤手空拳制服恐怖野獸，展現巨大勇氣的牧羊人。

46

我是個安靜的聽眾，我讓她講。在故事的敘述之間，特別是莉拉的表情和講話的節奏突然出現痛苦緊張衝撞的時候，我就會很不安。我感覺到強烈的罪惡感，心想：我的生活也有可能是這樣的呀，沒變成這樣，有部分也歸功於她。有好幾次，我都差點要擁抱她，但更常有的衝動是提出問題，下評論。可是我都忍下來，我頂多只打斷她兩三次。

例如，她談到嘉利亞妮老師和她兒女的時候，我當然就打岔了。我希望她講得更清楚一些，老師當時究竟是怎麼說的，想知道老師精確的遣詞用字，以及娜笛亞和亞曼多是不是提到了我。但我馬上就意識到這些問題有多可悲，及時壓抑住，儘管我心裡還是隱隱覺得自己的好奇心並沒有錯——畢竟他們是我的舊識，對我來說很重要。

「我搬去佛羅倫斯之前，會去看嘉利亞妮老師。說不定你可以和我一起去，你想去嗎？」接著我又補上一句：「我和她的關係已經有點淡了，在伊斯基亞島那件事之後，她怪我害尼諾和娜笛亞分手。」莉拉眼睛盯著我，但卻像沒看見我似的，所以我又說：「嘉利亞妮一家人都是好人，是有點高傲，但你心雜音的問題應該要處理好的。」

這一次她有了反應。

「雜音一直都有。」

「是沒錯。」我說：「可是亞曼多也說你需要心臟科醫生。」

她回答說：

「反正他也聽見了。」

但我覺得最感同身受的是有關於性的事。她告訴我風乾室的事，我差點就說：在杜林的時候，有個老學究撲到我身上；在米蘭，有個我才認識幾個鐘頭的委內瑞拉畫家跑到我床上來，好像我欠他人情似的。然而我沒說，什麼都沒說。在這樣的時候，講我自己的事情有什麼意義？而且，我又怎麼告訴她發生在我身上的事情和她有什麼相仿之處呢？

最後這個問題只靠著單純的事實陳述，就自然而然解決了——多年前，她告訴我她新婚之夜發生的事，只談到最殘暴的部分——莉拉談起了她的性事。對我們來說，這是個新的話題。我們出身的那個環境所用的粗俗語言適合拿來攻擊或自衛，但正因為是一種暴力的語言，所以反而不適合親密吐露心聲。我很尷尬，瞪著地板，聽她用我們街坊的粗俗語彙說，上床從來就沒能給她少女時代所期待的那種歡愉，事實上她幾乎什麼感覺都沒有，經過斯岱方諾，經過尼諾之後，想到要做這件事她就很惱，所以她無法接受其他男人進到她體內，就算像恩佐這麼溫柔的男人也不例外。不只這樣，她用更加粗俗的語彙說，有時出於需要，有時出於好奇，有時出於激情，她會做男人要求女人做的一切。就算她想懷上尼諾的孩子，最後也真的懷上了，但理當感覺到的歡愉，特別是在那愛到至高點時應該有的快樂，她也都沒感覺到。

面對她的坦白，我知道自己不能沉默，我必須讓她覺得我和她很親近，我必須以同樣的心聲來回應她的心聲。但是一想到要談我自己——我很討厭方言，而且雖然寫過近乎色情的文章，但我還是覺得義大利文太尊貴，不應該拿來形容這糊爛棘手的性經驗——我就很不安。我忘了她的坦白有多麼不容易，一字一句，無論如何下流粗俗，都讓她的表情越來越憂煩，讓她雙手顫抖。我講得非常簡短。

「就我來說，情況並不一樣。」我說。

我沒說謊，但這也不是事實。事實要來得更複雜，如果講清楚，我就需要更為老練世故的語彙。我必須解釋，和安東尼奧在一起的那段時間，摩娑著他，讓他撫摸我，總是有著很大的快感，直到今天我都還渴望那樣的快感。我也必須承認，真正失去童貞的那次經驗讓我很失望，因為罪惡感，因為環境的不適，因為害怕被撞見，因為匆忙了事，因為擔心懷孕，而完全毀了第一次的經驗。可是我也必須提到法蘭柯——我對性愛僅知的一切，多半都是從他那裡學來的——在進入我身體之前與之後，讓我揉搓他的大腿，他的腹部，那感覺很棒，甚至讓真正的性行為也變得更棒。如此一來，我就必須告訴她，如今我就要結婚了，彼耶特洛是非常溫文爾雅的人，我希望寧靜與合法的婚姻生活能讓我有時間與餘裕去探索性交的樂趣。要是我這樣表達自己內心的想法，就必須非常誠實以對。但是，年近二十五的我們並沒有這樣相互交心的習慣。只有在她和斯岱方諾訂婚，而我還和安東尼奧在一起的那段時間，偶爾略微提及，用的也都是侷促不安的詞彙與隱約的暗示。至於唐納托．薩拉托爾，至於法蘭柯，我從未提起他們兩人。所以我只講了這句話——對我來說，情況並不一樣——聽在她耳中，意思或許會是：你很可能不正常。事實上她迷惑地看著我，保護自己似地說：

「在書裡，你寫的不是這樣。」

所以她看過那本書了，我防衛似地低聲說：

「我甚至再也不知道那本書究竟講的是什麼了。」

「講的就是骯髒的事啊。」她說：「男人不想聽，而女人想知道卻不敢問的事情。但是——你究竟隱瞞了什麼？」

她講的話差不多就是這個意思。當然，她用了「骯髒」這兩個字。她引用了那段黃色的情節，也像姬俐歐拉那樣用了「骯髒」這個字眼。我期待她會評價整本書，但她沒有，她只是用這本書當成橋梁，來來回回講她已經講過很多次的問題：床事的煩人。這是你的小說，她說，你寫的是你知道的事情，你沒道理說：對我來說，情況並不一樣。我喃喃說，是啊，或許是這樣，但我不知道。她用不知羞愧到讓我飽受折磨的坦白語氣繼續對我袒露心聲——極大的刺激，欠缺滿足，厭惡的感覺——我想到了尼諾，以及常常在我心頭反覆出現的問題。這故事講個沒完沒了的漫長夜晚，會是告訴她我見過尼諾的好時機嗎？我應該警告她，對於傑納諾的未來，她不能指望尼諾，因為他另有一個孩子，而且丟下那個孩子不管？我應該利用這個機會，利用她的坦白，告訴她尼諾曾在米蘭說過她的壞話：莉拉很差勁，連性的問題都一樣？我應該進一步告訴她，從她對我吐露的心聲，從她只讀到我書裡所謂的骯髒部分，我覺得尼諾說的基本上沒錯？薩拉托爾家這個兒子所講的，不就是她自己所承認的嗎？她上床只是盡義務，完全體會不到結合的喜悅？我對自己說，他經驗豐富。他交往過許多女人，他了解善於做愛的女人是什麼樣子，所以他看得出來什麼是差勁的。對於性實在很不行。意思顯然是無法享受男人插入的喜悅；意思是與欲望搏鬥，壓抑自己的欲望；意思是抓著他的雙手，放在你的私處，就像我有時候會對法蘭柯做的那樣，不顧他的不耐，因為他明明已經洩精，想要睡覺了。我越來越不安，心想：我把這個寫進小說裡，這是姬俐歐拉和莉拉看得出來，是尼諾看得出來的，或許這也就是他會和我談的原因？我就這樣算了，只順口低聲說：

「很遺憾。」

「什麼？」

「你懷孕的時候沒有快感。」

她突然用挖苦的語氣說：

「想想看我有什麼感覺。」

我最後一次打岔的時候，天快亮了，而她才剛講完碰到米凱爾的事。我說：夠了，冷靜一點，量一下溫度。三十八度。我緊緊抱住她，低聲說：我會照顧你，我會陪你，等你好一點。如果我要去佛羅倫斯，你和孩子就陪我一起去。她用力拒絕，說了那一夜的最後一個告白。她說她不該跟著恩佐到特杜西歐的聖吉瓦尼來，她想回街坊去。

「回街坊？」

「是的。」

「你瘋了。」

「我覺得身體好一些就回去。」

我罵她，我說她是因為發燒而胡思亂想，街坊會讓她耗盡精力，再踏進那裡簡直是蠢蛋。

「我迫不及待想離開。」我嚷著說。

「你很堅強。」她回答說，讓我很詫異。「我從來就不堅強。你覺得越是好，越是真實，就會走得越遠。我光是穿過通衢大道的隧道都會害怕。記得我們想去海邊，卻碰上下大雨那次嗎？誰想繼續走，誰改變心意，是你還是我？」

「我不記得了。反正，別回街坊去。」

我想勸她改變心意，卻沒奏效。我們討論了很久。

「去吧。」最後她說：「去告訴他們兩個。他們等了好幾個鐘頭，一直沒睡。他們還得去上班呢。」

「我要告訴他們什麼？」

「隨便你。」

我幫她蓋好被子，也幫傑納諾蓋好。這孩子一整晚都翻來覆去。我發現莉拉已經快睡著了。我輕聲說：

「我馬上就回來。」

她說：「記得你答應我的事。」

「什麼？」

「你已經忘了？如果我出事，你就要照顧傑納諾。」

「你不會有事的。」

我走出房間的時候，莉拉已經半睡著了，她輕聲說：「看著我睡。看著我，就算離開那不勒斯也要照看我。我知道有你照看我，我就會安心。」

47

一九六九年五月十七日，我在佛羅倫斯結婚，到威尼斯度過僅僅三天的蜜月，興沖沖展開我為人妻的生活。從和莉拉深談的那一夜起，到我結婚之前的這段時間，我竭盡所能地幫莉拉。起初我想得很簡單，就是幫到她感冒痊癒為止。佛羅倫斯的房子有很多事要忙，書的事情也很多——電話響個沒完，我媽埋怨說她把電話號碼給了大半的街坊鄰居，但沒有人打給她，有這個東西在家裡，她說，就只帶來麻煩，因為電話都是找我的。我給假設要寫的小說寫筆記，想辦法填補我在文學與政治知識上的不足。但是我這位朋友的虛弱狀況卻很快就讓我擱下自己的事情不管，把所有的時間都用在她身上。我媽立刻就發現我們兩個重修舊好了：她覺得這很丟臉，非常生氣，用很不堪的話罵我們兩個。她還是相信她可以指揮我什麼可以做，什麼不可以做，拖著瘸腿跟在我背後，不停批評我。有時候她好像恨不得附身在我身上，只為了讓她可以替我作主。你和她還有什麼共同點呢，她說，想想看你是怎樣的人，她又是怎樣的人，你寫了一本噁心的書還不夠，還要和那個賤貨當朋友？可是我像聾子一樣充耳不聞。我每天去看莉拉，而且從留她在房裡睡覺、自己去見在廚房守了一整夜的那兩個男人開始，就盡力重新整理她的生活。

我告訴恩佐和帕斯蓋，莉拉病了，她沒辦法再到蘇卡佛工廠工作，她已經辭職了。對恩佐，我不必浪費唇舌，他早就了解她碰到很艱難的情況，內心早已屈服，無法再在工廠裡撐下了。但是帕斯蓋就不同了。清晨開車回到還沒有人車的街坊，他不肯接受我的說法。我們不要反應過度，他說，莉拉的生活很艱困沒錯，但這就是世界各地剝削的現況。循著他打從年輕以來的理路，他談起南方的農民，北方的勞工，拉丁美洲、巴西東北部和非洲各地的人民，黑人，越南人，美國帝國主義。我馬上制止他，說：帕斯蓋，要是莉娜繼續這樣下去，她就會死。他不肯讓步，繼續反駁，不是因為他不在乎莉拉，而是對他來說，與蘇卡佛的抗爭很重要。他覺得我們的這位朋友具有舉足輕重的關鍵角色，而且衷心相信，這種小感冒的說法不是來自於她，而是來自於我，因為我這個小資產階級知識份子只擔心輕微的發燒，而不在乎勞工奮鬥挫敗的慘重政治後果。他沒辦法拿定主意對我說出這樣的重話，只能講得七零八落，所以我替他把話講得清清楚楚，讓他知道我懂他的意思。但這讓他更焦慮，放我在大門口下車時，他說：我得去工作了，小琳，但我們要找時間再談。我一回到特杜西歐的聖吉瓦尼的房子裡，就把恩佐拉到一旁，說：你要是愛莉娜，就別讓帕斯蓋接近莉娜，她不能再聽見工廠的那些事了。

在這段時間，我總是在包包裡擺一本書和一本筆記本。搭公車或莉拉睡覺的時候，我就可以看書。有時候我會發現她張開眼睛盯著我，或許是想看我在唸什麼書，但她從來沒有開口問我書名，我想要唸幾段給她聽——我記得是《厄普頓客棧》裡的片段——但她閉上眼睛，好像我打擾了她。燒幾天就退了，但咳嗽沒有，所以我逼她臥床。我打掃屋子，煮飯，照顧傑納諾。或許是因為他已經大了，比較好動，也比較有主見，不像尼諾另一個兒子莫寇那樣惹人憐愛。有時候在玩鬧之間，他會突如其來地難過起來，躺在地板上睡著了，讓我心軟，慢慢喜歡上他。而他也越來越黏我，讓我沒辦法做家事或看書。

同時，我也想辦法進一步了解莉拉的情況。她有錢嗎？沒有。我借她一些，她不停發誓會還我之後才收下。布魯諾欠她多少錢？兩個月的工資。資遣費？她不知道。恩佐的工作，他掙多少錢？沒概念。蘇黎士的函授課程——可以提供什麼具體的可能性？天曉得。她咳個不停，胸口痛，冒汗，喉嚨發緊，心臟突然狂跳。我仔細寫下所有的症狀，想說服她，有必要接受另一次健康檢查，比亞曼多做的更為全面的檢查。她沒說好，但也沒反對。有天傍晚，恩佐還沒回來之前，帕斯蓋來了，很客氣地說他委員會的同志和蘇卡佛工廠的一些工人想知道她的狀況。我回答說，她不太好，需要休息，但他還是要求見她，打聲招呼。我讓他在廚房等。我去見莉拉，建議她別見他，她露出的表情像在說：你怎麼說，我就怎麼做。她聽我的話，這個舉動讓我感動。向來都指揮我做這、不要做那的她，竟然一點異議都沒有的乖乖聽話。

48

那天晚上回家之後，我和彼耶特洛講了好久的電話，詳盡告訴他莉拉的麻煩，讓他知道，對我來說，幫助她有多重要。他耐心傾聽。後來他甚至發揮合作精神，想起比薩有個年輕的希臘文學者沉迷於電腦，想像這會是革命性的哲學。這讓我很感動，因為他雖然是個永遠埋首研究的人，但為了愛我，也會想辦法讓自己可以發揮功用。

「去找他，」我求他。「把恩佐的事情告訴他，誰知道，說不定工作機會就這樣出現了。」

他答應了，同時還說，如果他記得沒錯，梅麗雅羅莎和那不勒斯一個年輕律師有段短暫戀情，說不定他可以找他，看他幫不幫得上忙。

「幫什麼忙？」

「幫你朋友把錢要回來啊。」

我很興奮。

「快打電話給梅麗雅羅莎。」

「好的。」

「別光說好，快打給她，拜託。」我逼他。

他沉默了一晌，然後說：「你這樣好像我媽喔。」

「怎麼說？」

「你這口氣很像她。她覺得事情對她很重要的時候，就會這樣說。」

「很不幸，我和她不一樣。」

「幸好，你和她不一樣。可是碰上像這類的事情，沒有人能比得上她。把這女孩的事情告訴她，看著，她肯定會幫你。」

我打電話給璦黛兒。打這個電話我有點尷尬，因為得要克服心中不時浮現的意象：我每回見到她，她都忙著工作，幫忙行銷我的書，幫我們在佛羅倫斯找公寓。她是個喜歡忙碌的女人。如果需要什麼，她就抓起電話，一個關係轉過一個關係，環環相扣直到達成目標。她知道如何開口要求，讓對方不可能說不。她自信滿滿地跨越意識型態的界線，不在乎階級體制，從清潔婦、官僚、工商人士、知識份子到部會首長，她都用同樣親切公正的口吻講話，彷彿她所要開口要求的事情，其實是對他們自己有好處。我為了打擾她說了千百遍對不起之後，鉅細靡遺地把莉拉的事情告訴她。璦黛兒很好奇，很有興趣，也很忿怒。最後她說：

「我來想想看。」

「好。」

「同時，我可以給你一點建議嗎？」

「當然可以。」

「別這麼怯生生的。你是作家，善用你的角色，去嘗試，去做點事情。這是關鍵性的時刻，所有的事情都要天翻地覆。去參與，別缺席。先從你們那個地區的人渣開始，把他們釘在牆上。」

「怎麼做？」

「靠寫作啊。嚇死蘇卡佛，嚇死像他一樣的其他人。答應我，你會做到？」

「我會試試。」

她給我一位《統一報》編輯的名字。

49

和彼耶特洛講的那通電話，特別是和我未來婆婆講的那通電話，釋放了我在此之前一直壓抑於心的感覺。儘管我一再壓抑，但那感覺始終活生生的，準備好要向前躍進。這和我地位的改變有關。艾羅塔夫婦，尤其是吉鐸，說不定璦黛兒也是，雖然覺得我很積極，但很可能認為我並不是他們會為兒子選擇的對象。而且，我的出身，我的方言口音，我對任何事情都缺乏熟練世故的手法，很可能是對他們寬容胸襟的嚴厲挑戰。若說得稍微誇張一點，我甚至可以假設，幫助我的小說出版，也是讓我可以在他們世界裡取得一席之地的計畫之一。但是事實無可逆轉，他們還是接納了我，我即將嫁給彼耶特洛，在他們的同意之下，我就要踏進備受保護的家族，一幢防衛嚴密的城堡，讓我可以一無所懼地前進，就算碰上危險，也隨時可以撤守。所以我迫切要做的是適應這個新身分，更重要的是，我必須有自覺。我不再是那個籃裡的火柴幾乎用罄的賣火柴女孩，我給自己贏得了大量的火柴。因此——我猛然醒悟——我可以為莉拉做的，遠多於我原本想做的。

抱持著這樣的想法，我要莉拉把她身邊可以用來對抗蘇卡佛的文件都交給我。她乖乖交給我，甚至沒問我要拿來做什麼。我看得越來越入神。太有多可怕的事情，她可以說得靈活靈現且令人印象深刻。有太多讓人無法忍受的經驗可以從對工廠的描述裡窺見。我一頁頁翻看，翻了好久好久，然後突如其來的，幾乎沒下什麼決定的，就查了電話號碼簿，打給蘇卡佛。我放緩語調，以合適的口吻說要找布魯諾。他很親切——聽到你的聲音真是太高興了——我很冷漠。他說：你太有成就了，艾琳娜，我在《羅馬人》上看到你的照片，太厲害了，我們在伊斯基亞的那段時間多麼快樂啊。我回答說，很高興和你通上電話，但伊斯基亞已經是很久以前的事了，無論如何我們都變了，比方你，我就聽到了一些我希望不是事實的可怕謠言。他馬上就聽懂了，迭聲抗議。他很不客氣地講起莉拉，說她不知感激，說她給他惹了許多麻煩。我口氣不變，說我比較相信莉拉而不是他。拿支鉛筆和紙來，我說，寫下我的電話號碼，好了嗎？現在下達指令，把你欠她的每一分錢都付清，我可以來拿錢的時候再通知我：我可不想看見你的照片也出現在報紙上。

他還來不及抗議，我就掛掉電話，為自己覺得很驕傲。我沒有流露出任何一絲情緒，我簡單明瞭，幾句義大利文，先是很客氣，接著很趾高氣昂。我希望彼耶特洛說得沒錯：我是真的有璦黛兒的口吻，我不知不覺地學到她對待世事的態度了？我決定要試試看，若我真的有心，是不是可以遂行我在電話裡的威脅？我打電話給布魯諾的時候，覺得他還是當年那個企圖在海灘上吻我的無聊男生，但此時我情緒激昂，撥了《統一報》編輯部的電話號碼。電話響時，我很希望對方不會聽見我媽用方言大聲喊艾莉莎的聲音。我是艾琳娜．格瑞柯，我對總機說，我還來不及解釋我打電話來做什麼，對方那個女生就大叫：艾琳娜．格瑞柯，那個作家？她看過我的書，而且讚不絕口，我謝謝她，覺得很開心，也覺得自己很強大，我很不必要地解釋說，我想要寫一篇關於市郊工廠的文章，報上璦黛兒給我的那位編輯的名字。總機小姐再次恭喜我，然後回復專業的語氣。請等一下，她說。一會兒之後，有個非常沙啞低沉的男聲用嘲諷的語氣問，從什麼時候開始，文學工作者願意玷污他們的筆尖來寫勞動、輪班、超時工作，特別是成功的年輕小說家避之唯恐不及的這些議題。

「主題是什麼？」他問：「建築工人，碼頭工人，還是礦工？」

「是香腸工廠。」我說：「不是什麼大不了的事。」

這人繼續取笑我。「你不必道歉，沒關係。我們報紙用了不只半版篇幅大力推薦讚美的艾琳娜．格瑞柯如果決定要來寫香腸，我們這些可憐的編輯可能會說：我們不感興趣？三十行就夠了？太少？我們慷慨一點，就寫六十行吧。等寫完了，你會親自送來給我，還是要用口述的？」

我馬上動筆寫。我得把莉拉的資料壓縮成六十行，為了對她的愛，我很希望能做好。但我沒有新聞寫作的經驗，除了十五歲的時候曾經想為尼諾的雜誌寫和宗教老師發生衝突的風波，但那次結果很不好。我不知道，或許是回憶讓這事變得複雜。或許是那位編輯諷刺的語氣不斷在耳中盤旋，特別是在結束通話之前，他要我向婆婆問好。我花了好多時間，頑固地一寫再寫。但是到寫得差不多的時候，我還是不滿意，所以沒拿到報社去。我得先和莉拉談談，我對自己說，這是我們必須一起決定的事，我明天會拿去。

隔天我去找莉拉，她的情況似乎格外不好。她抱怨說我不在的時候有些鬼怪趁機從物品裡溜出來，騷擾她和傑納諾。這時她發現我有點警覺，馬上用逗趣的口吻說，這都是胡言亂語，她只是希望我多陪她而已。我們聊了一會兒，我安撫她，但沒把我寫的那篇文章給她看。我之所以裹足不前，是因為怕萬一《統一報》不肯登這篇文章，我就得被迫告訴她他們覺得我寫得不好，而覺得羞辱。那天晚上瓊黛兒打了電話給我，非常樂觀，讓我下定決心。她問過吉鐸的意見，也問過梅麗雅羅莎。她短短幾個鐘頭之內就動員了半個世界的人：傑出的醫界菁英，了解工會的社會主義教授，還有一個基督教民主黨員，她說他有點蠢，但人很好，而且是勞工權益專家。結果呢，我隔天就和那不勒斯最頂尖的心臟科醫師約好時間，他是朋友的朋友，我不必付費；有了勞動檢查員立刻去蘇卡佛工廠查訪；然後為了拿回莉拉的錢，我可以到尼可拉阿莫爾廣場去找彼耶特洛提過的梅麗雅羅莎那位社會主義年輕律師，他已經說好了。

「開心？」

「是的。」

「你的文章寫了？」

「是的。」

「真的？我還以為你不會寫呢。」

「其實我已經寫好了。我明天會送到《統一報》去。」

「很好。我還擔了低估你的風險呢。」

「這是風險？」

「低估永遠是風險。你和我那個可憐的兒子怎麼樣呢？」

50

就從這時起，一切進行順暢，彷彿我有高超的手法，可以讓一切宛如泉水般源源不斷湧現。

就連彼耶特洛也幫莉拉。他那位希臘文同事非常健談，但也很有用：他認識波隆那一位貨真價實的電腦專家──為他那些哲學奇思妄想提供可靠的資料來源──他給了他一位那不勒斯熟人的電話，這人也同樣可靠。他把這個那不勒斯人的名字、地址、電話號碼給我，我熱情地謝謝他，還用略帶挖苦的親暱語氣感謝他被迫發揮企業家精神──我甚至在電話上給他一個吻。

我馬上去見莉拉。她咳得好厲害，臉憔悴蒼白，眼神非常警覺。但我帶來好消息，覺得很開心。我搖著她，擁抱她，緊緊握住她雙手，告訴她，我打電話給布魯諾，唸我寫的文章給她聽，一一列舉彼耶特洛、我婆婆和大姑努力的成果。她聽我講話的神態，彷彿隔得遠遠的──我是在另外一個世界闖蕩──而且我講的內容，她只聽得清楚一半。此外，傑納諾不停拉著她，要她陪他玩，我講話的時候，她忙著照顧他，但態度冷淡。我還是很滿意。過去莉拉會打開雜貨店的神奇抽屜，給我一切，特別是書。如今換我打開抽屜，給她回報，希望她覺得安全，一如此刻的我。

「那麼，」最後我問她：「你明天早上會去看心臟科醫生？」

她有點矛盾地回答我的問題，勉強露出微笑。「這樣做事的方式，娜笛亞不會喜歡的。她哥哥也是。」

「什麼方式，我不懂。」

「沒事。」

「莉拉，」我說：「拜託，這和娜笛亞有什麼關係，她自以為重要，你就別再增加她的分量了。也別管亞曼多，他向來很膚淺。」

說出這些評價，我自己也很意外，畢竟我對嘉利亞妮老師的孩子所知並不多。但有那麼幾秒鐘，我覺得莉拉根本沒認出我來，只覺得她眼前有個挖掘她弱點的鬼魂。事實上，我真正想做的不是批評娜笛亞和亞曼多，而是希望她了解權力的階級結構不同，比起艾羅塔家族，嘉利亞妮根本不算什麼，而像布魯諾．蘇卡佛那樣的人，或米凱爾那樣的惡棍更是微不足道，換句話說，她應該照我說的來做，不要擔心。但就在這樣說的時候，我意識到自己有誇大的傾向，所以輕撫著她的臉頰，說我當然欣賞亞曼多和娜笛亞的政治參與，然後又笑著加上一句：可是你要信任我啊。她喃喃說：

「好，我會去看心臟科醫生。」

我再追問：

「那麼我該幫恩佐約哪一天，幾點鐘？」

「隨便你約，只要五點以後就行。」

我一回家就開始打電話。我打給那位律師，詳盡說明莉拉的情況。我打給心臟科醫生，確認約診時間。我打給電腦專家，他在工務局工作。他說蘇黎士的那個課程沒有用，但我可以叫恩佐在某天的某個時間到某個地點去找他。我打給《統一報》，那個編輯說：你真的花了好多時間啊，你那篇文章要給我們了嗎？還是我們得等到聖誕節？我打給蘇卡佛的祕書，叫她告訴她老闆，既然他沒有回音，我的文章很快就會在《統一報》見報了。

最後一通電話引來立即且強烈的反應。兩分鐘之後，蘇卡佛打電話給我，這一次他一點都不客氣，還威脅我。我即刻回答說，有勞動檢查盯著他，而且還有律師在處理莉拉的問題。那天晚上，我幾乎有點過度興奮——我很自豪，因為秉持愛與信念，戰勝了不公不義，儘管帕斯蓋和法蘭柯都認為他們還是可以教會我什麼東西——立即把稿子送到《統一報》去。

和我講話的那個中年男子矮矮胖胖，一雙靈活的小眼睛，不時閃著善意諷刺的光芒。他請我坐在破爛兮兮的椅子上，很仔細地讀我的稿子。

「這是六十行？我覺得有一百五十行。」

我臉紅起來，輕聲說：「我算了七次。是六十行。」

「是啊，用手寫，而且字小得要用放大鏡才看得見。不過寫得很好，同志。去找部打字機，想辦法刪改一下。」

「現在？」

「不然什麼時候？我好不容易找到一篇登在報上會有人看的東西，難道你要我等到最後審判日啊？」

51

那些日子我真是精力充沛。我們去見心臟科醫生，他是個大牌教授，家和診所都在克里斯皮路上。為了這個場合，我對穿著打扮下了一番功夫。雖然醫生是那不勒斯人，但他和璦黛兒的圈子有關係，我不希望留下壞印象。我梳好頭髮，穿上璦黛兒給我的洋裝，用和她相仿的那種優雅香水，化上淡妝。我希望這位教授若是和我婆婆通電話，或碰巧遇見了，會講我的好話。莉拉堅持要像平常在家那樣，不在乎她的外表。我們坐在富麗堂皇的接待室，牆上是十九世紀的畫作：貴族仕女坐在扶手椅裡，背景裡有個黑人僕奴；老太太的肖象；栩栩如生的狩獵大場景。還有兩個人在候診，一男一女，年紀都很大，也都有著富裕的優雅整潔外表。我們靜靜地等。一路上不停讚美我外表的莉拉只壓低嗓音說：你看起來就像從畫裡走出來似的——你是那位淑女，而我是僕人。

我們沒等太久。有個護士來叫我們。不知為何，我們比另外那兩個病人先就診。這時莉拉不安起來，要我在檢查室陪她，她說我如果放她一個人，她就絕對不進去，然後還把我先推進去，好像我才是要接受檢查的人。醫生六十幾歲，很瘦，滿頭濃密灰髮。他很客氣地和我打招呼，很清楚我的事，和我聊了十分鐘，彷彿莉拉並不在場似的。他說他兒子也是師範大學畢業的，但比我早六年。他說他兒子也是作家，小有名氣，但只限於那不勒斯本地。他對艾羅塔夫婦讚不絕口，他和璦黛兒的表哥，一位有名的物理學家很熟。他問我：

「婚禮什麼時候舉行？」

「五月十七日。」

「十七？那個日子不好。改個日期吧。」

「不可能啊。」

莉拉始終保持沉默。她沒注意這位教授，我感覺到她對我的好奇，她似乎對我的一言一行都覺得驚奇。最後醫生轉向她，問她很多問題，她很不情願地回答，用方言，或用仿方言句型的拙劣義大利文。我不時要打岔，補充她之前告訴我的症狀，或強調她輕描淡寫的情況。最後她接受徹底的檢查和詳細的檢驗，沉著臉，好像心臟科醫生和我對不起她似的。我看著她裹在那件太大的破舊藍色襯裙裡的單薄身體，修長的脖子似乎拚命撐起她的頭，皮膚繃在骨頭上，薄得像隨時都會撕破的衛生紙。我發現她左手拇指不時有反射動作似的小小抽搐。過了半個鐘頭，醫生才叫她穿上衣服。她套上衣服的時候，眼睛一直盯著他，她現在好像害怕了。心臟科醫生回到辦公桌旁，坐下，最後宣布一切都好，沒聽見雜音。小姐，他說，你的心臟很好。但是莉拉對這個判決卻有些猶疑，她似乎並不開心，事實上還有些惱怒。覺得如釋重負的反而是我，彷彿醫生說的是我的心臟，醫生對我而不是對莉拉講檢查結果時，憂心忡忡的是我而不是她。她的沒有反應好像得罪了他，他皺起眉頭說，無論如何，依據我朋友的整體狀況來說，是迫切需要採取一些措施的。他說，問題不在於咳嗽，她不是感冒或著涼，我開給她一些咳嗽糖漿。據他說，問題是她太累，累壞了。莉拉應該要好好照顧自己，正常進食，補充營養，每天晚上至少睡八小時。你朋友的大部分症狀，他說，在恢復體力之後就會消失。不過，他總結說，我會建議做個神經檢測。

這個字眼惹惱莉拉了。她蹙起眉頭，身體前傾，用義大利文說：「你是我有神經病？」醫生詫異地看著她，彷彿他剛檢查完的這個病人神奇地換了一個人似的。

「不是的，我只是建議接受檢查。」

「我說了還是做了什麼不該做的事嗎？」

「沒有，小姐，沒有必要擔心。這檢查只是要釐清你的狀況而已。」

「我有個親戚，」莉拉說：「是我媽的表親，很不快樂，一輩子都很不快樂。我小時候，有一年夏天，窗戶開著，我聽見她在那裡叫嚷，大笑。有時候看見她在街上做有點瘋瘋癲癲的事。但那是因為她很不幸，所以從來也沒去看神經科。事實上，她從來也沒看過醫生。」

「去看看會有用的。」

「神經的毛病是淑女才會得的。」

「你母親的表親不是淑女？」

「不是。」

「那你呢？」

「當然更不是啦。」

「你覺得不開心。」

「我非常好。」

醫生又轉頭對我說，很惱怒。「徹底休息。讓她定期補充營養。要是你可以帶她到鄉下走走，就更好了。」

莉拉噗嗤笑出來，改用方言說：「上回看醫生的時候，他叫我去海邊，那一次可真把我害慘了。」

教授當作沒聽見，對我微笑，彷彿要誘使我露出同謀的微笑似的，給我他朋友的名字，是位神經科醫生，同時親自打了電話，讓那位醫生可以儘快見我們。很難拖莉拉再去看一位新的醫生。她說她沒有時間可以浪費，那位心臟科醫生已經讓她夠煩了，她要回去帶傑納諾，更重要的是，她沒有錢可以浪費，也不想讓我白花錢。我向她保證，檢查是免費的，到最後，她很不情願地屈服了。

這位神經科醫師個頭小，活力充沛，頭全禿了，診所在托雷多的一幢老建築裡，接待室井井有條地擺放了許多哲學書籍。他喜歡聽自己講話，也講很多，在我看來，比起病人的談話，他更關心的是自己言談裡的意涵。他為她檢查，但對我講話，他問她問題，但把他的觀察結果告訴我，完全不在意她的反應。最後，他抽象地下結論說，莉拉的神經系統很正常，就像她的心肌一樣。但是──他繼續對我說──我那位醫生朋友說的沒錯，親愛的格瑞柯小姐，她的身體很虛弱，所以易怒的脾氣和性欲的熱情就趁虛而入，壓倒了她的理智：所以我們先照顧好她的身體，她的心理也就會跟著好轉了。他寫了一張處方箋，很多看不懂的符號，但寫明藥名和劑量。然後他繼續給建議，說要放鬆，多散步，但不要去海邊：他說最好是去卡波迪蒙特或卡馬爾多利的樹林走走。他建議她看書，但只在白天看，夜裡別看。他建議保持雙手勞動，雖然只要小心瞥一眼莉拉的手就足以發現，她根本就是過度勞動。他開始談打毛衣對神經系統的好處時，莉拉在椅子裡蠕動不安，不等醫生講完，就把自己心裡想法拿出來問他：

「既然我們來了，你可不可以給我一些避免生小孩的藥？」

醫生皺起眉頭，我想我也是。這要求太不恰當了。

「你結婚了嗎？」

「我結婚了，但現在沒有。」

「什麼叫現在沒有？」

「我分居了。」

「你還是已婚。」

「是啊。」

「你有小孩嗎？」

「有一個。」

「一個不多啊。」

「對我來說夠了。」

「就你的情況來說，懷孕倒是有好處。對女人來說，沒有比懷孕更好的藥方了。」

「我也認識被懷孕給毀了的女人。最好吃藥。」

「就你的情況，你必須去徵詢婦產科醫生的意見。」

「你只懂神經，你不懂避孕藥？」

醫生很火大。他又嘟嘟囔囔講了一會兒，然後走到門口時，給了我一個醫生的地址和電話號碼，是在塔皮亞港一間診所工作的醫生。去找她吧，他說，彷彿我才是問避孕藥方的人，然後和我道再見。離開的時候，診所祕書要我們付費。我這才知道，這位神經科醫生並不在瑷黛兒發動的人脈關係網裡。我付了錢。

一走到馬路上，莉拉就生氣地嚷嚷：那混蛋給我的藥，我一顆都不要吃，就算腦袋壞了，我也還是不吃。我回答說，我不同意，不過隨便你吧。她有點迷惑，輕聲說：我不是氣你，我是氣那些醫生。我們朝塔皮亞港的方向走去，但誰都沒說，彷彿只是漫無目標地亂走，只是為了伸伸腿。起初她很沉默，但接著很惱火地模仿神經科醫生的語氣和叨絮。我覺得她的不耐是恢復元氣的徵兆。我問她：

「你和恩佐情況比較好了嗎？」

「還是和以前一樣啊。」

「那你要避孕藥幹嘛？」

「你知道避孕藥啊？」

「是啊。」

「你有吃？」

「沒有，可是我一結婚就會開始吃。」

「你不想要小孩？」

「我想。但我得先寫一本書才行。」

「你丈夫知道你不想馬上要小孩嗎？」

「我告訴他了。」

「我們應該去見那個女人，要她給我們兩個藥？」

「莉拉，那又不是糖果，不是你隨時想吃就吃的。如果你和恩佐什麼也沒發生，那就不必吃。」

她瞇起眼睛看我，眼睛只剩一條線，連瞳孔都看不見了。「我現在是什麼都沒做，但以後誰說得準。」

「當真？」

「你的意思是，我不該這麼做？」

「不，你當然應該。」

我們在塔皮亞港找到電話亭，打電話給那位醫生，她說她馬上就可以看我們。到診所的路上，我對莉拉說得很清楚，她和恩佐親近，我很高興。有我的贊同，似乎帶給她很大的鼓勵。我們又變回多年前的那兩個女生，開始笑鬧，半認真，半假裝，對彼此說：你來說，你比較大膽，不啦，你說，你穿得像淑女，我又不急，我也不急，那我們幹嘛要去。

醫生穿著白袍在門口等我們。她是個親切的女人，嗓子有點尖。她請我們到咖啡館，待我們像老朋友。她說她不是婦科醫生，但給我們許多說明和建議，我雖然勉強忍耐，但覺得很無聊，莉拉則問越來越詳細的問題，反駁，再問新問題，講些諷刺的話。她們變得很親近。最後在許多建議叮囑之下，給了我們兩個一人一份處方箋。醫生拒絕收費，說這是她和她朋友的使命。離開的時候——她得回去工作——她沒和我們握手，而是擁抱我們。一走到馬路上莉拉就認真地說：終於碰到個好人了。她很開心——我已經很久沒見到她這樣了。

52

雖然編輯很熱心，但《統一報》拖延著沒刊出我的文章。我很焦急，怕永遠不會登出來。但在神經檢查的隔天，我一大早就去報攤，翻找報導，從這一頁跳到下一頁，快速搜尋，終於找到了。我以為這篇稿子會被大幅刪減，夾雜在地方新聞裡，結果卻出現在全國新聞的版面上，完完整整的一篇，還有我的署名，看見這些文字印在報紙上，讓我覺得像被一根長針戳刺似的。彼耶特洛打電話給我，非常開心，璦黛兒也是，很高興，她說她先生也很喜歡那篇文章，還有梅麗雅羅莎也是。但最意外的是我出版社的老闆，以及兩位和出版社有長年關係的知名知識份子，再加上法蘭柯，法蘭柯．馬利，都打電話給我。法蘭柯從梅麗雅羅莎那裡問到我的電話號碼，他帶著敬意說他很高興，說我為勞工境遇的全面性調查樹立了典範，希望早日見到我，和我談談這個問題。我期待有一天，尼諾也會透過某些管道表達他的贊同。但是沒有——我很失望。帕斯蓋也什麼都沒說，因為政治立場的對立，他從很久以前就已經不讀這個黨派的報紙了。不過《統一報》的編輯安慰我，找我出去，告訴我編輯室有多喜歡這篇報導，用他慣有的冷嘲熱諷口吻鼓勵我，叫我買部打字機，寫更多好的報導。

我不得不說，最讓人不解的一通電話是布魯諾．蘇卡佛打來的。他讓祕書打給我，然後接過電話。他用哀怨的語氣，彷彿那篇報導（雖然他一開始提也沒提）傷他極重，耗盡了他所有的活力。他說我們在伊斯基亞度過的日子，在海灘漫步的美好時光，他當時很愛我，這輩子從沒這樣愛過別人。他說當時我雖然年紀很輕，但對自己的人生已有方向，讓他很欣賞。他發誓說，他父親留給他的生意麻煩多多，運作極其不良，他只是個無辜的繼承人，他自己覺得很悲哀。他說我的文章——他終於提到了——是一種羞辱，他很希望能儘快矯正從以前承襲下來的許多缺點。對莉拉的誤解，他覺得很抱歉，告訴我說管理階層會和我的律師把事情處理好。他最後輕聲說：你也認識梭拉朗兄弟，在這個艱困的情況裡，他們幫我給蘇卡佛工廠新的面貌。他又說：米凱爾要我捎給你親切問候。我也問候他，感謝他的好意，掛掉電話。但我馬上就打電話給梅麗雅羅莎的律師朋友，告訴他電話的事。他證實錢的問題已經解決，我幾天之後到他的辦公室找他。他沒比我大多少，衣著入時，很討人喜歡，只有薄薄的嘴唇不太討喜。他想請我出去喝咖啡。他對吉鐸·艾羅塔讚不絕口，也還記得彼耶特洛。他把蘇卡佛給莉拉的錢全數交給我，要我小心錢包，別讓扒手給扒走了。他描述他在大門口看見的學生、工會成員與警察的混亂情況，說勞動檢查員也到工廠去了。然而他似乎還不滿意。直到我們道再見的時候，他才在門口問我：

「你認識梭拉朗兄弟嗎？」

「他們和我在同一個街坊長大的。」

「你知道他們是蘇卡佛背後的靠山？」

「知道。」

「而你不擔心？」

「我不懂。」

「我的意思是：你從小就認識他們，但你離開那不勒斯去唸書——你或許不知道現在的情況。」

「我很清楚啊。」

「最近幾年，梭拉朗兄弟的勢力範圍擴大了，在我們這個城市裡，他們舉足輕重。」

「所以呢？」

他抿起嘴唇，和我握手。

「所以沒事，我們拿到錢，一切都搞定。替我向梅麗雅羅莎和彼耶特洛問好。婚禮是什麼時候？你喜歡佛羅倫斯嗎？」

53

我把錢交給莉拉，她滿意地數了兩遍，想馬上把我借她的錢還給我。不久之後，恩佐回來了，他剛去見過那個懂電腦的人。他似乎很高興，當然還是像他平常那樣很自制，但卻也還是不由自主地情緒有點激動，哽咽得說不出話來。莉拉和我拚命想從他身上挖出消息來，最後終於有了清晰的輪廓。那位專家人非常好，起初一再說蘇黎士的那個課程只是浪費錢，後來明白恩佐雖然上了那個沒用的課程，卻很聰明。他告訴恩佐，ＩＢＭ就快要在義大利生產新電腦，在維梅爾卡泰設工廠，所以那不勒斯分部急需操作員、打孔機操作員和程式分析師。他保證，只要公司開辦訓練課程，他就會通知恩佐。他還記下他所有的資料。

「他看起來是認真的嗎？」莉拉問。

恩佐證實那人是認真的，對我點點頭，說：「小琳未婚夫的事他都知道。」

「意思是？」

「他說她未婚夫的父親是很重要的人物。」

莉拉臉上浮現煩擾的表情。她當然知道，這次的會面是彼耶特洛安排的，也知道艾羅塔的名號對這次的會面有正面效應，但她似乎以為恩佐不會注意到。我想她之所以惱怒，是因為怕他也欠我人情，彷彿欠債一般，因為在我和她之間可能不算什麼，也說不上誰感激誰，但這樣的事情卻很可能會傷害了恩佐。我馬上就說，我公公也沒那麼重要啦，那位電腦專家還告訴我，除非恩佐很優秀，否則他也不幫忙。莉拉做了個略微誇張的贊同手勢，斷然說：

「他是真的很優秀。」

「我從來沒見過電腦。」恩佐說。

「那又怎樣？那個傢伙肯定知道你了解自己在做什麼。」

他想了想，對莉拉露出立時讓我嫉妒的欣賞表情。「你讓我做的練習，讓他印象深刻。」

「真的？」

「是的，特別是像熨衣服、釘釘子之類的圖解。」

然後他們開始彼此取笑，說著我並不懂的術語，把我排除在外。突然之間，我覺得他們彷彿是一對情人，非常開心的情人，有著極其隱密，無人能懂，連他們自己都不懂的祕密。我再次看見我們童年時期的那個院子。我看見她和恩佐在校長與奧麗維洛老師監督下進行數學競賽。我看見從來不哭的莉拉很沮喪，因為她丟了一顆石頭，砸傷了他。我想：他們在一起的因緣是從街坊開始的。或許莉拉說的沒錯，他們應該回去。

54

我開始留意貼在公寓入口的「招租」告示，找尋可以出租的房子。這時，姬俐歐拉．斯帕努羅和米凱爾．梭拉朗的結婚喜帖寄來了，不是邀請我的家人，而是邀請我。幾個鐘頭之後，又有人親手送來一份請柬：瑪麗莎．薩拉托爾和埃爾范索．卡拉西也要結婚了。而且梭拉朗家和卡拉西家給我的喜帖都稱為我「敬愛的艾琳娜．格瑞柯博士」。我幾乎立時就考慮到，這兩場婚禮邀約或許是很好的機會，可以測試一下鼓勵莉拉重返街坊是不是好主意。我打算去看米凱爾、埃爾范索、姬俐歐拉和瑪麗莎，去恭喜他們，解釋屆時我不在那不勒斯，但同時也探知梭拉朗和卡拉西家是不是還想對莉拉不利。我覺得埃爾范索似乎是唯一一個可以平心靜氣告訴我，斯岱方諾有多麼痛恨莉拉的人。而對米凱爾，雖然我恨他——但或許正因為我恨他——我想我可以心平氣和告訴他莉拉的健康狀況，讓他知道，雖然他自認為是大人物，把我當小女孩那樣嘲諷，但如果他繼續壓迫我的朋友，如今的我已有足夠的能力可以搞亂他的生活和他的事業。我把兩張請柬擺進皮包，不想讓我媽看見，免得她知道他們尊敬我，卻不看重她和我爸。我空出一天來拜訪他們。

天氣不太好，所以我帶了一把傘。但我心情很好，想散散步，想想事情，當成是對舊街坊與這個城市的告別。我秉持勤奮好學生的習慣，從比較棘手的事情著手，也就是和梭拉朗的晤面。我到酒館去，但他和姬俐歐拉都不在，連馬歇羅也不在。有人說他們可能在通衢大道的新店裡。我到那裡去，像個無所事事的人到處張望。這裡已經完全沒有卡羅先生那家店的痕跡了——那間黑漆漆像山洞的店，我小時候常去買肥皂液和其他家用品。一面直式大招牌從三樓的窗戶垂到一樓寬闊的門口：「無所不有」。雖然是大白天，但店裡燈光明亮，販售各式各樣的貨品，炫耀著豐足富裕。我看見莉拉的哥哥黎諾，變得很胖。他對我很冷漠，說他是這裡的老闆，不清楚梭拉朗兄弟的事。要是你想找米凱爾，就去他家，他很不高興地說，然後轉身背對我，彷彿有急事要做。

我開始走向新社區，我知道梭拉朗家族幾年前在這裡買了一大棟公寓。放高利貸的母親曼紐拉來開門。我上次見到她，是在莉拉的婚禮上。我感覺到她從門上的窺孔看著我。她看了好久，才拉開門閂，出現在門口，身形有一部分躲在公寓的暗影裡，有部分被樓梯大窗戶照進來的光線消融掉了。她看起來整個人乾癟癟的。皮膚繃在大骨架上，兩隻瞳孔一隻很亮，一隻卻像死了。她身上鬆垮的黑洋裝之上，一對金耳環閃爍著垂盪在脖子旁邊，宛如盛裝打扮要去參加派對。她對我很客氣，邀我進去，請我喝咖啡。米凱爾不在家，我知道他有另外一間房子嗎？在波西利波，他婚後就要搬到那裡去住。他和姬俐歐拉正在裝潢那幢房子。

「他們要離開街坊？」我問。

「是啊，肯定是。」

「搬到波西利波去？」

「那裡有六個房間，小琳，三間有海景喔。我是比較喜歡佛莫洛啦，可是米凱爾想怎樣就怎樣。反正，那裡早上微風徐徐，那光線漂亮得難以想像。」

我很意外。我怎麼也無法相信梭拉朗會搬離他們搞勾當、藏贓物的這個地方。但是這個米凱爾，他們家族裡最驃悍、最貪婪的米凱爾，打算住在其他地方，在波西利波，面對大海與維蘇威火山的豪宅裡。這對兄弟的野心真的是變大了，那位律師說的沒錯。但此時，這個消息讓我開心，我很高興米凱爾要離開街坊。我覺得這對莉拉返回街坊的可能性是有利的。

55

我向梭拉朗夫人問到地址，道再見，穿越市區，先是搭地鐵到莫吉林納，然後走一段路，再搭公車上波西利波。我很好奇。我現在覺得自己擁有一種合法的權力，普受欽敬，因著高級文化薰陶而戴上光環，所以我很想看看從小就親眼目睹的梭拉朗兄弟惡勢力——享受霸凌的快感，犯下罪行也不必受罰，玩弄法律，恣意放蕩——能虛偽矯飾到什麼俗豔誇張的地步。但我還是沒碰著米凱爾。在剛蓋好的這幢公寓頂樓，我只見到姬俐歐拉，她看見我的時候有掩不住的詫異，但也有掩不住的不快。我知道我以前借用她家電話的時候，一直都表現得很親切，但自從我在家裡裝了電話之後，斯帕努羅一家人就遠離了我的生活，我很少注意到他們。如今突如其來的，在一個陰霾欲雨的中午，我出現在這裡，在波西利波，衝進一切都還亂七八糟的新房。我很慚愧，裝出親切的態度和她打招呼，希望她會原諒我。剛開始時，姬俐歐拉沉著臉，或許還有幾分戒心，但接著，她想要吹噓的心理占了上風。她希望我嫉妒她，她希望明明白白體會到我認為她是我們之中最幸運的一個。於是，她觀察我的反應之後，對我的意興盎然顯得很高興，帶我參觀房間，一間接一間，欣賞昂貴的家具，俗豔華麗的燈飾，龐大的熱水加熱器，冰箱，洗衣機，可惜還沒裝好的三部電話，以及我不知道總共有多少部的電視機。最後到了露台，這也不是一般的露台，而是種滿花卉的空中花園，但天氣不好，無法讓我欣賞那繽紛絢麗的美麗花景。

「看，你看過像這樣的海？這樣的那不勒斯？這樣的維蘇威？這樣的天空？在街坊，哪裡有像這樣的天空？」

從來沒有。海是鐵灰色的，海灣像爐缸邊緣那樣夾住大海。翻攪著的濃密黑雲朝我們襲來。但遠遠的，在烏雲與大海之間，從維蘇威的紫色身影裡露出一條長長的裂縫，像一道傷口，流出眩目的白色。我們站在那裡看了好一會兒，風吹得衣服都貼在身上。我彷彿被那不勒斯的美給迷醉了，就算是多年前在嘉利亞妮老師家的陽台上，也沒見過像這樣的景色。這座面目全非的城市，讓人只有在價格高昂的水泥瞭望台上才能欣賞到非比尋常的風景，而米凱爾就取得了其中醒目的一座。

「你喜歡嗎？」

「太不可思議了。」

「莉娜在新社區的房子比不上，對吧？」

「對，比不上。」

「我說是莉娜家，但現在住在那裡的是艾達。」

「是啊。」

「這裡的住宅區比較高級。」

「是啊。」

「可是你一臉怪相。」

「沒，我替你高興。」

「人各有命啊。你受過高等教育，寫了書，而我有這個。」

「是啊。」

「你不太確定。」

「我非常確定。」

「要是你看看這幢房子裡每一戶人家的名牌就會知道，住的都是專業人士，律師和有名的教授。這個景色和裝潢都很昂貴。要是你和你丈夫存點錢，我想你們應該可以買間像這樣的房子。」

「我想不行吧。」

「他不想來住那不勒斯。」

「我很懷疑。」

「誰知道呢。你很幸運：我在電話裡聽過好幾次彼耶特洛的聲音，而且我在窗戶看見他——他看起來就是個很聰明的人。他和米凱爾不一樣，你想要他做什麼，他都會做。」

這時她把我拉回室內，要我吃點東西。她打開帕瑪火腿和乾酪，切了幾片麵包。現在還沒安頓好，她道歉，但以後你要是和老公一起回那不勒斯來，一定要來看我，我讓你們看看整頓好的一切。她的大眼睛閃閃發亮，非常興奮，對自己富裕的未來一點懷疑都沒有。但是這不大可能實現的未來——彼耶特洛和我到那不勒斯來看她和米凱爾——必定顯得有點岌岌可危。有那麼一會兒，她心不在焉的，似乎有了不太愉快的念頭，再次開始吹噓的時候，失去了原本的自信，態度變了。我的運氣也一直都很好，她又說，但並不是心滿意足的語氣，反而是有點自嘲的意味。卡門，她說，最後成了通衢大道加油站的女店員，琵露希雅和白癡黎諾過日子，艾達是斯岱方諾的娼婦。而我，我有米凱爾，我真幸運，他這麼英俊，聰明，可以指揮所有的人，最後終於下定決心要娶我，你看見他讓我住在什麼地方，你不知道他籌備了如何盛大的婚禮。就連波斯國王娶索拉雅的婚禮都沒這麼盛大。是啊，我很幸運，從小就抓住他了，我很狡猾。她繼續說，但用的是自嘲的口吻。她讚賞自己的聰明，慢慢從贏得梭拉朗而獲得的豪奢生活講到身為新娘的孤寂。她說米凱爾從來就不在，我好像是跟自己結婚似的。她突然問我，彷彿是真的想知道我的意見：你覺得我存在嗎？看著我，你覺得我存在嗎？她張開手掌拍打自己的胸口，但她這麼做，彷彿不是要證明自己的存在，而是要證明那隻手可以穿透自己的身體。因為米凱爾的關係，她的身體並不存在。他奪走了她的一切，從她還小的時候就奪走了。他吞噬她，嚼碎她，如今她二十五歲，他早就習慣了她，對她視而不見了。他隨自己開心到處找人上床。我覺得噁心，每回有人問我們要生幾個小孩的時候，他就自吹自擂說，去問姬俐歐拉，我已經有小孩了，我甚至不知道有多少個咧。你丈夫會這樣說話嗎？你丈夫會說：我和琳諾希亞有三個，和其他人有幾個就不知道了？當著所有人的面，他把我當成拖地的抹布。而我知道為什麼。因為他從來就不愛我。他之所以娶我，只是要一個忠心耿耿的僕人，這是每一個男人結婚的原因。而且他一直對我說：我他媽的要你幹什麼，你什麼都不會，你腦袋不靈光，沒有品味，這漂亮的房子給你住是浪費了，有你在，什麼東西都變得噁心不堪。她開始哭，一面哭一面說：

「對不起，我之所以告訴你，是因為你寫了一本我喜歡的書，我知道你也吃過苦頭。」

「你為什麼要讓他這樣對你講話？」

「因為不這樣，他就不會娶我。」

「那在婚禮之後，就讓他付出代價。」

「怎麼付出代價？他根本不甩我，就連現在我都見不到他，以後更別想了。」

「那我就不了解你了。」

「你不了解我，因為你不是我。如果有個男的愛著別人，你還會要他嗎？」

我不解地看著她。「米凱爾有情人？」

「很多，他是個男人，他到哪裡都想要找人上床。但這不是重點。」

「重點是什麼？」

「小琳，要是我告訴你，你絕對不可以告訴別人，否則米凱爾會殺了我。」

我答應，而且我履行承諾。我今天之所以寫出來，只因為她已經死了。她說：

「他愛莉娜。他對她的那種愛，永遠不會出現在我身上，也永遠不會出現在任何人身上。」

「胡說。」

「你不能說我胡說，小琳，否則你最好走吧。這是真的。打從莉娜掏出鞋匠刀抵在馬歇羅脖子上那天開始，米凱爾就愛上她了。我沒騙你，是他自己告訴我的。」

她告訴我的事情讓我非常不安。她告訴我不久之前，就在這個屋子裡，米凱爾夜裡喝醉了，告訴她說他和多少女人在一起過，精確的數目：一百二十二個，有要付錢的，也有不要錢的。你也在名單上，他強調說，但是在給我最大快感的女人之中，並沒有你。你知道為什麼嗎？因為你是個白癡，那檔事要幹得好，也需要一點智力的。比方說，你就不知道怎麼口交，你無可藥救，對你解釋也沒有用，你做不來，你覺得噁心，太明顯了。他就這樣一直講，越說越不像樣，對他來說，下流髒話是家常便飯。然後他清楚說明情況：他娶她，是因為他尊重她父親，他所喜愛的糕點師傅。他娶她，是因為男人總要有個妻子，甚至有小孩，有個正式的家庭。但不要搞錯：她對他來說一文不值，他不敬重她，她不是他最愛的人，所以她最好別搞怪，以為自己擁有任何權利。這些話非常殘忍。後來，米凱爾自己一定也發現了，開始變得憂鬱起來。他嘟嘟囔囔說，所有的女人對他來說，都只是有洞可插的遊戲而已。全部的女人。只有一個除外。莉娜是天底下他唯一所愛的女人——愛，沒錯，就像電影裡的那種愛——他唯一敬重的女人。他告訴我，姬俐歐拉哭哭啼啼說，換成是她，就會知道該怎麼裝潢房子。他告訴我，給她錢花會是很大的樂趣。他告訴我，有她在身邊，他就會成為那不勒斯真正重要的人物。他對我說：你還記得她怎麼弄她那張結婚照的？你還記得她怎麼改裝鞋店的？而你和琵露希雅，以及其他人，你們算什麼，你們知道怎麼搞？他對她說了這些話，而且還不止。他告訴她說，他日日夜夜想著莉拉，但是他對她的想望並不是一般的欲望，是他自己也不懂的一種渴望。事實上，他並不想要她。也就是，他並不想像占有其他女人那樣，感覺到她們在他身體下面，把她們翻過來翻過去，打開她們，刺穿她們，爬上她們，壓垮她們。他不想這樣占有她。他不想和她上床之後就忘了她。他想擁有她敏銳的心靈，她所有的意念。他想擁有她的想像力。他想擁有她，但不想毀了她，他要讓她永遠存在。他想擁有她，但不想幹她——這個字眼用在莉拉身上，讓他不安。他想要親吻她，撫摸她。

他想要她撫摸他，幫助他，指引他，指揮他。他想要看著她隨時光改變，隨歲月變老。他想要和她講話，想要她幫他講話。你懂嗎？他用這種口吻對我談起她，對我耶——就在我們快要結婚的時候。他從沒用這樣的口氣對我講過話。我發誓這是真的。他輕聲說：我哥哥馬歇羅，還有那個蠢蛋斯岱方諾，以及厚顏無恥的恩佐，他們怎麼會了解莉娜？他們知道自己失去了什麼，知道他們未來可能失去什麼？不，他們連這點智力都沒有。只有我知道她是什麼樣的人，只有我知道她是誰。只有我能認出她來。想到她就這樣被浪費了，我很痛苦。他就這樣胡言亂語，掏心掏肺的。我靜靜聽他講，一句話也沒說，直到他睡著。我看著他，說：米凱爾怎麼可能有這樣的感情——講這些話的人不是他，是別人。我痛恨這個別人，我心想：我現在如果拿刀刺死他，就可以奪回我的米凱爾。莉拉，不，我不生她的氣。我很多年前想殺她，就在米凱爾把馬提尼廣場的鞋店從我手裡拿走，把我趕回糕點鋪管櫃台的時候。當時我很氣。但我不再恨她了，她和這件事沒有關係。她總是想擺脫。她不像我這麼蠢，我才是想嫁給他的人，她從來就不想要他。事實上，自從米凱爾得到除她以外的一切之後，我就很愛她：最起碼還有人可以讓他想愛而愛不到。

我聽她講，偶爾想說幾句安撫她的話。我說：要是他娶你，不管他說了什麼，都表示你對他很重要，別覺得無助。姬俐歐拉用力搖頭，用手指擦乾臉頰的淚水。你不了解他，她說，沒有人像我這麼了解他。我問：

「你覺得，他會不會突然失去理智，傷害她？」

她發出介於笑聲與哭喊之間的聲音。

「他？莉娜？你難道沒看見他這些年來的表現嗎？他可以傷害我，傷害你，傷害任何人，甚至他的父親，他的母親，他的哥哥。他可以傷害莉娜身邊的每一個人，她兒子，恩佐。他可以毫無愧疚，冷酷動手。但是對她，她這個人，他什麼也不會做。」

56

我決定完成我的探索之旅。我走到莫吉林納，抵達馬提尼廣場的時候，烏雲密布的天空低得像歇息在建築屋頂似的。我快步走進優雅的梭拉朗鞋店，確信暴雨隨時就要來臨了。埃爾范索比我印象中更英俊，大大的眼睛，長長的睫毛，有稜有角的嘴唇，身材纖瘦但矯健，一口義大利文因為研讀拉丁與希臘文而顯得有些矯揉造作。看見我，他真的很開心。初、高中那幾年的艱苦歲月，讓我們培養出親密的革命情感，雖然已經許久不見，但很快就重拾舊誼。我們開始談笑。我們輕鬆交談，話題源源不絕，談我們以前的求學生涯，我們的老師，我出版的書，他的婚姻，我的婚姻。理所當然的，是我提起了莉拉。他有點慌亂不安，他不想講莉拉的壞話，也不想講哥哥和艾達的壞話。他只說：

「早就料想得到最後會這樣。」

「為什麼？」

「你記得我告訴過你，莉娜嚇到我了？」

「記得。」

「那不是害怕，我後來才了解。」

「那是什麼？」

「是疏遠與歸屬，是既有距離又親近所產生的效應。」

「意思是？」

「很難講得清楚：你和我很快就成為朋友，你是我所愛的人。但對她，這似乎永遠都不可能。她身上有些什麼，讓我想要屈膝跪下，說出我心中最隱密的想法。」

我挖苦地說：「很好，近乎宗教信仰的經驗。」

他還是一本正經，「不，那只是一種承認自己不如她的感覺。但是她幫我複習功課的時候，非常棒，真的。她一讀過教科書，就馬上理解，然後用很簡單的方式綜合摘要給我聽。我當時常想，到今天也還是這麼想：如果我生而為女人，就會希望像她那樣。事實上，在卡拉西家族裡，我們都是異類，她和我都無法忍受。所以我從來就不覺得她犯了什麼大不了的錯，我始終站在她那邊。」

「斯岱方諾還是很氣她嗎？」

「我不知道。就算他恨她，他也有太多麻煩要面對，沒辦法去想這個問題。莉娜是他目前最不重要的問題。」

他說得很誠懇，而且很有道理。我丟開莉拉的問題。我回過頭來問他瑪麗莎，薩拉托爾一家人，最後問起尼諾。他對他們的情況含糊其詞，特別是尼諾，他說為了順唐納托的意，沒有人敢邀尼諾來店裡參加令人難以忍受的婚禮。

「要結婚你不開心？」我試探地問。
他望著窗外，外面雷電交加，但雨還未落下。他說：「我現在這樣很好。」
「那瑪麗莎呢？」
「不，她不好。」
「你希望她一輩子就只是未婚妻嗎？」
「我不知道。」
「所以你終究還是滿足她了。」
「她去找米凱爾。」
我不太有把握地看著他：「什麼意思？」
他笑起來，緊張的笑聲。
「她去找他，她要他來對付我。」
我坐在沙發凳上，他背光站著。他身材緊繃結實，很像鬥牛電影裡的鬥牛士。
「我不懂：你娶瑪麗莎，是因為她要梭拉朗來叫你非這麼做不可？」
「我娶瑪麗莎，是為了不惹米凱爾生氣。他讓我在這裡工作，他信任我的能力。我很喜歡他。」
「你瘋了。」
「你會這麼說，是因為你對米凱爾有錯誤的看法。你不知道他是什麼樣的人。」他整個臉縮起來，想忍住眼淚卻沒辦法。他說：「瑪麗莎懷孕了。」

「啊。」

所以這才是真正的理由。我拉著他的手，很尷尬地想安撫他。他費了很大的勁才平靜下來，說：

「人生是醜陋的，小琳。」

「才不是這樣。瑪麗莎會是個好太太，好媽媽。」

「我一點都不在乎瑪麗莎。」

「別太過分了。」

他眼睛緊緊盯著我看，我覺得他是在打量我，想搞清楚我讓他不解的某個問題。他問：「莉娜連對你都沒提起？」

「她應該提起什麼？」

他搖搖頭，突然覺得好笑。

「看吧，我說的沒錯吧？她是個很不尋常的人。有一次我告訴她一個祕密。我很害怕，我需要把我害怕的理由告訴某個人。我告訴她，她很專心聽，所以我就平靜下來。告訴她，對我來說很重要，我覺得她不只是用耳朵聽，還用她自己獨有的器官吸收，讓我的每一個字都能夠得到接受。最後我要求她，就像大家通常會做的那樣：發誓，拜託，不准背叛我。情況很清楚，如果她沒告訴你，那她就沒告訴任何人。她沒有因為怨恨而透露，即使是在她最艱困的時候，在我哥哥恨她、揍她的時候，她都沒說。」

我沒打斷他的話。我只覺得遺憾，他對莉拉吐露心聲，而不是對我，雖然我是他永遠的朋友。他肯定也察覺到了，所以決定彌補。他緊緊摟住我，低聲在我耳邊說：

「小琳，我是同性戀。我不喜歡女人。」

就在我要告辭的時候，他尷尬地輕聲對我說：我相信你一定早就知道了。這讓我更加不開心，因為我從來就沒有想到這個問題。

57

這漫長的一天就這樣過去了，天色陰暗，但雨沒下下來。情勢迅速逆轉，莉拉和我之間明顯增長的關係變成想要一刀兩斷，我想要回去過我自己的生活。也或許這情況早在這天之前就開始了，只是這時我才注意到許多我之前沒發現的微小細節，而且開始累積。這趟旅程很有收穫，但我回家時很不開心。我和莉拉究竟是什麼樣的關係，她明明知道我和埃爾范索那麼好，竟然把他的事情瞞我那麼多年？她有沒有可能並不知道米凱爾對她的迷戀，或者她有自己的原因，對此不置一詞？另一方面，我自己又有多少事情瞞著她呢？

這天其餘的時間，我都陷在這人地時物的混亂裡：陰魂不散的曼紐拉夫人，茫然無知的黎諾，小學時代的姬俐歐拉，中學時代的姬俐歐拉，被梭拉朗兄弟英俊外表迷得神魂顛倒的姬俐歐拉，被菲雅特一一〇〇吸引的姬俐歐拉，像尼諾一樣吸引女人的米凱爾，但和尼諾不一樣，他有能力付出絕對的熱情。還有莉拉，掀起這股熱情的莉拉，她在米凱爾身上掀起的不是占有欲的渴望，不是殘暴的誇耀，不是復仇，不是她會形容為低級的欲望，而是一種癡迷，因為對某個女人由衷讚賞而產生的癡迷，不是忠誠奉獻，不是卑躬屈膝，而是男性對愛情的一種追求方式，一種複雜的情感，毅然不屈，威力強烈，能讓某個女人成為女人中的女人。我對姬俐歐拉感同身受，因為我了解那種屈辱。

那天晚上我去看莉拉和恩佐。我沒提到白天的探訪，因為我愛她，也因為要保護和她住在一起的這個男人。我趁著莉拉在廚房餵孩子吃飯的機會，告訴恩佐說她想回街坊去。我決定不隱瞞我的看法。我說我覺得這不是好主意，但只要可以讓她心情平靜——她健康沒問題，只是需要找回平衡——或者是她認為可以讓心情平靜的事，都值得鼓勵。而且隨著時間過去，就我所知，在街坊的生活不見得會比在特杜西歐的聖吉瓦尼差。恩佐聳聳肩。

「我沒有什麼好反對的。我一大清早就得出門，晚上很晚才回來。」

「我看見卡羅先生的舊公寓在招租。他的子女搬去卡塞塔了，卡羅太太想去和他們一起住。」

「租金多少？」

我告訴他：街坊的租金比特杜西歐的聖吉瓦尼來得低。

「好啊。」恩佐同意。

「你要明白，你們還是會碰到一些問題的。」

「這裡一樣有問題啊。」

「惱人的事情會增加，抱怨也是。」

「我們等著看吧。」

「你會和她一起住？」

「只要她願意，是的。」

我們到廚房找莉拉。她才剛和傑納諾奮鬥完。這孩子現在比較常和媽媽在一起，而不是和會帶壞他的鄰居孩子玩。他自由少了，被迫放棄許多習慣，雖然已經五歲，卻堅持還是要媽媽用湯匙餵他吃飯。莉拉開始吼叫，他丟下盤子，在地板上摔個粉碎。我們進廚房的時候，她才剛賞他一個耳光。她氣急敗壞對我說：

「是你拿湯匙當成飛機的？」

「就只有一次。」

「你不應該這樣的。」

我說：「下次不會了。」

「不，沒有下次。因為你要去當作家，而我卻必須像這樣浪費生命。」

她慢慢平靜下來，我把地板擦乾淨。恩佐告訴她回街坊住他沒意見，我則忍住心裡的不快，告訴她卡羅先生的房子招租。她一面安撫孩子，一面不情願地聽著，然後一副是恩佐想搬走，而我是鼓動他這麼做的元凶似的，說：好吧，你們想怎麼樣，我就配合吧。

隔天，我們一起去看那間公寓。屋況很糟，但莉拉興沖沖的：她喜歡這個房子位在街坊邊緣，差不多就在隧道口，從窗戶就看得見卡門未婚夫的那家加油站。恩佐發現，夜裡可能會很吵，因為有通衢大道往來的卡車，以及調軌場的火車。可是她覺得很歡喜，覺得這些噪音也是我們童年的一部分，所以就用合理的價錢向卡羅太太租下房子。自此而後，恩佐每天晚上不再回特杜西歐的聖吉瓦尼，而回街坊的這間公寓進行一系列改造，好把這裡變成適合居住的家。

這時已近五月，我婚禮的日期逼近，不停往來佛羅倫斯。但莉拉似乎不把時間擺在心上似的，還是拉著我去為公寓裝潢採購。我們買了一張雙人床，一張給傑納諾的小床，一起去申請電話線。在街上看見我們的時候，有人只向我打招呼，有人對我們兩個打招呼，還有人把我們兩個全當空氣。無論是怎樣的情況，莉拉好像都輕鬆以對。有一回我們碰見艾達，她自己一個人，親切對我們點頭，然後繼續往前走，好像有急事似的。有一回碰見斯岱方諾的媽媽瑪麗亞，莉拉和我對她打招呼，她把頭轉開。再有一次碰見了斯岱方諾本人開車經過，他主動停車，下來和我講話，開心地問起我的婚禮，說他不久前才帶艾達和女兒去過佛羅倫斯，最後拍拍傑納諾，對莉拉點個頭就離開了。有一回我們碰見莉拉的父親費南多，彎腰駝背，很老，站在小學門口，莉拉激動起來，告訴傑納諾要帶他去見外公，我想阻止她，但她無論如何都要去。費南多一副女兒不在場似的，看著外孫好幾秒鐘，然後說，要是你看見你媽，就告訴她說，她是個賤人，說完就走了。

但最讓人心煩意亂的一次，雖然當時看來似乎是最不重要的一次，是在她搬進街坊那間公寓的幾天前發生的。那天我們從屋裡一出來，就碰上玫利娜，她手上抱著外孫女瑪麗亞，也就是斯岱方諾和艾達的女兒。她像平常那樣魂不守舍，但穿得很漂亮，染過頭髮，臉上化了大濃妝。她認出我，但不認得莉拉，或者她一開始只選擇和我講話。她和我講話的口氣，活像我還是她兒子安東尼奧的女朋友：她說他很快就會從德國回來，他在信裡老是提起我。我親切讚美她的衣服和髮型，她好像很高興。但我讚美她外孫女的時候，她更是高興。小女孩怯生生抓著外婆的裙子。到後來，她大概覺得自己有義務要講幾句傑納諾的好話，於是對莉拉說：這是你兒子？好像到這時她才想起莉拉是誰。她看著莉拉，什麼話都沒說，彷彿突然想起這個女人的丈夫就是被她女兒艾達搶走的。她一雙眼睛深陷到眼窩裡，很嚴肅地說：莉娜，你變醜，變瘦了，難怪斯岱方諾會離開你，男人喜歡肉啊，否則他們手沒地方可摸，當然就走人啦。然後她頭猛然一轉，面向傑納諾，指著小女孩，幾乎是驚聲叫嚷：你知道她是你妹妹嗎？快來親一下，親愛的，過來，你長得真是可愛啊。傑納諾馬上親了小女孩一下，小女孩也沒反抗，而玫利娜看著兩張挨在一起的小臉，驚叫：他們兩個都長得像爸爸，兩個人好像啊。講完這句話之後，她彷彿有急事要做似的，拉著外孫女，沒再說一句話就走了。

莉拉從頭到尾都站在那裡，一句話也沒說。但是我知道，她受到很強烈的衝擊，就像小時候她看見玫利娜在通衢大道吃肥皂那次一樣。那對祖孫一走遠，她就發作了，一手搔亂頭髮，眨著眼睛說：我變成這個模樣了。然後抹平頭髮，說：

「你聽見她說的話了嗎？」

「她亂講，你才沒又醜又瘦。」

「鬼才管我有沒有又醜又瘦咧，我講的是像不像的問題。」

「什麼像不像？」

「這兩個孩子啊。玫利娜說的沒錯，他們都長得像斯岱方諾。」

「才沒有。女孩是像斯岱方諾，可是傑納諾不像。」

她迸出笑聲，經過這麼長的時間之後，她這刻薄的笑聲又回來了。

她又說一遍：「他們兩個活像同一個豆莢裡的兩顆豆子。」

58

我非走不可了。我能替她做的都做了，如今還很可能陷在無益的思緒裡，思索誰是傑納諾真正的父親，思索玫利娜的目光多麼銳利，思索莉拉內心的祕密行動，思索她可能知道或不知道或應該知道而不願說出、又或者她只是選擇便於相信的說法，諸如此類，像螺旋似的讓我怎麼也繞不出來。我們利用恩佐上班的時間，討論過那次的碰面。我講了些老生常談，例如：女人總是會知道誰是自己小孩的父親。我說：你始終覺得傑納諾是尼諾的兒子，事實上，你也是因為這樣才會想要他。現在你卻相信他是斯岱方諾的兒子，只因為發瘋的玫利娜這麼說？可是她冷笑說：真是大白癡，我怎麼會一直不知道呢，而且——很離奇的——她顯得很高興。所以我最後什麼都不說了。要是這個想法能讓她好過一些，那也好。而這如果是她情緒不穩定的另一個徵兆，我又能怎麼辦呢？夠了。我的書已經賣出法國、西班牙、德國版權，將會翻譯出版。我又寫了兩篇關於坎帕尼亞工廠女工處境的報導，《統一報》很滿意。出版社來請我寫一本新的小說。換句話說，我自己就有夠多事情要處理了，對莉拉，我能做的都做了，我不能繼續和她的生活糾纏不清了。因為璦黛兒的鼓吹，我在米蘭買了一件婚禮穿的米白色套裝，穿起來很好看，外套合身，裙子短短的。試穿的時候，我想起莉拉，想起她那豪華的婚紗，那張裁縫師展示在拉提菲羅店鋪櫥窗的照片，相形之下讓我覺得有天壤之別。她的婚禮，我的婚禮，兩個不同的世界。我之前告訴過她，我不在教堂舉行婚禮，我不會穿傳統的婚紗，而且彼耶特洛只勉強同意邀近親觀禮。

「為什麼？」她當時問，但並沒有特別感興趣。

「什麼為什麼？」

「為什麼你不在教堂結婚？」

「我們不信上帝。」

「你們不相信上帝神奇的手指，不相信聖神？」她的這句話讓我想起我們小時候一起寫的一篇文章。

「我長大了。」

「但至少要辦場派對，邀朋友參加吧。」

「彼耶特洛不想。」

「你連我都不邀？」

「你會來嗎？」

她笑著搖搖頭。

「不會。」

就是這樣。五月初，就在我決定永遠離開那不勒斯之前來一趟最後的冒險之旅時，因為我的婚禮，事情有了不太好的發展，但也不只是這樣。當時我決定去看嘉利亞妮老師。我查到她的電話號碼，打電話過去。我說我就要結婚了，婚後要搬到佛羅倫斯，希望來向她道別。她一點都不意外，也沒有喜悅之情，但很客氣，邀我隔天下午五點鐘過去。掛電話之前，她說：帶你的朋友莉娜一起來吧，如果你願意的話。

結果莉拉一口就答應，把傑納諾交給恩佐照顧。我化了點妝，做了頭髮，按照從璦黛兒身上學來的品味穿著打扮，同時也幫莉拉打扮得至少像樣一些，雖然沒辦法說服她好好妝扮一番。她想帶糕點去，我說那不恰當。我帶了一本我的書，雖然我想嘉利亞妮老師已經讀過了。我帶書去，才能簽名送給她。

我們準時抵達，按了門鈴，沉寂。再按。娜笛雅來開門，大口喘氣，衣衫不整，沒有平常的優雅儀態，彷彿是我們帶來的失序擾亂了她的外表，也擾亂了她的儀態。我解釋說我和她母親有約。她不在，她說，但是請在客廳隨意坐吧。然後就消失無蹤了。我們沉默不語，但在這寂靜無聲的房子裡不安地交換了靜默的微笑。過了可能有五分鐘吧，走廊終於響起腳步聲。帕斯蓋出現了，稍微有點不修邊幅。莉拉一點都不意外，但我真的叫出聲來，非常驚訝：你在這裡幹嘛？他很嚴肅但不客氣地回答：你們兩個在這裡幹嘛？這句話讓情勢逆轉，我必須向他解釋，彷彿這是他家。我說我和老師有約。

「啊。」他說，然後用嘲諷的口氣問莉拉：「你病好了？」

「差不多好了。」

「我很高興。」

我很生氣，替她回答。我說莉拉才剛剛開始復原，而且蘇卡佛工廠已經得到教訓——勞檢員去檢查，工廠把欠莉拉的錢都還清了。

「是喔？」他這麼說的時候，娜笛雅也走出來了，打扮得漂漂亮亮，好像要出門。「你知道嗎，娜笛雅？格瑞柯小姐說她讓蘇卡佛得到教訓了。」

我嚷著：「不是我。」

「不是她。是全能的上帝教訓了蘇卡佛。」

娜笛雅微微一笑，穿過房間，明明有沙發可坐，她卻坐到帕斯蓋腿上。我覺得很不舒服。

「我只是想幫莉娜的忙。」

帕斯蓋攬著娜笛雅的腰，傾身靠近我，說：

「太厲害了。你的意思是說，所有的工廠，所有的建築工地，全義大利和全世界的每一個角落，只要有老闆搞飛機，有工人身陷危險，我們就可以呼叫艾琳娜．格瑞柯：她會打電話給她的朋友，給勞工當局，給位高權重的人脈，解決所有的狀況。」

他從沒用這樣的口氣對我講過話，打從我小時候，他看起來就像個大人，一言一行都宛如政治專家。但就算在當時，他也從沒這樣對我講話。我覺得他得罪我了，正要開口回答，娜笛雅卻打岔，完全不理會我。她對莉拉說，用緩慢的語調小聲說，彷彿一點都不值得對我講話似的。

「勞動檢查員什麼用都沒有，莉拉。他們到蘇卡佛工廠，填好表格，然後呢？工廠裡的一切都還是和以前一樣。開口講話的人惹上麻煩，保持沉默的人私底下拿到幾文錢。警方控告我們，法斯西份子闖到這裡來，揍了亞曼多。」

她還沒講完，帕斯蓋就開始用比之前更嚴厲的語氣對我講話，這一次還拔高嗓音：

「說給我們聽聽吧，你他媽的以為你解決什麼了？」他說，是真的很痛苦，很失望，「你知道義大利的情況是怎樣嗎？你對階級鬥爭有一點點概念嗎？」

「別嚷嚷，拜託。」娜笛雅對他說，然後又用幾近耳語的聲音對莉拉說：「同志不會背棄彼此的。」

莉拉回答說：「反正無論如何都會失敗的。」

「你是什麼意思？」

「在那個地方，你們不可能靠發傳單、靠和法西斯份子鬥爭就贏的。」

「那你要怎麼贏？」

莉拉沉默，帕斯蓋對她嗤之以鼻：

「你要靠動員老闆的好朋友來贏嗎？你靠拿點小錢、和其他人搞七捻三來贏？」

這時我忍不住了，「帕斯蓋，住嘴。」我也不由自主地提高嗓音，「你講的是是什麼話？才不是這樣。」

我想要解釋，想要讓他閉嘴，但我覺得自己腦袋空空，不知道能用什麼話來反駁，唯一能想得出來的卻只是惡毒、且沒有什麼政治意義的話：你這樣對我，就只是因為你已經搞上了這個出身高貴的千金小姐，你這下滿足了？但是莉拉用完全出乎我意料、也讓我困惑的忿怒手勢制止了我。她說：

「夠了，小琳。他們說的沒錯。」

我很難過。他們說的沒錯？我想要反駁，想對她發火。她這是什麼意思？但就在這時，嘉利亞妮老師出現了：走廊響起了她的腳步聲。

59

我希望老師沒聽到我咆哮。但同時我也希望娜笛雅從帕斯蓋腿上跳起來，衝過去坐在沙發上，我希望看見他們兩個掩飾親暱形跡而羞愧的表情。我發現莉拉也譏諷地盯著他們看。但他們一動也不動。娜笛雅甚至還伸手摟著帕斯蓋的脖子，彷彿怕跌下來似的，對著剛出現在門口的媽媽說：下一次你有客人，先告訴我。老師沒回答，只冷淡地對我們說：對不起，我回來晚了，到我書房裡去吧。我們跟著她走，帕斯蓋讓娜笛雅離開他身上，用聽起來突然有點消沉的語氣說：來，我們走吧。

嘉利亞妮老師帶我們穿過走廊，激動地嘟嘟囔囔：真正讓我覺得很煩的是那種粗魯的感覺。我們進到一間通風良好的房間，有張老舊的書桌，很多書，鋪有椅墊的樸素椅子。她的語氣很有禮貌，但聽得出來，她努力壓抑壞心情。她說她很高興見到我，也很高興再次見到莉拉。然而每講一個字，甚至在字與字之間，我都感覺到她的怒氣在增加，我恨不得儘快離開。我為一直沒來看她而道歉，一口氣也沒停地談起學業、寫作和一大堆壓得我喘不過氣來的事情，我的訂婚，我即將到來的婚姻。

「你會在教堂結婚，或只是去公證？」

「只去公證。」

「真有你的。」

她把莉拉也拉進對話裡，對她說：「你是在教堂結婚的？」

「是的。」

「你信上帝嗎？」

「不信。」

「那你為什麼在教堂結婚？」

「因為就是要這樣辦的啊。」

「你不必因為事情要這樣辦，就非得這樣做不可。」

「我們常都是這樣啊。」

「你會去參加艾琳娜的婚禮？」

「她沒邀請我。」

我吃了一驚，馬上說：

「才不是這樣。」

莉拉發出刺耳的笑聲。「就是這樣。她覺得我很丟臉。」

她是揶揄的口吻，但我還是覺得很受傷。她是怎麼回事？她之前為什麼要當著娜笛雅和帕斯蓋的面說我們錯了，現在又在老師面前講這麼可怕的話？

「胡說。」我說。為了讓自己冷靜下來，我從袋子裡掏出我的書，交給嘉利亞妮老師，說：

我想送給你這個。她看了好一會兒，卻彷彿沒看見，或許是沉浸在自己的思緒裡，然後她謝謝我，說她已經有一本了，所以還給我。

「你丈夫是做什麼的？」

「他是教授，在佛羅倫斯教拉丁文學。」

「他年紀比你大很多？」

「他二十七歲。」

「這麼年輕，已經當了教授？」

「他非常聰明。」

「他叫什麼名字？」

「彼耶特洛．艾羅塔。」

嘉利亞妮老師凝神看著我，就像以前在學校唸書，回答了一個她認為不完整的答案時那樣。

「吉鐸．艾羅塔的親戚？」

「是他的兒子。」

她的微笑有著再清楚不過的惡意。

「好婚事。」

「我們彼此相愛。」

「你已經開始寫下一本書了？」

「正在努力。」

「我看見你替《統一報》寫稿。」

「寫一點。」

「我不再替他們寫稿了。那是官僚主義的報紙。」

她再次轉向莉拉，似乎想讓她知道她有多喜歡她。她對莉拉說：

「你在工廠裡做的事情很了不起。」

莉拉有點惱怒地皺起臉。

「我什麼都沒做。」

「才不是這樣。」

老師站起來，在書桌上的紙堆裡翻找，拿出幾張給她看，彷彿是不容反駁的事實。

「娜笛雅隨便丟在家裡，所以我就拿來看。這是很勇敢的新嘗試，寫得非常好。我想見你，親口告訴你。」

她手裡拿著的是莉拉寫的那幾頁東西，也就是我據以寫成《統一報》上那篇報導的東西。

60

是啊，是該離開的時候了。離開嘉利亞妮家的時候，我滿心怨懟，嘴巴發乾，沒有勇氣告訴老師說她沒有權利這樣對待我。她對我的書不置一詞，雖然她早已經有了一本，也肯定已經讀過，或至少翻過了。她沒問起我在書上題了什麼贈詞，雖然我是因為這樣才帶這本書來的。離開之前，因為軟弱，也因為想讓彼此的關係好好結束，所以我還是把書送給她，但她沒回答，只微笑著繼續和莉拉講話。更過分的是，她對我刊載在報上的文章也什麼都沒說，只在講到她對《統一報》的負評時提及，接著就拿出莉拉寫的東西，開始和她談，彷彿我對這個議題的意見無足輕重，彷彿我人已經不在這個房間裡了。我恨不得大叫：是啊，沒錯，莉拉聰明得驚人，她的聰慧我始終都知道，也始終都愛，始終影響了我所做的一切，但我很努力追求自我發展，而且我成功了，我走到哪裡都受人重視，我不像你的女兒是個自命不凡的無名小卒。但是我沒這麼做。我靜靜聽她們聊工作、工廠和工人的需求。她們一直聊，走到樓梯平台上還在聊，嘉利亞妮老師心不在焉地對我說再見，而對莉拉則用親暱的口吻說保持聯繫，擁抱她。我覺得備受羞辱。尤有甚之的，是帕斯蓋和娜笛雅沒再出現，所以我沒有機會駁斥他們，我對他們的怒氣仍然在心中不斷累積：幫助朋友何錯之有？我這麼做是冒了風險，他們竟敢批評我所做的。此時站在樓梯，站在大廳，站在維多里歐．艾曼紐大道上，只有莉拉和我。我準備好要對她咆哮：你真的覺得我以你為恥，你在想什麼，你為什麼說他們兩個說對了，你簡直不知感激，為了支持你，為了幫助你，我什麼都做了，你卻這樣對我，你真的是有病。但我們一到外面，我還來不及開口（倘若我真的開了口，結果會如何呢？）她就挽起我的手，開始為我數落嘉利亞妮老師。

我找不出半句話來譴責她支持帕斯蓋和娜笛雅的看法，也不知道該怎麼罵她胡亂怪我不邀她參加我的婚禮。她此刻的表現，讓我覺得剛才做那些事情的是另一個莉拉，是個一無所知、也沒必要要求她解釋的莉拉。多可怕的人啊——她開始說，一路不停地講到阿梅德歐廣場的地鐵站——你看看那個老太婆是怎麼對你的，她這是在報復啊，她受不了你出了書、在報上寫文章，她受不了你嫁得好，她特別受不了的是，娜笛雅，她一路嬌養想培養成最優秀千金小姐的娜笛雅，曾帶給她如此多滿足的娜笛雅，如今竟然什麼都不是，竟然和個建築工人上床，當著她的面表現得像賤貨。不，她受不了，可是你不該因為這樣而沮喪。忘了吧，你不應該把你的書給她的，你不應該問她要不要你題字，你特別不應該那麼做，他們那些人啊，該有人狠狠踹他們屁股才是，你的弱點就是你人太好，你吞下那些受過教育的人所講的每一句話，好像他們才是有腦袋的人，可是才不是這樣呢，放輕鬆，去，去結婚，去度蜜月，你太擔心我了，再去寫一本小說吧，你知道我期待你做大事，我愛你。

我就只是靜靜聽她說，完全招架不住。對她，你永遠無法感覺到事態底定，我們關係的每一個固定點，遲早都會變成暫時的，她腦袋裡的某些東西一改變，就會讓她失去平衡，讓我失去平衡。我無法理解，她這些話是真心對我道歉，或只是騙我，掩藏她不打算再對我推心置腹的真意，又或者她是想永遠和我道別。她當然是錯的，她不知感激，而我，雖然我身上已經產生了這種種變化，卻還是覺得自己不如她。我覺得我永遠無法擺脫不如她的感覺，而這對我來說很難忍受。我希望——我無法壓抑這個希望——那位心臟科醫生是錯的，亞曼多說的才對，她真的病了，她會死。

之後好多年，我們沒再見面，我們只通電話。我們在彼此心中只剩下零零碎碎的聲音，沒有確切的實體。但希望她死掉的念頭始終在我內心的角落裡，我試著想鏟除掉，卻怎麼也擺脫不了。

61

啟程赴佛羅倫斯的前一夜，我睡不著。在所有的痛苦思緒裡，最讓我擺脫不了的是帕斯蓋。他的批評讓我怒火中燒。起初我完全無法接受，但現在我卻在兩個矛盾的想法之間擺盪，一方面相信他沒資格這麼說我，但另一方面又覺得如果莉拉說他們是對的，那麼或許我是真的錯了。最後我做了這輩子從沒做過的事：清晨四點鐘起床，在天亮之前自己一個人出門。我覺得很不開心，我希望會碰上可怕的慘事，某個意外事件，好懲罰我錯誤的行為和邪惡的思想，同時也是對莉拉的懲罰。但是什麼事都沒有。我在空無一人的街道上走了好久，似乎比人潮擁擠時更安全。天空開始變成淡紫色了。我走到海邊，大海宛如一匹灰色的布，淡亮的天空飄散著邊緣粉紅的雲朵。蛋堡被光線一切為二，靠維蘇威火山的那一面是閃亮的赭色，而靠莫吉林納和波西利波這一面則是暗褐色。沿著懸崖的路上沒有半個人，大海黯然無聲，只散發出濃烈的氣味。倘若我每天不是在街坊醒來，而是在海邊的某幢建築裡迎接白晝到來，天曉得我對那不勒斯會有什麼感覺，對我自己又會有什麼感覺。我在尋找什麼？改變我的出身？靠著改變我自己，也改變別人？讓這座如今被拋棄的城市能有不貧窮不貪婪、不痛苦不忿怒的新居民入住，可以喜悅享受這有如上帝恩賜的美景？驕縱我的惡魔，給他一個新的生活，讓他感受到快樂？我利用艾羅塔家族的力量，利用那些世世代代為社會主義奮戰的人、利用站在像帕斯蓋與莉娜這樣的人身邊的人，不是因為我認為自己可以修補這個世界的錯誤，而是因為我想幫助我愛的人，因為如果不這樣做似乎是錯的。我做的不對嗎？我應該讓莉拉捲入麻煩嗎？再也不要，我再也不要為任何人做任何事情。我要離開，我要去結婚了。

62

對於我的婚禮，我一點印象都沒有。幾張照片，像道具似地任人擺布，這不是回憶，而只是凍結的幾幅畫面：彼耶特洛一臉心不在焉的表情，我看起來像在生氣，我媽並不是焦點，但還是儘量表現出不開心的模樣。也或許不是這樣。我不記得的是儀式本身，但我記得在婚禮幾天之前和彼耶特洛的冗長討論。我告訴他我打算吃避孕藥，免得懷孕，因為眼前最迫切的是先寫完我的第二本書。意外的是，他竟然反對。他先提出法律問題，因為避孕藥還不能正式銷售；接著，他說據說這藥有礙健康；然後他對於性、愛與生育發表了一番錯綜複雜的演說；最後，他吞吞吐吐說真正必須寫作的人怎麼樣都能寫，就算懷了寶寶也沒影響。我很不高興，我覺得很生氣，因為這很不符合堅持要公證結婚的年輕知識份子行為。我也這樣告訴他。我們吵架。到了結婚的那天，我們還沒和解，他沉默不語，我很冷漠。

婚禮當天還有另一個意外：酒會。我們決定結婚，接受親戚祝福，然後不舉行任何慶祝會就回家。我們做成這個決定，一方面是彼耶特洛向來的簡樸習慣使然，另一方面也是因為我想藉此表明我不再屬於我媽的那個世界。但我們的堅持被瑷黛兒偷偷打亂了。她把我們拉到她的一位朋友家裡，只是喝杯酒慶祝，她說。結果，彼耶特洛和我卻發現我們成了一場大酒會的主角，在一幢佛羅倫斯的貴族豪宅舉行，賓客包括艾羅塔家的許多親戚，以及很多有名與非常有名的人，一直慶祝到晚上。我丈夫沉默不語，我則非常不解，明明是慶祝我婚禮的酒會，為什麼我只准邀近親參加。我對彼耶特洛說：

「你知道酒會的事嗎？」

「不知道。」

起初我們一起面對這個狀況。但不久之後他就躲開來，免得被他媽媽和姊姊拖著去介紹給這位先生，那位女士。他在角落裡招呼我的親戚，一直和他們講話。剛開始的時候，我無可奈何地落入這個陷阱，覺得很不安。但後來發現知名的政治人物、聲望卓著的知識份子、年輕的革命家、甚至還有出名的詩人和小說家對我，對我的書都表現出興趣，同時讚賞我在《統一報》上寫的報導，我就慢慢興奮起來了。時光飛馳，我覺得自己越來越被艾羅塔家族的世界接受。就連我公公都想攔住我，親切問我對勞工問題的認識。一個小圈圈形成了，一群人開始辯論，議論報紙和雜誌的報導，討論義大利掀起的議題。而我在此地，和他們在一起，這是我的慶祝會，我是對話的中心。

後來，我公公大力稱讚一篇文章，是登在《勞工世界》上的。在他看來，那篇文章以透澈洞明的智慧解析了義大利的民主問題。這篇文章提出大量數據，證明因為國立電視台、大型報紙、學校、大學和司法體系日復一日強化統治者的意識型態，所以選舉會被操縱，勞工黨派永遠無法有足夠的票數取得執政權。眾人點頭同意，贊同這篇文章所引用的數據和資料。最後，艾羅塔教授以絕對的權威提到這篇文章的作者，但他還沒說我就已經知道了——吉歐瓦尼．薩拉托爾，也就是尼諾。我開心得難以自制，我說我認識他，我還叫璦黛兒過來向她丈夫和其他人證實，我這位那不勒斯朋友有多麼聰明。

尼諾出席了我的婚禮，雖然他人並不在。提到他，我覺得我也取得權力可以談我自己，談我為什麼參與勞工鬥爭，談到需要把確實的數據資料提供給左派的黨派與國會議員，好讓他們可以具體點出當前政治經濟的拖延不前，就這樣對諸如此類我才剛學會的議題充滿信心地高談闊論。我覺得自己很聰明伶俐，心情雀躍。我很喜歡和公公在一起，也很享受得到他朋友讚賞的感覺。最後，我的親戚怯怯道別，趕著去等第一班載他們回那不勒斯的火車時，我已經不氣彼耶特洛了。他必定也明白，因為他的態度也軟化了，我們之間的緊張就這樣化解了。

我們一回到公寓，關上門，就開始做愛。一開始非常愉快，但這一天還為我保留了另一個意外。安東尼奧，我的第一個男朋友，他摩擦我的時候總是很快、很猛。法蘭柯則是盡力控制自己，但到某個時間點就大喘一口氣抽出來，或者如果戴了保險套，就突然停止，似乎變得更重，整個人壓在我身上，在我耳邊笑。但彼耶特洛不一樣，時間似乎拖長得沒完沒了。他的戳刺從容不迫，很用力，所以最初的歡愉慢慢消失了，取而代之的是他單方面的堅持，以及我腹部的疼痛。因為長時間的用勁，他渾身是汗，或許是因為痛楚的關係，我看見他汗濕的臉和脖子，摸到他濕漉漉的後背，欲望就完全消失了。但他沒有發現，繼續一抽，又戳進我裡面，非常用力，有節奏的，沒有停頓。我不知道該怎麼辦。我摸著他，低聲講著愛語，然而心中卻希望他可以停下來。等他終於吼叫一聲，整個人筋疲力竭垮下來，我才放下心來，雖然也已經疼痛不堪，一點都不滿足。

他沒在床上久留，起身到浴室去。我等了他幾分鐘，但因為很累，所以睡著了。一個鐘頭之後，我驚醒，發現他沒回到床上來。我在書房找到他，坐在書桌前面。

「你在幹嘛？」

他對我微笑。

「我在工作。」

「回床上來吧。」

「你去吧，我晚一點再睡。」

我確信我那天晚上懷孕了。

63

一發現懷孕，我就極度不安，打電話給我媽。雖然我們的關係一直不太好，但在這樣的情況下，我迫切需要和她談談。我錯了：她馬上就開始嘮叨個沒完沒了。她想從那不勒斯過來和我一起住，幫助我，指導我，或者反過來，帶我回街坊，回到娘家，把我託付給接生所有小孩的那位產婆。我花了很多功夫才制止她，我說我婆婆有位婦產科朋友會照料我。那是個很有名的教授，我會在他的診所生產。她覺得我得罪她了，很不屑地說：你比較喜歡你婆婆而不是我。從此沒再打電話來。

幾天之後，我反而接到莉拉的電話。我離開那不勒斯之後，我們通過幾次電話，但都很短，只講幾分鐘，我們不想花太多電話費。她很開心，我很冷漠，她揶揄地問起我的新婚生活，我則認真地問她的健康狀況。這一次我知道情況有點不對勁了。

「你生我的氣嗎？」她問。

「沒有啊，我為什麼要生氣？」

「你什麼都沒告訴我。我是因為聽你媽到處誇說你懷孕了才知道的。」

「我才剛確定而已。」

「我以為你吃避孕藥。」

我很尷尬。

「是啊，可是我後來決定不吃。」

「為什麼？」

「時間不饒人。」

「那你要寫的書呢？」

「晚點再看看吧。」

「最好是。」

「我會儘量。」

「你得要盡最大的努力。」

「我會。」

「我吃避孕藥。」

「所以你和恩佐都很順利。」

「非常順利，可是我不想再懷孕了。」

她沉默，我也沒說話。過一會兒，她告訴我第一次發現自己懷孕時的情況，以及第二次。她說兩次都是很可怕的經驗：第二次，她說，我相信孩子是尼諾的，雖然每天想吐，還是很高興。但是不管高不高興，你知道的，身體都很痛苦，不只是身材變形而已，是真的很痛苦。從這時開始，她的語氣越來越凝重，告訴我的事情雖然以前也說過，但從來沒像這樣把我也拉進她的痛苦裡，結果讓我也感受到這樣的痛苦。她似乎是想讓我作好準備，知道在等著我的是什麼。她很擔心我，也擔心我的未來。她說，另一個生命先是緊緊依附在你的子宮裡，接著生了出來，讓你變成囚犯，給你綁上狗鍊，你再也不是你自己的主人了。她用微妙微肖的模仿能力，按照她自己的經驗，描述我懷孕的每一個階段，以她慣有的那種強而有力的表達方式加以形容。彷彿是你自己編織了你自己的苦刑，她嚷著說，我這才發現，她已經沒辦法分清楚她是她，我是我了。在她想來，我不可能有和她不同的懷孕歷程，對於子女，也不可能有和她不同的感覺。她這麼理所當然地認為我會有和她一樣的煩惱，所以我在懷孕期間若有一絲一毫的喜悅，都是對她的背叛。

我不想再聽她講了。我把聽筒拿得遠遠的，她嚇壞我了。我們冷冷地說再見。

「需要我的時候，」她說：「讓我知道。」

「好的。」

「以前你幫我，現在換我幫你。」

「好的。」

這通電話一點都幫不上我的忙，反而讓我覺得很不安。我住在一個我一無所知的城市裡，儘管在彼耶特洛的協助之下，我已經熟知大街小巷，比我對那不勒斯還熟。我喜歡河邊的步道，我喜歡美好的散步，但我不喜歡那些房子的顏色，看了讓我心情不好。這裡的居民——我們大樓的門房、屠夫、麵包師傅、郵差——老愛用冷嘲熱諷的語氣講話，讓我也跟著變得譏諷起來，沒來由地對一切生出敵意。我夫家的許多親友，在婚禮那天顯得那麼親近，之後卻再也不見人影，就連彼耶特洛也不打算再見到他們。我覺得孤單，脆弱。我買了一些教人如何成為完美母親的書，以一貫的勤奮精神認真研讀。

日子一天天，一週週過去，但意外的是，懷孕完全沒讓我增加體重，事實上還讓我覺得自己變輕了。孕吐很輕微，身體、情緒都沒有崩潰，還很希望自己變得活躍起來。懷孕四個月的時候，我的書得了個重要的獎，帶給我更大的名氣，以及一些錢。雖然當下的政治氣氛很鄙夷這類的肯定，但我還是去參加頒獎典禮。我覺得很光榮。我為自己感到驕傲，身心的滿足感讓我變得更大膽，更坦率。致謝詞的時候我興致高昂，說我很高興，覺得自己像踏上月球白色大地的太空人。幾天之後，我覺得自己夠強而有力，於是打電話給莉拉，告訴她說我得獎了。我想讓她知道，事情的發展和她預測的不一樣，事實上一切順利，我很滿意。我對自己心滿意足，所以想拂掉她帶給我的不快。但是莉拉讀過《晨報》——事實上只有那不勒斯的報紙用了幾行的篇幅報導了這個獎——知道我拿太空人當比喻。她不給我機會解釋，就狠狠批評我。月球的白色大地，她挖苦說，說這些廢話，有時候還不如不說。她又說，月球只是億萬顆岩石中的一顆，而面對岩石呢，你唯一要煩惱的是怎麼把雙腳穩穩站在上面。

我覺得胃部像被老虎鉗給夾住了。為什麼她要繼續傷害我？她不希望我快樂嗎？或者她還沒痊癒，她的病讓她的刻薄性格更加嚴重？她彷彿不覺得自己傷害了我，又或者她覺得自己本來有權利這麼做，反正她接著用很友好的口吻，把她自己的事說給我聽。她和哥哥、和媽媽言歸於好，甚至也和她爸爸和解了。她為了以前的事，也就是鞋子的商標和他欠黎諾錢的事，找馬歇羅吵架。她也和斯岱方諾接觸，說最起碼在經濟方面，他應該表現得像是傑納諾的父親，而不只是瑪麗亞的父親。她語氣暴躁，有時候還出言不遜，對黎諾、梭拉朗兄弟和斯岱方諾都是。最後她彷彿迫切需要我意見似的問：我做的對嗎？我沒回答。我贏得重要獎項，她卻只提到太空人那段話。或許是為了氣她，我問她說現在是不是還有覺得腦袋沒黏在脖子上的那種症狀。她說沒有，又反覆講了好幾遍，說她現在很好，她假裝大笑：只是啊，有時候眼角會瞥見家具裡跑出人來啊。然後她問我：懷孕的情況都好嗎？好，非常好，我說，好得不能再好。

那幾個月我常去外地。到處有人邀我，不只是因為我寫的書，也因為我寫的那幾篇報導。我要報導工廠老闆的反應，所以不得不親自去接觸更多的罷工行動。我從沒想過要成為自由記者。我這麼做只是因為做得很開心，我覺得自己桀驁不馴，參與起義，彷彿有了無比的力量，讓以前的乖順看來都好像只是偽裝。事實上，這讓我可以站到工廠的拒馬前面，對男女勞工、對工會幹部演講，然後穿過警察中間溜出來。沒什麼事情嚇得倒我。米蘭農業銀行被炸的時候，我人剛好就在市區的出版社裡，但我沒受驚，也沒有負面情緒。我自認為是勢如破竹的大軍的一員，我認為自己堅不可摧。沒有人可以傷害我和我的孩子。我們倆是唯一可以存續的實體：我具體可見，而他（或是她：但彼耶特洛希望是兒子）目前還不可見。其餘的人都像一陣風，只是捉摸不著的影像和聲音，無論是福是禍，是利是弊，都只是我作品裡的素材。這些偶然遇見或突然出現的素材，讓我可以用神奇的文字寫進故事、報導或演說裡，而且謹慎小心，注意著不要讓任何東西逸出框架之外，讓每一個概念可以取悅艾羅塔夫婦、出版社、尼諾（他肯定在某個地方讀著我的作品），甚至帕斯蓋（有何不可呢？）、娜笛雅與莉拉，讓他們最後不得不想：看吧，我們對小琳的看法是錯的，她和我們同一陣線，看看她是怎麼寫的。

我懷孕的那個時期，是格外緊張的一段時間。但讓我意外的是，懷孕讓我更興致勃勃想做愛。總是由我主動，擁抱彼耶特洛，親吻彼耶特洛，雖然他並不喜歡親吻，而寧可馬上用他那冗長而痛苦的方式開始做愛。事後他起身，工作到很晚。我睡個一兩小時，然後醒來，發現他不在，於是開燈，看書看到累。之後我會到他的房間，催他睡覺。他乖乖聽話，但隔天又很早起床：他好像很怕睡覺。相反的，我總是睡到日上三竿。

這期間只發生了一件讓我苦惱的事。懷孕七個月的時候，我肚子變得很重。打鬥開始的時候我人在新比隆機械工廠外面，於是匆匆走避。或許我扭到還是怎麼的，我不知道，突然感覺到右臀中央一陣疼痛，沿著右腿往下竄，像一條熱燙的電線似的。我跛著腳回家，躺在床上，疼痛慢慢消失，但不時再次出現，從大腿擴散到鼠蹊部。我學會找尋適當的姿勢，減輕疼痛。但是後來發現沒辦法正常走路時，我驚恐起來，去找婦產科醫生。他安慰我，說一切都沒問題，是子宮的重量讓我疲累，導致輕微的坐骨神經痛。你為什麼這麼擔心，他用親切的口氣問，你明明是這麼冷靜的人。我騙他，說我也不知道。其實我心知肚明：我是怕我媽把她的跛腳深植在我身上，如今終於萌芽抽長，讓我永遠像她一樣瘸著腿。

婦產科醫生的安慰讓我放下心來，這疼痛又持續了一段時間，然後就消失了。彼耶特洛禁止我去做其他蠢事，不准再到處亂跑。我承認他是對的，孕期的最後幾個星期都在看書。我幾乎什麼也沒寫。我們的女兒在一九七〇年二月十二日，清晨五點二十分出生。我們給她取名叫璦黛兒，雖然我婆婆一直說，可憐的孩子，璦黛兒是個可怕的名字，給她取別的名字吧。我的陣痛天驚地動，但並沒有持續太久。寶寶生出來的時候，我看見了，黑頭髮，渾身藍紫色，活力充沛，扭動號哭，我的喜悅如此強烈，簡直像刺進每一個細胞裡似的，沒有任何喜悅比得上。我們沒讓她受洗，我媽在電話上尖聲叫罵，她發誓永遠不來看外孫女。她會冷靜下來的，我傷心地想，反正她如果不來，也是她的損失。

我一可以下床就打電話給莉拉，我不希望什麼都沒告訴她，惹得她生氣。

「這經驗真是太棒了。」我告訴她。

「什麼？」

「懷孕，生產。璦黛兒好漂亮，而且很乖。」

她回答說：「反正我們兩個都挑自己愛講的講。」

64

那段時間我覺得自己的生活一團混亂，全無頭緒可言。有陳舊的，褪色的，也有嶄新的，有時五彩繽紛，有時完全無色，極度稀薄，幾乎看不見。幸福的狀態陡然終止，就在我以為自己已經擺脫莉拉預言的時候。寶寶變成麻煩精，恍若只是一個無心的動作就攪動這團混亂，讓最深沉古老的部分浮出水面。起初，我們還在醫院的時候，她總是乖乖貼在我胸前，但我們一回到家，情況就變了，她不再要我。她只吸個幾秒鐘，就尖聲厲叫，活像隻忿怒的小動物。我覺得虛弱無力，無力抗拒這古老的迷信。她是怎麼回事？是我的乳頭太小，所以含不住嗎？她不喜歡我的母乳？又或者，她迴避我——她自己的媽媽——是因為中了什麼邪惡的魔咒嗎？

嚴酷的考驗開始了，我們一個醫生換過一個醫生，我們母女自己去，彼耶特落總是在大學裡忙。我的乳房無助地腫脹，疼痛，胸部像有灼燙的石頭。我想像乳房是發炎了，要切除。為了擠出全部的母乳，用奶瓶餵寶寶，讓她得到充足的營養，也為了減輕疼痛，我用吸奶器來虐待自己。我輕聲低語哄她：好了，親愛的，吸奶喔，乖寶寶，你這麼可愛，這麼漂亮的小嘴巴，這麼漂亮的小眼睛，怎麼回事呢。沒用。我先是遺憾地決定用母乳加配方牛奶一起餵食，但又決定放棄。我嘗試配方奶，如此一來，不論白天晚上都需要較長的準備時間，執行一整套讓人疲累的工作，消毒奶嘴和奶瓶，餵食前後仔細量她的體重，每回她一腹瀉，我就有罪惡感。有時候我會想起在米蘭學生運動時見到的西薇雅，她那麼輕鬆的哺乳尼諾的兒子莫寇。為什麼我不行？我常常暗自哭泣。

有幾天的時間，寶寶安靜下來。我鬆了一口氣，希望我的生活終於可以恢復秩序。但這個緩刑只維持了不到一個星期。在第一年裡，寶寶幾乎沒闔過眼，她的小身體扭動尖叫好幾個鐘頭，體力驚人且持久。只有我抱著她在屋裡走來走去，她才會安靜下來。我把她緊緊摟在懷裡，對她說：媽媽漂亮的小寶貝好乖喔，好安靜，休息嘍，要睡著啦。但是這漂亮的小寶貝不肯睡，彷彿害怕睡覺，像她爸爸一樣。是怎麼回事：肚子痛、餓了、因為我沒哺乳而怕被拋棄、邪惡之眼作祟、邪魔進到她身體裡？我又是怎麼回事？我的母乳裡有什麼毒？我的腳？是我的想像，還是疼痛又回來了？我媽的錯？她要因為我一輩子都努力變得和她不一樣而懲罰我嗎？或者是有別的問題？

有天晚上我彷彿聽見姬俐歐拉的聲音，隱隱約約的，在街坊一再傳揚，說莉拉有可怕的力量，可以用火下咒，毀掉自己肚子裡的生命。我覺得很羞愧，拚命抗拒，我需要休息。我想要把寶寶交給彼耶特洛，他因為習慣在夜裡讀書，所以沒那麼累。我說：我累壞了，兩個鐘頭之後叫我，然後上床睡得不醒人事。但有一回我驚醒了，因為寶寶拚命哭，我等著：但哭聲沒停。我起床，發現彼耶特洛把搖籃拉進他的書房，完全不在意女兒的哭聲，低頭專心看書，寫筆記，彷彿耳朵聾了。我什麼禮貌都顧不了，大步跨過房間，用方言罵他。你什麼都不在乎，這東西比你女兒還重要。我丈夫用冷漠超然的語氣叫我離開書房，把搖籃也帶走。他必須完成一篇為英文期刊而寫的論文，截稿日期逼近了。自此而後，我不再請他幫忙，如果他主動開口，我就說：算了，謝謝你，我知道你有事要忙。晚餐之後，他在我身邊打轉，笨手笨腳的，有點不確定該怎麼做，然後又把自己關進書房，直忙到深夜。

65

我覺得自己被遺棄，但也覺得我是罪有應得：因為我沒辦法給女兒帶來平靜。但我還是繼續嘗試，不肯放棄，雖然我越來越害怕。我的身體拒絕承擔母親的角色。無論我怎麼想辦法忽略腿部的疼痛，痛楚還是不時出現，而且愈益嚴重。可是我不屈不撓，因為扛起所有的事情而疲累不堪。公寓沒有電梯，所以我得扛著寶寶和嬰兒車上上下下；我出門購物，回家時大包小包；我打掃家裡，煮飯。我心想：我提前衰老變醜了，就像街坊的那些女人一樣。而理所當然的，在我格外沮喪的時候，莉拉就會打電話來。

一聽到她的聲音，我就很想放聲大吼：你到底對我做了什麼，本來一切都好好的，然後你說的事情卻突然就發生了，寶寶生病，我跛腳，我無能為力，再也受不了了。但我總是及時克制自己，心平氣和地說，一切都很好，寶寶有點哭鬧，長得沒有很快，但她很棒，我很高興。然後我裝出興趣盎然的樣子，問起恩佐、傑納諾，她和斯岱方諾的關係，她哥哥，街坊的事，以及布魯諾．蘇卡佛和米凱爾有沒有找她麻煩。她回答的時候總是用很不堪、粗俗、惡狠的方言，但通常沒怎麼生氣。她說，蘇卡佛得付出代價，而我碰到米凱爾的時候，對著他的臉吐口水。至於傑納諾，她現在提到他都把他當斯岱方諾的兒子，說他像父親一樣矮胖結實，我說他是個好孩子，她笑了起來。她說：你是個好媽媽，你來帶他看看。這短短幾句話裡，我聽到了挖苦的嘲諷，是擁有神祕力量、知道我真正發生了什麼事情的人會講的話。我滿心怨恨，但更堅持要裝模作樣——你聽，小璦的聲音多可愛啊，佛羅倫斯真是個好地方，我正在讀巴朗[5]一本有趣的書——我一直講到她強迫我停止，開始說起恩佐到ＩＢＭ工作的事。

她只有講到他的時候才帶有敬意，而且總是講很久，之後才問起彼耶特洛。

「你丈夫還好嗎？」

「非常好。」

「我和恩佐也是。」

掛掉電話之後，她的聲音總是在我腦袋裡留下一連串過往的影像與聲音，好幾個鐘頭徘徊不去：院子，危險的遊戲，被她丟進地窖的娃娃，我們爬上阿基里閣下家去找回娃娃的那道陰暗樓梯，她的婚禮，她的慷慨與刻薄，她奪走尼諾的情景。她無法忍受我的好運。我恐懼地想，她希望我再和她在一起，臣服於她，為她的事情、在她邪惡的街坊戰爭裡支持她。這時我對自己說：我怎麼這麼蠢啊，我受的教育是幹什麼的，然後假裝一切都在控制之下。我妹艾莉莎常打電話來，我告訴她說當媽媽很棒。卡門．佩魯索打電話來告訴我說她嫁給通衢大道的加油站老闆，我告訴她：真是個好消息，祝你幸福，替我向帕斯蓋問好，他現在忙什麼。我媽很少打來，幾次打來時，我都假裝自己非常快樂，但有一回我情緒崩潰，問她說你的腿是怎麼了，為什麼會跛腳。她回答說，關你什麼事，管好你自己的事就好。

我掙扎了好幾個月，拚命想壓抑心底陰鬱的部分。偶爾我會很詫異地發現自己向聖母瑪麗亞禱告，我明明自認是無神論者，因此覺得很羞愧。更常有的情況是，獨自和寶寶在家時，我放聲狂哭，一句話也說不出來，絕望的大口喘氣。但這艱難的時期沒有盡頭，長到讓人筋疲力竭、身心飽受折磨。夜裡，我跛著腳，抱著寶寶在走廊上走來走去。我不再輕聲講些甜言蜜語，完全不理她，想辦法沉浸在自己的思緒裡。我總是拿著書或期刊，雖然什麼也沒唸進去。白天，璦黛兒安靜睡著的時候——我本來叫她璦黛，沒發現和「阿達」諧音，後來彼耶特洛提醒了我，我覺得很尷尬，就開始改叫她小璦——我試著想為報紙寫文章。但我不再有時間——而且當然更沒有這樣的想望——為《統一報》到處跑。所以我寫的東西死氣沉沉，只展現了我的寫作技巧，花俏而欠缺本質。有一次寫完一篇文章，我在寄給編輯室之前先拿給彼耶特洛看。他說：「很空洞。」

「怎麼說？」

「就只有文字堆砌。」

我覺得他得罪我了，還是把文章寄出去。結果沒登出來。自此而後，不管是地方版或全國版的編輯都開始有點尷尬地用版面不夠當理由，拒絕我寫的文章。我很受傷，覺得不久之前我都還覺得一點問題都沒有的人生與工作，迅速在我周圍崩解，彷彿從不可測的深處猛烈戳來的一刀。我的眼睛雖然還盯在書本或報紙上，但是似乎只看見符號，再也無法理解其中的涵義。有兩三次我看見尼諾的文章，但是讀他寫的東西，並沒有帶來想像他的形影、聽見他的聲音、享受他的思想所應該擁有的快樂。我很替他高興，當然：如果他在寫作，表示他過得很好，天曉得他在什麼地方、與什麼人一起生活。但我瞪著他的署名，讀了幾行，放棄了。看見他的文字白紙黑字出現，彷彿讓我的情況更加難以忍受。我對所有的事情都失去意興，我甚至不再在意自己的外表。況且，我需要為誰妝扮呢？我什麼人也不見，除了彼耶特洛，他待我客客氣氣的，但我覺得他只

5 巴朗（Paul A. Baran, 1909~1964），美國馬克斯主義經濟學家。

把我當成一個影子。有時候我似乎以他的想法思考，想像自己感覺到他的不快樂。娶我只讓他的學者生活更加複雜而已，他的名氣越來越大，特別是在英國和美國。我敬佩他，然而他也讓我惱怒。我總是用夾雜著忿怒與卑屈的語氣和他講話。

別再這樣了，有一天我命令自己，忘了《統一報》吧，只要能找出辦法寫本新書就夠了：只要寫出新書，一切就會恢復秩序。但是寫什麼書呢？對婆婆和出版社，我都說我已經有好點子了，但其實我是騙他們的。我每一次都用最和善的口氣欺騙他們。事實上，我的筆記本裡只有無聊的筆記，什麼都沒有。而晚上或白天——端視小瑷給我的時間而定——翻開筆記本，我就不知不覺的睡著。有天下午彼耶特洛從大學回來，看見我情況其慘無比，比起之前已經令他意外的情況更糟。我在廚房裡，趴在餐桌上睡著了，被我丟在臥房裡的寶寶錯過喝奶的時間，尖聲大哭。她父親在搖籃裡看見她，半裸著身體，完全被遺忘了。小瑷安靜下來之後，貪婪地吮著奶瓶，彼耶特洛絕望地說：「難道沒有任何人可以幫你嗎？」

「在這裡沒有，你明明知道。」

「你媽媽可以來，或者你妹妹。」

「我不想。」

「那就問問你在那不勒斯的那個朋友：你幫她那麼多忙，她應該也要幫你。」

我嚇壞了。在那短短的一瞬間，我幾乎清楚感覺到莉拉人就在這間房子裡，活生生的：好像她一直躲著我，如今瞇著眼睛，蹙起眉頭，溜進了小瑷身上。我拚命搖頭：想甩開這個影像，這個可能性，我是看見什麼了？

彼耶特洛放棄了，打電話給她媽媽。他很不情願地問她能不能來和我們待一段時間。

66

婆婆一來，我馬上如釋重負，而她在這一方面也再次表現出她就是我希望效法的典範。僅僅幾天的時間，她就找到一個不到二十歲，從馬雷馬來的女孩，名叫柯蕾莉亞。璦黛兒給她詳細的指令，要她打理家務，採買，煮飯。彼耶特洛發現他媽媽沒和他商量就雇了柯蕾莉亞，非常不高興。

「我不要我家裡有奴隸。」他說。

璦黛兒心平氣和地回答說：「她不是奴隸，她是領薪水的員工。」

而因為有婆婆在家給我撐腰，我也吞吞吐吐地問：「那你覺得我應該當奴隸嗎？」

「你是個母親，不是奴隸。」

「我幫你洗衣服、燙衣服，我打掃房子，為你煮飯，我給你生了個女兒，在種種困難裡帶大她，我累壞了。」

「誰讓你做這些，我要求過你嗎？」

我受不了和他吵架，但璦黛兒可以，她狠狠諷刺了兒子一頓，所以柯蕾莉亞留下來了。接著，她把孩子從我懷裡抱走，把搖籃搬到我讓她住的那個房間，不分晝夜，按精確的時間餵奶。

她注意到我跛腳，就帶我去看醫生。醫生是她的一個朋友，幫我開了好幾種針劑。每天早晚，她帶著針筒和藥進來，滿不在乎地把針戳進我的屁股裡。我馬上覺得好多了，腿痛消失了，情緒也大大改善，變得快樂多了。但瑷黛兒並沒有就此罷手。她客氣地提醒我要好好打理自己，要我去找髮型師，安排我回去看牙醫。更重要的是她不時對我提起劇院、電影、她在翻譯的書、她在編輯的書，她丈夫和她親暱直呼其名的朋友在這本那本雜誌上所發表的文章。從她那裡，我頭一次知道激進女性主義的新領域。梅麗雅羅莎認識寫這個議題的女人，她非常讚賞，被這個理念給沖昏頭了。但瑷黛兒沒有。她用慣常的諷刺語氣說，她們一再搬出女性問題，以為這是可以擺脫階級鬥爭單獨處理的議題。不過還是讀一讀吧，她建議我，交給我幾本小冊，還加了一句撲朔迷離的話：別錯過任何事情，如果你想當作家的話。我把這些東西擺在一邊，我不想浪費時間去唸瑷黛兒自己不認同的東西。而且當時我也認為，婆婆雖然很客氣地這麼說，但並不是真的需要與我交流意見。瑷黛兒希望很有條理地把我拉出無能母親的絕望狀態，以文字鑽木取火，重新點燃我冷凍的心，冷凍的目光。但事實是，她比較急著想要拯救我，而不是聽我講話。

然而。然而小瑷還是繼續在夜裡哭鬧。我聽見她的哭聲，變得激動，散發出不快情緒，讓我婆婆所做的一切積極行動功虧一簣。儘管我有了更多的時間，但我還是無法寫作。而向來很自制的彼耶特洛，因為媽媽在，有時放肆到近乎粗魯的地步。他只要一回家，帶來的就是一連串挑釁意味十足的挖苦諷刺，這只讓我更加感覺到周圍世界的崩潰。我丈夫——我很快就醒悟——理所當然地覺得瑷黛兒無法回應他的任何問題。她做的任何事情都讓他生氣，甚至連他自己工作上的事也怪在她頭上。我對他在大學裡的緊張疲乏一無所知，我問他：「還好嗎？」他總是回答：

「很好。」他不想責難我。但面對他母親，這個圍籬就倒下了。他用的是被忽略的小孩那種指責的語氣，滔滔不絕對璦黛兒講出他瞞著我不說的一切，就算我在場，也把我當空氣，彷彿我，他的妻子，只是個沉默的目擊證人。

於是許多事情變得明朗了。他的同事全都比他年長，把他似錦的前途與逐漸在國外累積起來的小小聲望，都歸因於他的姓氏，所以孤立他。學生認為他的固執極其沒有道理，當他是個迂腐的小資產階級，只在意自己的計畫，對當前的混亂情勢毫無所覺，換言之就是階級敵人。而他一如既往，既不為自己辯護，也不出手反擊，只走在自己的道路上，提供——對於這一點我毫不懷疑——具有真正知識含量的課程，以同等的敏銳度評量學生表現，當掉他們。但這很難，有天晚上他幾乎是用吼的，對媽媽抱怨。接著他馬上壓低嗓音，說他需要平靜，這份工作是個奮鬥，有很多同事鼓動學生對抗他，常有成群的學生衝進他正在上課的教室，強迫他停止講課，在牆上貼可惡的標語。這時，璦黛兒還來不及開口，我就失控了。你要是稍微有一點反應，我說，這些事情就不會發生在你身上。而他，打從我認識他以來頭一次，很粗魯無禮地反駁我：閉嘴，你就只會講一些陳腔濫調。

我把自己鎖在浴室裡，突然意會到，我對他的了解極其有限。我對他知道什麼呢？他是個個性溫和的人，但決心堅定到頑冥不靈的地步。他站在勞工和學生那一邊，但依照最傳統的方式授課考試。他是無神論者，不願在教堂結婚，堅持不讓小璦受洗，但他欣賞奧特拉諾區的早期天主教社區，一談起宗教事務總是內行專家的口吻。他是艾羅塔家族的傳人，但他受不了這個姓氏所帶來的尊榮與安逸。我冷靜下來，想要接近他，更親暱地接近他。他是我的丈夫，我對自己說，我們應該要更常談心的。但瑷黛兒在場讓問題越來越嚴重。他倆之間不知究竟有些什麼緣由，讓彼耶特洛甩開禮貌，而瑷黛兒對他講話的口氣活像他是個無可藥救的傻瓜。

我們就這樣過日子，不時爭吵：他和他媽媽吵架，最後說了惹我生氣的話，讓我罵他。後來有一天吃晚飯的時候，我婆婆當著我的面問他，為什麼睡在沙發上。他回答說：你最好明天就走。我沒介入，然而我知道他為什麼睡在沙發上：他是因為我才這麼做的，他每天都工作到凌晨三點才允許自己休息，他不想吵到我。隔天，瑷黛兒回熱內亞。我覺得悵然若失。

67

然而，時間一個月一個月過去，我和寶寶都撐過去了。小瑷在她的第一個生日開始踏出自己的第一步：她父親蹲在她面前，好言鼓勵她，她綻開微笑，離開我的懷抱，一顛一顛地走向他，張開雙臂，嘴巴半開，彷彿她一整年的號哭就為了這個快樂的目標。自此而後，她夜裡睡得安寧，我也是。她更常和柯蕾莉亞在一起，煩躁減輕了，我也有了更大的空間。但我發現我一點都不想參加吃力的活動。就像久病大癒的人，我迫不及待想到戶外，享受陽光與繽紛的色彩，走在擁擠的街頭，觀賞商店櫥窗。因為我自己有些錢，所以這段時間我買了衣服，給自己，給寶寶，也給彼耶特洛。我在家裡塞滿家具和各種小擺飾，前所未有的揮霍。我覺得自己需要變得美麗，需要見見有趣的人，和他們交談，但我沒交到任何朋友，而彼耶特洛也很少帶朋友回來。

我試著慢慢重拾一年之前心滿意足的生活，但這時才發現電話很少響起，很少有人打電話給我。我的小說已在眾人的記憶裡褪去，因而大家對我名字也不再有興趣。歡喜陶醉的時期結束了，緊接著而來的是苦惱，甚至偶爾沮喪的階段，因為我不知道該做什麼。我又開始讀當代文學，不時為自己的小說自慚形穢，因為相形之下顯得如此瑣碎，如此傳統。我丟開為新小說寫的筆記，因為那看起來只是複製前一本小說而已。我重新構思和政治更有關係，可以涵蓋當下動盪情勢的故事。

我怯怯地打了幾個電話給《統一報》，想再寫幾篇報導，但我很快就明白，我的作品已經引不起編輯的興趣了。我已不在第一線上，消息不靈通，沒有時間針對特別的情勢去現場調查並加以報導。我用優美的詞藻寫了一篇抽象嚴謹的宣告，說我支持共產黨與工會所提出的最嚴厲抨擊——就在這家報紙上，但到底是對誰說，我其實也不確定。如今想來，很難解釋我當時為什麼堅持要寫那些東西，更何況我很少參加城裡的政治活動，平常態度也很溫和，為什麼會有這種越來越極端的立場呢？或許我之所以這麼做是出於缺乏安全感。也或者是因為不信任所有形式的調停斡旋，因為我從小時候就把這種作法和我爸的狡猾詭計聯想在一起，他在市政府把這套手腕用得爐火純青。也或者是因為對於貧困的深刻理解，讓我覺得自己負有不能遺忘的義務。我想要和那些繼續留在底層的人站在一起，勇敢奮戰，顛覆一切。也或許日常的政治，也就我每天必須小心翼翼動筆寫的那些議題，對我來說其實並不重要，我只是希望能有真正了不起——我經常用這個詞彙——的東西突然發生，讓我可以親身體驗，可以親自報導。或者是因為——這是我最難以承認的——我仍然奉莉拉為典範，像她一樣頑固不講理，什麼事情都不肯接受半套，所以我雖然和她相隔遙遠，但不管做什麼說什麼，都還是想像著她若擁有我今天所擁有的工具，或者不是被束縛在街坊的小天地裡，應該會怎麼做怎麼說。

我不再買《統一報》，開始改看《鬥爭不懈》和《宣言》。我發現尼諾的名字有時候會出現在《宣言》上。一如既往，他的文章有很完整的數據，以及嚴謹的邏輯。就像年輕時代和他講話的時候一樣，如今我也覺得有必要以精心推敲的各種立論交織成網絡，來讓我的論點不至於崩解。我發現我想起他的時候，已經不再有情欲，甚至也不再有愛。對我來說，他似乎變成懊悔的象徵，代表了我明明有機會、卻可能失去的一切。我們出身相同的環境，都很出色地擺脫背景的限制。那我為什麼還要絕望呢？因為婚姻？因為身為人母與小璦？因為我是女人，因為我必須照料家務、家人、清理大小便換尿布？每回看到尼諾登出來的文章寫得很不錯，我就滿心怨恨。而要為此付出代價的人是彼耶特洛，事實上他也是我唯一講話的對象。我對他發火，罵他在我生命最恐怖的階段拋棄我，只在意他自己的事業，完全不管我。我們的關係——我很難承認，因為這讓我害怕，但卻是事實——越來越糟。我知道他因為工作上的麻煩而很痛苦，然而我還是不原諒他，甚至還批評他，我抱持的政治立場常常和找他麻煩的學生沒什麼兩樣。他很不安地聽我講，很少回嘴。有時候我會懷疑，他以前罵我的那句話（「閉嘴，你光會講些陳腔濫調！」）並不是偶然的情緒失控，而是表示，從根本來說，他認為我不夠格討論嚴肅的問題。這讓我生氣，沮喪，我更加怨恨，特別是因為我知道自己在兩種矛盾的情緒之間搖擺，簡單來說可以歸納成：學校對有些人來說很艱困費力（例如我），但對另外一些人來說卻像遊戲般簡單（例如彼耶特洛），是很不公平的；但另一方面，不管公平或不公平，學生總得要用功讀出，表現得好，事實上是必須表現得非常之好——我為自己這一路走來的歷程，為我自己所表現出來的聰慧而感到驕傲，也不相信我的努力是白費的，就算我在某些方面還是有些愚鈍。然而，不知為什麼，我對彼耶特洛卻只顯露出厭惡不公平的情緒。我對他說：你一副對所有的學生一視同仁的樣子，但其實學生也是各個不同的，堅持要沒有相同機會的學生有相同的表現，是一種凌虐。他提到他和一位同事發生激烈爭論時，我還批評他。他這位同事比他年長差不多二十歲，是他姊姊的朋友，以為可以找他當盟友，對抗教師裡最保守的勢力。這人很友善的建議他，不要對學生那麼嚴格。彼耶特洛用客氣卻不太委婉的方式回答說，他不覺得自己嚴格，只是要求比較多而已。這個嘛，這位同事說，那就少點要求，特別是對那些慨然花自己大量時間想改變現狀的學生。這時事情發展到了緊要關頭，我並不是很清楚究竟是為什麼或是有了什麼爭論。話向來不多的彼耶特洛先是為自己辯護，堅持說他的意思只是說他對所有的學生都一視同仁，他們有什麼表現，他就怎麼待他們。然後他承認自己責怪這位同事有雙重標準，通融那些最愛挑釁、最無禮、甚至羞辱心懷恐懼者的學生。那人覺得被得罪了，最後甚至說如果不是因為和他姊姊很熟，就會告訴彼耶特洛——然而他還是說出口了——說他是個笨蛋，根本不配當教授。

「你就不能謹慎一點嗎？」

「我很謹慎。」

「我覺得不是。」

「嗯，我總得說出我心裡的想法。」

「你也許應該分清楚，哪些人是你的朋友，哪些人是你的敵人。」

「我沒有敵人。」

「也沒有朋友。」

一件事牽扯出另一件事來——我做得太過分了。我罵他，你這麼做的結果是這整個城市，就連你爸媽的朋友，都不邀我們去吃飯、聽音樂會，或邀我們一起去鄉下玩。

68

至此我已然明白，在大學裡，彼耶特洛被認為是個沉悶乏味的人，和熱中活動的家人非常疏遠，是艾羅塔家族失敗的成員。我也持這個看法，而這當然無益於我們的家庭生活與親密關係。小璦終於安靜下來，睡覺時間開始變得規律之後，他回到我們的床上，但是只要他一接近，我就覺得很不安，擔心再次懷孕，我希望他讓我睡覺。所以我推開他，一語不發，或只是翻身背對他，若是他不放棄，用他的性器抵著我的睡衣，我就用後腳跟輕輕踢他的腿，釋放訊號：我不想要，我很睏，彼耶特洛不快地撤退，起身，到書房去。

有天晚上，我們再次因為柯蕾莉亞吵架。要付她薪水的時候，我們之間的關係總是會有點緊繃，但這次柯蕾莉亞顯然只是個藉口。他沉著臉說：艾琳娜，我們必須檢討我們的情況，評估一下。我立即贊同。我告訴他我很愛他的聰明才智與文明教養，小璦很棒，但我也說我不想再有小孩，我覺得孤立，無法忍受，我想要恢復活躍的生活，我從小就不想一輩子被母親與妻子的角色所束縛。我們就這樣交談，我很痛苦，他很客氣。他讓步了，不再反對雇用柯蕾莉亞。他決定買保險套，開始邀請朋友，或者應該說是認識的人——他沒有朋友——來吃飯，也勉強自己答應我的要求，讓我偶爾帶小瑷去參加會議或示威，雖然街頭運動越來越暴力。

但是這個新的作法雖然改善了我的生活，卻也讓我的生活變得複雜了。小瑷越來越黏柯蕾莉亞，我帶她出門的時候，她覺得很無聊，變得不安，拉我的耳朵，我的頭髮，我的鼻子，哭著要找柯蕾莉亞。我很相信她和這個從馬雷馬來的女孩在一起，比和我在一起快樂，於是我的懷疑又再出現了，覺得是因為我沒餵她母乳，而且她的第一年過得很悲慘，所以我在她眼中變成了一個陰暗的人物，是經常罵她的女人，不時出於嫉妒而虐待她那位開心的保姆、玩伴兼說故事的人。就連我出於自動反應拿手帕擦她的鼻涕或她嘴角殘餘的食物，她都會推開我。她哭喊，說我弄疼了她。

至於彼耶特洛，保險套更進一步鈍化了他的感覺，讓他要花更長的時間才能達到高潮，這讓他痛苦，也讓我痛苦。有時候我讓他從我背後來，我覺得那樣好像比較不痛，而在他猛力抽動的時候，我抓著他的手摸我的陰部，希望他了解我需要他的撫摸。但他似乎沒辦法同時兼顧，因為他喜歡一個動作，就馬上忘了另一個動作，而在自己得到滿足之後，他也無法了解我還需要他身體的某些部分來滿足我的欲望。他自己一得到快感之後，就摸著我的頭髮，在我耳邊說，我得再工作一會兒。等他一離開，那孤獨簡直像是給我的安慰獎。

有時候在示威活動上，我很好奇地觀察那些無懼任何危險的年輕人，儘管面對威脅或咄咄逼人的暴力，但他們還是渾身散發喜悅的活力。我感覺到他們的魅力，被他們的熱情所吸引。但面對圍繞他們身邊的那些亮眼女孩，我卻覺得自己無論在哪一方面都與她們相去甚遠。我太有教養，戴著眼鏡，已婚，我的時間總是很有限。我很不開心地回家，對丈夫很冷淡，覺得自己已經老了。有幾次我作白日夢，想像著某個年輕人——在佛羅倫斯很有名，很受歡迎的年輕人——會注意到我，拉我離開，就像青春期時，我覺得自己笨拙不堪，不想跳舞，但安東尼奧或帕斯蓋會拉起我的手強迫我跳。當然這樣的事情從未發生。反而是彼耶特洛開始帶回家的熟人惹來了麻煩。我耗費心力準備晚餐，扮演稱職的妻子，讓交談對話保持趣味，但我沒抱怨，是我自己要求彼耶特洛邀人到家裡來的。沒過多久，我就很不安地體認到，光是這樣行禮如儀的聚會並不能滿足我：任何一個男人只要給我任何一絲鼓勵，我就會被吸引。高的，矮的，瘦的，胖的，醜的，帥的，老的，已婚的，或者是鰥夫，只要這位客人讚賞我講的話，對我的書有任何好評，欣賞我的聰明才智，我就親切地看著他，靠著短短幾句話或幾個眼神，讓對方感受到我大有可能進一步交往的意願。於是這個一開始顯得有點無聊的男人就變得活力澎湃起來，拋開彼耶特洛，在我身上注入加倍的注意力。他用指尖輕輕摸過我的肩，我的手，深深望進我的眼睛裡，充滿情意，和我膝碰膝，我的鞋尖抵著他的鞋尖。

在這樣的時刻，我覺得很棒，忘了彼耶特洛和小璦的存在，以及隨之而來的麻煩義務。我只擔心客人離去，我必須回到乏味單調的家務裡：沒有意義的日子，無所事事，在溫馴背後所隱藏的忿怒。所以我表現得非常熱情：興奮地驅策自己講太多話、講得太大聲，我翹起腿，把裙襬儘量往上拉，而且毫不在意地解開一顆襯衫鈕釦。我主動拉近距離，彷彿是相信，只要我攀住這個陌生人，這一刻的幸福美好就會留在我身體裡面，等他和妻子或同伴離開我們的公寓，我就會覺得消沉，感覺到這許多情感與意念背後的空虛，感覺到失敗的苦惱。

事實上，事後，彼耶特洛唸書，我躺在床上時，會覺得自己很蠢，很看不起自己。但不管怎麼努力，我也改變不了自己。特別是因為那些男人相信自己給我留下了好印象，通常會在隔天打電話過來，找藉口再約我見面。我也接受。但一抵達會面地點，我就很害怕。這麼說吧，這些年紀比我大上三十歲，或者是已婚的男人，一旦在我面前興奮溢於言表，就失去了他們的權威，失去了我賦予他們的救贖者角色，而原本在誘惑遊戲裡帶給我的快感，也就變成了羞愧的錯誤。我很迷惑地自問：我為什麼這樣做，我到底是怎麼回事？於是更加關心彼耶特洛和小璦。

但只要一逮到機會，我就又重蹈覆轍。我天馬行空地幻想，提高音量聽著我少女時代一無所知的音樂，不看書，不寫作。而且我越來越覺得懊悔，因為向來的自律，讓我失去了年齡相仿、生活在相同環境裡的女人所能享有的樂趣，不能像她們一樣表現出樂在其中的喜悅。比方說，梅麗雅羅莎到佛羅倫斯來的時候，不管是來做研究或來參加政治會議，都住我們家，而且每次都帶不同的男人，有時候甚至帶女朋友來，她嗑藥，分給她的同伴，也給我們，彼耶特洛臉色一沉，把自己關在書房裡，我卻心嚮往之，雖然有點猶豫，還是抽菸或吃迷幻藥——我怕自己會想吐——一直和她與她的朋友講話，講到深夜。

他們什麼都談，交談的過程通常很火爆，我覺得自己拚命努力才學會的得體語言在這樣的場合很不恰當。太端正，太乾淨。看看梅麗雅羅莎講話變成什麼樣子了，我心想。她拋棄自己的教養，滿嘴髒話。彼耶特洛的姊姊如今的言談，比我和莉拉年輕時更粗鄙。她講的每一個名詞前面都有「他媽的」三個字。我把他媽的火柴丟哪裡去了？他媽的菸哪裡去了？莉拉從前講話就像這樣；我該怎麼做呢，變得像她一樣，再次回到我人生的起點？那我這一路走來這麼辛苦又是所為何來？

我觀察我的大姑。我喜歡她表現出和我同一陣線，讓她弟弟或她帶回家的男人覺得尷尬的態度。有一天晚上她突然打斷對話，對她的年輕男伴說：夠了，我們上床去幹吧。去幹吧。彼耶特洛發明了一個幼稚的代號來取代做愛，我也學起來，用來取代我從小時候就懂得的下流語彙。但如今，倘若要真的成為這變化中的世界的一部分，是不是就得要再用以前的粗俗字彙，說：我想幹，這樣那樣操我吧。我無法想像用這樣的詞彙對我丈夫說話。但我見過的這幾個男人，都受過高等教育，卻樂意假裝是中低階級，碰到表現得像蕩婦的女人就顯得很樂，也很喜歡待女人像娼婦一般。起初他們表現得一本正經，非常自制。但他們等不及要揭破表面的儀節，說出不能說的事情，清清楚楚說出來，因為在自由解放的遊戲裡，女人的羞怯被認為是偽善愚蠢的象徵。應該要坦率，直接：這是自由解放的婦女的特質，我努力想趕上她們。但我越是努力，就越是被和我講話的人給吸引。好幾次我都覺得自己宛如墜入愛河。

69

第一次是和一位希臘文學的講師。他和我年齡相仿，出身亞斯提，在家鄉有個未婚妻，但他說和她在一起並不快樂。接著是和古文稿抄本講師的丈夫，他們有兩個年紀很小的孩子，她出身卡塔尼亞，而他是佛羅倫斯本地人，是教授機械學的工程師，名叫馬里歐，比我大七歲。他政治經驗豐富，在公共領域頗有威望，留著一頭長髮，閒暇時間在搖滾樂團當鼓手。我和這兩個人往來的情況都差不多：彼耶特洛邀他們來，我開始和他們調情。通電話，輕鬆自在地參加示威活動，多次散步，有時候帶小璦一起，有時候自己一個，偶爾也去看電影。和那個希臘文學老師，他一表白，我就撤退了。但馬里歐用越收越緊的網子困住我，有天晚上在他車裡，他吻了我。他給我一個長長的吻，手放進我的胸罩，撫摸我的胸部。我推開他，但很難，我說我不想再見到他。但他打電話來，一次又一次，我想念他，所以屈服了。既然吻過我，撫摸過我，他就以為自己有相同的權利再續前緣，立刻要從我們上次結束的地方重新開始。他堅持，提議，要求。而我一方面勾引他，一方面卻笑著閃躲他，他覺得我惹惱他，所以也要惹惱我。

有天早上，我帶著小璦和他一起散步。我記得當時小璦才剛滿兩歲，全神貫注在她很愛的一個娃娃上。那娃娃叫戴絲，是她自己取的名字。在這樣的情況下，我總是沉浸在言語交鋒的遊戲裡，很少留意她，有時甚至完全忘了她的存在。至於馬里歐，他覺得孩子在不在場一點都不重要，只一心一意高談闊論追求我，他會在小璦耳邊玩笑似地說著什麼：拜託你，叫你媽媽對我好一點行嗎？時間飛逝，我們道別，小璦和我回家。才剛走幾步，女兒就口氣很不好地說：戴絲說她有個祕密要告訴爸爸。我的心臟陡然停止。戴絲？她要告訴爸爸什麼呢？戴絲知道。好事還是壞事？壞事。我威脅她：告訴戴絲，要是她對爸爸說，你就會把她關在儲藏室，在黑暗裡。她開始哭，所以我得帶她回家：她平常為了讓我高興，總是一直走一直走，假裝永遠不會累。所以小璦知道，至少感覺到了，那男人和我之間發生了她父親所不能容忍的事。

我再次終止和馬里歐的會面。說到底，他又算什麼呢？就只是個玩色情文字遊戲的中產階級男人罷了。但我控制不了自己的不安，想要違犯禁忌的渴望在內心不斷滋長，我想要打破規則，我想要出軌，就算只有一次都好，我想要違抗人生的一切，我所學的、我所寫的、我想寫未寫的一切，以及從我肚子生出來到這世界的孩子。是啊，婚姻是牢籠：莉拉有勇氣冒著失去人生一切的危險，逃了出去，而我又會失去什麼呢，和這個如此漠然、如此心不在焉的彼耶特洛，我又有失去什麼的風險呢？什麼也沒有。所以呢？我打電話給馬里歐。我把小璦交給柯蕾莉亞，到他的辦公室去。我們親吻，他吸吮我的乳頭，他摸著我的兩腿之間，就像當年安東尼奧在水塘對我做的那樣。但他拉下褲子，把內褲褪到膝蓋，抓著我的脖子，想要我貼近他的性器時，我掙扎開來，說不行，重新整理好自己，匆匆離開。

我回到家的時候，心情非常激動，充滿罪惡感。我和彼耶特洛激情做愛，從未如此欲死欲仙，這一次是我說不要保險套的。我幹嘛擔心，我對自己說，我經期快到了，不會有事的。但確實有事。不到幾個星期，我就發現自己又懷孕了。

70

我甚至沒對彼耶特洛暗示要墮胎，因為他很高興我又要給他添個孩子。況且，我自己也很怕那麼做，光是聽到那個詞就讓我胃痛。璦黛兒在電話裡提起墮胎，但我馬上就搬出一大堆理由來迴避這個問題，諸如：小璦需要個伴，獨生子女長大的歷程很辛苦，她最好有個弟弟或妹妹。

「書呢？」

「進行順利。」我騙她。

「可以讓我看看嗎？」

「當然。」

「我們都在等。」

「我知道。」

我驚慌失措，做了一件讓彼耶特洛震驚，說不定也讓我自己震驚的事。我打電話給我媽，說我懷了第二胎，問她能不能來佛羅倫斯住一陣子。她嘟嘟囔囔說她不行，她得要照顧我爸，我弟弟妹妹。我對她咆哮：都是你的錯，害我沒辦法再寫書了。誰在乎啊，她回答說，你過著高貴夫人的生活還不夠嗎？她掛掉電話。但五分鐘之後，艾莉莎打電話來。家裡由我來打理，她說，媽媽明天就去。

彼耶特洛開車到車站接我媽，這讓她覺得很驕傲，覺得有人愛她。她一踏進屋裡，我就列出一長串規則：彼耶特洛書房和我房間裡的東西都不許動；管好柯蕾莉亞，但別和她吵架；我有客人的時候，待在廚房或你房間裡。我一心以為她才不甩我的任何規則，結果相反，怕被打發回家的憂心彷彿改變了她的天性，不到幾天，她就變成盡心盡力的僕人，滿足家裡的所有需求，堅定地解決每一個問題，效率極高，完全沒驚擾彼耶特洛和我。

她不時回那不勒斯，只要她不在，我就立刻擔心她不再回來。但她總是回來。她告訴我街坊的新聞（卡門懷孕了，瑪麗莎生了個兒子，姬俐歐拉給米凱爾生了老二，她沒提莉拉，免得和我吵架），然後就變成隱形的家務精靈，確保我們都有洗淨熨平的衣服，瀰漫童年味道的菜餚，以及永遠整潔有序的公寓，只要稍有凌亂，就以發狂也似的驚人速度立即恢復秩序。彼耶特洛再次想要開除柯蕾莉亞，而我媽也同意。我很生氣，但我沒對丈夫發火，而是對我媽發脾氣，她沒回嘴，躲回自己房間。彼耶特洛罵我，想辦法讓我們兩個很快言歸於好。他很喜歡她，他說她是很聰明的女人，他會陪她坐在廚房，一起吃飯聊天。小瑷叫她姥姥，很黏她，所以只要柯蕾莉亞出現，她就很生氣。我對自己說，如今一切就序，你沒有藉口了。我強迫自己把注意力集中在書上。

我再次查看我的筆記本。我堅決相信，我必須改變路線。我想要拋開法蘭柯所謂的「瑣碎愛情故事」，寫一部適合這個示威抗議、暴力死亡、警察鎮壓、恐懼政變時代的作品。但不到十幾頁就寫不下去了。是缺了什麼呢？很難說。那不勒斯，說不定。或者是可以指引我的權威聲音。我在書桌前一坐幾個鐘頭，徒勞無功。我翻著其他小說，從不離開房間，怕被小瑷逮到。我這麼不快樂。我聽見走廊裡傳來孩子的聲音，柯蕾莉亞的聲音，我媽瘸腿的腳步聲。我掀起裙子，看著已經開始變大的肚子，在我身上散布我並不想要的幸福。我第二次懷孕，卻依舊空虛。

71

就在這時，我開始打電話給莉拉，不是像之前那樣偶一為之，而是幾乎天天打。我打費錢的長途電話，只有一個目的，就是蜷縮在她的陰影裡，讓我的孕期順利進行，希望她可以循著舊有的習慣，啟動我的想像力。我自然小心翼翼地不說錯話，我也希望她不會。我已經明白，我們兩人只有控制住自己的舌頭，才可能讓友誼持續下去。例如，我沒對她吐露心中最黑暗的恐懼，也就是怕她從遠方對我下魔咒，也沒說我心中還是暗自期待她生病死掉。例如，她沒辦法告訴我真正的原因，說她為何要用這麼粗鄙，這麼激忿的語氣對我講話。所以我們就只談傑納諾，說他是小學裡最聰明的孩子；我們就只談小璦，說她已經會認字了。我們就像兩個吹噓自己子女的母親。我會提到我打算寫作，但沒多談，只說：我在努力，但不太容易，因為懷孕讓我很累。我也會試著打聽米凱爾是不是還纏著她，甚至逮住她，占有她。有時候我會問她喜不喜歡某個電影或電視明星，要她告訴我，和恩佐不一樣的男人是不是很吸引她，或許還對她傾訴我也會，說我會被和彼耶特洛不像的男人所吸引。但最後的這個話題似乎引不起她的興趣。我提到某個男明星的時候，她總是說：他是誰啊？我從來沒在電影或電視上見過他。而只要我一提到恩佐，她就開始對我講起最新的電腦故事，用一大堆難以理解的術語讓我摸不著頭緒。

她講得熱情洋溢，偶爾，覺得這些或許未來用得著，我還會把她說的話記下來。恩佐成功了，如今他在那不勒斯城外五十公里的內衣工廠工作。那家公司租了一部ＩＢＭ的機器，他是系統工程師。你知道那是什麼工作嗎？他把人工的作業程序繪成流程圖。那部機器的中心部分大得像一個衣櫃，有三個門，記憶體有八千位元。你想像不出來那有多熱，小琳。電腦比火爐還熱啊。極大的抽象化，加上汗流浹背與嗆鼻惡臭。她對我談起鐵氧體磁心，說是一種由電纜線所繞成的環狀物體，其張力由1與0輪流決定，每一個環就是一個單元，每八個環代表一的位元，也就是一個字元。恩佐是莉拉冗長獨白的唯一主角。他像上帝一樣主宰所有的材料，在一間有大型冷氣機的大房間裡，操控所有的語彙與物質，是可以讓機器取代人力做任何事情的英雄。都清楚了嗎？她不時問我。我回答說清楚，非常無力，但其實她說的我根本就都不懂。我發現她知道我什麼也聽不懂，為此非常羞愧。

電話一通通打，她的熱情也愈益高漲。恩佐現在一個月賺十四萬八千里拉，結結實實的十四萬八耶。因為他很聰明，是她所認識的人裡面最聰明的。好聰明，好有才華，他很快就變得不可或缺，而且也幫她找到工作，擔任助理。新聞來了：莉拉又開始工作了，這一次她很喜歡。他是老闆，小琳，我是他的副手。我把傑納諾留給我媽照顧──有時甚至交給斯岱方諾──我每天都到工廠去。恩佐和我一點一滴地研究整個工廠。我們照著員工所做的一切去做，才知道該把什麼東西放進電腦裡。我們查核，呃什麼呢，查核交易，在發票上貼印花，檢查實習生的出席卡，上下班卡，然後把所有的資料變成圖表和電腦卡上的洞。沒錯，沒錯，我也是個打洞操作員：有三個女人和我一起工作，我薪水是八萬里拉。十四萬八加八萬是二十二萬八，小琳。恩佐和我很有錢，再過幾個月還會更好，因為老闆知道我很有能力，想要讓我去上課。你知道我現在過的是什麼樣的日子，你開心嗎？

72

有天晚上她打電話來，說她有了壞消息：達里歐，也就是她以前告訴過我的，在蘇卡佛工廠門口發傳單、參加委員會的那個學生，被打死了，就在學校外面，在格蘇廣場。

她好像很擔心。她說有片烏雲低低壓在街坊和整個城市上空，到處都是攻擊，以及更多攻擊。很多毆打事件的背後，她說，都是季諾的法西斯份子唆使的，而季諾背後，則是米凱爾·梭拉朗。光是提到這個名字，她就充滿厭惡，有種不同於以往的怒氣，彷彿在她說出來的這些事情之下，還有更多沒說出口的。我心想：她怎麼能如此肯定，該負責任的是這些人？說不定她還和特里布納利路的學生保持聯繫，說不定恩佐的電腦不是她生活的全部。我沒打岔，靜靜聽著她用平常那種扣人心弦的語氣流暢述說。她鉅細靡遺地告訴我法西斯份子的多次遠征，從小學對面的總部開始，向拉提菲羅擴展，穿越市政廣場，爬上佛莫洛，用棍棒和刀子攻擊黨員同志。就連帕斯蓋也被揍了好幾次，前排牙齒都被打掉了。恩佐有天晚上和季諾正面衝突，就在他家前面。

這時她停下來，換了語氣。你還記得嗎，她問，我們小時候街坊的那種氣氛？現在更慘了，至少沒比當時好。她提起她的公公，阿基里閣下，放高利貸的吸血鬼，是個法西斯份子，而木匠佩盧索是共產黨員，戰爭就在我們眼前發生。我們慢慢回到當年，我記得某個細節，她記得另一樁事。後來莉拉用她那栩栩如生的語氣開始講述阿基里閣下被謀殺的故事，就像她小時候一樣，她融合了許多事實片段與許多的想像。插進脖子的刀，噴濺到銅鍋上的鮮血。就像當年一樣，她排除木匠是凶手的可能性。她用成年人的堅信口吻說：司法體系，不管是當年或現在，都只會抓住最顯而易見的跡證，把矛頭指向共產黨員。她大聲嚷著：誰說兇手真的是卡門和帕斯蓋的父親？誰說兇手一定是男的，而不是女的？就像我們小時候玩的遊戲一樣，我覺得我們兩個在各方面都互補，我亦步亦趨地跟著她，興奮地附和著她，我覺得我們兩個合力——往昔的小女生與今天的成熟女人——揭開了二十年來無人提及的真相。想想看，她說，是誰眞的能從這樁凶案裡得到好處，最後是誰接收了阿基里閣下所控制的高利貸市場？是啊，到底是誰？我們異口同聲講出答案：得到好處的是那個擁有紅色帳簿的人，曼紐拉．梭拉朗，馬歇羅和米凱爾的母親。她殺了阿基里閣下，我們興奮地說，但神色驀然一暗，先是我，接著是她，輕聲說：我們在講什麼呢，夠了，我們還是小孩，我們永遠不會長大。

73

終於來到值得慶賀的時刻，經過這麼長的時間，我們總算重拾和諧了。只是所謂的和諧僅僅是透過電話線所傳來的喘息驚呼而已。我們已經很久沒見面了。她不知道我經過兩次懷孕之後變成什麼樣子，我不知道她是不是還很瘦很蒼白，或是已經改變了。好幾年來，我始終都是對著留在心裡的那個影像講話，那個嗓音已漸漸恢復元氣的影像。或許是因為這樣，所以阿基里閣下的謀殺案突然變得像是一種創作，是有可能寫成的小說的故事核心。一掛掉電話，我就努力整理我們的對話，以莉拉融合過去與現在的事實作為基礎，跟隨她的推論，從可憐的達里歐遇害講到高利貸吸血鬼的命案，再到曼紐拉．梭拉朗，重新建構起故事情節。我輾轉反側，沉思許久。我覺得情況越發清楚，這個素材很可能是泅泳文字大海的我可以伸手搆到、抓住故事的海岸。接下來幾天，我融合佛羅倫斯與那不勒斯，結合當前的動盪與遙遠的聲音，目前的安逸生活與我極力擺脫出身環境的奮鬥，以及擔心失去一切的焦慮與被吸引著想要回到過去的那種矛盾。越想，我越覺得可以寫成一本書。我耗費極大的心力，痛苦的反覆思索，寫滿了一整本計算紙筆記本，把過去二十年來的種種暴力編織一張密網。有時莉拉打電話來，問：

「你為什麼沒再打電話過來，你還好嗎？」

「我很好。我在寫書。」

「所以你寫書的時候，我就不存在？」

「你還存在，只是我心不在。」

「要是我生病，要是我需要你怎麼辦？」

「打電話啊。」

「要是我不打電話，你就沉浸在你的小說裡？」

「是的。」

「我羨慕你。你運氣真好。」

我越寫越焦慮，很擔心在寶寶出生之前無法寫完。我很擔心生產的時候死掉，留下未完成的書。這很難，完全不像寫第一本書時那種不知不覺就寫完的快樂。一擬好故事大綱，我就決定要讓這本書展現有更為精心推敲的節奏。我希望能寫得生動、新穎，而且還要有刻意營造的混亂，絕不保留。所以我又重寫了一遍，增添更多的細節。我來來回回，一行行的改寫。還好我在懷小璦的時候買了打字機，還好有複寫紙，所以我可以把筆記本的內容變成三份打字稿，幾乎有兩百頁，竟然連一個字都沒打錯。

當時是夏天，非常熱，我肚子大得驚人，臀部的疼痛又回來了，時有時無，而我媽在走廊上的腳步聲讓我緊張。我瞪著打字稿，發現我很怕它們。好幾天的時間，我無法下定決心，不敢給彼耶特洛看。說不定，我想，我應該直接寄給璦黛兒，這書不是他喜歡的類型。況且，因為不退讓的個性，他在大學裡的日子越來越不好過，回家時總是氣呼呼的，沒頭沒腦地來一段法律價值的演說——換句話說，他沒心情讀一部寫勞工、老闆、鬥爭、鮮血、祕密結社、高利貸吸血鬼的小說。更何況，是我的小說。他不肯讓我分擔他心裡的困擾。對我在做什麼，我變成什麼樣子，他從來就不感興趣，所以把書給他看幹什麼呢？他只會討論這個字或那個字的選擇，以及標點符號。要是我堅持己見，他就會講些含糊不明的話。我寄了一份書稿給璦黛兒，然後打電話給她。

「我寫完了。」

「我太高興了。你會讓我看看嗎？」

「我今天早上寄給你了。」

「很好，我等不及要看了。」

74

我讓自己安靜等待，這等待比孩子踢我肚子還讓我焦慮。我等了五天，日子一天天過，瑷黛兒一點消息都沒有。第六天晚餐的時候，小瑷想要自己吃飯，免得惹我不開心，外婆拚命想餵她，她不肯。彼耶特洛問我：

「你書寫完了？」

「是的。」

「那你為什麼不給我看，而是寄給我媽看？」

「你很忙，我不想打擾你。但你如果想看，我書桌上有一份書稿。」

他沒回答，我等了一會兒，問：

「瑷黛兒告訴你說我寄給她了？」

「不然還會是誰說的？」

「她看完了？」

「是的。」

「她覺得怎麼樣？」

「她會自己告訴你。這是你們之間的事。」

他很不高興。晚餐之後，我把書桌上的書稿拿到他桌上，帶小瑷上床睡覺，看著電視，卻什麼也沒聽進去，什麼也沒看進去，最後我也上床睡覺。我沒辦法闔眼：為什麼瑷黛兒告訴彼耶特洛書的事情，卻沒打電話給我？隔天，一九七三年七月三十日，我去看我丈夫是不是開始讀我的書稿。書稿上面壓了一疊書，是他花大半夜功夫研讀的書籍，很顯然他根本沒看我的書稿。我緊張起來，大聲罵柯蕾莉亞，叫她照顧小瑷，別光坐在那裡，什麼事都丟給我媽做。我對她很凶，我媽覺得這是好現象，代表我愛她。她摸摸我的肚子彷彿安撫我。她問：

「要是又生女兒，你打算叫她什麼名字？」

我心裡有別的事，腿也疼，所以想都沒想就回答：

「艾莎。」

她臉色一沉，但已經來不及了。我這才想到她期待我回答：我們給小瑷取了彼耶特洛媽媽的名字，如果這胎還是女兒，就會取你的名字。我想要找出合理的藉口，但很不情願。我說：媽，請你了解，你的名字是伊瑪柯拉塔，我不能給女兒取這樣的名字。我不喜歡。她咕噥說：為什麼，艾莎就比較好嗎？我回答說：艾莎就是艾莉莎，我用妹妹的名字給女兒命名，你應該覺得高興才對。她沒再吭聲。噢，所有的事情都好讓我厭煩哪。天氣越來越熱，我渾身汗淋淋，受不了自己沉重的肚子，受不了自己的跛腳。我什麼都受不了，沒有任何一件事受得了。

快到午餐時間的時候，瑷黛兒終於打電話來了。她的語氣沒有平常那種諷刺的感染力，講得非常之慢，而且很嚴肅。我覺得她的一字一句都是掙扎：她用很多委婉的語句和很漂亮的修辭告訴我，這本書並不好。但我打算開始為自己辯護的時候，她就不再挖空心思怕傷害我，而是開門見山地說：主角很不討人喜歡，角色誇張得像漫畫，情境和對話都太刻意，筆法想要表現摩登，但卻只讓人困惑。所有的仇恨都讓人不快。結局很粗糙，像粗製濫造的義大利西部片[6]，這是在侮辱我的智慧，我的教育，我的天分。她的結論是：第一部小說很生動，有創意，而這一本的內容卻很老套，太過炫技，以至於文字空洞。我很平靜地說，說不定出版社的態度會比較友善。她哼了一聲，回答說：你想寄就寄吧，可是我想，他們會覺得這本書根本不能出版。我不知道該怎麼說，所以就說：好吧，我想想看，再見。但她沒掛掉電話，馬上轉變口氣，充滿憐愛地講起小璦，講起我媽，我的懷孕，以及向來讓她忿怒的梅麗雅羅莎。然後她問：

「你為什麼不把小說給彼耶特洛看？」

「我不知道。」

「他可以給你建議。」

「我懷疑。」

「你不尊敬他？」

「不是的。」

之後，我把自己關在書房裡，非常絕望。這簡直是莫大的羞辱，難以忍受。我幾乎吃不下飯，關上窗戶睡覺，儘管天氣很熱。下午四點，我的第一波陣痛開始了。我什麼也沒對我媽說，拿起我準備好的袋子，上車，開到醫院，希望在半路上就死掉，我和我的第二個孩子一起死掉。結果沒有，一切順利。疼痛非常磨人，但幾個鐘頭之後，我就又添了一個女兒。隔天早上，彼耶

6 義大利西部片（Spaghetti Western），指一九六〇年代中期義大利興起的西部電影風潮，仿美國西部電影攝製，評價不佳，但多獲票房成功，被譏諷為「義大利麵式西部片」。

特洛堅持我們的第二個女兒應該以我媽的名字命名，對他來說，這似乎是必要的致敬。我尖刻地說，我已經厭煩遵循傳統了，我再一次重申，女兒應該叫艾莎。從醫院返家之後，我第一件事就是打電話給莉拉。我沒告訴她我剛生產，只問我可不可以寄小說給她看。

我聽見她微微喘息好幾秒鐘，然後說：「等出版之後我就會看。」

「我現在就需要你的意見。」

「我已經很久沒看書了，小琳，我再也不知道該怎麼閱讀了。我沒辦法。」

「我是在請你幫忙。」

「前一本你不就直接出版了嗎，為什麼這一本要這樣麻煩？」

「因為對我來說，前一本連書都算不上。」

「我只能告訴你說我喜不喜歡而已。」

「沒關係，那樣就夠了。」

75

還在等待莉拉讀那本小說的時候，我們聽說那不勒斯爆發霍亂。我媽非常激動，接著又魂不守舍，最後打破了我很愛的一個砂鍋，說她必須回家去。我想，如果霍亂疫情是她作這個決定的首要考量，那麼我沒給二女兒取她的名字必定就是次要的原因了。我想要挽留她，但她決定拋下我，雖然我才剛生產完，而且還犯腿疼。她再也受不了把一個月又一個月的生命浪費在我身上，我這個不知尊重、不知感恩的女兒，她寧可回家感染霍亂，和丈夫與其他的乖兒女死在一起。然而，直到站在門口，她都還是維持我賦予她的那個冷漠形象：她沒抱怨，沒嘟囔，沒為任何事情責備我。她很高興彼耶特洛開車載她去車站。她覺得女婿很愛她，而且我想，她之所以克制自己不罵我，是為了留給他一個好印象。只有必須離開小瓔，才讓她流露情緒。在樓梯平台上，她很費勁地用義大利文問孩子：姥姥要走了，你難過嗎？覺得離開是一種背叛的小瓔沉著臉回答說：不難過。

我很氣自己，比對她更氣。我陷入一種自我毀滅的瘋狂狀態，幾個鐘頭之後，開除了柯蕾莉亞。彼耶特洛很不解，也心生警覺。我恨恨地告訴他，我再也受不了要拚命和小瓔的馬雷馬口音，和我媽的那不勒斯口音奮鬥。我想重新當我自己家的女主人，我女兒的媽媽。事實上我是覺得歉疚，很想懲罰自己。我帶著絕望的快感，想讓自己被兩個女兒、被家務、被疼痛的腿壓垮。

我一點都不懷疑，艾莎也會像小瓔一樣，讓我的頭一年恐怖至極。但或許因為我對新生兒已經比較有經驗了，也或許是因為我已經認命當個壞媽媽，不再焦急地追求完美，這個小寶寶一點都沒有問題地貼在我胸前，很安心地吸奶，睡覺。結果，剛回到家的那段時間我也睡很多，意外的是，彼耶特洛竟然打掃房子、採買、煮飯，給艾莎洗澡，陪因為多個妹妹、外婆又離開而覺得恍惚迷惑的小瓔玩。我腿部的疼痛突然消失了。多半的時間我都很平靜，有天午睡的時候，我丈夫進來叫醒我：你那不勒斯的朋友打電話來了，他說。我匆匆去接。

莉拉已經和彼耶特洛聊了很久，她說她迫不及待想親眼見到他。我不情願地聽著——只要是不屬於他父母親圈子裡的人，彼耶特洛總是溫和親切——而且在我聽來，她那拉長語調的口吻太過愉快，我都準備要吼她：我已經給你機會盡情傷害我了，快點，就講吧，那本書你已經看了十三天，告訴我你是怎麼想的。但我壓抑自己，只突然問：

「你讀過沒有？」

她變得嚴肅起來。

「讀過了。」

「然後呢？」

「很好。」

「怎樣好？你覺得很有意思？很有趣？很無聊？」

「我覺得有意思。」

「多有意思？一點點？很多？」

「很多。」

「為什麼？」

「因為故事：會讓你一直想看下去。」

「然後呢？」

「什麼然後？」

我一懍，說：

「莉拉，我絕對需要知道我寫的這個東西到底怎麼樣，可是沒有別人可以告訴我，只有你。」

「我就是在告訴你啊。」

「不，不是，你是在騙我。你從來就不會用這麼膚淺的話來討論任何事情。」

漫長的沉默。我想像她坐在那裡，雙腿交疊，旁邊是擺電話的醜陋小桌。說不定她和恩佐才剛下班，說不定傑納諾在附近玩。她說：

「我跟你說過，我已經不知道該怎麼看書了。」

「這不是重點。重點是我需要你，而你完全不甩我。」

又是沉默。然後她嘟嘟囔囔講了我沒聽懂的話，是罵人的話也說不定。她的口氣很凶，充滿怨怒：我有我的工作，你有你的工作，你還期待我怎麼樣呢？受過高等教育的人是你耶。知道書該長什麼樣子的人也是你。接著她的聲音嘶啞，幾乎是用吼的：你不該寫這些事情的，小琳，你不是這樣的，我讀到的東西一點都不像你。這是一本很醜陋、很醜陋的書，前一本也是。

就這樣。這些迅捷且有些糾纏含糊的字句，彷彿她輕淺的呼吸，她的輕聲細語，突然變成固體，卡在她喉嚨裡動彈不得。我覺得想吐，肚子一陣劇痛，越來越尖銳的刺痛，但不是因為她所說的話，而是因為她講這些話的口氣。她在哭嗎？我焦急大叫：莉拉，怎麼回事，冷靜一點，別這樣，吸氣。她沒冷靜下來。她是真的在哭，我的耳朵聽見了，承載了如許的苦痛，以至於我根本感受不到那句「醜陋，小琳，醜陋，很醜陋的」所帶來的傷痛，也不覺得她把我的第一本書貶低成失敗之作有什麼不對——那本書這麼暢銷，那本書是我的成功，但她卻從來沒告訴我她是怎麼想的。真正讓我受傷的是她的哭泣。我沒有心理準備，我沒預期到。我寧可她還是刻薄的莉拉，我寧可她用那捉摸不定的語氣對我講話。但是沒有，她在哭，她控制不了自己。

我覺得不解。好吧，我想，我寫了兩本蹩腳的書，但這又有什麼關係呢，這個不幸的事情有這麼嚴重嗎。我輕聲說：莉拉，你為什麼哭，我才應該哭。別哭了。但她尖聲說：你幹嘛要叫我看這本書，你幹嘛要逼我告訴你我的想法，我應該擺在心裡不說的。而我說：不，我很高興你告訴我了，我發誓。我希望她安靜下來，但她沒有，反而哇啦哇啦對我吐出一大堆困惑的字句：別再讓我看任何東西，我不配，我最看重你，我有十足的把握知道你能做得比我更好，我要你做得比我好，這是我最大的希望，因為如果你不夠偉大，那我又是什麼樣的人呢？我輕聲說：別擔心，你永遠都要把心裡的想法告訴我，只有這樣，才能幫我，打從小時候，你就幫我，沒有你，我什麼也做不成。最後她不哭了，抽著鼻子說：我為什麼要哭，我真是個大白癡。她笑起來：我不想讓你難過，我本來準備了很正面的一篇說詞，你知道嗎，我還打了草稿，要給你留下好印象。我催她把草稿寄來給我，我說，也許你比我更知道我該寫什麼。然後我們拋開書的事，我告訴她說艾莎出生了，我們聊起佛羅倫斯，那不勒斯，以及霍亂。什麼霍亂，她挖苦地說，根本就沒霍亂，就只是尋常的亂象而已，擔心拉屎拉到死，是恐懼多於事實，只要吃一袋檸檬，就沒有人再拉肚子了。

她現在講起話來一氣呵成，沒有間斷，擺脫了心頭的重擔，語氣歡欣。我雖然又覺得自己被束縛住了——有兩個女兒，一個通常都不在的丈夫，以及寫作的大災難——但我並不覺得憂心。相反的，我覺得輕鬆，我把話題又轉回我的失敗。我心裡想的是：線斷了，你向來對我有著正面影響力的滔滔雄辯已經消失了，如今我是真的孤身一人了。但我沒說出口。我用自嘲的口吻坦承，費勁寫這本書背後的理由是為了和我們的舊街坊算總帳。因為在我看來，阿基里閣下和梭拉朗兄弟母親的故事正反映了我周遭環境的大變化，從某些方面來說，也是刺激我、鼓勵我寫作的動力。她哈哈大笑。她說光是事情醜惡的表面並不足以寫成一本書，缺乏想像力，就不能成為一張臉，而只能是一張面具。

76

我很難真正理解我之後發生了什麼事。即使到今天，想起這通電話，我還是很難釐清莉拉哭泣所產生的效應。仔細思索，我會覺得主要是一種前後矛盾的滿足感，彷彿她的哭泣證實了她對我的愛，以及對我的能力所具有的信心，如此一來就徹底抵銷了她對我那兩本書的負評。但過了很久以後我才想到，她這一哭就全面摧毀了我的作品，不費吹灰之力，也不必承擔我的怨恨，而她賦予我如此高遠的目標——別讓她失望——則完全癱瘓了我再動筆的念頭。但是再想想：無論如何努力詮釋這通電話，我還是不能說那到底是什麼事情的源起，也不能說那是我倆友誼最興奮或最痛苦的一刻。莉拉當然是要強化她的角色，宛如一面鏡子，來映照我的無能。而我當然更願意接受失敗，因為莉拉的評語比我婆婆更為權威，也更有說服力，更有情義。

事實上，幾天之後，我打電話給瑷黛兒說：謝謝你這麼坦白，我知道你說的沒錯，讓我知道我的第一本書也有很多缺點。或許我該再想想，說不定我並不是個好作家，也或許我只是需要多一點時間而已。我婆婆馬上給我一大堆讚美，稱讚我自我批評的能力，提醒說我有個觀眾，而且這位觀眾一直在等待。我說是啊，當然是。之後，我把這本書的最後一份書稿收進抽屜，丟開寫得滿滿的筆記本，讓自己一頭栽進日常生活裡。徒勞無功的忿怒延燒到我的第一本書，甚至也延燒到寫作的文學志業。偶爾有某個意象或某個召喚而來的句子浮現心頭，我就覺得不安，急忙去做別的事情。

我讓自己整天忙著家務，忙著孩子和彼耶特洛。我一次都沒想到要找柯蕾莉亞回來，或找其他人來取代她。我再次扛起所有的工作，我這麼做當然是要讓自己變得麻木。但這做來自然而然，一點都不痛苦，彷彿我突然發現這是度過人生的正確方法，有一部分的我輕聲說：你腦袋裡那些蠢話說夠了。我嚴格安排家務工作，我以始料未及的愉快心情照顧艾莎和小璦，彷彿除了子宮的重量、書稿的重量之外，我也除去了另一個隱藏更深的負荷，是我自己也無以名之的負荷。艾莎果然是個溫和的孩子——她快快樂樂洗著長長的澡，喝奶，睡覺，連睡著的時候都微笑——但我得非常注意小璦，因為她很恨妹妹。她早晨醒來一臉凶相，說她是怎麼救妹妹避開火災，避開洪水，避開野狼，但她更常假裝自己是個新生兒，要吸我的奶頭，學嬰兒的哭聲，不肯表現她這個年齡應有的行為：快滿四歲的孩子應該要有高度發展的語言能力，應該可以完美執行主要的身體功能。我格外注意，給她足夠的愛，讚美她的聰明和她的能力，說我需要她幫忙我做所有的事情：購物、煮飯、讓妹妹不惹麻煩。

同時，因為害怕再度懷孕的可能性，我開始服用避孕藥。我體重增加，覺得自己腫了起來，然而我還是不敢停藥：我最害怕的事情就是再度懷孕。這時我不再像過去那麼在意自己的身體。

擁有兩個女兒證明我已不再年輕，而種種的勞累——替她們洗澡，幫她們穿衣，嬰兒車，購物，煮飯，懷裡抱一個，手裡牽一個，或兩人都抱著，給這個擦鼻涕，給那個清嘴巴——測試我身為女人的母性，變成像街坊那樣的媽媽不是一種威脅，而是萬物的秩序。這樣很好，我告訴自己。

彼耶特洛抗拒很久之後，終於接受避孕藥。他打量我，若有所思。你變胖了。你皮膚上的這些斑是怎麼回事？他擔心女兒、我和他生病，但卻又痛恨醫生。我要他放心。他近來變得好瘦：他總是有黑眼圈，頭髮已出現斑白，常抱怨膝蓋痛，右側痛，肩膀痛，然而還是不肯去接受檢查。我強迫他去，帶著女兒陪他去，結果除了需要一些安眠藥之外，他一切健康。這讓他高興了好幾個鐘頭，所有的症狀都消失了。但是過不了多久，雖然服用鎮靜劑，他卻還是又不舒服了。有一回小璦不讓他看新聞——就在智利政變發生後不久——他好用力揍她屁股。我開始服用避孕藥之後，他就滋生出更想頻繁做愛的欲望，但都只在早上或下午，因為——他說——是夜晚的射精讓他睡不著覺，所以他不得不耗費大半夜的時間看書，結果造成他慢性疲倦，生病了。

胡說八道：在夜裡工作向來是他的習慣與必要。然而我說：那我們就別再在夜裡做，我怎麼樣都可以。當然，有時候我也會很生氣。要叫他幫忙很難，甚至很小的事情也一樣：要他有空的時候去幫忙買東西，晚餐後幫忙洗碗都很難。有天晚上我發了脾氣，我沒罵他，只是拔高嗓音而已。但我有了重大發現：我只要高聲吼叫，他的頑固就會消失，變得乖乖聽話。若是話講得重一點，甚至可能消除他那捉摸不定的疼痛，以及他不時想做愛的神經亢奮欲望。但我不喜歡這樣做，因為我會覺得很歉疚，彷彿在他腦袋裡造成痛苦戰慄似的。況且，這效果也持續不了多久。他會讓步，調整，以相當沉重的心情接下任務，然後他真的累了，就拋開我們的協議，又開始只想著自己。最後我放手，我想逗他笑，我親吻他。就為了幾個洗過的碟子，而且還是沒洗乾淨的碟子，我這麼堅持幹什麼呢？最好讓他平靜度日吧，可以避免關係緊張，我很高興。

為了不讓他難過，我也學會不對他說我心裡的所思所想。反正他好像也不在乎。要是他開始談，呃，談政府因應石油危機的措施，或讚揚共產黨的拉攏天主教民主黨，其實只希望我當個贊成他觀點的聽眾。我表現出不同意見時，他就一臉不以為然，或用他顯然是用來對付學生的語氣說：你的教育真是失敗，你不懂得民主、國家、法律的價值，不懂得在既得利益者之間進行調停、在國家之間保持平衡的重要性——你簡直是個世界級的大災難。我是他的妻子，受過高等教育的妻子，他卻只期待我專心聽他講政治，講他的研究，講他在寫的新書，那部讓他滿心焦慮、疲累至極的新書。但我必須沉醉在專心聆聽裡，他不想要聽我的意見，特別是會引起疑慮的意見。他彷彿是講出腦袋裡的想法，解釋給自己聽。然而他母親是個完全不同類型的女人。他姊姊也是。他顯然不想要我像她們一樣。在那段軟弱的時期，我從他含糊的言詞裡聽出來，他不高興的不只是我第一本書的成功，甚至是那本書的出版。至於第二本，他從未問過我書稿的下落，以及我未來的計畫。事實是，我不再提起寫作，好像讓他鬆了一口氣。

彼耶特洛每一天都讓我明白他比我想像的來得更糟糕，但這並沒有讓我再次投向別人的懷抱。我偶爾會碰到馬里歐，那位工程師，但我很快就發現，誘惑與被誘惑的欲望已經蕩然無存，而且先前的情意激動在如今看來似乎是很荒唐的階段，還好已經過去了。迫切想要離開家門和參與城內公共活動的渴望也消失了。要是我決定去參加辯論會或示威活動，就把孩子帶上，很驕傲的扛起袋子，塞滿她們可能需要的所有東西，自豪面對不以為然的人，他們總是戒慎恐懼地說：

她們好小，太危險了。

但我每天都出門，不管天氣如何，讓女兒可以呼吸新鮮空氣，曬太陽。我只要出門一定帶書。這是我從未丟棄的習慣，無論何時何地都繼續看書，就算創造自己文學世界的野心已經消失了，也還是沒有改變。我通常都散步一小段路，然後坐在離家不遠的長椅上。我翻閱複雜的論文，讀報，一面喊著：小瑷，別跑太遠，留在媽媽身邊。這就是我的生活，我必須接受。莉拉，無論她的人生有什麼轉折，都和我不一樣。

77

差不多就在這個時候，梅麗雅羅莎到佛羅倫斯，發表她大學同事寫的一本關於「草地上聖母」的書。彼耶特洛發誓說他絕對不會錯過，但最後一分鐘又找了藉口，不知躲到哪裡去。我大姑開車來，這次是隻身一人，有點累，但和往常一樣親切，帶來許多給小瑷和艾莎的禮物。她沒提起我流產的小說，雖然璦黛兒肯定告訴她了。她喋喋不休談起她的許多趟旅行，她的書，和平常一樣熱情洋溢。她熱中於追求這世界的諸多創新。她會擁抱某個東西，厭倦了之後，又擁護另一個她稍早之前不知是因為心不在焉或瞎了眼而反對的東西。談起同事的這本書，馬上激起聽眾的正面反應，大力讚賞這位藝術史學家。這個夜晚按照一般的學術活動流程順利進行，只除了她偶爾會突然話鋒一轉，講出一些甚至流於粗鄙的話，例如：孩子不應該歸屬於任何父親，更不應該有教父，孩子應該屬於他們自己；以女人的身分而非男人的身分來閱讀的時代已經來臨了；在每個戒律背後都是陽具，只要陽具覺得很重要，就會演變成鐵棍、警察、囚犯、軍隊、集中營；要是你不屈服，要是你繼續顛覆一切，那就會引來大屠殺。會場上吶喊聲四起，有人反對，有人贊成，最後有一大群女人圍著她。她以歡迎的手勢叫我過去，很驕傲地把小璦和艾莎介紹給她的佛羅倫斯朋友，也講了我的一些好話。有些人還記得我的書，但我避而不談，彷彿沒寫過似的。這天晚上很順利，還接到邀請，一小群各形各色的女孩和大女人組成的團體，一個星期一次，在其中一人的家裡聚會，討論——據她們說——我們。

梅麗雅羅莎煽動性的言論和她那些朋友的邀請，讓我又重新在一堆書底下撈出璦黛兒很久以前給我的宣傳小冊。我把這些小冊擺在皮包裡，在戶外，在冬末灰沉的天空底下讀。我被標題吸引，先讀了一篇〈唾棄黑格爾〉。我趁艾莎在搖籃裡睡覺，小璦穿大衣裹圍巾戴毛帽低聲和娃娃講話時，讀這篇文章。每一個句子、每一個字都令我震撼，而那大膽自由的思想更是。我不由自主地給許多句子劃底線，標上驚歎號與直線。唾棄黑格爾。唾棄男性文化，唾棄馬克斯，恩格斯，列寧。唾棄歷史物質主義。唾棄佛洛伊德，精神分析，陽具嫉妒。唾棄婚姻，家庭。唾棄納粹主義，史達林主義，恐怖主義。唾棄戰爭。唾棄階級鬥爭，無產階級專政，社會主義，共產主義。唾棄平等的圈套。唾棄所有的家父長制文化。唾棄隨之而來的所有制度形式。抗拒消費女性才智。文化萎縮。否定文化，從母權開始，不要把孩子給任何人。擺脫主從的對話形式。從我們腦袋裡挖除「次等」的想法。重建女性的主體。別製造互相對照的兩個對立面。進階到尊重個人差異的另一個階段。大學並未解放女性，反而完成對女性的壓迫。反智。男人已經在太空開疆闢土的此刻，女人在這個地球上的生活卻才剛剛開始。女性是這地球的另一面。女性是不可預測的主體。從屈服之中解放吧，就從此時此刻開始。這篇文章的作者名叫卡拉・隆濟[7]。這怎麼可能，我尋思，怎麼可能有女人像這樣思考。我很努力讀書，但只是拚命應付，但從未真正利用，從未拿書裡的說法來挑戰這些書本身。這才是思考。這才是反抗式的思考。我，如此用功讀書的我，根本不知道如何思考。梅麗雅羅莎也是：她讀了一篇又一篇的文章，以敏銳的洞察力把它們重新組合，變成一場秀，僅止於此。但另一方面，莉拉卻懂得。這是她的天分。要是她繼續唸書，她就會知道如何像這樣思考。

這個想法揮之不去。這段時間我讀的所有東西，最終或多或少都會把莉拉扯進來。我遇上這位懂得思考的女性典範，雖然和莉拉有顯著的不同，卻同樣能激起我的讚賞，讓我油然生出自嘆弗如的感覺，就像我面對莉拉時一樣。不只這樣：我閱讀的時候想著她，想著她的人生種種，她會贊同的字句，她會反對的字句。因為受這篇文章的吸引，後來我經常加入梅麗雅羅莎的朋友圈，但這並不容易：小瑷不時問我說我們什麼時候要離開，艾莎則會突然發出喜悅大叫。但問題並不僅僅是我的女兒。在那裡我才發現，單靠著像我一樣的女人，並無法幫助我。討論變得粗言粗語，只是講些我早就知道的東西時，我會覺得很無聊。而且在我看來，我很清楚生而為女人代表著什麼意思，我對所謂的意識覺醒並沒有興趣。我也不打算公開談論我和彼耶特洛的關係，或和男人的一般關係，只為了驗證男人——各種階級與各種年齡的男人——是什麼樣子。沒有人比

7 卡拉・隆濟（Carla Lonzi, 1931~1982），義大利藝術批評家，後成為活躍的女權主義者。

我更清楚，讓自己的腦袋充滿陽剛思想，以便為男性文化所接受是什麼意思，因為我過去一直這樣做，現在也還是這樣做。同時我也一直置身事外，她們緊繃對抗，猜忌衝突，權威的口吻，軟弱屈從的嗓音，智識階級體系，在群體之中爭奪首位、最後落得絕望哭泣，我全都不參與。但有件事情讓我自然而然想起莉拉。其他人講話的模樣，彼此針鋒相對到簡直無法互相妥協的地步，這才是最吸引我的。我不喜歡屈服於流言八卦，這我從小時候就見識得夠多了。吸引我的是真實可靠的感覺，那是我以前從來沒有體會過，也或許我打從骨子裡就缺乏的特質。在這個圈子裡，我從沒開口說出任何一句像這樣非說不可的話。但我覺得我和莉拉應該像這樣討論，以同樣的堅定態度檢視我們的關係，我們應該把過去以來始終埋在心裡沉默不語的事情告訴彼此，或許就從哀嘆我那本錯誤的書開始吧。

這需求如此強烈，我甚至想要帶孩子到那不勒斯去待一陣子，或要她帶傑納諾過來，或者彼此通信。我有一回在電話中對她提過，結果慘敗。我對她提起我正在看的女性作家的書，談起我去參加的團體。她聽著聽著，開始取笑諸如《陰蒂女人》或《陰道女人》的書名，而且竭盡下流之能事：你他媽的在講什麼啊，小琳，歡愛，陰部，我們這裡的問題已經夠多了，你真是腦袋壞了。她想證明她沒有辦法把我感興趣的那些事情形諸言詞，最後還用極盡嘲諷的語氣說：認真工作吧，做你應該做的事，別浪費時間了。她很生氣。顯然時機不對，我想，我以後再試吧。但我始終沒找到時間或勇氣再試一次。我斷定，我首先該做的是更加了解我自己是什麼人。深入探查我身為女性的本質。我過去一直太過努力地想擁有男性的特質。我以為自己必須知道一切，必須關心一切。我幹嘛在乎政治，在乎鬥爭？因為我想給男人留下好印象，想和他們並駕齊驅。並駕齊驅什麼？他們的理性，而這才是最不理性的想法。堅持要記住流行的術語，白白浪費力氣。我一直被自己的教育所制約，型塑了我的心思，我的聲音。我和自己所達成的祕密約定，就只是要出類拔萃。而今，經過艱苦學習之後，我卻是如此無知。而且，莉拉的存在向來是一股強大的力量，驅策我把自己想像成並非真我的那個人。我是附加於她的，一抽離，我就覺得自己殘缺不全。我的所思所想，全都有莉拉的影子。我所信服的理念，都有她的支持。所有的意象都是。我必須接受獨立於她之外的我。這就是重點。接受我只是個普通人。我該怎麼做。試著再動筆寫作吧。或許我沒有熱情，我只是讓自己去從事一項任務而已。所以別再寫了。找份工作。或者就當貴婦，像我媽講的那樣。把自己關在家庭裡。或顛覆一切。家。孩子。丈夫。

78

我和梅麗雅羅莎的關係變得更好了。我常打電話給她，但是彼耶特洛發現之後，就開始講更多姊姊的壞話：她這人很輕浮，很沒內涵，對她自己和其他人都是個禍害，他童年和少年時期都被她荼毒，他爸媽最擔心的就是她。有天晚上，他披頭散髮地從書房出來，一臉疲憊，當時我正在和他姊姊講電話。他走進廚房，吃點東西，逗逗小璦，偷聽我們的對話。然後突然咆哮：那個白癡不知道這是吃飯時間嗎？我對梅麗雅羅莎道歉，掛掉電話。飯煮好了，我說，我們現在就可以吃，沒必要大吼小叫的。他埋怨說，浪費電話費去聽他姊姊的胡說八道，他覺得很蠢。我沒回答，開始擺餐具。他知道我生氣了，用憂心的語氣說：我是氣梅麗雅羅莎，不是你。但那天晚上之後，他開始翻我在看的書，對我劃重點的字句挖苦譏評。他說，別看了，全是胡說八道。然後就努力證明女性主義宣傳小冊的邏輯薄弱。

就因為這個問題，我們有天晚上吵了起來，也許我是做得太過分了，竟然對他說：你以為自己很偉大，但是你所擁有的一切都要歸功於你的父母親，就像梅麗雅羅莎一樣。他的反應完全出乎我意料：他打我耳光，就當著小璦的面。

我倒是很能接受，比他能接受：我這輩子挨過很多次揍，但彼耶特洛從沒出手打人，大概也從沒被揍過。我看見他臉上出現痛惡自己行為的表情，盯著女兒看了一會兒，然後就離開家門。我的忿怒冷靜下來。我沒去睡覺，等著他，但他沒回來，我開始焦急，不知道該怎麼辦。他是因為睡得太少，所以有神經疾病嗎？或者這是他真正的本性，藏在萬本書與高貴教養背後的本性？我再次發現，我對他的了解真的非常之少，我無法預測他的動機：他可能跳進亞諾河，或醉臥在某處，甚至是回到熱內亞在媽媽懷裡抱怨，找尋安慰？夠了，我嚇壞了。我發現我拋下自己正在看的書，拋下自己所知的一切，站在人生的邊緣。我有兩個女兒，我不想遽下斷論。

彼耶特洛在清晨五點回來，看見他安然無恙歸來，我如釋重負，衝動地擁抱他，親吻他。他喃喃說：你不愛我，你從來就不愛我。然後又說：反正我也配不上你。

79

彼耶特洛對秩序的堅持，如今已擴散到生活的每一個層面。他喜歡以不容置疑的習慣主宰生活：讀書，教書，陪女兒玩，做愛，每天付出自己微薄的力量，以民主的方式解決義大利的混亂情勢。大學裡的衝突令他筋疲力竭。儘管在國外聲望卓著，但同事蔑視他的研究成果，他不時覺得自己被詆譭，被威脅。他覺得因為我的騷動不安——但到底是哪種騷動不安啊，我明明是個遲鈍的女人——讓我們家恆常暴露在危險裡。有天下午，艾莎自己玩，我陪小瑷練習識字，他關在自己的書房裡，公寓非常安靜。我焦慮地想，彼耶特洛是想建立一個堡壘，讓他可以埋頭研究，我可以專心照料家務，女兒可以安心長大。這時門鈴響了，我去開門，出乎意料的，來者竟然是帕斯蓋和娜笛雅。

他們帶著很大的軍用背包。他戴著帽子，底下是濃密的黑色鬈髮與同樣濃密鬈曲的鬍子，他看起來又瘦又累，眼睛顯得其大無比，像是個拚命假裝不害怕的驚恐小孩。他們從卡門那裡問到我的地址，而卡門是問我媽的。他倆很親切，我也是，彷彿我們之間從未有過緊張或歧見似的。他們侵門踏戶，占領了我家，東西丟得到處都是。帕斯蓋一直講話，很大聲，而且幾乎都用方言。起初，他們闖進我單調的日常生活似乎帶來某種快樂。但我很快就發現，彼耶特洛不喜歡他們。他們沒先打電話就不請自來，讓他很困擾，更何況他們簡直把這裡當自己家一樣。娜笛雅脫掉鞋子，躺在沙發上。帕斯蓋沒摘掉帽子，把玩屋裡的物品，翻看我們的書，問都沒問就打開冰箱拿啤酒，一瓶自己喝，一瓶給娜笛雅，直接就著瓶口喝，還打了嗝，逗得小瑷哈哈笑。他們說他們決定展開旅行，就只說「旅行」，沒再詳細說明。他們什麼時候離開那不勒斯的？他們閃躲不答。什麼時候回去？同樣閃躲不答。工作？我問帕斯蓋。他哈哈笑：受夠了，我已經做得太多了，現在我要休息。他給彼耶特洛看他的雙手，也要彼耶特洛伸出手來給他看。他搓搓兩人的手說：你感覺到不一樣了嗎？他抓起《奮鬥不懈》，右手拂過第一頁，很驕傲地聽著他粗糙的皮膚劃過紙頁的聲音，彷彿創造了某個新遊戲那般開心。然後他又以近乎威脅的語氣說：沒有這粗糙的手，教授啊，就沒有椅子，沒有房子，車子，什麼都沒有，甚至連你都不會存在。要是工人停止工作，一切的一切都會停止，天空會掉到地上，土地會飛上天空，植物會占領城市，亞諾河會淹掉你美麗的房子，只有每天工作的人知道如何活下去，至於你們兩個，你們和你們的書，狗會把你們撕成碎片。

這是帕斯蓋典型的演說風格，激昂真誠，彼耶特洛靜靜聽，沒回答。至於娜笛雅，在同伴講話的時候，她一直躺在沙發上，一臉嚴肅，瞪著天花板。她沒打斷兩個男人的談話，也沒對我講任何話。可是我去煮咖啡的時候，她卻跟著我走進廚房。她發現艾莎黏著我，就凝重地說：

「她真的很愛你。」

「她還小。」

「你的意思是，等她長大，就不愛你了？」

「不，我希望她長大了還是愛我。」

「我媽老是提起你。你只是她的學生，但感覺起來，卻比我還像她的女兒。」

「真的？」

「我因為這樣而恨你，也因為你奪走了尼諾。」

「他不是因為我而離開你的。」

「誰在乎啊，我甚至不記得他長什麼樣子了。」

「年輕的時候，我很希望自己像你一樣。」

「為什麼？你以為生在一個什麼東西都幫你準備好的家庭裡很好？」

「這個嘛，至少你不必費力工作。」

「你錯了——事實是，一切都好像做好了，所以你沒有理由再做什麼。你感覺到的就只有罪惡感，為你自己，為你所配不上的一切而覺得羞愧。」

「總比失敗的罪惡感好吧。」

「這是你那個朋友莉娜告訴你的？」

「不是。」

「比起你，我還是比較喜歡她。你們兩個是一對爛貨，沒有任何事情可以改變你們。兩個典型的下層階級爛貨。但你表現得很友善，莉娜卻不是這樣。」

她走出廚房，留下無言以對的我。我聽見她對帕斯蓋咆哮：我要沖澡，你也可以一起來。他倆關進浴室裡。我們聽見他們的笑聲，她發出小小的喊叫聲，我看見小璦一臉擔心。他們出來時頭髮濕的，衣不蔽體，非常暢快。他們繼續笑鬧，彷彿把我們都當空氣。彼耶特洛想干涉，問說：你們在一起多久了？娜笛雅冷冷地說，我們沒在一起，或許你們兩個才在一起。只要有人在他面前表現出極度膚淺的態度，他的語氣就會變得格外挑剔，這時就是這樣的情況，他問：你這樣說是什麼意思？你不懂，娜笛雅回答說。我丈夫反駁：有人不懂，你就要想辦法解釋啊。這時，帕斯蓋迸出笑聲：沒什麼好解釋的，教授，你最好相信你已經死了，只是你自己不知道罷了——一切都死了，你生活的方式死了，你講話的方式，你對你自己聰明才智的信心，對民主、對左派的信心，全都死了。你說你要怎麼對個死人解釋呢？

還有更多緊張的時刻。我什麼都沒說，娜笛雅的侮辱在我心頭揮之不去，她講話的模樣，彷彿什麼都無所謂，雖然她人就在我家裡。最後他們離開了，就像來時一樣，沒說一聲就走了。他們拿起行李，消失無蹤。在門口，帕斯蓋只用出乎意料的哀傷語氣說：

「再見，艾羅塔夫人。」

「艾羅塔夫人」。就連街坊的老朋友都對我有這麼負面的看法？這代表著對他來說，我不再是小琳，不再是艾琳娜，不是艾琳娜．格瑞柯？除了他，還有其他多少人？甚至我自己也是這樣的嗎？我過去幾乎從來不用夫姓，但如今我自己的姓氏也已經失去它小小的榮光了？我整理房子，特別是浴室，因為他們搞得一團亂。彼耶特洛說：我從頭到尾都不想要這兩個人踏進我們家，法西斯份子才會那樣談論智識，雖然他自己不知道。至於她，她是我很熟悉的類型，腦袋裡連一點思想都沒有。

80

彷彿要證明彼耶特洛的說法無誤似的，這失序的狀況開始具體成形，影響我周遭親近的人。我從梅麗雅羅莎那裡聽說，法蘭柯在米蘭遭法西斯份子攻擊，被打得不成人形，瞎了一隻眼。我立即動身，帶著小璦和艾莎搭上火車，一路逗她們玩，餵她們吃東西，但為另一個我——當年那個沒受過良好教育的可憐女生，超級政治活躍的有錢學生法蘭柯．馬利的女朋友——感到難過，如今那個女孩何在呢？已經消失在某個地方，再也不會現身了。

我在車站和大姑會合，她一臉慘白，憂心忡忡，帶我們到她家。這一次她家沒人，但卻比我上回來米蘭大學住在她家時更髒亂。小璦玩耍，艾莎睡覺的時候，她把沒在電話裡說的其他情況告訴我。事情發生在五天前。「工人先鋒」團體在劇院裡舉行活動，法蘭柯發表演說，人很多。之後他和西薇雅一起離開，西薇雅和一名《日報》的編輯一起住在劇院附近的漂亮公寓。法蘭柯要在那裡過夜，隔天去皮亞琴察。他們就快走到門口時，西薇雅正從皮包掏出鑰匙，法西斯份子就跳了出來。他被揍得很慘，西薇雅被揍，還被強暴。

我們喝了許多酒，梅麗雅羅莎拿出那顆藥來，她就是這樣叫這玩意的，如果真的是用來治病的藥，她會用複數。這一次我決定試試，但只因為我雖然喝了很多酒，心裡卻還是空空的，沒有具體的東西可以抓牢。我大姑變得很忿怒，然後不說話，開始哭起來。我找不出話來安慰她。我感覺到她的淚水，我彷彿聽到淚水從她眼中滑落臉頰的聲音。突然之間，我看不見她，我甚至看不見這個房間，一切都變成黑色，我昏過去了。

醒來時，我覺得很歉疚，極度難堪，我說是因為我太累的緣故。那天晚上我沒怎麼睡：身體因為太多的教養規範而顯得沉重，書籍雜誌的字彙惱人地流淌，彷彿那些字母符號突然之間都無法結合在一起了。我緊緊抱著兩個女兒，覺得她倆才是我的安慰，可以保護我。

隔天我把小璦和艾莎留給梅麗雅羅莎，到醫院去。我在慘綠的病房裡找到法蘭柯，呼吸、尿液與藥味瀰漫。他整個人好像變矮變腫了，雖然裹著白色繃帶，臉和脖子都變青紫色，但我心裡還是看見以前的他。見到我，他似乎很不高興，對自己的情況覺得有點丟臉。我開口，談起我的孩子。幾分鐘之後，他說：走吧，我不希望你在這裡。我堅持要留下來，他很生氣，低聲說：我已經不是我了，走吧。他傷得很嚴重，我從他的一小群同伴那裡得知，他或許還要再動一次手術。我從醫院回來的時候，梅麗雅羅莎知道我很難過。她幫忙照顧孩子，小璦一睡覺，她也趕我上床去睡。然而，隔天她要我陪她去看西薇雅。我不想去。去看法蘭柯讓我很難受，不只因為我無力幫助他，而且還讓他覺得自己更脆弱。我說我寧可在記憶裡留著當年在大學會議上見到的她。不行，梅麗雅羅莎堅持，她要我去看看現在的她，這對她來說很重要。所以我們就去了。

來開門的是個打扮入時的女人，一頭大波浪金髮垂在肩上。她是西薇雅的母親，莫寇和她在一起。他也是金髮，現在大約五六歲了。老是沉著臉頤指氣使的小璦堅持要他一起和戴絲玩遊戲。戴絲是她的舊娃娃，走到哪裡都帶著。西薇雅在睡覺，但交代過，我們到的時候要叫醒她。我們等了一會兒，她才出現。她化了大濃妝，穿上很長的綠色洋裝。最讓我驚嚇的不是她的瘀青、傷痕和遲緩的步伐——莉拉度完蜜月回來的時候，情況還更慘——而是她完全沒有表情的目光。她眼神茫然，但舉止恰恰相反，她言談狂亂，不時發笑，然後開始對我講話，只對我講，因為我還不知道法西斯份子對她做了什麼。她彷彿是在講述一個可怕的童話故事，如今她就用這樣寄託心中的驚恐，對每一個來看她的人重新講述事發經過。她媽媽一直想要她別再講了，但她每次都用忿怒的手勢推開媽媽，拉高嗓音，罵出粗話，說她很快就會有報應。我哭出來的時候，她突然住嘴。但有其他人來了，多半是親朋好友與黨員同志。然後西薇雅又重頭開始講，我很快就躲到角落裡，摟著艾莎，輕輕吻她。我清清楚楚記得斯岱方諾對莉拉做的事，西薇雅述說的時候，我就想像著那些細節，在我聽來，這兩個故事都像是動物驚恐的哀號。

後來我過去找小瑷。發現她帶著娃娃，和莫寇在玄關。他們假裝是爸爸、媽媽和寶寶，但並不幸福安寧：他們假裝在吵架。我停住腳步。小瑷指揮莫寇：你得要打我，知道嗎？這新的小生命在遊戲裡模仿老生命，我們是環環相扣的一串影子，永遠都在舞台上承受相同的重擔，愛、恨、欲望、暴力的重擔。我很仔細觀察小瑷，她看起來很像彼耶特洛。而莫寇，卻長得像尼諾。

81

不久之後，報紙和電視上偶爾報導的地下戰爭——政變的計畫、警方鎮壓、武裝小組、槍戰、傷亡、殺戮、爆炸與殘殺，在大大小小的城市都發生，再次讓我驚詫不已。卡門打電話給我，她擔心得要命，因為好幾個星期沒有帕斯蓋的消息了。

「他該不會碰巧去看你吧？」

「他是來過，不過至少是兩個月前的事了。」

「啊，他問我你的電話號碼和地址。他想要你的建議，對吧？」

「什麼建議？」

「我不知道。」

「他沒向我問任何建議。」

「那他說什麼？」

「什麼都沒說。他很好，很開心。」

卡門到處問，連莉拉、恩佐，甚至聚在特里布納利路的那些人都問過了。最後她打電話到娜笛雅的媽媽家，但她媽媽很不客氣，而亞曼多只說娜笛雅搬走了，沒留下任何地址。

「他們一定住在一起。」

「帕斯蓋和那個女生？沒留下地址和電話號碼？」

我們談了好久。我說也許娜笛雅是因為帕斯蓋的關係，和家裡鬧翻了。天曉得，說不定他們搬到德國去住，或者英國，法國。但卡門沒被我說服。帕斯蓋是個關心家人的哥哥，她說，絕對不會就這樣消聲匿跡。她因此有不祥的預感：如今街坊天天有衝突發生，每一個共黨同志都要小心被偷襲，法西斯份子甚至來威脅過她和她丈夫。他們指控帕斯蓋在法西斯總部和梭拉朗的超市縱火。這些事情我都不知道，感到非常驚駭：街坊發生了這樣的事情，而且法西斯份子怪罪帕斯蓋？是的，他是頭號要犯，他被認為是應該要除掉的人。說不定季諾已經殺了他，卡門說。

「你去找過警察沒？」

「找過了。」

「他們怎麼說？」

「他們差點逮捕我。他們比法西斯份子還法西斯。」

我打電話給嘉利亞妮老師。她譏諷地對我說：怎麼回事，我沒再在書店看到你的書，連報紙上都沒有，你是退休了嗎？我說我有兩個孩子，現在忙著照顧她們。然後我問起娜笛雅。她變得很不客氣。娜笛雅是個大人了，她去過自己的日子。在哪裡，我問。她的事，她說。就在我要問他兒子電話號碼的時候，她連再見都沒說，就把電話給掛了。

我花了很長的時間找亞曼多的電話號碼，然後花了更長的時間，才在他家找到他。終於和他通上電話時，他好像很高興聽到我的聲音，也很急著想對我吐露心聲。他花很多時間在醫院工作，他的婚姻結束了，妻子帶著兒子離開他。他現在自己一個人，很古怪。談到妹妹的時候，他變得吞吞吐吐，平靜地說：我沒和她聯絡了。有政治歧見，對所有的事情都有歧見。自從她和帕斯蓋在一起之後，你就什麼事都不能和她說。我說：他們住在一起嗎？他打岔說：就當作是吧。彷彿這個問題太過無聊，他不想談，繼續談別的，對政治情勢提出嚴厲批評，談起布雷斯西亞的屠殺，資助政黨的大老闆，以及情勢一轉壞就得勢的法西斯份子。

我打電話給卡門，安慰她。我告訴她，娜笛雅因為和帕斯蓋在一起，和家裡決裂了，帕斯蓋像傀儡一樣跟著她。

「你覺得呢？」卡門問。

「我很確定，愛就是這樣啊。」

她很懷疑。但我堅持。我詳細告訴她，他們那天下午在我家的情況，還稍加誇大說他們有多相愛。我們道再見。但六月中旬，卡門再次打來，非常絕望。季諾在光天化日之下遇害身亡，就在藥房門口，臉上挨了一槍。我起初以為她之所以告訴我這個消息，是因為藥房家的這個兒子是我們年少時的朋友，無論他是不是法西斯份子，我都一定會覺得難過。但是她打電話來的理由並不是要讓我知道這樁命案。憲兵來了，挨家挨戶把每間公寓搜個天翻地覆，連加油站也不放過。他們搜尋任何可以讓他們找到帕斯蓋的情報，她覺得情況比當年他們因為阿基里閣下的命案逮捕她父親時更慘。

82

卡門焦慮得不得了。她急哭了，因為覺得迫害又來了。而我心裡一直揮之不去的，卻是藥房對面那片光禿禿的小廣場，以及藥房的內部。我向來喜歡那裡的蠟燭和糖漿味道，深色木架上擺滿一排排各顏各色的瓶瓶罐罐。更重要的是，季諾父母親人很好，總是像趴在陽台上那樣傾身靠在櫃台上。事發時他們一定也在那裡，一定被槍聲所驚嚇，說不定還親眼目睹，眼睛睜得大大的，看著兒子倒在門口，看見了血。我想找莉拉談，但她似乎完全漠不關心，覺得這只是諸多風波中的一樁，她只說：憲兵當然要搜捕帕斯蓋啦。她總是知道要用什麼樣的嗓音攫住我的注意力，她強調說，就算帕斯蓋殺了季諾——她認為不是——她也會支持他，因為憲兵應該去查的是這名死者，他做過那麼多可怕的事，而不應該去搜捕這個建築工人兼共產黨員。之後，彷彿有更要緊的事要做似的，她問開學之前，她可不可以把傑納諾交給我照顧。傑納諾？我怎麼應付得來？我已經有小璦和艾莎，她倆已經讓我累壞了。我說：

「為什麼？」

「我得工作。」

「我打算帶女兒去海邊。」

「帶他一起去。」

「我要去維亞瑞吉歐待到八月底。他和我不熟，他會想要和你在一起。如果你也來，那就沒問題，如果只有他一個，那我就不確定了。」

「你發誓要照顧他的。」

「是啊，如果你生病的話。」

「你怎麼知道我沒生病？」

「你病了？」

「沒有。」

「那你為什麼不請你媽或斯岱方諾帶他？」

她沉默了幾秒鐘，變得很不客氣。

「你到底要不要幫我這個忙？」

我馬上讓步。

「好吧，帶他來吧。」

「恩佐會帶他去。」

恩佐開著他剛買的亮白色飛雅特五〇〇在星期六晚上抵達。光是從窗口看見他，聽見他用方言對還坐在車裡的男孩講話——依然是以前的那個他，同樣沉穩的動作，同樣的結實體格——就讓我彷彿回到了那不勒斯，回到了街坊。我打開門，小瑷拉著我的衣服，光是瞥一眼傑納諾，就知道五年前玫利娜說的一點都沒錯：如今已十歲的這個孩子不只一點都不像尼諾，也一點都不像莉拉；他簡直是斯岱方諾的翻版。

這個結論帶來很複雜的感覺，既失望又滿意。我曾經想過，這孩子要來家裡待這麼久，有尼諾的兒子和我女兒在一起應該很不錯，然而我還是很高興地發現，尼諾和莉拉沒在他身上留下任何痕跡。

83

恩佐想馬上就啟程回家，但彼耶特洛很客氣地歡迎他，留他過夜。我想讓傑納諾和小瑷一起玩，儘管他們差了將近六歲。小瑷很興奮，傑納諾卻拒絕，堅決地搖頭。恩佐對待孩子的態度令我很詫異，雖然不是他兒子，他卻知道他所有的習慣，嗜好，需求。儘管傑納諾因為想睡而抗拒，但恩佐還是好言堅持要他先尿尿、刷牙，才上床睡覺。孩子倒頭就睡之後，他幫他脫下衣服，換上睡衣。

我洗碗收拾的時候，彼耶特洛招呼客人。完全沒有相同點的兩人坐在廚房的餐桌旁。他們試著聊政治，但我丈夫開始以正面的態度提到共產黨與天主教民主黨的進步和解時，恩佐說如果這個政策占上風，那麼貝林格[8]無異是和勞工階級最惡劣的敵人握手。於是他們停止討論，免得吵架。彼耶特洛客氣地問起他的工作，恩佐一定是覺得我丈夫的興趣是發乎內心的，因為平常沉默寡言的他竟然口若懸河，開始講起枯燥、甚至有些太過技術性的問題。IBM剛決定派莉拉和他去一家比較大的公司，是諾拉附近的一家工廠，有三百名技術員和四十名職員。薪水讓他們大吃一驚：擔任部門主管的他月薪三十五萬，擔任他助理的她則有十萬里拉。他們當然接受，但現在他們必須付出努力去賺到這些錢，而且要做的工作非常多。我們要負責，他解釋說——從這時開始，他就一直用「我們」——三號系統的十號模型，我們可以指揮兩名操作員和五名打孔操作員，他們也是查核員。我們必須收集大量的資料放進三號系統裡，因為這是讓機器可以做——呃，怎麼說——例如會計、薪資、發貨單、倉儲、售貨員管理、供應商指令、生產、運輸等等工作的必要程序。為了這些目的，我們用小卡片——也就是打孔卡。洞代表一切，主要的心力就是用在這裡。我給你舉個例子，有些簡單的工作可以用程式來操作，譬如開發票。一開始你是用紙本發貨單，倉儲人員要在上面註明產品名稱和要送交的客戶。客戶有個代碼，他的個人資訊是代

8 貝林格（Enrico Berlinguer, 1922~1984），義大利政治家，從一九七二年起擔任義大利共產黨總書記直到過世。他主張與天主教民主黨和解，並加入聯合政府。

碼，產品也是。打卡操作員坐在機器前面，按下一個鍵，吐出一張卡，然後在鍵盤上輸入單據號碼、客戶代碼、個人資料碼、產品數量碼，都變成卡片上的洞。這樣說你或許比較容易了解，十種產品各一千張單據，總共就有一萬張卡，上面有像針打上的洞，你清楚了嗎？

這個晚上就這樣過去。彼耶特洛不時點頭表示聽得懂，甚至嘗試問一些問題（洞可以作數，那沒有洞的卡也算數嗎？）。我只微微笑著洗碗擦桌。恩佐顯然很高興有機會可以說明他的工作給我們聽，這位大學教授像乖乖聽講的學生，而擁有大學學位、寫過一本書的老朋友，這會兒在清理廚房，對他講的事情一無所知。但事實上，我很快就分心了。操作員拿一萬張卡片放進所謂的分類機裡。機器會按照產品代碼把卡片分好。接著有兩個讀卡機，不是人，是機器，設計來讀卡片上的洞與沒有洞的部分。然後呢？我就茫茫然了。我搞不清楚什麼代碼啦，大批卡片，比較洞、分類洞、讀洞的洞，分成四個動作，印名字、地址、總數。有個名詞是我從來沒聽過的：檔。我完全聽不懂。恩佐不停講著這個檔，那個檔。我搞不懂莉拉。這些名詞、這些機器、這份工作，她全都明白，現在她在諾拉的一家大公司工作，若加上她伴侶的薪水，她甚至比我這個貴婦還有錢。我也搞不懂恩佐，他竟然驕傲地說：沒有她，我就沒有今天。他對我們坦露他的愛與忠心，很顯然的，他很喜歡提醒自己和其他人，他的女人擁有卓越非凡的特質，不像我丈夫不僅從不稱讚我，甚至只把我當成是他女兒的媽，儘管我有學位，他也不希望我擁有獨立的思想，他用貶低我看的書、我感興趣的事情來貶低我，而且只有我繼續表現得無足輕重，他才會願意愛我。

最後我坐到餐桌旁，非常沮喪，因為他們兩個都沒打算說：我們可以幫你整理餐桌、洗碗、掃地嗎？發貨單，恩佐說，是一張簡單的文件，何必要用手寫呢？如果一天要寫十張，不算什麼。但如果要寫一千張？讀卡機一分鐘可以讀兩百張卡，所以兩千張十分鐘，一萬張只要五十分鐘。機器的速度是很大的優勢，特別是如果有能力可以執行需要很長時間的複雜動作。這就是莉拉和我的工作：讓三號系統準備好執行複雜的動作。程式的發展階段非常好。操作階段就略遜一點。卡片常卡住，斷在分類機裡。裝著剛分類好的卡片的容器經常倒下來，卡片散落地板。但這很棒，就算這樣還是很棒。

只是為了讓他們察覺到我在場，所以我打岔說：

「他會犯錯嗎？」

「他誰？」

「電腦啊。」

「那不是他，小琳，他就是我。要是他犯錯，要是他惹出麻煩，就是我犯的錯，我惹上的麻煩。」

「噢。」然後我說：「我累了。」

彼耶特洛點頭同意，似乎準備結束這一夜。他對恩佐說：

「這的確很讓人興奮，但如果像你說的那樣，這些機器會取代人，那技術就會消失。在飛雅特工廠裡，已經由機器人做焊接工作了。很多工作都會不見。」

恩佐先是同意，接著似乎又有別的想法，最後引述了他唯一相信的權威人士的話：

「莉娜說這是好事，帶來羞辱和愚鈍的工作應該消失。」

莉娜，莉娜，莉娜。我嘲笑地問：要是莉拉這麼優秀，為什麼他們給你三十五萬里拉，卻只給她十萬，為什麼你是主管，她是助理？恩佐再次遲疑，似乎想說什麼不吐不快的話，最後還是決定不說。他喃喃說：你到底想要我怎樣。生產工具由私人擁有的情況應該要終止。廚房裡迴盪著冷氣機的嗡翁聲，持續了好幾秒鐘。彼耶特洛站起來，說：我們去睡覺吧。

84

恩佐想要在清晨六點離開，但才四點鐘，我就聽見他的房間裡有動靜，於是起床幫他煮咖啡。寂靜的屋裡，只有我們兩個人在一起，電腦語言消失了，適合彼耶特洛身分的義大利文也消失了，我們改用方言交談。我問起他和莉拉的關係。他說很好，雖然她一刻也不肯好好坐著。忽而忙著解決工作問題，忽而和媽媽、爸爸、哥哥吵架，忽而幫傑納諾做功課，不管怎樣，她最後也都會幫黎諾的兒子，以及剛好在附近的每一個孩子。莉拉不照顧自己，所以她工作過度，總是看起來一副快累垮的樣子，有一回還真的昏倒了，她太累了。我很快就明白，他們倆併肩工作，收入豐厚，但這融洽的情侶關係卻有一連串更為複雜的問題。我試探地問：

「也許你們應該要理出一些秩序來，莉娜不應該太累。」

「我不時這樣告訴她。」

「還有分居、離婚的事，她和斯岱方諾繼續維持婚姻關係，很沒道理。」

「她理都不理。」

「可是斯岱方諾呢？」

「他甚至不知道現在是可以離婚的。」

「艾達呢？」

「艾達有生計問題。風水輪流轉，高高在上的，最後被踩在腳下。卡拉西家半毛錢都沒有，只剩下欠梭拉朗家的債，艾達忙著在還來得及的時候多拿一些。」

「那你呢？你不想結婚？」

他顯然很樂意結婚，但是莉拉反對。她不僅不願意浪費時間辦離婚——誰在乎我是不是還和他有婚姻關係啊，我和你在一起，我和你睡覺，這才重要——光是想到再辦一場婚禮，就讓她哈哈大笑。她說：你和我？你和我結婚？為什麼，我們這樣很好啊，哪天我們受夠彼此了，就各走各的。再辦一場婚禮引不起莉拉的興趣，她有別的事要考慮。

「什麼事？」

「算了。」

「告訴我。」

「她從沒告訴你？」

「什麼？」

「米凱爾．梭拉朗。」

他用簡短緊湊的語句告訴我，這些年來，米凱爾始終沒放棄要莉拉回去幫他工作。他提議要她去管理佛莫洛一家新開的店。或者負責會計與稅務。或者去當他一個朋友的祕書，是天主教民主黨的重量級政治人物。他甚至還願意給她一個月二十萬里拉的薪水，只要負責創造東西，任何瘋狂的點子，任何出現在她腦子裡的東西。儘管住在波西利波，但他的事業總部還是在街坊，在他爸媽家裡。所以莉拉不時碰見他，在街上，在市場裡，在店鋪裡。他總是很客氣地攔下她，逗逗傑納諾，給他小禮物。然後正經起來，就算她拒絕他給的工作，他也從不失去耐性，道再見，像往常一樣開玩笑：我不會放棄的，我會永遠等你，只要你想通了，打電話給我，我馬上飛過來。後來他發現她替IBM工作，才真的生氣了。他去找認識的人，想讓恩佐再也當不成顧問，還有莉拉也是。但並沒有成功，IBM迫切需要技術人員，而像恩佐和莉拉這樣的優秀技術人員並不多。可是政治氣氛變了。恩佐有一次發現季諾手下的法西斯份子在他家外面，他及時衝進屋裡鎖上門，才逃過一劫。但不久之後，傑納諾又碰上一件令人心生警覺的事。莉拉的媽媽像平常一樣去學校接傑納諾，所有的學生都出來了，唯獨不見傑納諾。老師說：他一分鐘之前還在啊。同學說：他本來在這裡，後來就不見了。倫吉雅驚恐莫名，打電話到莉拉上班的地方。莉拉馬上趕回來，去找傑納諾。她在花園的一條長凳上找到他。孩子靜靜坐在那裡，穿著原本的罩衫，他的獎章，他的書包都在，笑著回答問題——你去哪裡了，你做什麼事情去了——但眼睛裡一點表情都沒有。她想要馬上去宰了米凱爾，因為他企圖揍恩佐，又想綁架她兒子。但恩佐制止她。法西斯份子跟蹤每一個左派份子，而且他們也沒有證據證明是米凱爾下令綁架傑納諾的。至於傑納諾，他承認自己的短暫失蹤只是自己不乖的。不管是怎麼回事，在莉拉冷靜下來之後，恩佐決定自己去找米凱爾談。他到梭拉朗酒館，米凱爾眼睛眨也不眨地聽他說，然後講了諸如：我不知道你他媽的在講什麼，恩佐，我喜歡傑納諾，誰敢碰他就死定了，你說的這些蠢事裡面，唯一正確的就是莉娜真的聰明，她白白浪費自己的聰明才智真是可惜。這麼多年來，我一直邀她來替我工作。接著他又說：這讓你生氣？誰甩你啊。可是你錯了，要是你愛她，就應該鼓勵她發揮才智。過來，坐下，喝杯咖啡，吃塊糕餅，告訴我，你們那些電腦是幹嘛的。而事情並沒有這樣結束。他們又見了兩三次面，都是意外碰見的，米凱爾對三號系統越來越有興趣。有一天他甚至打趣說，他問過ＩＢＭ公司的某個人，說恩佐和莉拉哪一個比較聰明，結果那人說恩佐肯定很聰明，但在這行最出色的是莉拉。之後，他又有一次在街上攔下她，給她一大筆生意。他打算租三號系統，用來處理他所有的商業活動。結果：他要她來當首席技師，月薪四十萬里拉。

「她竟然沒告訴你？」恩佐謹慎地問。

「沒有。」

「你知道她不想讓你煩惱，你有你自己的生活。可是你也明白，對她個人來說這是個圈套，但對我們兩個來說是一大筆財富：這樣一來，我們一個月就有七十五萬的收入。我不知道這樣講你是不是明白。」

「但是莉拉？」

「她九月之前必須答覆。」

「她會怎麼做？」

「我不知道。你什麼時候能事先猜到她心裡打什麼主意？」

「是沒辦法。可是你認為她應該怎麼做？」

「我認為她應該做她想做的。」

「就算你不同意也沒關係？」

「沒錯。」

我陪他出門去開車。在樓梯上，我突然想到，我或許應該告訴恩佐他肯定不知道的事，米凱爾對莉拉的愛像張蜘蛛網，是與肉體熱情無關、甚至也與忠誠屈服無關的危險之愛。我打算把事實告訴他，因為我喜歡他，我不希望他以為自己面對的只是個長久以來處心積慮想買他女人智慧的半幫派份子。他坐進駕駛座之後，我問他：

「那如果米凱爾想和她上床呢？」

他面無表情。

「我會宰了他。不過，他反正也不想要她，他已經有了情人，所有的人都知道。」

「是誰？」

「瑪麗莎。他再次讓她懷孕了。」

有那麼一會兒，我好像完全想不通。

「瑪麗莎・薩拉托爾？」

「瑪麗莎，埃爾范索的老婆。」

我想起我和我這位同學的談話。他當時想要告訴我他的生活有多複雜，而我退縮了，被他揭露的問題表面而非本質給嚇壞了。在我看來，他的不安似乎很難理解——我很願意再和他談談，把事情搞清楚，雖然我當時很可能還是無法完全理解——然而這個消息還是讓我很不舒服，很心痛。我問：

「那埃爾范索呢？」

「他一點都不在乎。他們說他是同性戀。」

「誰說？」

「每一個人都說。」

「每一個人太籠統了，恩佐。大家還說了什麼？」

他看著我，帶著一絲共謀的諷刺意味。

「講了很多，街坊裡的人老是嚼舌根。」

「比方說？」

「陳年往事又被挖出來。他們說可能是梭拉朗兄弟的媽媽殺了阿基里閣下。」

他走了，我多麼希望他也帶走了他講的那些事情。但我聽到的事情留在我心裡，讓我憂心，讓我忿怒。為了想擺脫掉這些事情，我打電話給莉拉，既是煩惱又是譴責：你為什麼沒告訴我米凱爾老是要給你工作，特別是最近的這一次；你為什麼說出埃爾范索的祕密；你為什麼開始傳梭拉朗媽媽的事；你為什麼把傑納諾送來給我，你擔心他嗎，老實告訴我，我有權利知道；你為什麼從來就不肯把心裡想的事情告訴我，一次都不肯說？這是一次情緒大爆發，但是一句接一句的，我內心深處希望我們不要就這樣停下來，希望她能理解我從久遠以來的渴望，期盼面對我們的整體關係，重新檢視，釐清說明，得到完整的認識。我希望能激起她的反應，讓她面對更為私密的問題。但是莉拉覺得很煩，待我非常冷淡，心情不佳。她說我已經離開很多年了，如今在我的生活裡，梭拉朗、斯岱方諾、瑪麗莎和埃爾范索都無足輕重，分量甚至比零還要輕。去度假吧，她突然說，去寫作，當個知識份子吧，我們這裡的人對你來說太粗俗了，離我們遠一點吧，讓傑納諾曬點太陽，否則他回來的時候會像他老爸一樣發育不良。

她嗓音裡的譏諷，以及貶抑、近乎粗鄙的口吻，讓恩佐說的故事失去所有的分量，也抹滅了所有的可能性，讓我不能和她討論我在唸的書，討論我從麗雅羅莎和佛羅倫斯這那些女人身上所學到的語彙，問她那些我一直自問的問題。我原本以為可以和她討論那些問題的，因為只要提供給她基本的概念，她肯定就能發揮得比我們任何一個人更好。但好吧，我心想，我過我的陽關道，你走你的獨木橋：既然你情願如此，那就別長大吧，繼續在院子裡玩吧，儘管你已經快三十歲了。我受夠了，我要去海邊。於是我也就這樣做了。

85

彼耶特洛載我和三個小孩到我們在維亞瑞吉歐租的一幢醜陋房子，然後回佛羅倫斯，想辦法完成他正在寫的書。看啊，我對自己說，我現在是度假客，是個有錢貴婦，帶著三個小孩和一堆玩具，在海灘前排有遮陽傘，柔軟的毛巾，足夠的吃食，五套不同顏色的比基尼泳衣，薄荷菸，可以讓我皮膚變黑、金髮更金亮的陽光。我每天晚上都打電話給彼耶特洛和莉拉。彼耶特洛告訴我有誰打電話給我，都是遙遠歲月的遺跡了。偶爾，非常罕見的，他也會對我談起他突然想起的某些和研究有關的假設。我讓傑納諾和莉拉講電話，他老大不願意地報告這一天他覺得重要的事情，然後就說再見。對他們兩個，我幾乎什麼也沒說。特別是莉拉，對我來說，她好像只剩下聲音而已。

但我後來醒悟，其實並非如此：有一部分的她活生生的在傑納諾身上。這男孩長得非常之像斯岱方諾，和莉拉一點都不像。但是他的動作，他講話的神態，某些遣詞用字，特定的感嘆詞，是莉拉小時候那種積極挑釁的模樣。所以有時我心不在焉的時候，聽見他的聲音會突然跳起來，或者看著他比手劃腳地對小璦解釋遊戲時會看得入迷。

然而，和他媽媽不同的是，傑納諾個性狡詐，莉拉很刻薄，但從小就明著來，再怎麼處罰她，她也都還是不會遮掩。但傑納諾表面上顯得很有家教，甚至是個乖乖牌，可是只要我一沒看見，他就捉弄小璦，藏起她的娃娃，打她。我威脅他說為了處罰他，不准他打電話和媽媽說晚安時，他就裝出痛悔的表情。事實上，這樣的處罰他一點都不擔心，每晚打電話是我自己的習慣，不打對他根本不算什麼損失。真正讓他擔心的是，我威脅說不買冰淇淋給他吃。他會開始哭，一面哭一面說他要回那不勒斯，所以我馬上就讓步了。但這並沒有安撫他。他為了報復我，偷偷欺負小璦。

我相信小璦很怕他，很討厭他。但結果沒有。隨著時間過去，她越來越少反擊傑納諾的欺負，她愛上他了。她叫他黎諾或黎努西歐，因為他曾經告訴過她說朋友都這麼叫他。她整天跟著他，不理會我講的話，也是她叫他離開我們的遮陽傘去別的地方走走的。我一整天大吼大叫：小璦，你要去哪裡？傑納諾，過來！艾莎，你在幹嘛？別吃沙子！傑納諾，住手！小璦，你不住手，我就過來了，你等著瞧！完全沒有意義的奮鬥：不管怎麼說，艾莎都還是吃沙；不管怎麼罵，小璦和傑納諾還是跑得無影無蹤。

他們躲在附近的一片蘆葦裡。有一回我帶著艾莎去看他們在做什麼，發現他們脫掉泳衣，小璦一臉不可置信地摸著傑納諾讓她看的豎起的陰莖。我停在一小段距離之外，不知道該怎麼辦。小璦——我知道，因為我看過——常俯臥著手淫。但我看過很多討論嬰孩性行為的書——我甚至也給女兒買了一些有彩色插圖的書，用簡單的文字解釋男人和女人之間發生的事情，我曾經唸給她聽，但引不起她的興趣——所以雖然覺得不安，但我並沒有制止她，也沒有罵她，只是我覺得她父親肯定會，所以必須很小心，不讓他嚇到她。

可是，現在怎麼辦？我應該讓他們一起玩嗎？我應該悄悄離開嗎？或者就這樣走近，不把這事當成一回事，滿不在乎地聊起其他事情？萬一這個比她大很多的粗暴男生強迫她，用天曉得什麼方法傷害她，那該怎麼辦？年齡的差距是個危險嗎？這時，兩件事情讓情況急轉直下：艾莎看見姊姊，開心大叫，喊著她的名字；同時，我聽見傑納諾對小璦說方言，很低俗的話，就像我小時候在院落裡聽到的那種下流字眼，我控制不了自己，我讀過的那些關於快感、潛伏期、神經症、兒童與女人的多樣變態等等都消失了。我嚴厲罵他們兩個，特別是傑納諾，我抓著他的手臂把他拖走。他放聲大哭，小璦一無所懼，冷冷地對我說：你太壞了。

我給他們買冰淇淋吃，但就從這時，開始了一段提心吊膽的時期，我不只擔心小璦學會那不勒斯方言的低俗語彙，也小心監督，防範相同的事情再發生。夜裡，孩子睡著之後，我養成回想的習慣：我小時候在院落裡和朋友玩過類似的遊戲嗎？莉拉有過類似的經驗嗎？我們從來沒談過。當時我們當然也講過這些可憎的話，但我們是為了擋開下流大人的手才罵髒話，一面逃一面大聲罵。還有呢？最後我很勉強地問自己：我和她曾經撫摸彼此嗎？我是不是曾經想過要這麼做，童年時，少女時，長大之後？而她呢？我在這些問題上想了好久。我緩緩得到答案：我不知道，我不想知道。我承認，我對她的身體是有某種欣賞的態度，或許是，沒錯，但我認為我們之間並沒有發生任何事情。太多恐懼了，要是我們被撞見，肯定會被活活打死。

反正，面對這個問題的那段時間裡，我避免帶傑納諾去打公用電話。我怕他會告訴莉拉他不想再和我待在一起，怕他會告訴她發生了什麼事。這恐懼讓我很煩惱：我為什麼要擔心？我讓一切慢慢淡去。就連我對兩個孩子的警覺性也漸漸消失了。我不能一直監視他們。我專心照顧艾莎，我忘了他們。我會在海灘緊張大喊，手裡拿著浴巾，只是他們雖然已經嘴唇泛紫、指尖發皺，卻還是不肯從水裡出來。

八月就這樣溜走了。房子，購物，準備塞得太滿的海灘袋，海灘，回家，晚餐，冰淇淋，打電話。我和其他媽媽聊天，全都比我年長，要是她們稱讚我的孩子和我的耐心，我就很開心。她們聊起丈夫，聊起丈夫的工作。我也談我的丈夫。我說：他是大學的拉丁文教授。週末，彼耶特洛會過來，就像多年前在伊斯基亞島時，斯岱方諾和黎諾那樣。我認識的這些太太們對他投以尊敬的目光，很欣賞他，這或許應該歸功於他的教授職位，甚至他的濃密頭髮吧。他和女兒與傑納諾一起去遊泳，帶他們玩他們都很愛的假裝探險遊戲，然後他坐在遮陽傘下看書，偶爾抱怨自己睡眠不足——他常忘記帶安眠藥來。孩子睡著之後，我們在廚房裡站著做愛，免得床發出咿咿呀呀的聲音。如今在我看來——和很多人看法相反——婚姻是讓性行為缺乏人性的一種機制。

86

星期六，彼耶特洛在連日大幅報導法西斯份子炸火車事件[9]的頭條新聞裡，從《晚郵報》找到一條那不勒斯郊外小工廠的簡短報導。

「你朋友以前工作那家公司是不是叫蘇卡佛？」他問我。

「怎麼了？」

他把報紙遞給我。由兩男一女組成的突擊隊衝進那不勒斯近郊的一家香腸工廠。他們三個先是開槍打了警衛菲利波．卡拉的腿，他傷得很重。然後，他們衝進老闆，也是那不勒斯年輕企業家布魯諾．蘇卡佛的辦公室，開了四槍殺死他，三槍擊中胸口，一槍擊中頭部。讀著報導的時候，我看見布魯諾的臉毀壞，裂開，隨著潔白的牙齒迸落。天哪，老天爺啊，我嚇呆了。我把小孩交給彼耶特洛，衝去打電話給莉拉，電話響了好久卻沒人接，我傍晚又試了一次，還是一樣。我隔天才找到她，她驚慌地問我：怎麼回事，傑納諾病了嗎？我要她放心，但告訴她布魯諾的事。她一點都不知情，聽我講，最後語氣平平地說：你告訴我的真是個壞消息啊。沒再說別的。我催她：打電話找人，問問看我的哀悼電報要拍到哪裡去。她說她和工廠裡的人都斷了聯繫。打什麼電報，她喃喃說，算了吧。

我是算了。但隔天我在《宣言》上找到一篇吉歐瓦尼．薩拉托爾（也就是尼諾）署名的文章，透露了這家小企業的許多訊息，強調這些偏遠地區的政治緊張情勢，也充滿情義地提到布魯諾和他悲劇的下場。我追蹤這條新聞的發展好幾天，但沒有用，它很快就從報上消失了。除此之外，莉拉也不肯談這件事。晚上我帶孩子打電話給她的時候，她打斷我的話，說，讓傑納諾和我講話。只要我引述尼諾的話，她就格外生氣。他就是這個樣子，她不高興地說。他什麼事都要管：這和政治有什麼關係，一定是別的事，這裡的人被殺死有千百個理由，通姦，犯罪，甚至只是多看一眼。時間過去，布魯諾依然是揮之不去的一個影像，僅此而已。那個影像不是我在電話裡搬出艾羅塔家族的權威出言恐嚇的工廠老闆，而是企圖吻我、被我無禮拒絕的那個年輕人。

87

我開始在海灘上胡思亂想。我對自己說，莉拉是刻意抽離所有的情緒與感情。我越是想方設法來對自己解釋，她就隱藏得越深。我越是想把她拉到光亮處，讓她可以澄清我的想法，她就越是躲進陰暗處。她宛如一輪躲在樹林背後的滿月，讓枝葉抹花了她的臉。

九月初，我回到佛羅倫斯，但這些可怕的想法非但沒消失，反而更強烈了。和彼耶特洛討論是沒用的。我和孩子回來，他並不開心，他寫書的進度落後，而且一想到學期就要開始，脾氣就更壞。有天晚上，在餐桌上，小璦和傑納諾不知為什麼吵架，他突然跳起來，離開廚房，用力甩

9 一九七四年八月四日，一列從羅馬開往慕尼黑的夜快車在離開佛羅倫斯站後不久爆炸，造成十二人喪生，四十餘人受傷的慘劇。法西斯組織「黑令」（Black Order）宣稱是他們所為。

門，把門上的毛玻璃都震碎了。我打電話給莉拉，開門見山告訴她說她得把孩子接回去，他已經和我們住了一個半月了。

「你不能讓他待在月底嗎？」

「不行。」

「這裡情況很不好。」

「這裡也一樣。」

恩佐半夜啟程，早晨抵達，那時彼耶特洛已經去上班了。我整理好傑納諾的行李，告訴他孩子們之間的緊繃關係已經到了讓人無法忍受的地步了。我很抱歉，但三個小孩真的太多了，我再也應付不了了。他說他了解，他謝謝我所做的一切。至於道歉，他只說：你也知道莉拉是什麼樣子。我沒回答，因為小璦在尖叫，不肯讓傑納諾離開；也因為倘若開口，我很可能會從莉拉是什麼樣子說起，說出讓自己事後懊悔的話來。

我腦袋裡的想法，是我甚至不願對自己提及的；我很怕事實會神奇地與我說的話吻合。但這些話並沒有就這樣消失，我已經在心裡聽見了，這讓我害怕，讓我著迷，讓我驚恐，讓我深受誘惑。我曾經訓練自己在相去甚遠的東西之間建立聯結關係來找出秩序，但這一次卻失控了。我把季諾的遇害和布魯諾·蘇卡佛（工廠警衛菲利波沒死）連在一起，結論卻歸結到帕斯蓋身上，甚至娜笛雅也脫不了干係。這個假設讓我非常苦惱。我想過要打電話給卡門，問她是不是有哥哥的消息；但又改變心意，怕她的電話可能被監聽。恩佐來接傑納諾的時候，我對自己說：我要和他談談這件事，看他有什麼反應。但我還是什麼都沒說，因為我怕自己說得太多，也怕會引出躲在帕斯蓋和娜笛雅背後的人：莉拉。沒錯，就是莉拉，一如既往：她什麼都不說，她直接動手去做。莉拉浸淫在街坊的文化裡，不把警方、法律、國家放在眼裡，相信只能靠她的鞋匠刀解決所有的問題。莉拉了解不公平的可怕；莉拉和特里布納利路那些人在一起時，發現她過度活躍的心力可以用來執行革命理論和行動；莉拉把她的新愁舊恨全轉移到政治目標上；莉拉像鋪陳故事人物一樣擺布其他人；莉拉專心致志把我們對貧窮的認識結合到對抗法西斯份子、工廠老闆、資本主義的武力鬥爭上。今天是我頭一次公開承認：在那年九月，我懷疑不只是帕斯蓋——從過往的紀錄來看，帕斯蓋肯定覺得有必要拿起武器——不只是娜笛雅，而是莉拉本人主導了這些血腥行動。很長一段時間，我煮飯的時候，照顧女兒的時候，我都看見她，夥同其他兩人，射殺季諾，射傷菲利波，射殺布魯諾．蘇卡佛。就算我很難想像帕斯蓋和娜笛雅做出這樣的事情——我認為他是個好男孩，有時候會自吹自擂，會鬥凶逞狠，但是殺人，不會的；而她，在我看來是個值得敬重的女孩，頂多只會在口頭上要叛逆而已——但是對於莉拉，我一點都不懷疑，她知道如何籌謀最有效的計畫，她知道如何把風險降到最低，她會控制住恐懼，會為凶殺意圖披上聖潔的外衣，她知道如何把人的本質從身體和鮮血之中抽離出來，她不會良心不安，她不會懊悔莫及，她會動手殺人，而且認為自己站在正義的一方。

這就是她，思慮清晰，聰穎機敏，再加上帕斯蓋、娜笛雅，天曉得還有些什麼人的影子。他們駕車駛過廣場，在藥房前面放慢車速，對著季諾開槍，對著他裹在白袍裡的凶暴身體開槍。或者，他們沿著泥土路開到蘇卡佛工廠，路兩邊堆滿各色各樣的垃圾。帕斯蓋穿過大門，開槍打傷了菲利波的腿，血濺得警衛亭到處都是，尖叫，驚恐的眼神。熟門熟路的莉拉穿過中庭，進到工廠，爬上樓梯，闖進布魯諾的辦公室，就在他開心說：「嗨，你來做什麼？」的當下，對著他的胸口開了三槍，對他腦袋開了一槍。

是啊，好戰的反法西斯份子，新的抗爭，無產階級的正義，還有其他的字彙，她天生就懂得如何避免覆述陳腔濫調，也一定可以講出一套深刻的大道理。我想像這些行動是加入——呃，什麼呢——紅色軍團[10]、前線組織[11]、無產階級武裝核心[12]等組織的必要之舉。莉拉會從街坊消失，就像帕斯蓋那樣。說不定這就是她為什麼會想要把傑納諾交給我的原因，表面上說是一個月，其實是永遠要把他留在我身邊。我們再也不能見面。或者她會被逮捕，就像紅色軍團的首腦寇西歐[13]和法蘭契斯奇尼[14]一樣。或者她可以秉持一貫的想像力與大無畏精神，躲過警方，不致入獄。等「大事」完成之後，她會得意揚揚地再次出現，欣賞自己的成就，以革命領袖之姿告訴我：你想要寫小說，我用真人、真血、真事創造了一部小說。

夜裡，我腦海裡的想像似乎都是已經發生，或正在發生的事情。我替她擔驚受怕，我看見她被捕，看見她受傷，就像在這混亂世界裡的許多男男女女一樣，我可憐她，但也嫉妒她。從小就相信她註定要成就非凡大事的想像放大了。我很後悔自己離開了那不勒斯，離開了她，我迫切需要她回來。但我也很生氣，她竟然沒知會我就走上這條路，彷彿覺得我不夠格似的。然而我對資本、剝削、階級鬥爭、無產階級革命的必然性略有所知。我可以發揮作用的，我應該參與的。我很不開心。我躺在床上，對自己身為母親，身為已婚婦女的身分很不滿，我的整個未來只剩下不斷重複的家務，只能困在廚房，困在婚姻的床上。

白天我覺得自己神智比較清楚，但卻更為驚恐。我想像任性的莉拉刻意挑起仇恨，到頭來卻發現自己涉入暴力行動。她當然有勇氣前進，或以純粹只依理性行事的人才會有的那種清晰決心與無比殘酷擔負起領導責任。但目的何在？展開一場內戰？把街坊，把那不勒斯、義大利全變成戰場，變成地中海的越南？把我們全捲進可怕無情的爭鬥裡，夾在東方與西方集團[15]之間？鼓勵這赤燄席捲歐洲，席捲整個地球？直到永遠的勝利來臨？誰的勝利？城市傾覆，焚毀，人死在街頭，暴力衝突不只針對階級敵人，也在前線組織內部發生，在全都以無產階級專政為名義、但來自不同地域、秉持不同動機的革命團體之間發生。說不定還會爆發核子戰爭。

我驚恐地閉上眼睛。孩子，未來。而我整天想著各種理論：無法預測的主體，家父長制的毀滅性邏輯，女性的生存價值，大愛。我得要和莉拉談談，我對自己說。她得要把她正在做的一切告訴我，讓我知道她在籌劃什麼，這樣我才能決定要不要和她合作。

但我沒打電話給她，她也沒打來。我深信，多年來成為我們唯一聯繫的長長電話線並不能幫我們。我們維持著我倆之間的故事，但用的卻是減法。我們在彼此心中已經成為抽象的存在，所以如今我可以把她想成是電腦專家，以及意志堅定、無可取代的城市游擊手；而她也同樣可以把

10 紅色軍團（Red Brigades），源於義大利的無產階級暴力組織。
11 前線組織（Prima Linea），義大利馬克斯—列寧主義恐怖組織，活躍於一九七〇年代末期。
12 無產階級武裝核心（Nuclei Armati Proletari），義大利左派激進武裝組織。
13 法蘭契斯奇尼（Alberto Franceschini, 1947~），紅色軍團創立人之一，一九七七年被捕入獄，一九九二年獲釋。
14 寇西歐（Renato Curcio, 1941~），紅色軍團創立人之一，一九七六年被捕入獄，一九九八年獲釋。
15 這裡所謂的東方與西方集團，指的是冷戰期間，以蘇聯為首的共黨國家與以美國為首的民主國家。

我想成是典型的成功知識份子，以及一個有教養的有錢太太，擁有子女、書籍，與教授丈夫進行高深對話。我們兩人都需要賦予彼此新的深度，新的實體，然而我們相距遙遠，無法給彼此這些東西。

88

於是九月就這樣過完了。十月來了。我沒找任何人談，包括璦黛兒，因為她工作很忙，也沒找梅麗雅羅莎，因為她把法蘭柯帶回家——不良於行的法蘭柯，如今需要人協助，變得很沮喪——她熱情和我打招呼，答應要替我向法蘭柯問好，但匆匆掛掉電話，因為有好多事要做。更別提彼耶特洛的沉默。書本以外的世界讓他越來越難以負荷，他不願意涉入大學裡的混亂，常稱病請假。他說他之所以這樣做，是為了自己的工作，但他的書一直沒辦法寫完，很少踏進書房。彷彿要原諒自己或求得原諒似的，他照顧艾莎，煮飯，掃地，洗衣，燙衣。我必須對他很凶，趕他回去教書，但我馬上就後悔了。自從暴力事件發生在我認識的人身上之後，我就很替他擔心。他這人從來不肯讓步，就算涉入危險境況，也還是要照自己的意思，公開反對他學生和同事的滿口胡言。儘管我替他擔心，也或許正因為我擔心，所以從來不承認他的說法是對的。我希望因為我的批評，能讓他了解，能制止他的極端保守改革主義（這是我用的名詞），讓他變得更有彈性一點。但是在他眼裡，我這是再次站到攻擊他的學生、陰謀反對他的教授那一邊。

並不只是這樣，情況要複雜得多。一方面我隱隱想要保護他，但另一方面，我卻想要站在莉拉那邊，捍衛我暗暗歸功於她的選擇。後來，我經常想到要打電話給她，從彼耶特洛的事情、從我們的衝突說起，讓她告訴我她的想法，一步一步的，讓她對我開誠布公。我當然是沒打，期待她在電話上坦承這些事情簡直荒謬。但有天晚上她打電話給我，似乎非常開心。

「我有好消息。」

「怎麼了？」

「我現在是技術部門的主管了。」

「哪一種部門？」

「是米凱爾租用的ＩＢＭ電腦資料處理部門主管。」

我覺得不可置信。我要她再說一遍，解釋清楚一點。她接受了梭拉朗的提議？在抗拒這麼久之後，回去替他工作，就像在馬提尼廣場那樣？她說是的，興高采烈，越來越興奮，也講得更加明確：米凱爾租了三號系統，裝設在阿卡拉的鞋廠，交給她來負責。她會雇用操作員和打卡工人。她的薪水是四十二萬五千里拉一個月。

我很失望。不只是因為游擊隊的幻想瞬間消失，也因為我對莉拉的所有想法都動搖了。我說：

「這是我最不希望你做的事。」

「那我應該怎麼做？」

「拒絕。」

「為什麼？」

「我們都知道梭拉朗是什麼樣的人。」

「那又怎麼樣？木已成舟，我替米凱爾工作，總好過替蘇卡佛那個王八蛋工作吧。」

「隨便你吧。」

我聽見大喘一口氣的聲音。她說：

「我不喜歡你的語氣，小琳。我薪水比恩佐高，他是個男人。這有什麼問題嗎？」

「沒有。」

「是因為革命、勞工、新世界和其他的那些鬼話嗎？」

「別說了，除非你出乎意料的打算講真心話給我聽，否則就算了。」

「我可以講一句話嗎？你老是愛用眞心、眞相之類的字眼，不管講話還是寫作。也老是說出乎預料。可是，什麼時候有人會講出真心話，有什麼事情發生是出乎預料的？你比我更清楚，一切都是騙局，一件接著一件發生。我不再做什麼眞心的事情，小琳。我學會要注意所有的事情。只有白癡才會相信事情會出乎預料地發生。」

「說的好。你要我相信什麼，相信一切都在你的掌控之下，是你利用米凱爾，而不是米凱爾利用你？算了吧，別說了。再見。」

「不，說吧，想說什麼就說吧。」

「我無話可說。」

「說啊，不然我就要說了。」

89

「那你就說啊，我洗耳恭聽。」

「你批評我，卻對你妹不置一詞？」

我大吃一驚。

「這和我妹有什麼關係？」

「你不知道艾莉莎的事？」

「我應該知道什麼？」

她不懷好意地笑起來。

「去問你媽，你爸，你弟弟。」

她沒再說別的，氣呼呼地掛掉電話。我憂心忡忡地打電話回娘家，我媽接的電話。

「你還記得有我們存在啊。」她說。

「媽，艾莉莎發生什麼事了？」

「就是現在女生會發生的事啊。」

「什麼意思？」

「她有對象了。」

「她訂婚了。」

「可以這樣說。」

「對象是誰？」

這個答案直戳進我的心臟。

「馬歇羅·梭拉朗。」

這就是莉拉希望我知道的事。馬歇羅，我們少女時期英俊瀟灑的馬歇羅，她頑固絕望的追求者，被她以嫁給斯岱方諾·卡拉西狠狠羞辱的年輕人，追到了我妹妹，我家的老么，我乖巧的小妹，還一直被我當成洋娃娃的小女人。而艾莉莎也這樣讓自己被追走。我爸媽和我弟弟沒費一絲力氣去制止他。而我們全家，在某些方面來說也包括我，最後竟然要和梭拉朗變成親戚。

「從什麼時候開始的？」我問。

「我怎麼知道，一年吧。」

「而你們兩個也同意？」

「你問過我們同不同意嗎？你愛怎麼做就怎麼做。她也一樣。」

「彼耶特洛不是馬歇羅·梭拉朗。」

「你說的沒錯：馬歇羅絕對不會讓艾莉莎像你對彼耶特洛那樣對待他。」

沉默。

「你應該告訴我，你應該要問我的。」

「為什麼？你離開了。『我會照顧你們，不要擔心。』才沒有。你只想著自己，你一點都不理我們。」

我決定立刻帶著孩子去那不勒斯。我想搭火車去，但彼耶特洛自願開車載我們去，藉著對我們好來掩飾他不想去工作的事實。我們一從杜加尼拉下來，陷入那不勒斯混亂的交通裡，我就覺得自己被這個城市攫住了，被它不成文的法律給控制了。自從啟程去結婚之後，我就沒再踏進這座城市一步。噪音令人難以忍受，一刻也不停的喇叭聲惹得我很煩躁，彼耶特洛因為不認識路，遲疑地放慢車速，招來其他駕駛的辱罵，也讓我生氣。快到卡羅三世廣場的時候，我要他停車，換我開。我氣洶洶地開到斐藍薩路，到他幾年前住的那家旅館。我們放下行李，替兩個女兒和自己仔細裝扮，然後才到街坊，回我娘家。我以為自己可以做什麼，以大姊、大學畢業生、嫁入豪門的權威來影響艾莉莎？勸她解除婚約？告訴她：我早就看清馬歇羅的真面目，他曾經抓著我的手腕，要把我拉進他的飛雅特一一〇〇裡，還因此弄斷了媽媽的銀手鍊，所以相信我，他是個流氓，是個暴力的人？是的，我意志堅決，我的任務就是拯救艾莉莎脫離圈套。

我媽親切地歡迎彼耶特洛，依序給兩個女孩小禮物——這是姥姥給小璦的，這是給艾莎的——讓她倆很興奮，雖然興奮的理由各有不同。我爸情緒激動得嗓音嘶啞，他似乎變得更瘦，甚至更卑躬屈膝。我等著兩個弟弟出現，但發現他們根本不在家。

「他們老是工作。」我爸冷淡地說。

「他們做什麼工作？」

「就是工作。」我媽插嘴說。

「在哪裡工作？」

「馬歇羅幫他們安排工作。」

我想起當年梭拉朗兄弟是怎麼幫安東尼奧安排工作，要他做什麼的。

「做什麼呢？」我問。

我媽有點惱火地回答：

「他們帶錢回家，這就夠了。艾莉莎和你不一樣，小琳，艾莉莎很為我們著想。」

我假裝沒聽見。「你有沒有告訴她說我今天會來？她人呢？」

我爸垂下目光，我媽不客氣地說：「在她家。」

我生氣了。「她不住在這裡了？」

「是啊。」

「從什麼時候開始？」

「差不多兩個月吧。她和馬歇羅在新社區有間漂亮的公寓。」我媽冷冷地說。

90

所以，他不只是她的男朋友。我想要馬上到艾莉莎的公寓去，雖然我媽一直說：你要幹嘛，你妹妹給你準備了驚喜，待在這裡，我們晚一點再一起去。我不理她。我打電話給艾莉莎，她很開心地接了電話，然而還是有點難為情。我說：等我，我馬上過來。我把彼耶特洛和女兒留在娘家，走路過去。

街坊看起來似乎更加破敗：建築傾頹，街道和人行道坑坑洞洞，丟滿垃圾。貼滿牆面的黑邊布告——我以前從來沒看過有這麼多——讓我知道老頭子尤戈．梭拉朗，也就是馬歇羅和米凱爾的爺爺，已經過世了。就公告的日期來看，事情已經有一陣子了——至少有兩個月了——那誇張的詞藻，悲戚的聖母面容，以及過世老人的名字都已褪色，模糊了。然而喪事告示還是張貼在街上，彷彿其他的死者出於尊重，決定不聲不響地從世界消失。我甚至還在斯岱方諾的雜貨店門口看見好幾張。店是開著的，但卻像是牆上的一個洞，陰暗，荒廢，卡拉西從後面出來，套著白色罩袍，接著又像鬼魂似的消失無蹤。

我朝鐵軌走去，經過我們以前稱之為新雜貨店的店口。拉下的門板有點歪斜，生鏽，被下流的髒話和塗鴉搞得面目全非。新社區的這個區域彷彿被廢棄了，很久以前的潔白如今已變成灰色，灰泥到處剝落，露出裡面的磚塊。我走過以前莉拉住的那幢公寓，當年的矮樹沒幾棵存活下來。膠帶黏住門上龜裂的玻璃。艾莉莎住的地方更遠一些，在維護得比較好、也更炫富的區域。房門是個禿頭、留小鬍子的矮個兒，走過來攔住我，很有敵意地問我要找誰，我不知道該怎麼說。我嘟嘟囔囔。梭拉朗。他馬上變得畢恭畢敬，讓我進去。

進到電梯之後，我才意識到，我整個人都像回到過去了。我在米蘭或佛羅倫斯覺得可以接受的一切——女性可以自由處置自己的身體與欲望——到了街坊卻變得難以理解。面對妹妹的命運，我無法克制自己。艾莉莎和一個像馬歇羅這樣危險的人一起建立家庭？而我媽還很高興。當年我跑去公證結婚，不舉行宗教儀式，她還很生氣呢。她還罵莉拉是賤貨，因為她和恩佐同居；

她罵艾達是妓女，因為她成了斯岱方諾的情人。這樣的她竟然允許自己的小女兒沒結婚就和大壞蛋馬歇羅．梭拉朗上床？我一面這樣想，一面走進艾莉莎家，覺得自己的怒火具有正當性。但我的理智——訓練有素的理智——卻很困惑，我不知道自己該採取什麼論點。我是要採取幾年前我若作此決定，我媽肯定會用來對付我的那種論調？如此一來我就會讓自己倒退回她如今已經超越的那個水準？或者我應該說：隨便你愛和誰同居都沒關係，只要別是馬歇羅．梭拉朗就好？我該這麼說嗎？但是如果是在佛羅倫斯或米蘭，我會強迫任何一個女孩離開她愛的男人，無論他是誰嗎？

艾莉莎來開門，我用力擁抱她，力道太猛，她笑著說：「你弄疼我了。」我感覺到她有了戒心，邀我到客廳坐——這是一間俗豔浮誇的房間，塞滿花卉圖案的沙發和椅背鍍金的椅子。她開始講話，講得很快，但顧左右而言他：我看起來有多漂亮，我戴的耳環有多美，項鍊有多出色，我看起來多時髦，她好想見到小璦和艾莎。我仔細描述兩個小女生的模樣給她聽，摘下耳環，讓她試戴，照鏡子，送給她。我看見她表情一亮，笑著對我說：

「我好擔心你是來罵我的，說你反對我和馬歇羅在一起。」

我盯著她看了好久好久，說：

「艾莉莎，我是反對。我大老遠來，是為了告訴你，告訴媽媽、爸爸和我們的兄弟。」

她臉色變了，眼睛泛起淚光。

「你讓我不安了。你為什麼反對？」

「梭拉朗這家人很可怕。」

「但馬歇羅不是。」

她開始告訴我他的事。她說事情是從我懷艾莎的時候開始的。媽媽去照顧我，她覺得全家的重擔都在她一個人身上。有一回她去梭拉朗超市購物，莉拉的哥哥黎諾說，要是她留下購物清單，他們可以幫忙送貨。黎諾這麼說的時候，她注意到馬歇羅對她點點頭打招呼，彷彿讓她知道這是他下達的指示。自此而後，他開始在附近晃，幫她做點事情。當時艾莉莎對自己說：他年紀太大，我不喜歡他。但他越來越常出現在她的生活裡，總是很有禮貌，沒有任何一句話或一個動作會讓人連想起梭拉朗兄弟可憎的一面。馬歇羅是個值得敬重的人，有他在身邊，她覺得很安全，他有力氣，有權勢，這讓他看起來像有十米高。不只這樣。從那時開始，情況變得明朗，他對她有意思，艾莉莎的生活就此改變了。街坊內外的每一個人都開始待她如皇后，每個人都開始認為她很重要。這是很棒的感覺，她還不習慣。她說，之前你還是無名小卒，但之後，就連下水道裡的老鼠都認識你：當然啦，你寫過書，你很有名，所以很習慣，但我不一樣，我嚇了一大跳，發現自己什麼都不必擔心了。馬歇羅會打點一切，她的每一個願望都是對他的命令。所以隨著時間過去，她也墜入愛河了。最後她說好吧。如今只要有一天沒見到他或聽到他的消息，她就整夜哭泣，睡不著覺。

艾莉莎一心相信她幸運得不得了，我知道自己沒力量去毀壞所有的幸福。特別是因為她不給我機會：馬歇羅很能幹，馬歇羅很完美。她所講出的每一句話，都審慎地把他和梭拉朗家區隔開來，提到對他家人的好感也都很小心，她喜歡他媽媽，說他爸爸有胃病，所以幾乎從不出門，她也喜歡他過世的祖父，有時候甚至也對米凱爾有好感，要是你花時間和他在一起，就會發現他也和別人講的不一樣，很討人喜歡的。所以相信我，她說，我這輩子從沒這麼開心過，就連媽媽，你也知道她那個人是什麼樣子，她也支持我。爸爸也是，還有紀亞尼和波普，不久之前都還無所事事，現在馬歇羅雇用他們，給他們很好的待遇。

「要是情況真的是這樣，那就結婚吧。」我說。

「我們會的。可是現在時機不好，馬歇羅說他得先搞定一些麻煩的生意。而且也還在給他祖父服喪，那個可憐的老人，腦袋壞了，不記得該怎麼走路，甚至不記得該怎麼講話，上帝帶走他，讓他得到自由。等一切平靜之後，我們就會結婚，別擔心。況且，結婚之前先看看你們是不是合得來也挺好的，不是嗎？」

她開始用不是她會用的語彙講話，那是從她看的漫畫書裡學來的摩登女孩言談。我把她的這些話拿來和我可能會講的話相比較，發現並沒有太大的不同。艾莉莎的話只是稍微粗糙一點而已。該怎麼回答？要來看她之前我並不知道，這時也還是不知道。我大可以說：沒什麼好說的，艾莉莎，情況很清楚，馬歇羅在消費你，利用你的身體，他會離開你。但這些話聽起來很老套，連我媽都不會這麼說。所以我屈服了。我已經離開，而艾莉莎留在這裡。要是我當初也留下來，會做什麼樣的選擇呢？我還是小女生的時候，不也喜歡梭拉朗兄弟嗎？況且，離開讓我得到什麼了？我哪有能力找出智慧之言來說服我妹不要毀了自己。艾莉莎有張五官精緻的漂亮臉蛋，平庸的身材，親切的嗓音。我記憶裡的馬歇羅高大、英俊、肌肉結實，一張國字臉配上健康的面容，有能力表達愛意：他愛上莉拉的時候就表現出來了，而從那時之後，他好像也沒有其他愛人。那麼，該怎麼說呢？最後她去拿來一個盒子，給我看馬歇羅送她的珠寶首飾，相較之下，我剛才送她的耳環簡直微不足道。

「小心一點，」我說：「別迷失自己。如果有需要，就打電話給我。」

我正在站起來的時候，她攔住我，笑著說：

「你要去哪裡？媽媽沒告訴你嗎？他們全部都要過來吃晚飯。我準備了一大堆菜。」

我很惱。

「全部？誰啊？」

「所有的人啊。這是個驚喜。」

91

第一批抵達的是我爸、我媽、兩個小女孩和彼耶特洛。艾莉莎給小璦和艾莎更多禮物，哄著她們（小璦，甜心，來，親我一下；艾莎，看你圓嘟嘟的，好可愛喔，過來阿姨這裡，你知道我們名字一樣嗎？）。我媽馬上躲進廚房裡，低著頭，看都不看我一眼。彼耶特洛想拉我到一旁不知要講什麼嚴重的事，但那神態活脫脫是一副宣稱自己無辜的模樣。但我爸拉他去坐在電視前面的沙發上，把音量調得很高。

不久之後，姬俐歐拉帶著孩子來了，兩個好鬥的男生，馬上就和小璦變成一國，不名所以的艾莎只能躲在我身邊。姬俐歐拉剛從髮廊做好頭髮出來，一雙高到不能再高的高跟鞋喀喀踩在地板上，全身金光閃閃，耳朵、脖子、手上都是。一件領口開得極低的亮綠色洋裝幾乎塞不下她的身體，臉上的大濃妝已經開始龜裂。她劈頭就挖苦地對我說：

「我們來了。我們來為你們兩位教授慶祝。一切都好嗎，小琳？這位就是大學裡的天才？天哪，你老公的頭髮可真漂亮啊。」

彼耶特洛擺脫攬著他肩頭的我父親，靦腆微笑地跳起來，眼神不由自主地落在姬俐歐拉巨大波浪起伏的胸部。她也注意到了，非常滿意。

「放輕鬆，放輕鬆。」她對他說：「否則我會不好意思。這裡沒有人會起身迎接女士的。」

我父親把我丈夫拉回去，擔心有人會搶走他，又開始和他聊這聊那的，儘管電視轟天巨響。我問姬俐歐拉近來可好，想用我的眼神和語氣讓她知道，我沒忘記她對我吐露的心聲，也表達我們倆的親近。這個作法想必沒讓她覺得高興，她說：

「聽我說，親愛的，我很好，你很好，我們都很好。但是如果我老公沒命令我到這裡來，讓我屁股也不用抬一下地留在家裡，我肯定會更好。清楚了吧？」

我沒辦法回答，因為有人按了門鈴。我妹像乘著一陣風似地輕快移動，急忙開了門。我聽見她大叫：真是太開心了，快進來，媽媽，進來。她再次現身，手裡挽著未來的婆婆。曼紐拉．梭拉朗一身宴會打扮，染過的紅色頭髮上插著人造花，哀傷的眼睛深深凹陷，比我上次見到她的時候更瘦——幾乎是皮包骨。在她背後的是米凱爾，衣衫光鮮，精心修飾，目光和平穩的動作裡都有一種簡潔的力量。過一會兒之後，又出現一個塊頭很大的人，我認不太出來是誰，他身上的一切似乎都很龐大：個頭很高，有雙大腳，長而有力的雙腿，肚子、胸膛和肩膀都被某種沉重而結實的物質塞得鼓鼓的。他頭很大，額頭很寬，褐色的長髮往後梳，鬍子則是煤黑色的。是馬歇羅：艾莉莎印證了他的身分，因為她奉上雙唇，彷彿獻給值得尊敬與感謝的天神。他俯身，嘴唇拂過她的嘴唇，我爸拉著彼耶特洛站起來，稍微有點尷尬，我媽則拖著瘸腿匆匆從廚房出來。我醒悟到，梭拉朗夫人的現身被認為是一種值得驕傲的殊榮。艾莉莎頗激動地對我咬耳朵：今天是我婆婆六十歲生日。啊，我說，我也很意外地看著馬歇羅進屋之後就朝我丈夫走去，好像他倆已經認識似的。他露出燦爛的微笑，嚷著說：一切都搞定了，教授。什麼一切都搞定了？彼耶特洛報以不太肯定的微笑，然後看看我，苦惱地搖搖頭，彷彿在說：我能做的都做了。我很想叫他解釋，但馬歇羅已經開始為曼紐拉介紹：來，媽媽，這位就是琳諾希亞的教授丈夫，坐他旁邊吧。彼耶特洛略微鞠躬致意，我也不得不迎接梭拉朗夫人。她說：你好漂亮啊，小琳，和你妹妹一樣漂亮，然後有點煩惱地問我，這裡有點熱，你覺不覺得？我沒回答。小瑷哼哼啊啊地喊我，姬俐歐拉——似乎是唯一一個不理會曼紐拉在不在場的人——用粗鄙的方言吼著她那兩個打我女兒的兒子。我發現米凱爾默默打量我，甚至連句哈囉都沒說。我大聲和他打招呼，然後想辦法安撫小瑷和艾莎，因為艾莎看見姊姊被欺負，也快哭了。馬歇羅對我說：我好高興能邀你們到我家來，對我來說是很大的榮幸，相信我。他轉頭對艾莉莎說，彷彿他沒有權利直接對我講話：你告訴她，我有多高興。我很怕你姊姊。我開口想讓他安心，但這時門鈴又響了。

米凱爾去開門，很快就回來，一臉意興盎然的表情。他背後跟著一名老人，提著幾個行李箱，我的行李箱，我們留在飯店的行李箱。米凱爾指指我，那老人就把箱子擺在我面前，彷彿執行某種神奇魔術來逗樂我似的。不，我大叫，不，你惹我生氣了。但艾莉莎擁抱我，親吻我，說：我們有房間，你不能住飯店，我們這裡空間很大，還有兩間浴室。反正，馬歇羅斷然說，我問過你丈夫了。我可不敢自作主張：教授，請和你太太談一談，幫我講話。我倒抽一口氣，很火大，但仍然面帶微笑：老天爺啊，真是一團混亂，謝謝你，馬歇羅，你太客氣了，但我們真的不能接受。我努力想要把行李箱再送回飯店。但我必須照顧小璦，對她說：去看看男生在幹什麼，沒事的，親吻一下就什麼事都沒了，去吧，去玩，帶艾莎去。然後我叫彼耶特洛，他已經被曼紐拉・梭拉朗纏住了：彼耶特洛，過來，麻煩一下，你對馬歇羅說了什麼，我們不能住在這裡。我這時發現，因為緊張，我講的是方言，是那不勒斯街坊的方言，我生長的舊街坊——從院子到通衢大道，和火車隧道——把它的語言，它的行動與反應模式，它的種種人物，都帶回到我身上，在佛羅倫斯時似乎已經遠去的影像又活生生出現了。

門鈴又響了，艾莉莎去開門。還有誰要來？幾秒鐘之後，傑納諾衝進房裡來。他看見小璦，小璦看見他，都不敢置信。她馬上就不哀叫了，兩人盯著彼此，完全沒想到能再度重逢。接下來，恩佐出現了，在這麼多黑色頭髮的人與鮮豔色彩之中，他是唯一一個金髮的人。他還是一臉嚴肅。最後，莉拉進來了。

92

好長一段時間只聞其聲、不見其影，宛如電流一波波湧動的聲音霎時碎裂了。莉拉身著藍色及膝洋裝，還是很瘦，但精力充沛，雖然穿著低跟鞋，但看起來卻比以前高。嘴角和眼角都有很深的皺紋，除此之外，臉上蒼白的皮膚緊緊繃在前額和顴骨上。她頭髮紮成馬尾，幾乎沒有耳垂的耳朵上方有幾縷白髮。她一看見我就綻開微笑，瞇起眼睛。我沒微笑，而且讓我自己意外的，也什麼話都沒說，甚至連招呼都沒打。儘管我倆都是三十歲，但她看起來比我老，也比我想像中的自己來得飽經風霜。姬俐歐拉嚷著：另一位小皇后終於來了，孩子們都餓了，我管不住他們了。

我們吃飯。我覺得自己很像被某種不舒服的裝置給夾住，沒辦法吞嚥。我很生氣地想起我的行李箱，我在飯店已經打開取出東西，如今又被某個、甚至好幾個陌生人擅自把東西再塞回箱裡，有人碰我的東西，碰彼耶特洛、孩子們的東西，搞得一團亂。我無法接受眼前明顯的事實——我必須住在馬歇羅家裡，好讓我妹妹，和馬歇羅同床共枕的妹妹高興。我帶著哀悽的敵意看著艾莉莎和我媽，艾莉莎渾身散發焦躁的幸福，不停講話，扮演女主人的角色，而我媽顯得心滿意足，甚至還客氣地幫莉拉的盤子添菜。我觀察恩佐，他低頭吃飯，被姬俐歐拉惹得很惱，因為她豐滿的胸脯貼著他的手臂，用賣弄風情的口吻大聲講話。我很生氣地看著彼耶特洛，他雖然被我爸、馬歇羅、梭拉朗夫人不停問話，但注意力卻始終只在莉拉身上。坐在他正對面的莉拉誰也不理，甚至對我也是——說不定是格外對我不理不睬吧——但對他卻不是這樣。孩子們也讓我緊張，現在五個人分成兩邊：傑納諾和小璦很乖也很狡猾，對上姬俐歐拉那兩個趁媽媽不注意偷喝她杯裡的酒的兒子，情況變得越來越難忍受，但艾莎深受吸引，也加入戰局，雖然他們根本不理會她。

是誰主導了這一場秀？誰把不同的理由湊在一起慶祝？顯然是艾莉莎，但是誰鼓動的？或許是馬歇羅。但馬歇羅肯定是聽米凱爾指揮。坐在我旁邊的米凱爾輕鬆自在地吃吃喝喝，假裝漠視妻子和兒子的行為，但以諷刺的目光盯著我丈夫，我這位顯然被莉拉所吸引的丈夫。他想證明什麼？這裡是梭拉朗的地盤？就算我已經逃離，但仍然屬於這個地方，所以仍然屬於他們？他們可以動用親暱的態度、熟悉的言語與慣常的儀式來脅迫我，也可以用隨心所欲把醜陋變美、把美變醜陋的摧毀力量來強迫我做任何事情？從抵達之後，他頭一次開口對我講話。你看見媽媽了嗎，他說，想想看，她六十歲了，但誰會相信呢，她這麼漂亮，保養得這麼好，對吧？他刻意提高嗓音，讓所有的人不見得聽見他的問題，卻肯定會注意聽我被迫回答的答案。我必須讚美他媽媽。她人在這裡，坐在彼耶特洛旁邊，這個有點迷糊，客客氣氣，顯然無害，一張稜線分明的長臉，大鼻子，稀疏的頭髮裡插了朵可怕大花的老女人。然而她是積攢家族財富的高利貸吸血鬼，保管登記有街坊、全市、全省許多人名字的紅色帳簿的人。這個犯了罪卻逍遙法外的女人，無法無天的危險女人，根據我和莉拉在電話裡所編織的幻想，根據我那本沒出版的小說書稿寫的：媽媽殺了阿基里閣下，取而代之，獨占高利貸生意，養大兩個兒子去強占一切，踐踏所有的人。而今我卻有義務對米凱爾說：是啊，真的，你媽媽看起來好漂亮，她保養得真好，恭喜。我眼角餘光瞥見莉拉不再和彼耶特洛講話，也不想聽他講，已經轉頭看著我，豐滿的嘴唇微微張開，眼睛瞇成一條線，皺起眉頭。我看見她臉上嘲諷的表情，讓我想到或許是她建議米凱爾設下陷阱把我關進籠裡的：媽媽就要滿六十歲了，小琳，你妹夫的媽媽，你妹妹的婆婆，我們看看你會怎麼說，看看你是不是還要繼續扮演女校長的角色。我轉頭對曼紐拉說：生日快樂。僅此一句。

這時米凱爾插嘴，彷彿要幫我似的，情感豐沛地嚷著：謝謝你，謝謝你，小琳。接著他轉頭面向媽媽。她臉上冒汗，有痛苦的表情，瘦削的脖子上有紅色的斑點。琳諾希亞向你道賀啊，媽媽。彼耶特洛也馬上對坐在他旁邊的這個女人說：我也祝您生日快樂，梭拉朗夫人。於是每一個人——除了姬俐歐拉和莉拉之外的每一個人——都對梭拉朗夫人致敬，就連孩子們也異口同聲說：生日快樂，曼紐拉；生日快樂，奶奶。她很不好意思地說：我老了，從皮包裡掏出一把繪有海灣與冒煙的維蘇威火山的藍色扇子，開始搧風，起初很慢，後來越搧越用力。

米凱爾雖然之前是對我講，但似乎更看重我丈夫的祝福。他客氣地說：你人太好了，教授，你不是本地人，不知道我媽的好。他用推心置腹的口吻說：我們是好人，我過世的爺爺——願他靈魂安息——在街角開了小酒館，從零開始，我爸發揚光大，開了一家聞名全那不勒斯的糕餅店，感謝斯帕努羅，也就是我岳父的高超手藝，他是個卓越不凡的藝術家——對不對，姬俐歐拉？但是，他又說，是我媽，我們媽媽，給了我們一切。最近有些嫉妒的人，想傷害我們的人，散布她的惡毒謠言。但我們是寬大為懷的人，人生讓我們學會要繼續過日子，要有耐心。真相總會勝利的。真相就是，這位女士非常聰明，她個性堅強，絕對不會有一時半刻無所事事。她總是在工作，總是為家庭付出。她從來不為自己而享受。我們今天所擁有的都是她為我們孩子所建立的基業；我們今天所做的，都只是延續她所做的一切。

曼紐拉用更從容不迫的動作搧著扇子，大聲對彼耶特洛說：米凱爾是個很好的兒子。他小時候過聖誕節，會爬到桌子上，朗誦詩歌，朗誦得很好聽。但他的缺點是太喜歡講話，而且講話太誇張。馬歇羅打斷她：不，媽媽，什麼誇張，這是事實。米凱爾繼續讚美曼紐拉，說她有多漂亮，多寬宏大量，講個沒完沒了。後來他突然轉向我。他一本正經，甚至是嚴肅地說：天底下只有另一個女人勉強像我媽媽一樣。另一個女人？另一個幾乎可以和曼紐拉．梭拉朗相提並論的女人？我不解地看著他。雖然他用了「勉強」這個字眼，但有那麼一會兒，整個餐桌都因為他這句很不合宜的話而陷入沉寂。姬俐歐拉以緊張的眼神瞪著丈夫，瞳孔因為酒和不悅而放大了。我媽的表情也很不得體、很警覺：說不定她希望那個女人是艾莉莎，米凱爾就要指定她女兒成為梭拉朗家族最崇高位置的繼承人。曼紐拉有一會兒停下搧風的動作，用食指抹掉嘴唇上的汗水，等著兒子用嘲諷的語氣講出名字來。

但是向來讓米凱爾與眾不同的清明理智不見了，他完全不理會妻子、恩佐，甚至他媽媽，只盯著莉拉看，一張臉變得慘綠，動作更加激動，而口中講出的話宛如一條繩子，把她的注意力從彼耶特洛身上拉開來。今晚，他說，我們齊聚一堂，在我哥哥家裡，第一是要歡迎這兩位崇高的教授和他們漂亮的女兒；第二是要慶祝我媽，這位幸福的女人生日快樂；第三是祝艾莉莎幸福，很快就有美滿婚姻；第四，請容我舉杯慶祝我以為永遠無法達成的協議。莉娜，請過來。

莉娜，莉拉。

我搜尋她的目光，她也回看了我一眼，僅只幾分之一秒，那眼神的意思是說：現在你了解這遊戲是怎麼回事了吧，你還記得怎麼玩嗎？然後令我意外的，恩佐低頭茫然盯著餐桌時，莉拉溫順地站起來，走到米凱爾身邊。

他沒碰她。沒碰她的手，她的臂，什麼都沒碰，彷彿兩人之間懸著一把可能刺傷他的刀刃。他的指間有那麼幾秒鐘搭在我肩上，再次轉頭對我說：冒犯你了，小琳，你很聰明，你到了那麼遠的地方去，你出現在報紙上，我們這些打小就認識你的人都以你為榮。但是——我相信你也同意，你也會很高興聽見我這麼說，因為你很愛她——莉拉心裡有某種強大、活生生的東西，成天跳來跳去，一刻也不停，沒有人比得上，醫生看不見，我猜連她自己也不知道，雖然那是從她出生就存在的——她不知道，也不想承認，看看她現在臉上的表情有多難看——這東西若是不喜歡你，就會給你惹來一大堆麻煩，但如果喜歡你，那就會讓每一個人驚喜。呃，長久以來，我始終想買下她這個特殊出色的部分。沒錯，買，這沒什麼不對，就像你買珍珠，買鑽石那樣。但一直到現在，很不幸的，都還不可能。不過我們已經踏近了小小的一步，這是我希望今晚可以慶祝的一小步：我已經聘請瑟魯羅夫人到我在阿卡拉設立的資料處理中心工作。那是非常先進的東西，小琳，要是你有興趣，教授如果也有興趣，我明天可以帶你們去參觀，或者在你們離開之前的任何時間都可以。你說呢，莉娜？

莉拉露出厭惡的表情。她不高興地搖搖頭，瞪著梭拉朗夫人說：米凱爾對電腦一無所知，我不知道他以為我能做什麼，但這很簡單，上函授課程就行了，雖然我只唸完小學，都照樣學得會。她就只說到這裡，沒再說別的。她沒嘲諷米凱爾，我以為她會，因為他創造了動人的意象，說什麼在她心裡跳動的活生生東西。她也沒為珍珠、鑽石的比喻嘲笑他。更重要的是，她沒迴避他的讚美。事實上，她還容許我們為她的就職舉杯恭賀，彷彿她真的置身天堂。她也容許米凱爾繼續讚美她，證明她值得他付出這麼高的薪水。而向來和不如自己的人相處才感覺自在的彼耶特洛問都沒問我，就說他很期待參觀阿卡拉的中心，也很希望聽莉拉介紹。莉拉已經坐下來了。有那麼一會兒我心想，要是多給她一些時間，她就會奪走我的丈夫，就像當年奪走尼諾那樣。但我不覺得嫉妒：倘若真的發生，那也只是因為她想在我們之間挖出更深的一條鴻溝來，我理所當然認為莉拉不可能喜歡彼耶特洛，彼耶特洛也不可能因為對其他人的欲望而背叛我。

然而，我心中湧起另一種感覺，更為複雜糾結的感覺。我在我生長的故鄉，始終被認為是最成功的女孩，我自己也認為，至少在這裡，是無可辯駁的事實。但是米凱爾彷彿刻意降低我在街坊、特別是在我家人眼中的地位，讓莉拉的光芒蓋過我，他甚至要我公開承認我這位朋友無可匹敵的能力，認命接受自己的相形見絀。而她也樂於贊同。事實上，這或許還是她推波助瀾的結果，是她籌劃、組織而成的。如果是在幾年前，我還因為作家的身分擁有小小的成就，這件事不會傷害我，甚至還會讓我很開心，但那個時期已經結束了，如今我發現自己很難過。我和我媽互看一眼。她蹙起眉頭，是忍不住出手揍我時會有的那種表情。她希望我不要像平常那樣假裝乖順，她希望我反擊，表現出我掌握的是多麼高級的知識，而不是阿卡拉那種簡單玩意兒。她用她的眼神對我這麼說，宛如無聲的指令。但我什麼都沒說。曼紐拉．梭拉朗突然用不耐煩的眼神四處掃射，大聲嚷著：我覺得好熱，你們也都很熱吧？

93

艾莉莎和我媽一樣，不能容忍我失去尊貴的地位。我媽沉默不語，她卻轉頭看我，滿臉笑容，親暱愛戀，讓我知道在她心裡我還是她非比尋常的姊姊，是她永遠引以為榮的人。我有東西要給你，她說，然後像平常那樣從這件事突然輕快地跳到另一件事：你搭過飛機嗎？我說沒有。可能嗎？可能。結果在場的客人只有彼耶特洛搭過，還搭過好幾次，但他講得一副沒什麼大不了的樣子。但艾莉莎覺得那是很棒的經驗，馬歇羅也是。他們去德國，一趟長途飛行，去出差，順便玩。艾莉莎一開始很害怕，因為飛機衝起抖動，而且有一股冷氣直往頭頂上灌，像要鑽出個洞來似的。透過窗戶，她看見下方有白色的雲，上方是藍色的天。所以她發現在雲層上方是晴朗的天氣，從高處俯望，地球全是綠色、藍色和紫色，飛越高山時，還有白雪閃耀。她問我：

「你猜，我在杜塞爾道夫碰到誰了？」

我對所有的事情都提不起勁，說：

「我不知道，艾莉莎，告訴我吧。」

「安東尼奧。」

「啊。」

「他很希望我替他轉達對你的問候。」

「他還好嗎？」

「他是我們的員工。」馬歇羅說。

「是你太太的男朋友。」米凱爾笑著說，「時代改變了，教授，現在女人有很多男朋友，還比男人更愛吹噓呢。你有過幾個女朋友？」

彼耶特洛一本正經地說：

「沒有，我只愛我太太。」

「騙人。」米凱爾大叫，顯得很樂。「我可以在你耳邊悄悄說我有多少女朋友嗎？」他站起來，姬俐歐拉厭惡的目光一路隨著他走到我丈夫背後，對他咬耳朵。

「怎麼可能！」彼耶特洛嚷著，略帶諷刺。兩人一起哈哈大笑起來。

艾莉莎回來，給我一個用包裝紙包起來的盒子。

「打開。」

「你知道裡面是什麼嗎？」我很不解地問。

「我們兩個都知道。」馬歇羅說，「可是我們希望你不知道。」

我打開盒子。我知道所有的人都盯著我的動作。莉拉斜眼看我，非常專注，彷彿期待會跳出條蛇來似的。他們遇見安東尼奧，這個瘋婆子玫利娜的兒子，梭拉朗兄弟目不識丁、暴力凶狠的手下，我青春期的男朋友，送給我的禮物並不特別，不感人，也不能勾起往日回憶，而只是一本書。大家似乎都很失望。但他們發現我臉色變了，我看著封面，無法克制自己的喜悅。這不只是一本書而已，這是我的書。是我小說的德文翻譯版，在義大利出版六年之後。這是我頭一次看見我自己的文字用外國語文在我眼前跳舞的奇觀——沒錯，真的是奇觀。

「你不知道？」艾莉莎開心地問。

「不知道。」

「你開心嗎？」

「非常開心。」

我妹妹很驕傲地對所有的人宣布：

「這是琳諾希亞寫的書，不過是德文版的。」

接著是我媽紅著臉說：

「你們知道她多有名了吧？」

姬俐歐拉拿起那本書翻著，讚賞地說：我只看得懂「艾琳娜．格瑞柯」這幾個字。莉拉蠻橫地伸出手，表示她想要。我看見她眼裡的好奇。她想摸、想看、想讀這包含了我的故事，從遠方來的異國文字。我看見她想要這本書的迫切心情，這是我認得的迫切，是她從小就有的那種態度，讓我心軟。但是姬俐歐拉很生氣，她推開書，讓莉拉拿不到，說：

「等等，這在我手上呢。是怎樣，你懂德文啊？」莉拉抽回手，搖頭說不懂，姬俐歐拉嚷著：「那就別找麻煩，讓我看：我想看看琳諾希亞多麼有能耐。」在眾人的沉默裡，她一頁一頁翻著，翻到滿意為止。她一頁接一頁慢慢翻，彷彿這裡讀一行，那裡讀一行似的。最後，她把書交給我，因酒而變得濃重的嗓音說：「太厲害了，小琳，你什麼都有了，有書，有丈夫，有小孩。你可能以為只有我們認識你，其實連德國人都知道你耶。你所得到的一切都是應得的，是你辛勤努力的成果，不傷害任何人，不拐騙別人的老公。謝謝你。我真的得走了，晚安。」

她掙扎著起身，嘆口氣，因為酒，她的身體變得更加沉重。她吼著兒子：快點，他們抗議，老大用方言講了句粗話，她打他一巴掌，把他拖向門口。米凱爾面露微笑地搖搖頭，喃喃說：這個臭婆娘讓我日子很難過，她非得毀掉我的每一天不可。然後他又平靜地說：等等，姬俐歐拉，你急什麼，我們得先吃完你父親做的甜點才能走啊。兩個孩子有了爸爸的話當護身符，馬上又溜回餐桌。但姬俐歐拉繼續拖著沉重的步伐走向門口，氣呼呼地說：我自己走，我覺得不舒服。但這時，米凱爾很大聲吼她，充滿暴戾：馬上給我坐下。她停下腳步，彷彿這句話讓她雙腿癱瘓。艾莉莎跳起來，輕聲說，來吧，幫我弄蛋糕。她拉著她的手臂，拖她進廚房。小璦被米凱爾的咆哮給嚇到了，我用眼神安撫她。我把書遞給莉拉，說：你想看看嗎？她一臉漠然地搖搖頭。

94

「結果我們淪落至此啦？」彼耶特洛半氣半笑地問我。孩子已經上床睡覺，我們關上艾莉莎給我們住的房間的門。他想拿晚上那些不可思議的時刻開玩笑，但我罵他，我們壓低嗓音吵架。我很氣他，氣每一個人，氣我自己。從內心混亂的感覺裡，希望莉拉生病死掉的渴望又出現了。不是因為恨她，我很愛很愛她，甚至無法恨她，但我也受不了她迴避所產生的空虛。我問彼耶特洛，你怎麼可能會同意讓他們把我的行李拿到這裡來，給他們權力強迫我們搬到這房子裡來？而他說：我不知道他們是哪種人啊。不，我罵他，是因為你從來不好好聽我說，我一直都告訴你我出身的地方是什麼樣子。

我們講了好久，他想安撫我，我痛罵他。我說他太膽小，說他被欺負，說他只有面對他那個圈子裡出身良好的人才知道如何堅定不撓，說我不再信任他，甚至無法信任他媽媽，我的書在德國出版都兩年了，出版社卻連提都沒提，是不是還有其他國家在我不知道的情況下出版呢。我想搞清楚真相，諸如此類的。為了讓我好過一點，他贊同我的看法，還要我隔天早上打電話給他媽媽和出版社。然後他說，他對我生長的這個勞工階層環境有極大的好感。他輕聲說，我媽是很寬厚、很聰明的人。對我爸、艾莉莎、姬俐歐拉和恩佐也同樣讚不絕口。但是談到梭拉朗時，語氣丕變：他說他們是騙子，惡毒的流氓，滿口甜言蜜語的罪犯。最後他談到莉拉，輕聲說：她是最讓我困擾的。我厲聲說，我注意到你整個晚上都在和她講話。彼耶特洛用力搖頭，出乎我意料地解釋說，在他看來，莉拉是最惡劣的一個。他說她根本不是我的朋友，她恨我，她非常聰明，非常迷人，但她的聰明都用在壞的方面——是播下仇恨與不和的邪惡才智——她的魅力更讓人難以忍受，那是會奴役、毀掉別人的魅力。

起初我假裝不贊同，但其實我很高興。我一直都錯了，莉拉並沒有影響彼耶特洛，他是個長年鑽研每一個文本之下潛藏意義的人，所以很容易就發現她令人不快的一面。可是我也馬上就覺得他做得太過分了。他說：我不能理解，你們的關係怎麼能維持得這麼久，你們顯然很小心隱瞞會導致失和的所有事情，不讓彼此知道。然後又說：我對她一點都不了解——這是很有可能的，因為我又不認識她——我對你也一點都不了解，這才是最讓我沮喪的。最後他講出最醜惡的話：她和米凱爾是天造地設的一對，就算現在還不是愛人，終究也會是的。我非常反感。我罵他說我受不了他這種過度賣弄學問的資產階級口吻，叫他絕對不能用這種口氣和我朋友講話，說他什麼也不懂。就在我講這些話的時候，我突然領略到當時連他都不知道的事：莉拉確實影響了他，很嚴重的影響。彼耶特洛清清楚楚理解到她的卓越不凡，所以才覺得害怕，所以才覺得有必要詆毀她。他擔心的不是他自己，而是我，以及我們的關係。他很擔心，儘管相距遙遠，但她還是會把我從他身邊拉開，毀了我們。為了保護我，他才會做得過火，他誹謗她，用亂七八糟的方法讓她討厭我，讓她離開我的生活。我輕聲道晚安，轉身背對他。

95

隔天我很早就起床，收拾行李。我想即刻回佛羅倫斯。但我沒辦法。馬歇羅說他答應弟弟，要帶我們去阿卡拉，而雖然我用盡所有可能的方法告訴彼耶特洛說我想離開，但他卻還是想去。所以我們只好把女兒留給艾莉莎，同意讓這個大塊頭載我們到一幢低矮長形的黃色建築，是一座大型鞋子倉庫。一路上我沉默不語，彼耶特洛則問起德國的生意，馬歇羅含糊其詞，只講一些沒頭沒腦的字句，例如：義大利，德國，世界，教授啊，我比共產黨員更共產黨，比革命派更有革命精神，就我來說，只要你能碾平一切，從頭再建設起來，那我一定跑到第一線去支持。反正——他說，一面從後照鏡看我，希望得到我的附和——對我來說，愛比任何東西都重要。

抵達之後，他帶我們進入一間天花板很低的房間，照明是霓虹燈。這裡有濃烈的臭味，是油墨、灰塵、過熱的絕緣體，加上鞋幫與鞋油的味道。看，馬歇羅說，那就是米凱爾租的新玩意兒。我四下看看，機器旁邊沒有人。三號系統一點都不起眼，靠牆站立，像個完全不引人注意的家具：金屬面板，操縱桿，紅色開關，一個木架子，鍵盤。我完全搞不懂這東西，馬歇羅說，這只有莉娜懂，但是她不肯按時上班，總是進進出出的。彼耶特洛仔細看面板、操縱桿，和所有的東西，但這個現代化機器顯然讓他很失望，更讓他失望的是，不管問什麼問題，馬歇羅的答案都是：這是我弟的事，我有其他問題要操心。

我們就要離開的時候，莉拉出現了。有兩名帶著金屬容器的年輕女子和她一起來。她好像很生氣，拚命指揮她們做這做那。一發現我們，她的語氣就變了，很客氣，但是有種迫切的味道，彷彿有部分的大腦跑出去忙著處理和工作有關的急迫事情。她不理會馬歇羅，只對彼耶特洛講話，但好像也是對著我講。你幹嘛在乎這東西啊，她嘲諷說，要是你真的感興趣，我們就來談個條件：你來這裡工作，我接管你的東西，小說、畫作、古董。我再一次有種她在我面前變老的感覺：不只是外表，也包括她的動作，她的嗓音，以及她選擇用沉悶含糊的方式對我們解釋機器的運作。不只是三號系統和各種機械的運作，還有磁卡、磁帶、五吋碟和其他正在發展的新設計，例如可以在家裡供個人使用的桌上型電腦。她不再是電話上那個用稚氣口吻說著新工作的莉拉，她似乎離恩佐對電腦的熱情好遠好遠。她表現得像個超級能幹的員工，接下老闆丟給她的頭痛任務，接待訪客參觀。她對我不太親切，也沒和彼耶特洛說笑。最後她命令那兩個女孩操作打洞卡給我丈夫看，然後把我推到走廊上，說：

「所以呢？你恭喜艾莉莎？在馬歇羅家裡睡得很好？你很高興那個老巫婆滿六十歲了？」

我緊張地回答：「如果我妹妹真心希望這樣，我能怎麼辦，狠狠揍她一頓？」

「明白了吧？在童話故事裡，你可以做你想做的一切，但是在現實世界，你只能做自己做得到的事。」

「才不是這樣。有人逼你去讓米凱爾利用嗎？」

「是我在利用他，不是他利用我。」

「你在自欺欺人。」

「你等著瞧吧。」

「你要我等著瞧什麼，莉拉，算了吧。」

「我再說一遍，我不喜歡你這個樣子。你根本已經對我們一無所知，所以最好是閉嘴，什麼都不說。」

「你的意思是說，除非我住在那不勒斯，否則我就不能批評你？」

「那不勒斯，佛羅倫斯，你不管在哪裡都無所事事，小琳。」

「誰說的？」

「事實。」

「我自己的事情我知道。」

我很緊張，她也感覺到了。她露出想和解的眼神。

「你讓我抓狂，讓我想也不想就隨口亂講。你離開那不勒斯是對的。你一直都做得很好。但你知道誰回來了？」

「誰？」

「尼諾。」

這個消息讓我胸口宛如烈燄燃燒。

「你怎麼知道？」

「瑪麗莎告訴我的。他在大學當教授。」

「他不喜歡米蘭？」

莉拉瞇起眼睛。

「他娶了塔索路的某個女人，家族擁有一半的那不勒斯銀行。他們有個一歲的小孩。」

我不知道自己是不是痛苦，但我肯定很難相信這個消息。

「他真的結婚了？」

「真的。」

我看著她，想知道她心裡打什麼主意。

「你想見他嗎？」

「不想。但如果恰好碰見他，我會告訴他，傑納諾不是他兒子。」

96

她告訴我這個消息，以及其他零碎的事情：恭喜，你有個聰明且英俊的老公，他講起話來像個有信仰的人，雖然他並不是，他了解古往今來的很多事情，特別是他懂很多那不勒斯的事情，我眞慚愧，我是那不勒斯人，竟然什麼都不知道。傑納諾長大了，我媽照顧他的時間比我多，他在學校很出色。有恩佐在，一切都很好，我們工作很忙，很少碰面。斯岱方諾親手毀了自己的一切：憲兵在店鋪後面找到被偷的贓物，我不知道是什麼，但他被逮捕了，現在雖然放出來了，但他要小心，他什麼都沒有了。我給他錢，沒辦法。你也看見情況變了：要是我還留著卡拉西的姓，肯定就毀了。我會像卡拉西家的其他人一樣倒在地上起不來。我現在是拉菲葉拉．瑟魯羅，是米凱爾．梭拉朗工廠的技術主管，一個月賺四十二萬。結果是媽待我如王后，我爸原諒我的一切，我哥從我這裡拿錢，琵露希雅說她好愛我，他們的孩子叫我姑姑。但這是乏味的工作，和一開始的感覺完全相反：速度還是太慢，你浪費好多時間，希望新機器可以快點送到——會快很多。也或許不會。速度消耗掉一切，就像照片洗出來很模糊一樣。埃爾范索用這個形容詞，他是好玩的，說他變得很模糊，沒有清楚的輪廓。最近他常找我聊友誼。他希望當我的朋友，他希望像複寫紙一樣拷貝我，他發誓說他希望當像我這樣的女孩。哪一種女孩，我問他，你是男的，埃爾范索，你根本不知道我是什麼樣子，就算我們是朋友，就算你研究我，監視我，拷貝我，你永遠都還是什麼都不知道。所以——他很開心呢——我要怎麼辦，我現在這樣很痛苦。他對我坦承，他一直愛著米凱爾——是的，米凱爾．梭拉朗——他希望米凱爾也能像喜歡我那樣喜歡他。你知道，小琳，大家碰到什麼事：我們心裡有太多東西，害我們腫脹，害我們爆裂。好吧，我說，我們是朋友，但心裡別再想著你要當像我這樣的女人，你學女人再怎麼成功，都還是從你們男人的角度來看的。你可以拷貝我，可以像畫家那樣畫張維妙維肖的畫像，但我的屎尿還是我的，你的還是你的。啊，小琳，我們都怎麼了，我們都像水結冰時的水管，心的不滿足是多麼可怕的事啊。你還記得我們給我那張結婚照動的手腳嗎？我好想繼續那麼做下去。總有一天我會把自己簡化成一張圖表，我會變成一條有孔的帶子，你再也找不到我。

胡說八道，徹頭徹尾的胡說八道。在走廊的這席話證明了我們的關係再也沒有任何親密可言。只剩下瑣碎的訊息，零亂的枝節末微，刻薄的評論，夸夸其談，沒有特別坦露給我的事實與想法。如今莉拉的生活是她自己的，就是這樣，她似乎並不願意和別人分享。沒有必要去追問諸如：你知道帕斯蓋的事嗎，他後來怎麼了，你和蘇卡佛的遇害、菲利波的受傷有什麼關係，你為什麼會接受米凱爾的條件，你怎麼解釋他對你的仰賴。莉拉已經退縮到再也無法推心置腹的境地，我提出的任何問題都無法引來交談對話，她會說：你在想什麼，你瘋了，米凱爾仰賴我？蘇卡佛？你到底在想什麼啊。甚至在我動筆的此刻，我都知道自己沒有足夠的資訊可以解釋莉拉去了哪裡，莉拉做了什麼，莉拉見了誰，莉拉籌謀什麼。然而搭車回佛羅倫斯途中，我卻有種印象，覺得在這個夾在落後與現代之間的街坊裡，莉拉擁有比我更多的故事。離開這裡，相信自己註定要擁有天曉得什麼樣的人生，讓我失去了很多東西。而留在街坊的莉拉有了非常先進的工作，賺很多錢，行動絕對自由，依照誰也摸不透的計畫行事。她很愛自己的兒子，在他剛出生的那幾年花了很多心力在他身上，如今還是盯著他，但是只要願意，她似乎也隨時可以放下他，不像我這樣永遠為女兒煩心焦慮。她曾與家人關係破裂，但是在有能力時，又扛起照顧他們的責任。她照顧身陷麻煩的斯岱方諾，但和他保持距離。她嘲弄埃爾范索，但當他的朋友。她說她不想再見到尼諾，但我知道情況不是這樣的，她會再去見他。她的生活不斷前進，而我的生活停滯。彼耶特洛沉默地開車，兩個女兒吵架，而我一直想著她和尼諾，想著他們會發生什麼事。莉拉會奪回他，我幻想著，她會想辦法再次見他，她會用她擅長的方法影響他，她會讓他拋下妻子和兒子，利用他來發動如今我也不知道是對抗誰的戰爭，她會誘使他離婚，同時，從米凱爾身上挖到很多錢之後，她就會逃離，她也會離開恩佐，最後她會下定決心和斯岱方諾離婚，說不定會嫁給尼諾，也說不定不會，但他們肯定會匯聚兩人的才智，締造只有老天才曉得的成就。

成就。這是個向來讓我著迷的詞彙，但直到此時我才真正領悟它的意義。我想要成就，儘管我向來都不知道是這麼。我當然已經有了一些成就，但沒有具體的目標沒有熱情，更沒有堅定的野心。我想成就些什麼——這就是重點——只因為我擔心莉拉成了重要的人，而我卻遠遠落後。我的成就是追隨在她的成就之後。我得再次開始追求成就，但這次是為了我自己，為了獨立於她之外的，一個長大成人的我自己。

97

我一回到家就打電話給璦黛兒，想知道安東尼奧送給我的那本德文版的事。這太突然了，她也完全不知情。她打電話給出版社。過一會兒之後，她打電話回來告訴我，那書不只在德國出版，也在法國和西班牙出版。所以，我問，我該怎麼做？璦黛兒很不解：什麼都不必做，只要覺得很滿足就好了。當然，我說，我非常開心，但從務實的角度來說，我不知道，我該去國外宣傳書嗎？她充滿憐愛地說：你什麼也不必做，艾琳娜，很不幸的，那書在什麼地方都賣不好。

我心情低落。我去逼問出版社，詢問翻譯的詳細狀況。我很生氣，因為沒有人想到要告訴我一聲，最後我對一個漠不關心的祕書說：我發現有德文版，不是透過你們，而是透過我一個半文盲的朋友，你們到底會不會做好你們的工作啊？接著我就道歉了，覺得自己好蠢。法文版和西班牙文版接連送來，還有一本德文版，但不像安東尼奧送我的那本封面皺巴巴。書都好醜：封面是穿黑衣的女人，留小鬍子的男人，頭頂上有一大塊布懸在吊衣繩上晾乾的布。我翻著書，給彼耶特洛看，然後和其他小說一起擺在書架上。無聲的紙，無用的紙。

擔憂不滿的時期就此開始。我每天打電話給艾莉莎，想知道馬歇羅是不是還對她很好，他們是不是已經決定要結婚。對我的憂心，她總是用無憂無慮的笑聲來回答，告訴我幸福的生活故事，搭車或飛機的旅行，我弟的事業發展，以及爸媽的安好生活。如今我有時候還會嫉妒她。我很累，很容易生氣。艾莎不時生病，小璦需要人關注，彼耶特洛沉浸在他還沒寫完的書裡。我無緣無故發脾氣。我會罵小孩，和老公吵架。結果是他們三個都很怕我。只要看我經過她們的房間，女兒就停下來不玩也不看書，用警覺的眼神看著我。而彼耶特洛則是越來越喜歡待在大學圖書館，而不是家裡。他一大早出門，夜裡才回家。而回家時，他身上總是有著種種衝突的痕跡，是如今已遠離公共活動的我只能從報上得知的衝突：法西斯份子被刺傷殺死，共產黨同志也好不到哪裡去，獲得廣泛授權可以開槍的警方連在佛羅倫斯都不吝動手。後來，我長期一直擔心的事情終於發生了：彼耶特洛發現自己捲進了一樁備受媒體矚目的棘手風波裡，而且還是中心人物。他當掉了一名家族聲望頗高的學生，學生本人也在鬥爭活動中極為活躍。這年輕人當著所有人的面前辱罵他，還拿槍指著他。據一位舊識告訴我——不是彼耶特洛自己告訴我的，而且告訴我的人也是聽別人說的，因為她並不在場——彼耶特洛平靜地寫下不及格的分數，把考卷交給那個男生，說：你要嘛就當真開槍，否則就馬上放下武器，因為我等一下就會去舉報你。好長一段時間，那個學生的槍一直瞄準他的臉，接著把槍擺回口袋裡，接過考卷，溜掉了。彼耶特洛去找憲兵，學生被逮捕。但事情並沒有結束。那男生的家人沒來找彼耶特洛，而是去找他父親，要他勸彼耶特洛撤告。吉鐸・艾羅塔教授想說服兒子，他們通了很長的電話，而且很意外的，我竟然聽見這老先生發脾氣，拔高嗓音。但彼耶特洛不肯讓步。我非常生氣地質問他，說：

「你知道自己在做什麼嗎？」

「那我該怎麼做？」

「降低緊張。」

「我不理解你的想法。」

「是你不想理解我。你就像我們在比薩的那幾個教授，最難以忍受的教授。」

「我不認為。」

「可是你就是這樣。你難道忘了，我們當年為了趕上那些愚蠢的課程進度，通過那些甚至更愚蠢的考試，苦苦奮鬥卻只是白費心力嗎？」

「我的課一點都不蠢。」

「你或許該問問你的學生。」

「該問的是有資格給意見的人。」

「如果我是你的學生，你會問我嗎？」

「我和用功讀書的學生關係非常好。」

「所以你喜歡巴結奉承你的學生？」

「你喜歡自吹自擂的人，就像你那不勒斯的那些朋友？」

「沒錯。」

「所以你才會總是嚴守本分？」

我很不解。

「因為我很窮，能走到今天這個地步，我覺得是一種奇蹟。」

「這樣啊，那個男生和你完全沒有共同點。」

「你和我也沒有共同點。」

「什麼意思？」

我沒回答，戒慎恐懼地迴避這個問題。但接著我的火氣又來了，又開始批評他的不肯妥協，我對他說：你已經當掉他了，又何必去告他呢？他說：他犯了罪。我說：他是想要嚇你，他不過是個年輕學生。他冷冷地說：槍是武器，不是玩具，是七年前和其他武器一起從羅文薩諾的憲兵營區被偷走的。我說：那男生又沒開槍。他嘟囔說：槍裡有子彈，要是他真的開槍怎麼辦？他沒有啊，我大聲嚷著。他也抬高嗓音：我應該等他開槍打我，然後才去舉報他？我吼著說：別嚷嚷，你太神經質了。他回答說：你關心自己的神經就好。這時對他怎麼解釋都沒用，我無法讓他明白，雖然我講的話和語氣都像在和他抬槓，但情況是真的很危險，我很擔心。我在替你擔心，我說，替女兒、替我自己擔心。但他沒安撫我，逕自躲進書房，想繼續寫他的書。幾個星期之後他才告訴我，有兩名便衣警察來找他，問某些學生的資料，還給他看一些照片。第一次他客客氣氣接待他們，沒給他們任何情報，就客氣地送走他們。第二次，他問：

「這些年輕人犯了罪嗎？」

「沒有，暫時還沒有。」

「那你們要我做什麼？」

他極盡輕蔑之能事地把他們送到門口。

98

莉拉好幾個月沒打電話來。她一定非常忙。我也沒找她，雖然我覺得應該要。為了排遣空虛的感覺，我努力強化我和梅麗雅羅莎的關係，但阻礙甚多。法蘭柯現在長住在我這位大姑家裡，彼耶特洛不喜歡我和他姊姊太親近，或去看我的前男友。要是我在米蘭待超過一天，他心情就變得惡劣，想像的疾病加重，緊張情勢增高。而除非必須看醫生——他經常需要看醫生——否則基本上不出門的法蘭柯也不歡迎我。他受不了孩童的嗓音，因為太大聲，有時候會消失無蹤，弄得梅麗雅羅莎和我很緊張。況且，我這位大姑活動很多，身邊不時有一大堆女人圍繞。她的公寓是某種聚會所，歡迎所有的人，知識份子、中產階級婦女、逃離家暴的勞動階級婦女、翹家少女，所以她沒有什麼時間理我，反正她和誰都是朋友，我們的親戚關係也就不算什麼了。然而在她家，我會重新點燃閱讀的欲望，甚至是寫作的欲望。或者是至少讓我覺得自己有能力可以做得到。

我們常討論我們自己。但雖然我們都是女人——法蘭柯如果在家，就關在自己房間裡——卻很努力想了解女人究竟是什麼。我們的每一個動作、想法、對話或夢想一旦深入分析，似乎就變得不屬於我們自己的了。這樣的深入挖掘似乎總會惹惱比較弱勢的女人，她們受不了這樣過度的自我反省，一心相信只要踏上自由之路，就足以切斷和男人的關係。這是不安定的時代，浪潮一波波湧動，我們都很怕回到那洩了氣似的平靜生活，所以留在浪頭上，抓住極端的言詞，以忿怒恐懼的目光俯視。得知「奮鬥不懈」組織的保安軍攻擊分離主義的女性示威行動之後，我們非常痛苦，因為只要立場更堅定的參與者發現梅麗雅羅莎家裡有個男人——她沒公告周知，不過也沒把他藏起來——討論就變得非常激烈，產生極度戲劇化的場面。

我很討厭那樣的時刻。我尋找的是啟發，而不是衝突，是可以研究的對象，而不是教條。最起碼我是這樣對自己說的，有時候也對梅麗雅羅莎說，但她都只沉默以對。有一次在這樣的場合裡，我告訴她我和法蘭柯在師範大學時代的關係，以及他對我的意義。我說我很感激他，我從他身上學到很多東西，他現在對我和女兒這麼冷淡，讓我很難過。我想了想，然後說：或許男人覺得非得要教導我們不可，但這個作法本身就是錯的。當時我很年輕，並不明白他努力改造我，正足以證明他不喜歡原本的我，希望我變得不同，或尤有甚之的，是他想要的並不是某個真正的女人，而是在他想像中，若他自己是女人就會是那般模樣的女人。我認為，對法蘭柯來說，我是他拓展女性特質、保有女性特質的一個機會：我證明了他的無所不能，證明他不僅知道如何當一個男人，也知道如何當女人。如今他不再覺得我是他的一部分，所以覺得被我背叛了。

我清清楚楚闡明這個想法。梅麗雅羅莎聽得意興盎然，是真的很有興趣，而不是在大部分女人面前偽裝出來的那種好奇。用這個主題寫篇東西吧，她催我。她很感動，她說她遲至今日才了解我所說的法蘭柯的這一面。然後她又補上一句：說不定這樣也好，否則我永遠不會愛上他。我討厭太過聰明，整天教我應該怎麼做的男人。我寧可要我現在接受、照顧的這個痛苦沉思的男人。她堅持：把你剛才說的話寫出來。

我有點緊張地點頭，她的讚美讓我很高興，但也很尷尬，我提了些我和彼耶特洛的關係，說他想把他的意見強加於我。這回梅麗雅羅莎迸出大笑，我們一直很嚴肅的談話語氣也改變了。法蘭柯和彼耶特洛相提並論？你開玩笑，她說，彼耶特洛想保有自己的男子氣概都有問題，他哪有能力把他對女人的看法強加於你身上。你想知道嗎？我本來以為你絕對不會嫁給他。我以為你們一年之內絕對會離婚。我以為你會很小心不生小孩。你們到現在還在一起，在我看來簡直是奇蹟。你真的是個好女孩，可憐的小東西。

99

於是我們走到這一步：我丈夫的姊姊認為我的婚姻是一個錯誤，而且老實告訴我。我不知道該笑還是該哭，在我看來，這是不偏不倚的終極證據，印證我長期以來在婚姻生活裡感受到的不安。此外，我還能怎麼辦？我告訴自己，成熟就包括接受人生的轉折，不要太過沮喪，走在平凡生活與理論成就之間，學會看見自己，了解自己，隨時等待重大變化的到來。日子一天天過去，我越來越平靜。小瓊提前上小學一年級，已經學會讀寫；艾莎很高興能和我在沉寂的屋子裡待一整個早上；而我丈夫雖然是最沉悶的學術中人，但終於還是快完成第二部著作，而且應該會比第一部更具重要性。我是艾羅塔夫人，艾琳娜．艾羅塔，一個因為屈居丈夫之下而消沉沮喪的女人，然而在大姑的催促之下，同時也為了對抗頹喪，我開始橫跨古代和現代世界，祕密研究男人所創造的女人。我沒有目標，只能對梅麗雅羅莎，對我婆婆，對認識的人說：我在工作。

於是我著手研究自己的想法，從《聖經》的第一與第二個創造故事[16]到狄福的法蘭德絲、福樓拜的包法利夫人、托爾斯泰的卡列妮娜、時尚雜誌、蘿絲．瑟拉薇[17]等等，沉浸在探索的狂熱裡。慢慢的，我得到了一些滿足。我發現到處都有男人所創造的女人典型。完全不是由我們女人自己創造的。而我們只要稍稍抗議，就立刻又成為他們創作的素材。彼耶特洛去上班，小瓊去上學，艾莎在我身邊玩的時候，我終於覺得活力充沛，可以在字裡行間深入挖掘。我有時候會想像，如果當年莉拉和我都參加初中入學考試，然後也都唸了高中，一起肩併肩取得學位，成為完美的一對夥伴，集合兩人的才智精力、理解力與想像力，那我們的生活會變成怎樣呢？我們會一起寫作，我們會一起成為作家，一起從彼此身上汲取力量，我們會併肩奮戰，因為我們所擁有的

16 意指《聖經》創世記故事的兩個版本，在第一個版本中，上帝先創造世間萬物，在最後才按自己的形象造人；而在第二個版本裡，上帝先用塵土造人，再造萬物，最後才以男人的肋骨造出女人。

17 蘿絲．瑟拉薇（Rose Selavy），法國藝術家馬塞爾．杜尚（Henri-Robert-Marcel Duchamp, 1887~1968）的化名，始於一九二一年的男扮女裝系列照片，後來也以此為筆名發表作品。

是獨一無二、只屬於我們的。女人獨守自己的心靈力量是可悲的，我對自己說，女人彼此分散，無法建立常規，無法建立傳統，是一種浪費。然後我覺得自己的思緒彷彿被從中間切成兩半似的，既引人入勝，卻也有很多缺陷，迫切需要得到證明，得到發展，然而我自己卻又不確信，沒有信心。這時，想打電話給她的念頭又回來了，我想告訴她：聽聽看我的想法，我們一起談談吧，拜託，你還記得你是怎麼說埃爾范索的嗎？可是這機會不復存在了，幾十年前就已消失了。我得學會靠自己得到滿足。

然後有一天，就在我想著這個需求的時候，聽見鑰匙插進門鎖的聲音。是彼耶特洛，接小璦放學之後回家吃午餐。我闔上書和筆記本。小璦衝了進來，艾莎很高興地和她打招呼。她餓了，我知道她會大叫：媽媽，今天吃什麼？但沒有，還來不及丟下書包，她就大喊著：爸爸的朋友來我們家吃飯。我清清楚楚記得那天的日期：一九七六年三月九日。我馬上擺脫自己惡劣的心情，小璦拉著我的手，把我拖到玄關。而艾莎聽見有陌生人來，小心地拉著我的裙角。彼耶特洛高興地說：看我帶誰來看你了。

100

尼諾已經不像我幾年前在書店見到他時那樣留著濃密鬍子，但頭髮很長，很凌亂。除此之外，還是多年前那個男生的模樣，高瘦，眼神明亮，不修邊幅。他擁抱我，蹲下來和兩個小女孩打招呼，然後站起來，為突然打擾致歉。我喃喃講著冷淡的話：過來，請坐，天哪，你來佛羅倫斯做什麼？我覺得腦袋好像灌滿熱酒似的，沒辦法集中精神搞清楚怎麼回事：尼諾，尼諾本人，在我家裡。我覺得我身體內外的某個組織已經無法再正常運作。哪些是我的想像，哪些是真的？哪些是影子，哪些是活生生的人？彼耶特洛解釋說：我們在大學碰到，就邀他來吃午飯。我露出微笑，說，沒問題，都準備好了，四個人的午餐分量夠五個人吃呢，來幫我擺餐盤吧。我表面看似平靜，但其實很激動，拚命微笑得臉都發痛了。尼諾怎麼會在這裡，這裡是哪裡，是什麼？我嚇到你了，彼耶特洛說，有點擔心，因為他總是怕自己做錯事。而尼諾笑著說：我跟他說了一百遍，叫他要打電話給你，我發誓，但他不想。然後他說是我公公叫他來打招呼的。他在羅馬碰到艾羅塔教授，在社會黨的會議上，他說他有事要到佛羅倫斯來，艾羅塔教授就提到彼耶特洛，說他兒子正在寫一本新書，而他剛好幫他找到一本他急需要的書。尼諾提議親自送來，所以我們才會在這裡一起吃午飯，兩個女生爭相搏取他的注意，他迷住她們兩個，對彼耶特洛很客氣，而對我，則說了幾句嚴肅的話。

「想想，」他對我說：「我常常到這個城市來出差，可是我不知道你住在這裡，還有了這兩個漂亮的小小姐。還好有這個機會。」

「你還在米蘭教書？」我明知道他已經不住在米蘭了。

「不，我現在在那不勒斯教書。」

「教什麼？」

他露出不悅的怪相。

「地理。」

「指的是？」

「城市地理。」

「你怎麼會想到要回那不勒斯？」

「我媽身體不好。」

「真遺憾，怎麼回事？」

「心臟問題。」

「你弟弟和妹妹呢？」

「都好。」

「你父親？」

「和以前一樣。但是歲月流逝，人會長大，最近我們和解了。和所有的人一樣，他有他的缺點，也有他的優點。」他對彼耶特洛說：「我們以前都給父親、家人惹了多少麻煩啊。現在輪到我們了，我們表現得如何呢？」

「我表現得不錯。」我丈夫說，略帶一絲諷刺。

「我一點都不懷疑。你娶了一位不同凡響的女人，這兩個小公主非常完美，很有教養，很漂亮。這衣服真是漂亮啊，小璦，好適合你喔。艾莎，誰給你這星星髮夾的？」

「媽媽。」艾莎說。

我慢慢冷靜下來，時間重拾規律的節奏，我注意到發生在我自己身上的事。尼諾坐在我旁邊，吃我準備的麵，細心幫艾莎把肉切成小塊，胃口極佳地吃他自己盤裡的肉，厭惡地提起洛克希德賄賂塔納希[18]和古義[19]的事，讚美我的廚藝，和彼耶特洛討論社會主義的選項，然後一刀連續不斷地削下整圈蘋果皮，看得小瑷目眩神迷。與此同時，我感覺到一股親切的暖流瀰漫屋裡，這是很久沒有過的感覺了。這兩個男人意見一致，喜歡彼此，真是太好了。我默默清理餐桌，尼諾跳起來說要幫忙洗碗，還叫兩個女孩當助手。坐下，他說，我坐下來，而他指揮小瑷和艾莎興高采烈地忙起來，不時問要把這東西那東西擺哪裡，一面繼續和彼耶特洛聊天。

真的是他，在這麼久之後，在我面前。我看著他，但不願意看他戴在手指上的婚戒。他沒提起他的婚姻，我想，他談到自己的母親和父親，但沒提他的妻子和小孩。說不定那不是因為愛情而結合的婚姻，說不定他只是為了得到好處而結婚，說不定他是被迫結婚的。但這連串的假設全消失了。尼諾突如其來地對女孩們談起他的兒子亞伯提諾，彷彿在談一個寓言故事裡的角色，語氣時而逗趣，時而溫柔。最後他擦乾手，從皮夾裡掏出一張照片，先給艾莎看，再給小瑷看，然後給彼耶特洛看。彼耶特洛交給我。亞伯提諾長得很可愛。他兩歲，嘟著臉坐在媽媽懷裡。我看著孩子好幾秒鐘，立刻開始打量她。她看起來很亮眼，大眼睛，黑色長髮，年紀應該不超過二十。她面露微笑，牙齒潔白閃亮，連眼神看起來都像沉醉愛河。我把照片還給他，說：我來煮咖

18 塔納希（Mario Tanassi, 1916~2007），義大利政治家，曾多次出任部長級職務，後來捲入美國航太公司洛克希德（Lockheed）為軍機採購的賄賂案，被判刑入獄，為義大利首位入獄的部長級人物。

19 古義（Luigi Gui, 1914~2010），義大利政治家，曾任教育部長、國防部長等職。

啡。我獨自待在廚房裡，他們四個到客廳去。

尼諾有個公務約會，喝完咖啡抽完菸之後，就迭聲道歉忙著離去。我明天就走了，他說，但我很快會再來，下個星期。彼耶特洛要他來時聯絡我們，他答應。他很親暱地和兩個女孩道再見，和彼耶特洛握手，對我點點頭，然後就走了。門一關上，我就感覺到這公寓陰鬱到難以忍受的地步。儘管彼耶特洛和尼諾相處甚歡，但我還是等著他挑出客人的可憎之處，因為他向來都如此。結果他卻滿意地說：終於有個值得我花時間往來的人。這句話，不知為什麼，讓我覺得受傷。我打開電視，一整個下午都和女兒一起看電視。

101

隔天，我希望尼諾會馬上打電話來。只要電話一響，我就心一驚。但是一整個星期過去，他一點消息都沒有。我覺得我彷彿得了重感冒，渾身乏力，不再看書寫筆記，很氣自己抱持著一點道理都沒有的期待。然後有天晚上，彼耶特洛回家時心情特別好。他說尼諾去系裡找他，他們聊了一些時間，但沒辦法說服他來家裡吃晚飯。尼諾邀我們明天晚上出去，他說，包括兩個女孩。他不想害你忙著煮飯。

血液開始快速流動，我對彼耶特洛生出有點焦急不安的溫柔情感。女孩一回房間，我就擁抱他，親吻他，輕聲說著愛的低語。我那天晚上幾乎沒睡，也或許是睡著了，卻覺得自己始終是醒著的。

隔天，小瑷一從學校回來，我就讓她和艾莎一起去泡澡，把她們從頭到腳洗得乾乾淨淨。然後我開始給自己作準備。我歡喜地泡了個長長的澡，刮了腿毛，洗頭髮，仔細擦乾。我把所有的衣服都試穿了一遍，卻越來越緊張，覺得沒有一件看起來合適，也不喜歡我頭髮的樣子。小瑷和艾莎在那裡假裝是我，在鏡子前面搔首弄姿，表現出對衣服和髮型都不滿意的樣子，踩著我的鞋子到處走。我認命地接受自己的樣貌。在最後一分鐘，艾莎弄髒了衣服，我太過嚴厲地罵她一頓之後，我們終於上了車，開到大學去接彼耶特洛和尼諾。我開得提心吊膽，不時訓斥兩個女兒，因為她們唱著自己用尿尿便便當歌詞編的兒歌。越接近會合的地點，我越希望最後一刻尼諾有事纏身不能來。然而我看見那兩個男人站在那裡聊天。尼諾做了個包覆的動作，彷彿邀請和他對話的人進入一個只為他設計的空間。彼耶特洛看起來像平常一樣笨拙，臉上皮膚泛紅，逕自發笑，但很恭順。兩人對我的到來都沒表現出特別的興趣。

我丈夫和兩個女兒坐在後座，尼諾坐我旁邊帶路，要帶我們去個東西很好，而且——他轉頭對小瑷和艾莎說——炸甜甜圈超好吃的地方。他仔細描述，講得兩個女孩都興奮起來了。眼角瞥著他，我想起好久以前我們曾手拉手講話，他還吻過我兩次。他的手指多麼漂亮。他只對我說：這裡右轉，然後再右轉，在十字路口左轉。沒有讚賞的眼神，沒有恭維。

餐館的人用親切但尊敬的態度接待我們。尼諾認識老闆和服務生。最後我坐在桌首，女兒坐我兩旁，兩個男人隔桌坐對面。我丈夫開始談起大學裡的艱難日子。我幾乎什麼都沒說，忙著照顧小瑷和艾莎，她們向來在餐桌上都很乖的，但這天卻不斷惹麻煩，大笑，吸引尼諾的注意。我不安地想：彼耶特洛話太多，會讓他覺得無聊，沒留給他空間。我想：我們在這個城市住了七年，卻沒有一個熟悉的館子可以回請他，一個像這裡一樣餐點好吃，一進門服務生就認得我們的地方。我喜歡老闆的慇懃有禮，不時到我們餐桌旁，甚至還對尼諾說：我今晚不給你吃這個，因為不適合你和你的客人，建議了別的東西。著名的炸甜甜圈送上桌時，女孩樂壞了，彼耶特洛也是，搶著吃。這時尼諾才轉頭對我說：

「你為什麼沒再出版任何東西？」他問，完全沒有晚餐對話的輕鬆隨意，他對這個問題似乎是真的很感興趣。

我臉紅起來，指著女兒說：

「我忙著別的事。」

「那本書真的很好。」

「謝謝你。」

「這不是恭維，你向來都知道該怎麼寫。你記得當年寫宗教老師的那篇文章嗎？」

「你朋友不肯登。」

「那是個誤會。」

「我失去信心。」

「對不起。你現在還寫嗎？」

「空閒的時候。」

「小說？」

「我不知道究竟算什麼。」
「主題呢？」
「偽裝成女人的男人。」
「這好。」
「寫完才知道。」
「快寫，我很想趕快看到。」

讓我意外的是，我很關心的幾位女作家，他也都很熟悉。我一直以為不會有男人讀她們的作品。不只這樣，他還引述了最近剛讀過的思塔洛賓斯基[20]的書，說其中有些部分或許對我有用。他懂得好多；他從年輕時就是這樣，對什麼都很好奇。他引述盧梭和蕭伯納，我打斷他，他專心聆聽。而那兩個從不折磨人的女孩拉著我要再加點炸甜甜圈時，他對老闆做個手勢，讓他再多做一些，然後轉頭對彼耶特洛說：

「你應該給你太太多一點時間的。」
「她有一整天的時間可用。」
「我不是開玩笑的。要是你不這麼做，你肯定有罪，不只是在人類的層面，而且在政治層面也有罪。」

20 思塔洛賓斯基（Jean Starobinski, 1920~），出生於義大利熱內亞，先研讀文學，後轉而學醫，曾在歐美多所知名大學教授文學與醫學史，為知名文學評論家。

「什麼罪？」

「浪費才華罪。讓女人花太多精力在照顧家務和孩子上，會被很多團體當成敵人而不自知。」

我靜靜等待彼耶特洛回答。我丈夫挖苦地說：

「艾琳娜可以在她喜歡的時間，用她喜歡的方式培養她的才華，但重要的是，她不能從我身上剝奪時間。」

「要是她不能從你身上剝奪時間，那她要從誰身上得到時間？」

彼耶特洛皺起眉頭。

「要是我們對自己的工作有著迫切的熱情，那就沒有什麼事情可以攔著我們去完成。」

我覺得很受傷，帶著勉強裝出來的微笑輕聲說：

「我丈夫是說我不是真的感興趣。」

沉默。尼諾問：

「是真的？」

我脫口而出說我不知道，我什麼都不知道。這句話有點尷尬，又有點生氣，我發現自己眼裡有淚。我垂下目光。炸甜甜圈吃夠了，我用幾乎難以自抑的聲音對女兒說，尼諾也幫腔，大聲說：我只要再吃一個，媽媽也是，爸爸也是，你們可以吃兩個，但就只有這樣喔。他回頭叫老闆，一本正經地說：我三十天之後再帶這兩位年輕小姐回來，你要給我們做像山那麼高的炸甜甜圈，可以嗎？

艾莎問：「一個月是多久，三十天是多久？」

我想辦法忍住淚水，盯著尼諾，說：

「是啊，一個月是多久，三十天是多久？」

我們笑起來——小璦笑得比我們大人還大聲——因為艾莎模糊的時間觀念。彼耶特洛想付帳，但發現尼諾早就付過了。他抗議。他開車，我和女兒坐後座，她倆都睡著了。我們載尼諾回飯店，一路上我聽著他們微有醉意的對話。抵達飯店時，彼耶特洛心情愉快地說：

「這樣浪費錢沒道理啊。我們家有客房，下次你可以住我們家，別客氣。」

尼諾微笑：

「不到一個鐘頭之前，我們還說艾琳娜需要時間，現在你又要把我請到家裡，增加她的負擔？」

我厭倦地打岔說：「我會很高興的，小璦和艾莎也是。」

但我們一獨處時，我就對彼耶特洛說：

「下次在邀請別人的時候，你起碼先問問我吧。」

他發動車子，從後照鏡看我，吞吞吐吐地說：

「我以為這樣會讓你高興。」

102

這當然讓我很高興，非常非常高興。但我也覺得自己的身體像蛋殼一樣，只要在手臂、前額、腹部略施壓力就足以四崩五裂，揭露我所有的祕密，特別是連對我自己都不能說的祕密。我不敢算日子。我集中精神在我唸的文本上，但我之所以這麼做，是把這當成尼諾派下的功課，他回來時會希望我有最好的成績表現。我想要告訴他：我遵照你的建議，繼續努力，這是草稿，請告訴我你的看法。

這是個不錯的權宜之計。等待的三十天過得太快。我忘了艾莉莎，我一次也沒想起莉拉，我沒打電話給梅麗雅羅莎。我沒讀報紙沒看電視。我不管孩子和家務。在逮捕、衝突、暗殺和戰爭裡，在義大利和全球永無止境的爭鬥裡，只有一個聲音能傳到我耳朵裡，我幾乎完全沒察覺到選舉的緊張情勢。我唯一做的就是寫作，非常專注地寫。我用一大堆老問題折磨自己的腦袋，直到覺得自己終於找到——至少是在書寫之中——可以信賴的秩序。偶爾我會想找彼耶特洛求助。他比我聰明得多，他必定能拯救我，讓我不致寫出倉促、粗糙或愚蠢的東西來。但我沒有這麼做，我很討厭他用那百科全書似的知識來讓我相形見絀。我記得我當時非常努力，特別是在《聖經》的第一與第二個創造故事上。我整理好，把第一個故事當成某種神性創造作為的綜合體，而第二個故事則是更為廣泛的說法。我就這樣一絲不茍地編了一個生動的故事。上帝——我是這樣寫的——以祂的形象創造了人：他。祂創造了一個男性與一個女性的版本。怎麼做呢？祂先從地上拿起一撮塵土，塑成他，對著他的鼻孔吹了一口生命之氣。接著祂創造了女人：她，用已經成形的男性身上的素材，不是原料，而是祂從他身上所取下的一部分，傷口立即癒合。結果他就可以說：這東西和上帝所創造的天地萬物、和男人都不一樣，她的血肉是我的血肉，她的骨頭是我的骨頭。上帝透過我來創造她。祂以生命之息賦我以生殖能力，然後用我身體的一部分來創造她。我是他，她是她。終究來說，她是由我身上創造出來的。我是聖靈的形象，我身上有著上帝的話語，而她純粹只是我詞根的字尾，她只能透我的話語來表達她自己。

我就這樣繼續寫，一天又一天地處在智力過度發揮的興奮狀態。我唯一的壓力就是及時完成可讀的作品。而常讓我自己也意外的是：努力想贏得尼諾的讚許，反而讓寫作變得更容易，也解放了我。

但是一個月過了，他並沒有出現。這起初顯得對我有利，因為我有更多時間可以完成作品。接著我心生警覺，問彼耶特洛，這才發現他們常在辦公室打電話交談，但他也已經好幾天沒聽到他的消息了。

「你們常交談？」我有點惱。

「是啊。」

「你為什麼沒告訴我？」

「告訴你什麼？」

「說你們常交談。」

「我們談的都是工作上的事。」

「那好，既然你們變得這麼好，那就打電話給他，看他會不會告訴我們他打算什麼時候來？」

「有必要嗎？」

「對你是沒必要，但忙的人是我耶，是我要照料所有的事情，所以我想及時得到通知。」

他沒打電話。我告訴自己：好吧，就等吧，尼諾答應兩個女孩說他會來，我不認為他會讓她們失望。這倒是真的。一個星期之後他打電話來，在晚上，我接的電話，他似乎有點尷尬。他說了幾句平常的問候，然後問：彼耶特洛在嗎？這回換我尷尬了，我把電話交給彼耶特洛。他們談了好久，我覺得很不安，因為我丈夫用的是很不尋常的語氣：大聲嚷嚷，大聲笑，聲音都太大。我當時只知道，和尼諾的友誼讓他安心，讓他覺得沒那麼孤立，忘了自己的麻煩，更加認真工作。我回我的書房，小璦在裡面看書，艾莎在玩，兩人都等著要吃晚飯。但在這裡我都還聽得見他的聲音，彷彿喝醉酒似的。接著他沉默了，我聽見他的腳步聲。他探頭進來，愉快地對女兒說：

「小姐，我們明天晚上要和尼諾叔叔一起去吃炸甜甜圈。」

小璦和艾莎興奮大叫。我問：

「他要怎樣，來住我們家嗎？」

「沒有。」他回答說：「他帶太太小孩來，要住飯店。」

103

我花了好長的時間才消化這些話的意思。我發起脾氣。

「他應該先通知我們的。」

「他們臨時決定的。」

「他真是沒禮貌。」

「艾琳娜，這有什麼問題？」

所以尼諾要帶妻子來，想到要拿來和她比較，我就心驚肉跳。我知道自己是什麼模樣，我知道自己外表粗拙，但大半的人生裡我都不以為意。在我成長的歷程裡，是一次只擁有一雙鞋，身穿我媽親手縫的難看衣服，只有在極其稀少的場合才化妝。近年來，我開始對時尚感興趣，在瑷黛兒的指導下培養自己的品味，現在我很享受裝扮的樂趣。但有時候——特別是在打扮的目的不僅僅是為了讓大家都留下好印象，而是針對某個男人的時候——讓我自己作好準備（就是這個詞沒錯），在我看來實在有些荒謬。拚命努力，掩飾真面目，耗費大把原本可以用來做別的事情的時間。適合我的顏色，不適合我的顏色，讓我看起來顯瘦的款式，讓我顯胖的款式，可以讓我更出色的剪裁，無法讓我更出色的剪裁。耗時、耗錢的準備。把我自己降格成餐桌的擺飾，用來挑起男性的欲望；讓我自己成為一道精心烹調的佳餚，讓他流口水。同時還一面擔心，怕自己的努力無法奏效，怕自己看起來不夠漂亮，怕自己無法以高超的技巧掩藏內在的粗俗、心緒、氣味與缺點。但我一向都應付得很好。最近也為尼諾這樣做。我想讓他知道，我已經變得不一樣了，我已經達成讓自己變得優雅高尚的目標了，我不再是當年在莉拉婚禮上的那個女孩，不再是在嘉利亞妮老師兒女派對上的那個女學生，甚至也不是在米蘭書店裡那個只出過一本書的青澀作家。可是，夠了。他帶妻子來，我很生氣。在我看來，這簡直不懷善意。我痛恨和其他女人一較容貌高下，特別是在男人的目光注視下。一想到要和我在照片裡見到的美麗女人坐在同一個地方，我就覺得很難受，腸胃翻攪欲吐。她會掂掂我的分量，用出身塔索路的女人身分，以打從出生就學會精心照料自己身體的驕傲目光端詳我的每一個細節，然而在一夜將盡，和丈夫獨處之際，殘酷透澈地批評我。我猶豫了好幾個鐘頭，最後決定要找個藉口，讓我丈夫帶孩子自己去。但隔天我又抗拒不了。我換好衣服，又換掉，我梳好頭髮，又解開。我一直找彼耶特洛麻煩，不時走進他房間，一會兒穿這件衣服，一會兒換那套衣服，先是這個髮型，然後又換那個髮型，緊張地問他：我這樣好看嗎？他心不在焉地瞥一眼，說：看起來不錯啊。我回答說：那如果換那件藍色洋裝呢？他說好。但我換上藍色洋裝，不喜歡，臀部太緊。我又去問他，我說：太緊了。彼耶特洛耐著性子回答說沒錯，那件綠色的花洋裝看起來比較好。但我不想要看起來只是比較好的綠色花洋裝，我要的是看起來絕美。我的耳環要絕美，我的髮型要絕美，我的鞋子要絕美。換言之，我根本不能仰賴彼耶特洛，他看我的時候眼裡根本沒有我。我越來越覺得自己笨拙難看，胸部太大，屁股太胖，肚子太肥，還有一頭看起來髒兮兮的金髮，大大的鼻子。我遺傳了我媽的體態，醜陋的體態，只差坐骨神經痛再犯，然後開始跛腳了。而尼諾的太太很年輕，漂亮，富裕，當然懂得這世界的一切應對進退，而這是我始終學不來的。所以我千百次回到最初的決定：我不去了，就讓彼耶特洛自己帶女兒去。我要他告訴他們我身體不舒服。但我去了。我穿白襯衫搭鮮豔的花裙，只戴上我媽給的那條銀手鍊，皮包裡塞著我寫的文章。我對自己說，誰甩她，誰甩他，誰甩他們啊。

104

因為我的猶豫不決，我們很晚才到餐廳。薩拉托爾一家已經入座了。尼諾介紹他太太伊蓮諾拉，我的心情不變。沒錯，她有張精緻的臉蛋和一頭漂亮的黑髮，就像照片裡一樣。但她比我矮，雖然我自己也並不算太高。她雖然豐滿，卻沒有胸部，身上的鮮紅洋裝一點都不適合她，而且也戴太多首飾了。一開口就是尖銳的嗓音，那腔調不容錯認，就是在有彩繪玻璃俯瞰海灣的豪宅裡玩橋牌長大的那不勒斯千金小姐。但是更重要的是，一整個晚上的時間裡，她只證明了自己教育不足，雖然她正在唸法律，但對任何事情或任何人都無法表現出應有的談話技巧，感覺上像是逆潮游泳卻還揚揚自得的人。換言之，是很有錢，但任性，很粗俗。就連她可人的外表也常被她那打斷對話的緊張笑聲——嘻咿、嘻咿、嘻咿——以及繼之而來的生氣表情給破壞殆盡。佛羅倫斯——這裡有的，那不勒斯也都有啊——餐廳——太可怕了——老闆——粗魯——彼耶特所講的每一句話——眞是沒道理——我的女兒——天哪，你們也太愛講話了，安靜一點，拜託——當然還有我——你在比薩唸書？爲什麼，那不勒斯的文學不是比較好嗎。我沒聽過你寫的那部小說，什麼時候出版的？八年前，我那時才十四歲——全把她給惹毛了。她只有面對兒子和尼諾的時候才顯得溫婉。亞伯提諾很討人喜歡，胖嘟嘟的，一臉愉快的表情，伊蓮諾拉一個勁地讚美他。對她丈夫也一樣：沒有人比得上他，他說什麼她都贊同，她撫摸他，擁抱他，親吻他。這女孩和莉拉有什麼共同點，或者和西薇雅？完全沒有。那尼諾幹嘛娶她？

我觀察她一整個晚上。他對她很好，任由自己被她擁抱、親吻，她說出不客氣的蠢話時，他親暱地對她微笑，他漫不經心地和兒子玩。但他對我女兒的態度並沒有改變，還是很照顧她們；他繼續愉快地和彼耶特洛聊天，甚至也對我講了幾句話。他妻子——我希望這麼想——沒完全霸占他。伊蓮諾拉只是他忙碌生活的一小部分，對他沒有影響力，尼諾繼續朝自己的道路前進，沒特別重視她。我慢慢覺得輕鬆下來，尤其是他握著我的手腕好幾秒鐘，幾乎就要輕輕撫摸，表示他認得這條手鍊；尤其是他戲謔地問我丈夫，有沒有讓我多擁有一些自己的時間；而在這之後，他更問我的工作有沒有進展。

「我寫完了初稿。」我說。

尼諾一本正經地轉頭對彼耶特洛說：「你讀過沒？」

「艾琳娜什麼也不給我看。」

「是你自己不想看的。」我回答，但並不生氣，彷彿只是我倆之間的玩笑。

伊蓮諾拉打岔，她不想置身事外。

「是什麼東西？」她問。但我正要回答，她那反覆無常的心思就又帶著她飄遠了，漫不經心地問我：「明天尼諾工作的時候，你要帶我去逛街？」

我假裝親切微笑，她開始詳盡列出一大串想買的東西。直到離開餐廳，我才想辦法挨近尼諾，輕聲說：

「你想看看我寫的東西嗎？」

他看著我，那不敢置信的表情是發乎內心的。「你真的願意給我看？」

「如果你不覺得煩的話，當然。」

我偷偷把文稿交給他，心臟狂跳，彷彿不想讓彼耶特洛、伊蓮諾拉或孩子們發現。

105

我沒闔眼。上午，我逼自己實踐和伊蓮諾拉的約會。我們十點在飯店碰面。別做蠢事——我命令自己——千萬別問她丈夫是不是開始讀了：尼諾很忙，那很花時間的，你別奢望，最起碼得等一個星期。

但九點整，就在我準備要出門的時候，電話響了，是他。

「對不起。」他說：「可是我正要去圖書館，現在不打，就得等到晚上了。我沒打擾到你吧？」

「絕對沒有。」

「我讀了。」

「真的？」

「是啊。非常非常好。你有很強的研究能力，令人敬佩的嚴格自律，以及讓人讚嘆的想像力。但最讓我嫉妒的，是你的敘事能力：你寫的東西很難界定。我不知道這算是論文還是小說。但非常之好。」

「這算是缺點嗎？」

「什麼？」

「無法歸類。」

「當然不是，這還算是其中的一個優點。」

「你覺得我應該就這樣出版？」

「絕對是。」

「謝謝你。」

「謝謝你，我得走了。請多包涵伊蓮諾拉，她看起來很凶，其實很膽小。明天早上我們就回那不勒斯，但選舉之後我會再來，到時候如果你願意，我們可以聊聊。」

「當然好。你會來住我們家嗎？」

「那樣真的不會打擾到你們？」

「絕對不會。」

「那好吧。」

他沒掛斷，我聽見他的呼吸聲。

「艾琳娜。」

「嗯。」

「莉娜，我們小時候，我們兩個都完全被她迷住了。」

我感覺到極度不安。

「怎麼說？」

「結果你把只屬於你自己擁有的能力歸功於她。」

「而你呢？」

「我更慘。在你身上所看見的一切，我竟然都蠢得以為是在她身上找到的。」

我沉默了幾秒鐘。他為什麼覺得必須提起莉拉呢？他對我講的究竟是什麼呢？這算是讚美？或者他是想要對我說，他年少時是愛著我的，但在伊斯基亞島，他卻以為自己愛上了另一個人？

「早日再聚吧。」我說。

106

我和伊蓮諾拉帶三個孩子出去。我心情非常好，就算她拿刀捅我，我也不會覺得難過。尼諾的妻子面對我的愉快心情與親切態度，不再有敵意，稱讚小璦和艾莎的乖巧，還承認她羨慕我。她丈夫把我所有的事情都告訴她，我的學業，我成功的作家生涯。但我有點嫉妒，她坦承，不是因為你聰明，而是因為你認識他一輩子，而我沒有。她也很想在小時候就認識他，知道他十歲、十四歲，嗓子還沒變聲，笑聲還像小孩的時候是什麼模樣。還好有我亞伯提諾，她說，他很像他爸爸。

我端詳這孩子，但看不出尼諾的痕跡，說不定等大一點的時候會出現吧。我長得像爸爸，小璦突然自豪地大叫，艾莎則說：我比較像媽媽。我想起西薇雅的兒子莫寇，似乎就長得很像尼諾。在梅麗雅羅莎家裡，把他抱在懷裡，哄得他不哭，是多麼愉快的事啊。我當時在那個孩子身上看到什麼了，在我還沒有懷胎生育經驗的彼時？我在傑納諾身上又看見什麼了，在我還不知道他父親是斯岱方諾之前？而如今身為小璦與艾莎母親的我，又希望從亞伯提諾身上看見什麼，竟如此仔細打量他？我不認為尼諾會常常想起莫寇。我也不認為他曾經對傑納諾表現出絲毫的興趣。男人總是被歡愉沖昏頭，毫不在意地播下種子。他們在高潮之下，耕耘我們。他們進入我們，然後抽離撤退，留下他們的鬼魂在我們的血肉裡，宛如遺落的物品一般。亞伯提諾是有意生下的孩子？又或者，這孩子只依偎在媽媽懷裡，尼諾覺得和他一點關係都沒有？我心一動，告訴伊蓮諾拉說她兒子長得很像爸爸，為自己扯的這個謊覺得很滿意。接著我用親暱溫柔的語氣對她詳加描述小學時代的尼諾，提起奧麗維洛老師和校長舉辦的競賽，讓學生較勁，看誰最聰明。我也描述中學時代的尼諾，嘉利亞妮老師和我們與其他朋友在伊斯基亞島共度的假期。我沒再往下說，雖然她還一直稚氣地追問：然後呢？

我們聊得越多，她越喜歡我，黏著我不放。如果我們進到某家店，我試穿了衣飾，又覺得不想買，離開時就會發現伊蓮諾拉已經買下來，當成禮物送我。她也想替小璦和艾莎買衣服。在餐廳，她買單。我們搭計程車帶孩子回家，車資也是她付的，然後她再自己帶著大包小包搭計程車回飯店。我們道再見，女兒和我揮著手，直到車子轉過街角。在我生長的那個城市裡，她屬於另一個世界，遠在我的經驗領域之外。她花起錢來像錢一點價值都沒有似的。我不認為那是尼諾的錢。她父親是律師，她祖父也是，她母親娘家則有銀行家背景。我很好奇，他們的資產階級財富和梭拉朗家族財富之間有多大的區別。金錢得拐多少彎才能變成高薪和昂貴的收費。我想起街坊的男生們每天靠著替走私販子卸貨、在公園修剪樹木、在建築工地工作掙錢。我想起安東尼奧、帕斯蓋、恩佐。打從年少時，他們就在這裡掙點錢、那裡攢點錢來求生存。工程師、建築師、律師、銀行家則完全不同，他們的錢宛如穿過千萬個過濾器而來，從同一批惡名昭彰的企業、同樣的摧毀破壞而來，只有一些屑屑變成小費給我爸，讓我可以接受教育。髒錢變成乾淨錢，或乾淨錢變成髒錢的門檻有多高？伊蓮諾拉在夏日的佛羅倫斯隨意亂花的錢有多少是乾淨的；而買下東西讓我當成禮物帶回家的那些支票，又和米凱爾付莉拉薪水的錢有什麼不同呢？整個下午，兩個女孩和我都在鏡子前面走來走去，試穿我們的新禮物。這些都是很好的衣服，美麗而亮眼。有件淡紅色的四〇年代風格洋裝穿在我身上格外好看。我很想讓尼諾看我穿上這件衣服。

但是薩拉托爾一家就這樣回那不勒斯，我們沒機會和他們道別。出乎意料的是，時間並沒有就此崩潰，反而輕快流逝。尼諾會再來，這是可以肯定的，他會和我聊我寫的東西。為了避免不必要的衝突，我擺了一份複本在彼耶特洛桌上。然後我打電話給梅麗雅羅莎，用愉快肯定的語氣告訴她，我的寫作進展順利。也告訴她，之前說的那些纏結不清的問題已經解決了。她要我馬上寄給她看。幾天之後，她興奮地打電話給我，問說她可不可以親自翻譯成法文，寄給她在楠泰爾開小出版社的朋友。我很高興地答應，但事情並沒到此為止。幾個鐘頭之後，我婆婆打電話給我，假裝生氣。

「你現在是怎麼了，把書稿寄給梅麗雅羅莎，卻不寄給我？」

「我怕你不感興趣。總共只有七十頁，不算是小說。我甚至不知道那算什麼。」

「要是你不知道自己寫的是什麼，那就表示你寫得很好。反正，有沒有興趣，要由我自己來決定。」

我寄給她一份，有點漫不經心。同一天，接近中午的時候，尼諾打電話給我。讓我意外的是，他人在車站，剛抵達佛羅倫斯。

「我半個鐘頭之後到你家，先放下行李，然後去圖書館。」

「你不吃點東西？」我很自然地問。在我看來很正常，因為他長途跋涉才剛抵達，而且要住我家，我理當趁他在浴室沖澡的時候，為他準備點吃的。我們應該一起吃午飯，他、我和女孩們，而彼耶特洛在大學裡監考。

107

尼諾住了十天。我幾年前體驗到的那種渴望誘惑的情緒，在這段時間都沒發生。我沒和他開玩笑，沒和他調情，沒要他幫各種忙，沒學我大姑那樣扮演開放女性，沒溫柔地搜尋他的目光，沒想方設法在餐桌上和他比鄰而坐或併肩坐在沙發上看電視，沒衣衫不整地在屋裡到處轉，沒想和他獨處，沒用我的手肘碰他的手肘，沒讓他的手臂碰我的手臂或胸部、讓他的腿挨著我的腿。我很羞怯，很拘謹，話很少，只確保他吃得好，女兒沒煩他，讓他覺得舒適。我別無選擇，根本不可能有別種作法。他常和彼耶特洛、小瑷和艾莎說笑，但只要一和我講話，就變得嚴肅起來。他字斟句酌，彷彿我倆並不是老朋友。而我覺得自己好像也應該這麼做。我很高興有他在家裡，但覺得並不必有推心置腹的語氣和動作，事實上，我還喜歡留下距離，避免兩人之間的接觸。我覺得自己像是一滴落在蛛網上的雨珠，小心翼翼地不滑落。

我們只有一次長時間的交談，主要是談我的作品。他一到我家就提起，看法非常精確而敏銳。他和她的故事讓他很震撼，他問我：對你來說，在《聖經》故事裡，女人和男人並沒有什麼不同，其實就是男人本身？是的，我說。如果沒有亞當，夏娃就沒辦法當夏娃，不知道怎麼當夏娃，更沒有材料可以塑造出夏娃來。她的惡和她的善都是根據亞當而來。夏娃就是亞當的女性版。上帝的神工如此成功，所以她本身不知道自己是誰，她有柔和的外貌，但沒有自己的語言，沒有自己的心靈與邏輯，很輕易就失去具體的輪廓。這太可怕了，尼諾評論說，我緊張地用眼角瞥著他，想知道他到底是不是在取笑我。不，他不是。相反的，他是在讚美我，沒有絲毫的挖苦嘲諷。他提到幾本相關主題的書，都是我原本不知道的。他又重複上次的看法，說他覺得這書已經可以出版了。我靜靜地聽，沒有任何滿足的表情，最後我只說：梅麗雅羅莎很喜歡。他問起我這位大姑，很敬佩她的學術成就與對法蘭柯的盡心，然後就去圖書館了。

其他的日子，他都和彼耶特洛一起出門，夜裡比他還晚回家。我們也一起出門，但少之又少。例如有一次，他帶我們去看電影，挑了一部女孩會喜歡的喜劇。尼諾坐在彼耶特洛旁邊，我夾在兩個女兒中間。我發現在他開始笑之後，我也笑得好大聲，於是立刻閉嘴不笑。我輕輕譴責他，因為他在中場休息時間想買冰淇淋給小璦、艾莎，當然也要買給大人。我不用，我對他說，謝謝你。他略開玩笑，說冰淇淋很好吃，我不知道自己錯過了什麼。他讓我嘗一口，我也嘗了。換句話說，都是諸如此類的小事。有天下午我們散了好久的步，小璦、艾莎、他和我。我們沒講太多話，尼諾讓孩子們講。但那次的散步讓我留下深刻的印象，我到現在都還可以指出每一條街，我們駐足的每一個地方，每一個角落。那天天氣很熱，城裡好擁擠。他不停和人打招呼，有人喊他的姓，他介紹我認識這個人、那個人，得到誇張的讚美。他的名氣讓我吃驚，有個人是很有名的歷史學家，對著他稱讚小女孩，好像她們是我們的女兒似的。沒別的事情發生，只除了他和彼耶特洛之間的關係發生了無法理解的變化。

108

事情是從某天晚餐開始的。彼耶特洛對他讚賞某位當時頗有名望的那不勒斯教授。尼諾說：我敢說你喜歡那個混蛋。我丈夫一時不知所措，露出不太有把握的微笑，但尼諾變本加厲，取笑他說他太容易被表面給欺騙了。隔天早餐之後，又出了另一個意外。我不記得是怎麼談起的，尼諾提到我以前為了聖靈的事情和宗教老師起衝突。不知道這個風波的彼耶特洛想知道詳情，但尼諾不是對著他而是對著女兒講，彷彿她們媽媽在小時候完成了什麼了不起的大事。

我丈夫稱讚我，他說：你太勇敢了。但接著馬上對小璦解釋，就像看到電視上有什麼蠢事，覺得自己有意義對女兒說清楚真相那樣的語氣，說十二門徒在聖靈降臨節發生的事：宛如風聲的噪音，宛如大火的烈燄，天父的恩賜讓所有的人、用所有的語言都可以理解。然後他熱情洋溢地對我和尼諾說，美德充滿門徒身上，引用先知約珥的話說：「我要把我的聖靈澆灌所有的人。」還說聖靈是不可或缺的象徵，反映了眾人如何找到面對彼此、形成群體的方法。尼諾讓他說，但臉上嘲諷的表情越來越明顯。最後他大聲說：我敢說，你內心裡躲著個神父。然後用逗趣的口吻對我說：你是個妻子呢，還是神父的管家？彼耶特洛脹紅了臉，很困惑。他向來很愛這些議題，我感覺到他的沮喪。他結結巴巴說：對不起，我浪費了你的時間，我們去上班吧。

這樣的情況越來越多，而且都是毫無來由的。尼諾和我的關係還是一樣，很客氣、很有禮貌地保持距離。他和彼耶特洛之間則決堤了。不論早餐或晚餐，客人對主人的冷嘲熱諷都越來越強烈，遊走在冒犯邊緣，分明是羞辱，只是以友善的方式表達，帶著微笑，所以你也不能反駁，免得反而顯得自己無禮。我認得他的這個語氣。在舊街坊，反應較快的人常用這樣的口吻來欺壓較遲緩的人，悄悄把他們拱成玩笑的對象。彼耶特洛主要的反應是茫然失措：他喜歡尼諾，欣賞尼諾，所以他沒有採取反制的行動，只搖搖頭，假裝自己也很樂，但有時候也很不解究竟是哪裡出了差錯，等待他恢復以往熱絡的語氣。但尼諾持續這個態度，並沒有恢復。他對我、對孩子，都格外誇張，希望贏得我們的認同。女孩們很認同，哈哈大笑，而我也有一點。然而我心想：他為什麼這樣，要是彼耶特洛生氣了，他們的友誼也就毀了。但是彼耶特洛沒有生氣，他只是不理解，隨著日子過去，他以前的神經質又回來了。他一臉疲憊，這些年的緊張壓力再次在他憂心的眼神、額頭的皺紋裡出現。只要一有機會，我就一定得要採取行動，我想。但我什麼也沒做，我只拚命想擺脫心裡的讚佩和興奮——或許就是興奮沒錯，我因為看見、聽見極有教養的艾羅塔家人退縮、迷惑，無力反應而覺得興奮，只因為他面對的是個敏捷、聰明、甚至有些殘忍的尼諾．薩拉托爾，我的同學，我的朋友，和我一樣生長在街坊的尼諾。

109

在尼諾回那不勒斯的前幾天，發生了兩樁格外不快的事情。有天下午璦黛兒打電話來，她也很喜歡我的作品。她叫我立即把書稿寄給出版社，他們可以印成小書和法國同步出版，如果真趕不及，就略微晚一點也沒關係。我用不以為意的語氣在晚餐時提起這件事，尼諾不停讚美我，對孩子們說：

「你們有位很特別的媽媽。」然後對彼耶特洛說：「你讀過了嗎？」

「我沒有時間。」

「你最好別讀。」

「為什麼？」

「那不是給你讀的東西。」

「怎麼說？」

「太有智慧了。」

「什麼意思？」

「你沒有艾琳娜聰明。」

他笑起來，彼耶特洛什麼都沒說，尼諾逼問他：

「你覺得我得罪你了？」

他希望彼耶特洛有反應，好繼續羞辱他。但彼耶特洛站起來離開餐桌，說：

「不好意思，我還有工作要做。」

我低聲說：

「把飯吃完吧。」

他沒回答。我們當時在客廳吃飯，那是很大的一個房間。有那麼幾秒鐘，他似乎打算穿過客廳到書房去。結果卻中途拐彎，坐在沙發上，打開電視，調高音量。氣氛變得難以忍受。才不過幾天的時間，情況就變得複雜起來。我覺得很不開心。

「小聲一點，可以嗎？」我問。

他只回答：

「不。」

尼諾輕笑幾聲，吃完飯，幫我整理。在廚房裡，我告訴他說：

「別見怪，彼耶特洛工作很累，睡眠不足。」

他突然很生氣。

「你怎麼受得了他？」

我警覺地看看門口，還好電視的聲音還是很大。

「我愛他。」我回答說。他堅持要幫我洗碗，我又說：「走吧，拜託，別礙事。」另一起風波更嚴重，也更關鍵。我不再知道自己真正想要什麼：我希望這段期間儘快結束，希望回歸熟悉的規律，打理我那本小書的出版事宜。然而我也喜歡在早上踏進尼諾的房間，整理他留下的混亂，鋪好床，煮飯的時候想著他會和我們一起晚餐。這一切終將結束，讓我很傷心。下午的幾個鐘頭時間裡，我整個人都快抓狂了。雖然女兒在家，但我卻覺得屋裡空蕩蕩的。我自己也空蕩蕩的，對我自己寫的東西提不起興致來。我覺得我寫得很膚淺，對梅麗雅羅莎、對瑷黛兒、對法國出版社和義大利出版社的熱情失去信心。我心想：只要他一離開，所有的事情就全變得沒有道理了。

當時我正處在這樣的狀態——生命流逝，帶來難以忍受的失落感——彼耶特洛臭著臉從大學回來。我們在等他回來吃晚飯。尼諾早半個鐘頭之前已經回來，被孩子們綁架走了。我好意問他：

「今天怎麼了嗎？」

他低聲嘟囔著說：

「絕對別再帶你們老家的人到這裡來了。」

我整個人僵住。我以為他指的是尼諾。被小瑷和艾莎追著跑的尼諾勢必也有相同的想法，因為他臉上掛著挑釁的微笑，一副等著看好戲的表情。但是彼耶特洛心裡想的是另一件事。他一開口，用的是那種瞧不起人的語氣，也就是他相信基本原則岌岌可危，打算出面捍衛時用的語氣。

「今天警察又來了，他們列出幾個名字，給我看幾張照片。」

我鬆一口氣，如釋重負。我知道從他拒絕撤告那名拿槍指著他的學生之後，警察的到訪就成為他很大的負擔——比許多好戰派學生，甚至有些教授的譏諷更嚴重——因為他們把他當成是情報來源。我確信這是他生氣的原因，所以生氣地打斷他。

「是你自己不對。你不該那樣做的，我告訴過你了。現在你甩不掉他們了。」

尼諾介入，他嘲諷地問彼耶特洛：

「你舉報誰了？」

彼耶特洛甚至沒轉頭看他，他生我的氣，他想找我吵架。他說：

「我當時做我該做的事，現在我也會做我該做的事。但是，因為扯到你，所以我什麼都沒說。」

這時我才醒悟，重點不在警察，而在於他從警察那裡得知的消息。我說：

「和我有什麼關係？」

他語氣變了：

「帕斯蓋和娜笛雅不是你的朋友嗎？」

我駑鈍地重複他的話：

「帕斯蓋和娜笛雅？」

「警方給我看恐怖份子的照片，裡面有他們的照片。」

我沒反應，說不出話來。所以，我之前的想像是真的嘍。彼耶特洛證實了。有幾秒鐘的時間，那些意象回來了，我看見帕斯蓋對季諾開槍，打傷菲利波膝蓋，而娜笛雅——是娜笛雅，不是莉拉——爬上樓梯，敲布魯諾的門，走進去，對著他的臉開槍。好可怕。然而，彼耶特洛此時的音調似乎很不恰當，彷彿只想用這個情報讓我在尼諾的眼中變成麻煩精，引發我並不想要的討論。但尼諾馬上就再次打岔，繼續嘲笑他。

「所以你是警察的線民？你做什麼？舉報共產黨？你父親知道嗎？你母親呢？你姊姊呢？」

我渾身乏力地說：我們去吃飯吧。但之後我馬上就很客氣，輕描淡寫地對尼諾說，要他別再提起彼耶特洛的家人來激怒他：別再這樣，你這話什麼意思，線民？然後我隱約提到帕斯蓋·佩盧索：你或許還記得，是我們街坊的朋友，很不錯的孩子，後來和娜笛雅在一起，你肯定還記得她，嘉利亞妮老師的女兒，他們之前一起來過這裡。我停下不說了，因為尼諾哈哈大笑。他大聲嚷嚷說：天哪，娜笛雅，然後又對彼耶特洛用更挖苦的語氣說：只有你和那幾個蠢警察會以為娜笛雅參加了武裝鬥爭，這簡直瘋了。娜笛雅是我所見過最好最乖巧的人，我們義大利是怎麼回事。走吧，我們去吃飯，重建秩序的工作暫時可以不需要你。我們走到餐桌，叫小瑷和艾莎過來，我準備要上菜，相信彼耶特洛會和我們一起上桌。

結果沒有。我以為他是去洗手，拖延一些時間，讓自己冷靜下來。我在自己的座位坐下，心裡很不高興。我本來希望有個平靜美好的夜晚，讓這暫住生活安安靜靜劃下句點。但他沒來，孩子們已經吃起來。這會兒，連尼諾都不解了。

「開動吧，」我說：「菜涼了。」

「除非你也吃。」

我遲疑一下。說不定我該去看看我丈夫在做什麼，看他是不是冷靜下來了。但我不想去，他的行為讓我很火大。他為什麼不隱瞞警察到訪的事，他通常什麼事都擺在心裡，什麼也不告訴我的。他為什麼要當著尼諾的面說：絕對別再帶你們老家的人到這裡來了。這事有什麼緊急，非要當眾說不可，他可以等的，他可以晚一點再發脾氣，等我們回到臥房之後再說。他在生我的氣，這是重點。他想毀了我的夜晚，他不在乎我做什麼或我要什麼。

我開始吃飯。我們四個，第一道菜，第二道菜，連我做的甜點都吃完了。彼耶特洛還是沒有現身。這時我真的火大了。彼耶特洛不想吃？那好，他不必吃，顯然他不餓。他只想管他自己的事？非常好，這房子很大，沒有他就沒有緊張。反正，情況很明白，問題並不只是曾經來過我們家的那兩個人被懷疑涉入武裝派系。問題在於他沒有足夠敏捷的才智，他不知道要如何和人爭辯，於是因此而痛苦，而生我的氣。但你和你的可憐又關我什麼事。我晚一點再清理餐桌，我大聲說，彷彿給自己，給我的困惑下達命令。然後我打開電視，和尼諾與女兒一起坐在沙發上。

過了好長一段時間，緊張氣氛瀰漫。我感覺到尼諾雖然不安，卻還是想辦法逗樂大家。我要叫爸爸，小璦說，吃得飽飽的她開始擔心他了。去吧，我說。她幾乎是躡手躡腳地回來，在我耳邊輕聲說：他躺在床上睡覺。尼諾聽見了，說：

「我明天就走。」

「你的工作結束了？」

「還沒。」

「那再待幾天。」

「不行。」

「彼耶特洛是好人。」

「你替他辯護？」

替他辯護什麼？和誰抗辯？我不了解。我也快要對他發火了。

110

孩子們在電視前面睡著。我抱她們上床。我回到客廳時，尼諾不在那裡，已經回房間了。我沮喪地整理餐桌，收拾碗盤。請他多待幾天真是蠢，他離開比較好。另一方面，要如何忍受沒有他的枯燥生活呢。我希望他離開的時候至少允諾遲早還要回來。我希望他再次睡在我家裡，早晨和我一起吃早餐，晚上和我坐在同一張餐桌吃飯，用戲謔的口吻談這談那，在我想要陳述某個概念的時候專心聆聽，尊重我說的每一句話，絕對不會用諷刺挖苦的語氣對我講話。然而我不得不承認，若說情況惡化得如此之快，讓我們住在一起變得不可能，這都是他的錯。彼耶特洛喜歡他。他喜歡有尼諾在身邊，兩人的友誼對他來說很重要。為什麼尼諾覺得有必要傷害他，羞辱他，奪走他的權威呢？我卸掉臉上的妝，梳洗，換上睡衣。我鎖上大門，關好瓦斯，放下窗簾。我查看孩子們，希望彼耶特洛不是裝睡，不是在等我回房吵架。我看看他的床頭櫃，他吃了安眠藥，睡得不醒人事。這讓我對他有了溫柔的情意，我親吻他的臉頰。真是個難以捉摸的人：極聰明又極蠢，既敏感又駑鈍，既勇敢又膽怯，既受過高等教育又很無知，有教養卻又粗魯。艾羅塔家的失敗成員，他這一路跌跌撞撞。對自己如此有自信，如此有決心的尼諾能不能讓他再次振作，協助他改進？我再次問自己，這才剛萌芽的友誼為何會單方面的變得如此充滿敵意。這時我似乎有點明白了。尼諾想讓我看清楚丈夫的真面目。他相信我不管在情感上或智識上所臣服的只是一個理想化的形象。他希望為我揭露真相，讓我知道這位非常年輕的教授，這位寫了一本得到高度推崇學術著作的作者，這位花了很長的時間想寫出一部新作來保住自己聲望的學者，在表象之下其實缺乏本質。這些天來他彷彿沒做別的，就只是在責備我：你和一個無趣的男人共同生活，你和一個無名小卒生了兩個小孩。他的計畫是用詆毀彼耶特洛來解放我，用打敗彼特耶洛來重建我的自我。但是他可知道這麼一來，不管喜歡或不喜歡，他都將取彼耶特洛而代之，成為男性典範？

這個問題令我生氣。尼諾太魯莽了。他丟進來的一團混亂，顛覆了我好不容易才建立起來的均衡狀態。為什麼連問都沒問我，就播下這失序的種子？有人求他來打開我的眼睛，拯救我嗎？他是怎麼推論出我需要這樣呢？他認為對於我身為人妻、身為人母的生活，他可以為所欲為？這又是為了什麼目的呢？他以為自己能做出什麼來？這些想法該由他自己來說清楚，我對自己這麼說。他對我們的友誼沒有興趣？假期快到了。我要去維亞瑞吉歐，他要去岳父位在卡布里的房子。我們必須等到假期結束才能再見到彼此嗎？為什麼？在夏天裡，我們兩家的關係可能可以變得更密切。我可以打電話給伊蓮諾拉，邀起她和丈夫、兒子到維亞瑞吉歐，和我們共度幾天。然後我也很希望獲邀到我從未去過的卡布里，帶著小璦、艾莎和彼耶特洛一起去。但如果無法做到，彼此通信，交換意見，聊起書名，談談我們的工作，又有何不可呢？

我無法讓自己平靜下來。尼諾錯了。要是他真的喜歡我，他必須讓一切回到起始點。他必須重新得到彼耶特洛的喜愛與友誼，我丈夫除此之外別無所求。他真的以為製造這些緊張是為了我好？不，不，我得和他談談，告訴他說用這種態度對待彼耶特洛太蠢了。我小心翼翼地下床，走出臥房。我光腳穿過走廊，敲了尼諾的房門。我等了等，逕自進去。房裡一片漆黑。

「你做了決定。」我聽見他說。

我心一驚，沒問什麼決定。我只知道他是對的，我做了決定。我迅速褪下睡衣，在他身邊躺下，儘管很熱。

111

大約凌晨四點，我回到我的床上。我丈夫有點被驚擾，在睡夢中喃喃說：怎麼回事？我用堅定的語氣說：睡吧，他就安靜下來。我驚訝得說不出話來。對於發生過的事情，我很高興，但無論怎麼努力，我都無法用目前的情況，用我在這個家裡、在佛羅倫斯的身分來加以理解。對我來說，尼諾和我之間的一切好像都封存在街坊，在他父母親搬離，而玫利娜痛苦不堪，對著窗外丟東西咆哮的那天；或者是在伊斯基亞島，在我們一起手拉手散步的時光；或者是在米蘭，我在書店碰上炮火猛烈的批評，他挺身捍衛我的那一夜。有那麼一會兒，這讓我有種不必負責任，甚至有點天真的感覺，彷彿莉拉之友、彼耶特洛之妻、小璦與艾莎之母和向來愛著尼諾，也終於與他上床的這個小孩─少女─女郎完全沒有關係。我感覺全身上下都有他的手、他的吻留下的痕跡。對歡愉的渴望無法遏止，我一直想著：天亮還早著呢，我在這裡幹嘛，我要回到他身邊，再次待在他身邊。

然後我睡著了。猛然張開眼睛，房間很亮。我做了什麼？在這裡，在我自己的家裡，真是蠢。彼耶特洛會醒來。孩子們會醒來。我得準備早餐。尼諾會說再見，會回到那不勒斯，回到妻小身邊。我又再孤身一人。

我起床，沖了長長的澡，吹乾頭髮，仔細化好妝，挑了件好看的洋裝，彷彿準備出門。噢，當然啦，尼諾和我在半夜立誓，再也不失去彼此，我們要找出辦法來繼續相愛。但要怎麼做？什麼時候？他為何應該要再來找我？我倆之間可能發生的一切都發生了，其餘的就只有糾纏而已。夠了，我仔細地擺放早餐餐具。我想給他留下永恆的美好印象，房子、家常用品和我。

彼耶特洛蓬頭垢面出現，穿著睡衣。

「你要去哪裡？」

「哪裡也不去。」

他一臉迷惑地看著我──我從來沒有一起床就這樣精心打扮。

「你看起來很漂亮。」

「多謝。」

他走到窗邊，看著外面，喃喃說：

「我昨天晚上很累。」

「而且很沒禮貌。」

「我會向他道歉。」

「你應該向我道歉。」

「對不起。」

「他今天要走。」

小璦出來了，光著腳丫。我去幫她拿拖鞋，叫醒艾莎。她一如既往，閉著眼睛，往我臉上猛親。她味道真好聞，身體好柔軟。是啊，我對自己說，是發生了。還好，可以當成沒發生過。現在我得約束自己。打電話給梅麗雅羅莎，問法文版的事；打電話給璦黛兒，親自去出版社，了解他們打算怎麼處理我的書，看他們是認真考慮呢，還是只想討好我婆婆。這時我聽見走廊有動靜。是尼諾。光是感覺到他的存在，就讓我招架不住。他人在這裡，還有一小段時間。我擺脫女兒的擁抱，說：對不起，艾莎，媽媽馬上就回來，匆匆走出去。

尼諾睡眼惺忪地走出房間，我把他推進浴室，關上門。我們再次親吻，我渾然不知這是什麼時間，什麼地點。我對他的渴望如此之深，讓我自己不敢相信：我太擅長自欺欺人了。我們擁抱，我從來不知道自己有這樣熾烈的熱情，我們的身體像是要擊破彼此似地猛烈相撞。所以歡愉就是這樣：破碎，混合，不再知道哪部分是他的，哪部分是我的。就算彼耶特洛出現，就算孩子們看著，但他們永遠都分辨不出我們來。我輕聲對著他的嘴巴說：

「多留幾天。」

「不行。」

「那就回來，發誓你會再回來。」

「好。」

「打電話給我。」

「好。」

「告訴我，你不會忘記我，告訴我，你不會離開我。告訴我，你愛我。」

「我愛你。」

「再說一遍。」

「我愛你。」

「發誓說這不是謊言。」

「我發誓。」

112

他一個鐘頭之後離開，雖然彼耶特洛繃著臉堅持要他留下來，雖然小璦大哭起來。我丈夫去漱洗，很快就再出來，準備要出門。他低頭說：我沒告訴警察帕斯蓋和娜笛雅來過我們家，我這麼做不是為了保護你，而是因為我認為他們誤把異議當成犯罪了。我一時聽不懂他在說什麼。帕斯蓋和娜笛雅早就從我心頭消失了，費了好一番勁才再想起。彼耶特洛默默等了好幾秒鐘。或許他希望我表現出贊同他的看法，希望能以知道我們再次心意相通，最起碼是暫時意見一致，來面對這天的炎熱與考驗。但我只心不在焉地對他點點頭。我幹嘛再在意他的政治看法，幹嘛在意帕斯蓋和娜笛雅，在意烏爾麗克·梅茵霍夫[21]之死、越南社會主義共和國之生，以及共產黨的大選斬獲？整個世界遠去了。我沉浸在自己的小宇宙，在我自己的血肉裡。我的血肉之軀不只是我唯一可能棲身之處，也是唯一值得我為之奮鬥的東西。見證秩序與失序的他關上門離去，我真的鬆了一口氣。我受不了他目光的注視，我害怕那因親吻而脫皮的嘴唇，那一夜的疲憊，身體彷彿灼傷般的過度敏感，都突然在他眼前變得無所遁形。

家裡只剩我一個人時，我再次堅信，我不會再見到或聽到尼諾的消息。順著這個理路，我心裡有浮現了另一個確信不移的念頭：我無法再和彼耶特洛住在一起，我們要繼續睡在同一張床上，一想起來就難以忍受。該怎麼辦？我要離開他，我想。我要帶著女兒離開。但我該循什麼程序，難道就這樣離開嗎？我對分居和離婚一無所知，實質的意涵是什麼，要花多少時間才能重獲自由，我完全沒有概念。我認識的夫妻沒有人走上這條路。女兒會怎麼樣？對她們的贍養費，要如何達成協議？我可以帶她們到其他城市，比如那不勒斯嗎？為什麼去那不勒斯，何不去米蘭？我對自己說，要是離開彼耶特洛，我遲早會需要一份工作。時局艱難，經濟不景氣，米蘭是恰當的地方，因為出版社在那裡。但是小瑷和艾莎呢？她們和父親的關係怎麼辦？所以我應該留在佛羅倫斯？絕對不要。最好是去米蘭，彼耶特洛有時間想看女兒的時候，就可以來。沒錯。然而我的腦袋卻一直想到那不勒斯。不是街坊，我不會回那裡去。我想像自己住在以前沒住過的那不勒斯高級地段，靠近尼諾家，在塔索路上。從窗口就可以看見他去大學或從大學回家，和他在街上碰面，每天和他講話。不打擾他。不給他的家庭製造麻煩，甚至還強化我和伊蓮諾拉的友誼。靠近就夠了。所以，住那不勒斯，不住米蘭。況且，如果我和彼耶特洛分手，米蘭也就不會那麼歡迎我了。我和梅麗雅羅莎的關係會變得冷淡，和瑷黛兒也是。不會斷絕往來，不，她們是文明的人，就算她們不怎麼看重他，但她們是彼耶特洛的媽媽和姊姊。更不要提吉鐸，他的父親。不，我當然也不再是艾羅塔家族的一員，甚至連在出版社都不會有和現在相同的待遇了。只能靠尼諾幫忙。他到處都有人脈，當然可以找到辦法支持我。除非我的接近讓他妻子緊張，讓他緊張。對他來說，我是和家人住在佛羅倫斯的有夫之婦，和那不勒斯相距甚遠，也沒有自由。匆匆結束婚姻，追隨他而去，住在他附近——真的在他附近，他會覺得我瘋了。我看起會像個傻女人，腦筋有問題，是依賴男人過活、嚇壞梅麗雅羅莎朋友的那類型女人。而且更慘的是，還不適合他。他愛過許多女人，一個接一個地上床，毫不在意地讓她們懷孕生小孩，認為婚姻是必要的協議，但又覺得欲望是關不住的。我會讓自己變得荒謬可笑。我這輩子缺了許多東西也還是活得好好的，我同樣可以過著沒有尼諾的生活。我可以帶著女兒自己過活。

電話響了，我接起。是他，背景裡有擴音器的廣播聲，有噪音與混亂，很難聽清楚他的聲

21 烏爾麗克·梅茵霍夫（Ulrike Meinhof, 1934~1976），德國左翼領袖，創建紅軍派，從事恐怖行動，一九七二年被捕，定罪前在獄中上吊自殺。

音。他剛抵達那不勒斯，在車站打電話給我。只是打聲招呼，他說，我想知道你好不好。很好，我說。你在做什麼呢？我正要和孩子們一起吃飯。彼耶特洛在嗎？不在。你喜歡和我做愛嗎？是的。多喜歡？很喜歡。我沒有銅板可以投錢了。走吧，再見，謝謝你打電話來。我們再聊吧。隨時歡迎。我對自己很滿意，很滿意我的自制。我和他保持適當距離，我對自己說，他客氣地打電話來，我客氣地回應。但三個鐘頭之後，他又打來，同樣用公共電話。他很緊張。你為什麼這麼冷淡？我不冷淡啊。今天早上你堅持要我說我愛你，我也說了，雖然我的原則是不對任何人講這句話的，連對我妻子都不講。我很高興。那你愛我嗎？是的。今晚你會和他睡嗎？我受不了這樣。你不和你妻子睡嗎？這是兩件事。為什麼？我不在乎伊蓮諾拉。那就回到這裡來。我怎麼可能？離開她，然後呢？他開始不停地打電話來。我很喜歡這些電話，特別是我們說再見，而我完全不知道何時可以再次和他講話時，他隔個半個鐘頭又打電話來，有時候甚至只隔十分鐘，開始語無倫次，問我們上次分手之後我有沒有和彼耶特洛做愛，我說沒有，他逼我發誓，我發誓，我問他有沒有和妻子做愛，他咆哮說沒有，我堅持要他發誓，一個誓言接著一個誓言，許許多多的承諾，最嚴肅的承諾是要留在家裡，讓他找得到我。他要我等他的電話，所以萬一我剛好出門——我總得去買東西吧——他就讓電話在空屋子裡一直響，一直響。他讓電話響到我回來，丟下孩子，丟下袋子，還來不及關上樓梯口的門，就衝去接電話。我聽見電話另一端的他絕望至極：我以為你永遠不會接電話了。接著又如釋重負地說：可是我會永遠不停地打，你不在，我會愛那電話的聲音，那空虛的聲音，那似乎是我唯一僅有的了。他回憶我們在一起的那個晚上，每一個細節——你記得這個，記得那個嗎？——他不停回想。他列出他想和我做的一切，不只是做愛而已：散步、旅行、看電影、上館子，把他手邊正在做的工作告訴我，聽我講我那本書的進度。這時我失控了。我輕聲說好，好，好，什麼都好，你想要的一切都好，我對他嚷著：我就要去度假了，我一整個星期都要和女兒與彼耶特洛待在海邊，彷彿是被流放似的。而他說：再過三天伊蓮諾拉要去卡布里，她一走，我就到佛羅倫斯，哪怕只有一個鐘頭都好。這時艾莎看著我，她說：媽媽，你幹嘛一直講電話，來和我玩嘛。有一天小璦說：別吵她，她在和男朋友講電話。

113

尼諾夜裡出發，早上九點左右抵達佛羅倫斯。他打電話，彼耶特洛接起，他掛掉。又打來，我去接。他車停在樓下。下來吧。我不行。馬上下來，否則我就上去。我們再過幾天就要去維亞瑞吉歐，彼耶特洛已經放假了。我把孩子交給他，說我得趕緊去採買一些海邊要用的東西。我匆匆迎向尼諾。

這次見面是個恐怖的主意。我們發現我們的欲望非但沒有消失，反而更加熾烈，迫切到無恥地步的渴望迸裂出千百種需求。如果相隔兩地通電話，我們可以透過言語來幻想，建構華麗的遠景，卻也用秩序來限制我們，嚇阻我們。但此時我們不畏可怕的暑熱，一起擠在狹小的汽車裡，讓我們的胡思亂想有了具體的形貌，有了無可迴避的藉口，成為即將到來的這個天翻地覆的季節的基石，迎合這不斷追求不可能的時代潮流。

「不要回家。」

「那孩子怎麼辦，彼耶特洛怎麼辦？」

「那我們怎麼辦？」

啟程回那不勒斯之前，他說他不知道自己能不能忍受一整個八月見不到我。說再見時，我們很絕望。我們在維亞瑞吉歐租的房子沒有電話，他給了我卡布里那幢別墅的電話號碼。他要我保證每天都打電話。

「如果是你太太接的呢？」

「掛掉。」

「要是你在海邊呢？」

「我得要工作，我應該都不會去海邊的。」

在我們的幻想裡，打電話也可以訂約會，在八月裡找時間，至少找機會見一次面。他催我想個藉口回到佛羅倫斯。他也會對伊蓮諾拉編藉口，出門來見我。我們可以在我家見面，我們可以一起用餐，一起睡覺。更加瘋狂。我吻他，愛撫他，咬他，當勉強離開他身邊時，我心裡會滿是不快樂的幸福狀態。我趕去買東西，隨手買了毛巾，彼耶特洛的幾件泳衣，艾莎的鏟子和水桶，以及給小璦的藍色泳衣。當時藍色是她最愛的顏色。

114

我們去度假。我沒怎麼注意孩子們。大部分時間，我都讓她們和父親在一起。我不時到處找電話，只是為了告訴尼諾我愛他。有幾回是伊蓮諾拉接的電話，我馬上掛掉。但光是聽到她的聲音，就足以惹惱我。我覺得她和他日日夜夜在一起很不公平，她和他，和我們有什麼關係呢。這惱怒讓我克服了恐懼，在佛羅倫斯見面的計畫似乎越來越可行。我對彼耶特洛說——這是事實——雖然義大利出版社再怎麼拚命趕，都無法在一月之前出版我的書，但法文版會在十月底出版。所以我得釐清幾個急迫的問題，需要查幾本書，必須回家一趟。

「我去替你拿來。」他提議說。

「你留下來陪女兒。你老是沒有時間陪她們。」

「我喜歡開車，你不喜歡。」

「別管我。我就不能休息一天嗎？連女傭都有一天休假，為什麼我不能有？」

我一大早就開車出發，天空剛泛白，涼爽的微風帶著夏日的氣味從車窗吹進來。我進到空無一人的家，心臟怦怦跳。我換下衣服，梳洗，看著鏡裡的自己，腹部和胸前的白斑讓我沮喪。我換掉衣服，又穿上衣服，直到覺得自己好看為止。

尼諾大約下午三點鐘到。我不知道他用什麼荒唐的理由搪塞妻子，我們纏綿到晚上。這是他第一次有餘裕全心全意把自己奉獻給我的身體，他對我如偶像般的崇拜，是我完全沒有心理準備的。我不想被他比下去，想不計一切代價讓他覺得我夠好。我看見他筋疲力竭但開心無比的時候，心裡卻突然有個不太好的感覺。對我來說，這是獨一無二的體驗，但對他來說，卻只是一再重複的經驗而已。他愛女人，他宛如迷戀偶像般耽溺於她們的肉體。我不太去想他那些我認識的女人，娜笛雅、西薇雅、梅麗雅羅莎和他的妻子伊蓮諾拉。我只想到他為莉拉做的那些瘋狂的事，讓他差點毀了自己的狂熱，這是我很清楚的。我回想起她當時多麼相信他的熱情，多麼黏著他，多麼關注他所讀的書，他的思想，他的野心，她藉此肯定自己，給自己改變的機會。我還記得尼諾拋棄她的時候，她是怎麼崩潰的。難道他只知道用過度激烈的方法去愛別人、去讓別人愛他，而不知道有別的方法嗎？我們的狂熱愛戀只不過是重複別段狂熱愛戀而已？他就只是開發出某種原型：希望我這樣做，不在乎其他的一切。就像他讓莉拉做的那樣？甚至連他來到我和彼耶特洛的房子，不也像莉拉帶他到她與斯岱方諾的家一樣嗎？我們所做的一切都是他以前做過的？

我抽身退開，他問：有什麼問題嗎？沒有。我不知道該怎麼說，這不是可以講出口的想法。我貼著他，親吻他，努力想把他對莉拉的愛趕出我心裡。但是尼諾堅持追問，我無法逃避，只好藉由相對而言比較沒那麼久遠的往事——嘿，或許我可以告訴你這件事——裝出幽默的語氣問他：

「講到性呢，我是不是也很差勁，像莉娜那樣？」

他表情丕變。他的眼睛，他的臉龐，都彷彿換了一個人似的，一個令我驚恐的陌生人。他還來不及回答，我就連忙輕聲說：

「我是開玩笑的，要是你不想回答，就算了。」

「我不知道你在說什麼。」

「我只是引述你的話。」

「我從沒說過這樣的話。」

「騙人，你在米蘭的時候說的，我們一起去餐廳的時候。」

「才不是這樣，反正我不想談莉娜。」

「為什麼？」

他沒回答。我覺得很痛苦，轉過身去。他手指輕觸我背部時，我冷冷地輕聲說：別碰我。我們就這樣一動也不動，默默無語，過了好一會兒。然後他又開始撫摸我，輕輕吻我的肩膀，我屈服了。沒錯，我對自己承認，他是對的，我應該永遠別向他問起莉拉的事。

那天晚上電話響了：一定是彼耶特洛和女兒。我對著尼諾點點頭，要他別出聲，起床去接電話。我給自己準備好親暱安撫的嗓音，但沒發現我聲音壓得太低，變成很不自然的嘟囔。我不想讓尼諾聽見，免得待會取笑我，甚至生我的氣。

「你幹嘛這麼小聲？」彼耶特洛問：「一切都還好嗎？」

我馬上提高聲音，結果又變得太大聲了。我搜尋親暱的字眼，我特別稱讚艾莎，要小瑷別找爸爸麻煩，睡前記得刷牙。我回到床上時，尼諾說：

「真是個好太太，好媽媽。」

我回答說：「你也不差啊。」

我等著緊張消失，等著我丈夫和女兒的回音淡去。我們一起淋浴。這是愉悅的新體驗，幫他搓洗，讓他替我搓洗，是很大的喜悅。之後我準備好外出。我再次努力讓自己在他眼中變得美好，只是這次是在他面前做，突然之間一點都不焦慮了。他非常著迷地看著我，看我試衣服找出適合的一套，看我化妝，不時——甚至在我開玩笑的說你竟敢，你敢搔我癢，我的妝毀了，得重新畫了，注意我的衣服，會破的，別鬧我了啦——從我背後冒出來，親吻我的脖子，手伸進我衣服前襟裡。

我要他自己離開公寓，在車上等我。雖然大家都出門度假，公寓呈半荒廢狀態，但我還是怕有人看見我們在一起。我們去吃晚餐，吃得很多，聊得很多，喝得很多。我們回家之後就上床，但沒睡。他說：

「十月我會去法國的蒙佩利爾待五天，去出席會議。」

「好好玩吧。你太太會去嗎？」

「我想和你一起去。」

「不可能。」

「為什麼？」

「小瑷六歲，艾莎三歲。我得替她們想。」

我們開始討論我們的處境，這是我們第一次提到「婚姻」、「子女」這些字眼。我們因絕望而做愛，因做愛而絕望。最後我輕聲說：

「我們不應該再見面了。」

「如果你做得到，就隨便你。但我做不到。」

「胡說。你認識我幾十年了，沒有我，你還是有完整的人生。你不知不覺之間就會忘掉我了。」

「答應我，你還是會每天打電話給我，」

「不，我不要再打電話給你。」

「你不打，我會抓狂。」

「繼續想你，我也會抓狂的。」

我們彷彿陷在死結裡似的，以近乎自虐的歡愉探索彼此，為我們給自己築起的障礙而忿怒，最後吵了起來。他清晨六點憂心忡忡地離開。我收拾房子，哭了一場，開車到維亞瑞吉歐，一心希望永遠不會抵達。開到半路，我發現自己沒帶半本足以證明這趟來回確有必要的書。我心想：這樣最好。

115

回到租屋時，艾莎熱情歡迎我，嘟著嘴說：爸爸根本不會玩遊戲。小璦替彼耶特洛辯護，大聲嚷著說妹妹很小又很蠢，毀了每一個遊戲。彼耶特洛打量我，情緒很不好。

「你沒睡？」

「我睡不著。」

「你找到書了嗎？」

「找到了。」

「在哪裡？」

「你以為在哪裡？在家。我查到我該查的資料了，就這樣。」

「你幹嘛生氣？」

「因為你惹我生氣。」

「我們昨天晚上打電話給你，艾莎想和你說晚安，可是你不在家。」

「很熱，我去散步。」

「自己一個？」

「不然要和誰？」

「小璦說你有男朋友。」

「小璦很愛你，她恨不得取代我。」

「或許她看見聽見我沒看見聽見的事情。」

「什麼意思？」

「就是我說的意思。」

「彼耶特落，讓我們把話說清楚：在你的諸多毛病裡，還要再加上一條吃醋嗎？」

「我沒吃醋。」

「最好沒有。因為如果有，那我就馬上告訴你：吃醋太過分了，我受不了。」

接下來幾天，像這樣的爭吵越來越頻繁。我逼他，罵他，卻也很看不起自己。我很生氣：他究竟要我怎樣，我應該怎麼做？我愛尼諾，我始終愛他：我怎麼能把他從我的胸口、我的腦袋、我的肚子扯開，就在他也愛著我的此時此刻？打從小時候，我就給自己建立了完美的自我壓抑機制。我真實的欲望從未占上風，我總是可以找到方法紓解每一個渴望。夠了，我對自己說，就讓一切爆發吧，我自己最重要。

可是我搖擺不定。好幾天的時間，我沒遵照在佛羅倫斯的約定，打電話給尼諾。但接著，我又沒來由的一天打個三、四次。我甚至不在乎站在離電話亭外幾步的小瑷。在陽光刺眼的電話亭裡，我用壓抑不了的熱情對他講話，偶爾因為汗流浹背，也因為被女兒刺探的眼神激怒，我會打開玻璃門，大叫：你幹嘛站在那裡，我明明叫你去照顧妹妹。如今盤據我思緒主軸的就是蒙佩利爾的會議。尼諾不斷煩我，把那當成是我真實情感的終極證明，所以我們從激烈爭吵變成聲明我們對彼此有多麼不可或缺，從代價昂貴的冗長抱怨變成迫切用滔滔不絕的激情言語傾訴心中的欲望。有天下午，疲憊的小瑷和艾莎在電話亭外不停叫著媽媽，媽媽，快一點，我們累了，我對他說：

「要和你去蒙佩利爾，只有一個辦法。」

「什麼辦法？」

「把全部的事情告訴彼耶特洛。」

漫長的沉默。

「你真的準備好了，要這樣做？」

「是的，但有一個條件：你也把一切告訴伊蓮諾拉。」

又一段漫長的沉默。尼諾喃喃說：

「你要我傷害伊蓮諾拉和孩子？」

「是的。難道我不會傷害彼耶特洛和女兒嗎？下決定，就代表要製造傷害。」

「亞伯提諾還小。」

「艾莎也是啊。對小璦來說，這也無法忍受。」

「我們等蒙佩利爾之後再來處理。」

「尼諾，別耍我。」

「我沒耍你。」

「如果你不是耍我，那就照我說的做：你告訴你太太，我告訴我丈夫。現在。今天晚上。」

「給我一點時間，這不容易。」

「對我來說就很容易嗎？」

他遲疑了，想要解釋。他說伊蓮諾拉是個很脆弱的女人，他說她的生活中心就是他和兒子，他說她年輕的時候曾經兩度想自殺。但他沒說到這裡為止，我覺得他是在勉強自己絕對坦誠。他以慣有的清晰條理，一步步分析，終於承認婚姻破裂不只是傷害他的妻子與兒子，也代表要告別生活裡的許多舒適——只有舒適生活才能讓那不勒斯的生活可以接受——婚姻帶來的人脈網絡才能讓他在大學裡為所欲為。然後，他決定對一切保持緘默，說：要記得，你公公很尊重我，公開我們的關係，會讓你、讓我與艾羅塔家族絕裂，再也沒有彌補的可能。他提出的最後這一點，我也不知道為什麼，最令我受傷。

「好吧，」我說：「那就到此為止吧。」

「等等。」

「我已經等得夠久了，我應該早點下定決心的。」

「你要怎樣？」

「我應該知道我的婚姻一點道理都沒有，我應該走我自己的路。」

「你確定？」

「確定。」

「你會到蒙佩利爾來？」

「我說要走我的路，不是你的。你和我已經完了。」

116

我哭著掛掉電話，走出電話亭。艾莎問：你受傷了嗎，媽媽？我回答：「我沒事，是姥姥不舒服。」我還在哭，小璦和艾莎擔心地看著我。

在假期的最後一段時間，我什麼都沒做，就光只是哭。我說我累了，天氣太熱，我頭痛，打發彼耶特洛和女兒去海邊。我躺在床上，哭得枕頭都濕了。我痛恨過度脆弱，我從小時候就很不喜歡這樣。莉拉和我都訓練自己不掉淚，就算在很例外的情況哭了，也馬上就停止：太丟臉了，我們立即止住眼淚不哭。而今，我宛如艾羅塔家的奧蘭多，腦袋裡有個噴泉打開來，水從我的眼睛流出來，怎麼也流不乾。就算是彼耶特洛、小璦和艾莎快要回來，我勉強自己不哭，急忙去洗臉，但還是感覺得到那個噴泉繼續噴水，等待時機湧出我的眼睛。尼諾並不是真的想要我，尼諾假裝得多，愛得少。他想要上我——是的，上我，就像他對天曉得多少女人做過的那樣——但是為了擁有我，永遠擁有我，而和他老婆斷絕關係，這不在他的計畫裡。他很可能還愛著莉拉。他這一輩子很可就只愛她一個，就像很多認識她的人一樣。結果他會永遠留在伊蓮諾拉身邊。對莉拉的愛證明沒有任何女人——不論他有多想要她，他有多麼狂熱——可以讓他脆弱的婚姻產生問題，而我當然就更不可能了。事實就是如此。有時候我起床吃午飯或晚飯，然後又躲回臥房哭。

彼耶特洛對待我的態度戒慎恐懼，察覺到我隨時有可能爆發。起初，在剛和尼諾分手的幾個鐘頭之後，我想過要把所有的事情全告訴他，彷彿他不只是我需要好好解釋自己情況的丈夫，而且也是聽我告解的人。我覺得有必要，特別是他在床上靠近我，而我把他推開，輕聲說：「不行，孩子們還醒著。」的時候。我就快要到臨界點了，想把一切細節都告訴他。但我總是及時制止自己，不必告訴他尼諾的事。在我看來，既然我不再打電話給我愛的人，既然我是真的失去他了，那就沒有必要對彼耶特洛這麼殘忍。我最好用簡單的字句結束這個話題：我沒辦法再和你生活在一起了。然而我連這樣都做不到。在臥房幽暗的燈光裡，我準備要這麼做的時候，卻覺得憐憫他，卻擔心女兒的未來。我輕撫著他的肩膀，他的臉頰，輕聲說：睡吧。

假期的最後一天，情況變了。那時接近午夜，小璦和艾莎都睡了。我至少有十天沒打電話給尼諾了。我已經打包好行李，因為傷心，因為費力，因為暑熱而疲累，我和彼耶特洛坐在陽台上，各自在休閒椅上沉默著。濕度讓人受不了，頭髮衣服都是汗，我們聞到海洋和松香的味道。

彼耶特洛突然說：

「你媽還好嗎？」

「我媽？」

「還好。」

「小璦告訴我說她病了。」

「她好了。」

「我下午打電話給她。你媽媽一直都很健康。」

我什麼都沒說。

這個男人提起這事還真不是時候。我的眼淚已經又湧現了。老天爺啊，我受夠了，受夠了。

我聽見他平靜地說：

「你一定以為我又瞎又聾。你以為我不知道，在艾莎出生之前，你和到我們家來的那些傻瓜調情。」

「我不知道你在說什麼。」

「你心知肚明。」

「不，我不知道。你講的是誰？幾年前來吃過幾次飯的人？我和他們調情？你瘋了嗎？」

彼耶特洛搖搖頭，兀自微笑。他等了幾秒鐘，然後瞪著欄杆問我：「你沒和那個打鼓的人調情？」

我心一驚。他不退讓，他不屈服。我嗤之以鼻。

「馬里歐？」

「看吧，你還記得？」

「我當然記得，我不該記得嗎？在我們七年婚姻裡，他是你帶回家來少數幾個有趣的人之一。」

「你覺得他有趣？」

「是啊，不然呢？你今天晚上怎麼回事？」

「我想要知道。我不能知道嗎？」

「你想知道什麼？我知道的一切，你也都知道。我最起碼有四年沒見到那個人了，結果你現在編出這種蠢事？」

他不再盯著欄杆，轉頭看我，一臉嚴肅。

「那來談談最近的事好了。你和尼諾之間是怎麼回事？」

117

這是出乎意料的猛烈一擊。他想知道尼諾和我之間是怎麼回事。光是這個問題，這個名字就足以讓我腦袋裡的噴泉再次噴出水來。淚水讓我雙眼迷濛，我對他咆哮，無法自已，忘了我們是在屋外，一整天曬太陽游泳困乏的人都睡了。你為什麼問這個問題，你應該放在心裡的，現在你毀了一切，無法挽回了，你保持沉默就夠了，但你沒有，所以我必須離開，事到如今，我別無選擇，只能離開。

我不知道他是怎麼回事。或許他相信自己犯了錯，為了不明所以的原因，可能永遠毀了我們的關係。又或者在他眼中我突然變成某種粗陋的有機體，在言談之間，脆弱的表面裂開來，以毫無邏輯可言的方式變成一個言行舉止最駭人聽聞的女人。可以肯定的是，在他眼中，我必定變得令人難以忍受，因為他跳起來，衝進屋裡。但我追著他進去，繼續用各式各樣的事情轟炸他：我從小就愛著尼諾，他讓我看見人生的新可能，我內在未能發揮的能量，他——彼耶特洛——這些年來帶給我的寂寥，都是因為他，我才不能擁有完整的人生。

我耗盡力氣，癱倒在牆角，發現站在我面前的他，臉頰凹陷，眼睛周圍一圈青紫，曬黑的皮膚宛如一層泥土。我這時才發現我嚇到他了。他問這些問題並沒有想到要有肯定的答覆，例如：是啊，我是和那個玩鼓的調情，還不止呢；沒錯，尼諾和我是愛人。彼耶特洛問這些問題，是為了要我否認，要平息他內心的疑惑，好更安心地上床睡覺。結果我卻讓他陷入夢魘，一個讓他再也不知道如何逃脫的夢魘。他問，想找尋安全感，幾近耳語地輕聲問：

「你們上床了嗎？」

我再次憐憫他。我如果給出肯定的答覆，勢必又要開始吼叫。我會說：是啊，有一次是趁你睡覺的時候，第二次是在他的車裡，第三次在我們佛羅倫斯臥房的床上。講出這些話的時候，我會很喜悅，因為一一細數這幾次經驗可以在我心裡掀起狂喜。但我沒有，我搖搖頭說沒有。

118

我們回到佛羅倫斯。我們之間的互動減少到近乎零，除非絕對必要，而且也只有在女兒面前才保持相敬如賓的語氣。彼耶特洛睡在他的書房，就像小璦以前夜裡不肯睡覺的那段時間一樣，而我睡在臥房。到底該怎麼辦，我想了又想。莉拉和斯岱方諾結束婚姻的方法不足為訓，那是另一個時代的事，不靠法律處理。我想循文明程序，依據法律，適應時代與我們的情況。但實際上，我還是不知道該怎麼辦，所以什麼也沒做。特別是我才剛回到家，梅麗雅羅莎就打電話來說法文版已經在進行，她會寄給我樣稿，而嚴肅認真的義大利出版社編輯還在對內文提出許許多多的問題呢。有段時間我很高興，努力想把興趣再轉回到我的工作上。但是沒辦法。對我來說，比起某個段落詮釋得不正確或某個句子寫得不夠漂亮，我有更嚴重的問題要面對。

然後，有天早上電話響了，彼耶特洛接起來。他說哈囉，再說一遍，掛掉。我心狂亂跳動，準備要比我丈夫早一步衝到電話旁邊。沒有再響。過了好幾個鐘頭，我想看書來分散注意力。這是可怕的主意：整本書簡直都是胡言亂語，讓我累得趴在書桌上睡著了。但這時電話又響了，我丈夫再次接起電話。他咆哮，嚇壞了小璦。他吼著哈囉，然後把聽筒用力摔上，彷彿想砸個稀爛。

是尼諾，我知道，彼耶特洛知道。會議的日期接近了，他當然會再次堅持要我同行。他的目標是拉我去面對欲望的重要性，讓我知道我們唯一的機會就是維持祕密的關係，讓我們把生活過到筋疲力竭，沉浸在邪惡的行為與歡愉裡。方法就是背叛，編造謊言，一起離開。我會第一次搭上飛機，起飛時坐在他身邊，就像電影裡的情節那樣。蒙佩利爾的會議之後，我們何不去楠泰爾，去見梅麗雅羅莎的朋友，談我的書，然後我會答應他們的條件，同時介紹他們認識尼諾。是啊，有心愛的男人陪在我身邊，這位能力與力量超強，沒有人忽視得了的男人。我的抗拒減緩了。我動搖了。

隔天彼耶特洛到大學去，我等尼諾打電話來。他沒打，所以，在不可理喻的衝動之下，我打給他。我等了很多秒，非常生氣，我一心只想趕快聽到他的聲音，其餘的一切都不重要。然後呢，我不知道。我也許會罵他，也許會開始哭。或者我會大吼：好吧，我和你去，我當你的愛人，我會待在你身邊，直到你厭倦。然而此時此刻，我只需要他來接電話。

接電話的是伊蓮諾拉。我及時攔住自己的嘴巴，沒隔著電話線，喘不過氣來地對著尼諾的鬼魂說出天曉得什麼讓步的話來。我馬上用愉快的嗓音說：哈囉，我是艾琳娜．格瑞柯，你好嗎，假期愉快吧，亞伯提諾呢？她靜靜聽我講，然後尖著嗓子嚷道：你是艾琳娜．格瑞柯，喔，那個婊子，偽善的婊子，離我老公遠一點，別再打電話來，因為我知道你住在哪裡，老天在上，我會到你家去撕爛你的臉。講完就掛掉電話。

119

我不知道自己在電話旁邊待了多久。滿心憎恨，腦袋裡盤旋著諸如：好啊，來啊，現在就來，賤貨，我正等你來呢，你他媽的從哪裡來，塔索路，菲蘭吉里路，克里斯皮路，桑塔瑞拉路，你生我的氣，你這個爛貨，一文不值，你不知道自己面對的是什麼人，你什麼都不是。另一個自我想從深淵裡爬出來，她已經在溫馴的硬殼裡躲得太久了，她拚命想從我的胸口爬出來，用義大利文和我小時候學會的方言粗話罵人，我腦袋一團混亂。要是伊蓮諾拉膽敢出現在我家門口，我一定對著她的臉吐口水，把她丟下樓梯，扯著頭髮拉她到馬路上，在人行道上砸爛她那滿是垃圾的腦袋。我心裡揣著惡意，太陽穴猛烈跳動。公寓外面有些工程在進行，窗戶傳進來熱氣，鑽孔的聲音與灰塵，以及某些機器的噪音。小瑷和艾莎在另一個房間吵架：你不要我做什麼就跟著做，你是猴子啊，只有猴子才會這樣。慢慢的，我了解了。尼諾決定告訴他妻子，所以她才會罵我。我的忿怒被控制不了的喜悅所取代。尼諾想要我，他的渴望強烈到把我們的事情告訴妻子。他毀了自己的婚姻，他放棄這樁婚姻所帶來的一切好處。他顛覆了他的整個人生，他選擇讓伊蓮諾拉和亞伯提諾痛苦，而不是讓我受傷。所以這是真的，他愛我，我心滿意足地嘆口氣。

電話再次響起，我馬上接起來。

是尼諾，他的聲音。他似乎很平靜。他說他的婚姻已經完了，他自由了。他問我：

「你告訴彼耶特洛了嗎？」

「正開始說。」

「你還沒告訴他？」

「說了，也還沒說。」

「你想退縮？」

「不想。」

「那就快一點，我們得走了。」

他已經認定我會和他一起走。我們會在羅馬碰面，這已經安排好了，飯店、機票都沒問題。

「可是我有女兒的問題要處理。」我輕聲說，很沒有自信。

「送她們去你媽那裡。」

「絕對不要。」

「那就帶她們一起來。」

「你當真？」

「當真。」

「你無論如何都會帶我走，就算我帶著女兒一起？」

「當然。」

「你真的愛我。」我輕聲說。

「是的。」

120

我發現自己突然變得刀槍不入，無可匹敵，很像是以前覺得自己無所不能的那個階段。我天生好運。就算命運逆轉，也還是對我有利。當然，我有些優異特質。我很有規律，記性很好，做起事來頑固不屈，學會運用男人改良精進的手法。我知道如何把零碎雜亂的東西理出具有邏輯的連貫性，我知道如何取悅別人。但運氣才是最重要的。我很驕傲，能隨時有運氣像忠實的朋友陪在我身邊。有運氣再次相伴，我覺得很安心。我嫁給一個值得敬重的人，不是像斯岱方諾・卡拉西，或更慘的，像米凱爾・梭拉朗那樣的人。我會和他吵架，他會覺得痛苦，但最後我們會達成協議。當然，婚姻與家庭的破碎決裂會是很大的創傷。我們有各自的理由不想告訴親戚，所以會瞞住他們，能瞞多久就多久。我們不能先求助彼耶特洛的家人，雖然他們不管碰到什麼複雜情況，都知道該怎麼處理、找誰處理。但是我終於覺得心平氣和了。我們是兩個理智的成年人，我們可以面對面，可以討論，可以闡明自己的想法。在那幾個鐘頭的混亂裡，只有一件事情顯得無可逆轉：我要去蒙佩利爾。

我那天晚上告訴彼耶特洛。我對他坦承，尼諾和我是愛人。他竭盡所能地拒絕相信。等我讓他相信這是事實，他就哭了起來，苦苦哀求，然後動怒，拿起茶几上的玻璃杯，在孩子們驚恐的眼神注視下往牆壁砸去。兩個女孩是被咆哮聲吵醒的，不敢置信地站在客廳門口。我帶小璦和艾莎回床睡覺，安撫她們，陪她們到睡著。然後我回到客廳面對丈夫：每一分鐘都像一道傷口。與此同時，伊蓮諾拉開始用電話轟炸我們，夜以繼日，辱罵我，辱罵彼耶特洛，因為他不知道怎麼做個男人，告訴我說她的親戚會找到辦法讓我們和女兒變得一無所有，連想哭都沒有眼睛可以掉眼淚。

但我沒有因此而失去勇氣。我處在狂喜的狀態，根本不覺得自己是錯的。事實上，我甚至覺得自己所帶來的痛苦，所承受的羞辱與攻擊對我有益。這難以忍受的經驗不只能幫助我成為讓自己滿意的人，而且到頭來，會以不可思議的方式讓受苦的人獲益。伊蓮諾拉會了解，面對愛，我們無能為力，對想離開的人說：「不，你一定要留下來。」是沒有用的。而對這個道理在理論上應該已有了解的彼耶特洛，只需要時間去消化，去轉變成智慧，去身體力行地容忍。

只有孩子的事情我才覺得每一件都很困難。我丈夫堅持要告訴她們我們爭吵的原因。我反對：她們還小，我說，她們怎麼可能理解。但後來他罵我：如果你決定要走，那就要給你女兒一個解釋，要是你沒有勇氣說，那就表示你並不相信自己真的想這樣做。我說：我們找律師談吧。他回答說：找律師的時間有的是。他不顧一切地把小瑷和艾莎叫來。一聽見我們大吼大叫就關在房間裡的兩人，已經變成親密的盟友了。

「你們媽媽有事要告訴你們，」彼耶特洛說：「坐下來聽。」

兩個女孩靜靜坐在沙發上，等我開口。我說：

「你們爸爸和我彼此相愛，但是沒辦法相處，我們決定分居。」

「才不是這樣，」彼耶特洛冷靜地打岔，「是你們媽媽決定要離開的。而且說我們相愛也不是事實，她不再愛我了。」

我情緒激動起來。

「孩子，不是這麼簡單的。兩個人就算不再住在一起，也還是會繼續相愛的。」

他又打岔。

「這也不是事實：我們必須相愛，才能住在一起，建立家庭。要是我們不相愛，就會分開，不再是一個家庭。要是你不說真話，她們怎麼能理解呢？拜託，實話實說，清清楚楚告訴她們，我們為什麼要分開。」

我說：

「我不是要離開你們，你們是我最重要的人，少了你們，我沒辦法活下去。我只是和你們爸爸有問題而已。」

「什麼？」他逼我，「把問題講清楚。」

我嘆口氣，放緩口氣說：

「我愛上別人，我希望和他住在一起。」

艾莎瞥一眼小璦，想知道她對這個消息應該如何反應。既然小璦不為所動，她也就沒有動靜。但我丈夫失去鎮靜，他吼著說：

「說出名字來，告訴她們，另一個人叫什麼名字。你不想說？你覺得丟臉？那我說：那個人你們也認識，是尼諾，你們還記得他嗎？你們媽媽想去和他住在一起。」

然後他開始絕望地哭，艾莎警覺地悄聲說：你會帶我們一起走嗎，媽媽？但她沒等我回答。她姊姊站起來，幾乎是拔腿就跑地衝出房間，她也馬上追了出去。

那天晚上小璦在睡夢中哭喊，我一驚而醒，跑去看她。她在睡覺，但尿床了。我必須叫醒她，幫她換衣服，換床單。我把她放回床上時，她輕聲說她想到我房間。我答應了。我讓她睡我身邊。她不時驚醒，確定我還在她身邊。

121

離開的日子近了，但和彼耶特洛的問題卻沒有進展，任何協議，甚至連到蒙佩利爾的旅程，似乎都不可能。要是你去，他說，我就永遠不再讓你見女兒。或：要是你帶女兒去，我就自殺。或：我會告你拋夫棄子。或：我們一家四口去旅行，一起去威尼斯。或：孩子們，你們媽媽愛尼諾·薩拉托爾多過你們。

我開始覺得無力。我回想起我離開安東尼奧時，他的堅決抵抗。但安東尼奧是個男生，遺傳了玫利娜的精神不穩定，也沒有彼耶特洛的教養，從小就沒學會在混亂中找出秩序來。或許，我心想，我太看重文明理性、良好學識、言語自制與政治關聯了。或許，面對離棄，我們都沒有兩樣。或許就算是極為清明有序的理智也無法忍受自己不被愛的事實。我丈夫——沒有別的辦法——一心相信他必須保護我不受欲望的毒害，所以為了留下我，他會用盡各種辦法，包括最卑鄙的手段。是他想要公證結婚，是他向來支持離婚，結果也是他因為無法控制的內在情緒，要求我們的關係應該持之永恆，彷彿我們是在上帝面前成婚似的。因為我堅持要結束我們的婚姻關係，他先是用盡各種說服的手段，接著開始摔東西，打自己耳光，突然開始哼哼啊啊。

他做得太過分惹惱我的時候，我會罵他。然後他一如既往，突然就變了，像頭受驚的野獸，坐在我旁邊，道歉，說他不是生我的氣，是他腦筋不對勁。瑷黛兒——他有天晚上哭的時候透露——老是出軌，他小時候就發現了。六歲的時候，他看見她在熱內亞那間俯瞰海景的大客廳裡，親吻一個身穿藍衣的大塊頭男人。他還記得所有的細節：那人留著像黑色刀片的鬍子，褲子上有個看似一百里拉銅板的閃亮污漬。他媽媽貼著那個男人，腰彎得像快斷掉似的。我默默聽著，想要安慰他：冷靜一點，這不是真的記憶，你知道的，不必我告訴你。但他堅持：瓊黛兒穿粉紅色的夏日洋裝，一邊的肩帶從曬得黝黑的肩膀滑落，長指甲宛如玻璃，黑色的頭髮挽在腦後像一條蛇。最後他從痛苦變成忿怒，說：你知道你對我做了什麼嗎？你知道你讓我有多驚恐嗎？我心想：小璦也會記得，小璦長大以後也會哭喊出相同的事情。但我丟開這個念頭，讓我自己相信，彼耶特洛在這麼多年之後才告訴我他媽媽的事，是刻意要讓我這麼想，要傷害我，制止我。

我繼續進行，筋疲力竭，夜以繼日。我不再睡覺。要是說我被丈夫折磨，尼諾受的苦想必也不會少。聽見我因為緊張和擔憂而疲憊時，他沒安慰我，反而很生氣，說：你以為我就很好受嗎？這裡活像煉獄，我擔心你，但也擔心伊蓮諾拉，怕她做出什麼事來，所以別以為我不像你那麼痛苦，說不定還比你痛苦。他嚷著說：可是你和我合力，就可以比任何人都強大，我們的結合是無可避免的必要，明白嗎，告訴我，我想聽，明白吧。我很明白。但這些話沒有什麼幫助。我想像著我終於再次見到他，我們一起飛往法國，這可以給我力量。我對自己說：我必須堅持到那一刻，到我們再見的那一刻。眼前我只盼望折磨結束，我再也受不了了。有一天當著小璦和艾莎面前激烈爭吵之後，我對彼耶特洛說：

「夠了，我只要離開五天，五天就好。然後我就回來，到時候再看怎麼辦，好嗎？」

他轉頭對女兒說：

「你們媽媽說她要離開五天，但你們相信嗎？」

小璦搖頭說不信，艾莎也是。

「她們也不相信你。」彼耶特洛說：「我們都知道你會離開我們，永遠不回來。」

這時，彷彿發放了信號似的，小璦和艾莎一起奔向我，伸手抓住我的腿，哀求我不要離開，留在她們身邊。我受不了，蹲下來，摟住她們的腰，說：好，我不走，你們是我的女兒，我會留在你們身邊。這些話安撫了她們，慢慢的，彼耶特洛也平靜下來。我回我的房間。

天哪，所有的事情都一團亂：他們，我，我們周遭的世界：只有謊言才能止戰。離啟程只有兩天了。我先寫了一封長信給彼耶特洛，然後寫了一封短信給小璦，還要她也唸給艾莎聽。我整理行李，擺在客房的床下。我買了各種東西，塞滿冰箱。午餐和晚餐我都準備了彼耶特洛喜歡的菜餚，他很感激。孩子們鬆了一口氣，又開始為所有的事情爭吵。

122

隨著啟程的日子接近，尼諾不再打電話來。我想要打給他，希望不會是伊蓮諾拉接的。接電話的是女傭，我鬆了一口氣，說要找薩拉托爾教授。她回答得很不客氣，充滿敵意：我請夫人來聽。我掛掉，等著。我希望這通電話成為夫妻爭吵的導火線，然後尼諾就會發現我找他。幾分鐘之後，電話響了。我衝去接，以為是他。結果是莉拉。

我們已經很久沒通電話，而且我不想和她講話。她的聲音讓我很煩。在那個階段，光是她的名字像蛇一樣竄過我心頭，就會讓我迷惑，攫走我的力量。而且這不是講話的好時機，要是尼諾打電話來，就會發現電話占線。我們之間的溝通已經困難重重了。

「我可以回你電話嗎？」我問。

「你在忙？」

「有一點。」

她不理會我的要求，一如既往，在她看來，她可以自由進出我的生活，一點都不需要擔心，彷彿我們還是一體，沒必要問你好嗎，順利嗎，我有沒有打擾到你。她用厭倦的語氣說她剛得到一個可怕的消息：梭拉朗兄弟的媽媽被謀殺了。她講得很慢，一字一字慢慢講，我靜靜聽，沒打斷她。每一個字音都拖得長長的，像遊行隊伍似的，這位當年盛裝打扮坐在莉拉和斯岱方諾婚宴主桌的高利貸吸血鬼，在我去找米凱爾時替我開門、魂不守舍的女人，我們童年時期宛似幽靈刺死阿基里閣下的女人，頭上插假花、手裡搖著藍色扇子、嘴裡不明所以地問著：「我很熱，你也熱吧？」的老太太。但我一點感覺都沒有。莉拉提到她所聽說的謠言，用她向來很有效率的方法一一列舉時，我的心緒也一樣波瀾不興。聽說他們用刀割開曼紐拉的喉嚨；聽說他們用手槍對她開了五槍，四槍在胸口，一槍在脖子上；聽說他們對她拳打腳踢，把她拖出公寓；聽說兇手——她是這麼叫他們的——甚至沒進屋，她一打開門就對她開槍，曼紐拉面朝下倒在平台上，她丈夫正在看電視，並沒有發現。可以肯定的是，莉拉說，梭拉朗兄弟簡直抓狂了，他們和警方競相找兇手，他們從那不勒斯和外地叫人來，所有的活動全部停止，我自己今天也沒上班，這裡好可怕啊，簡直連呼吸都有困難。

她總是有辦法把發生在她自己身上和周圍的事情講得很重要，很深入：高利貸吸血鬼遇害，兒子抓狂，手下準備血債血還，而她就置身在這一波波的事件當中。最後她終於講到打電話來的真正原因。

「明天我要把傑納諾送去你家。我知道我在占你便宜，你有自己的女兒，你自己的事情，但是在這裡，這個時機，我不想也不能把他留下來。他會有段時間不能上學，太慘了。他喜歡你，會乖乖跟著你，你是我唯一信任的人。」

她最後的這句話讓我想了好幾秒鐘：你是我唯一信任的人。我很想微笑，她還不知道我已經變得不可信賴了。她理所當然認為我身在這最平靜理性的環境裡，哪裡也不會去，簡直把我的生活當成是金雀花枝繁葉茂樹稍上的一顆紅漿果。面對她提出的要求，我一點都不猶疑，告訴她：

「我要離開了。我要離開我丈夫。」

「我不懂。」

「我的婚姻完蛋了，莉拉。我又碰到尼諾了，我們發現我們始終愛著彼此，打從我們還年輕的時候就愛，只是當時不明白而已。所以我要離開了。我要展開新生活。」

一段漫長的沉默，然後她問我：

「你開玩笑嗎？」

「沒有。」

她一定覺得不可能，我竟會讓我的家，我井然有序的心思變得混亂。她用我的丈夫來逼迫我，她說彼耶特洛是個很特別的人，心地善良，非常聰明，你瘋了才會離開他，想想看你會對孩子造成多大的傷害。她沒提到尼諾，彷彿這個名字停在她耳膜，沒進入她的大腦。我一定要再說一遍才行：是尼諾啊，莉拉，我沒辦法再和彼耶特洛生活在一起，因為我不能沒有尼諾，無論發生什麼事，我都會和他在一起；又說了類似的話，像展示勳章似地展示我對尼諾的愛。然後她開始咆哮。

「你要為了尼諾拋棄你的一切？你要為了他毀了你的家庭？你知道你會怎麼樣？他會利用你，吸乾你的血，奪走你活下去的意志，然後拋棄你。你讀這麼多書是為什麼？我他媽的幹嘛以為你可以替我享受美好的生活？我錯了，你是個笨蛋。」

123

我放下聽筒，彷彿熱得燙手似的。她在吃醋，我對自己說，她嫉妒我，她恨我。沒錯，真相就是這樣。過了漫長的好幾秒，我沒再想起梭拉朗兄弟的媽媽，她的屍體已經從我心頭消失了。我只煩惱地尋思：為什麼尼諾沒打電話來？有沒有可能在我把一切告訴莉拉的此時，他退縮了，讓我變得可笑？有那麼一瞬間，我看見自己赤裸裸地在她面前顯露所有的可悲，是個毀了自己的一切，卻毫無所獲的可憐人。這時電話又響了。一抓起聽筒，要對莉拉說的話已到舌尖：別再把你自己的事情和我扯在一起，你對尼諾沒有任何權力，就算我犯錯，也是我自己的事。但不是她。是尼諾，我語無倫次，很高興聽見他的聲音。我告訴他我怎麼安排彼耶特洛和孩子們，我告訴他我們沒辦法平靜理性地達成協議，我告訴他我已經整理好行李，等不及要擁抱他。他告訴我他和妻子大吵一架，最後幾個鐘頭最難熬。他輕聲說：雖然我很害怕，但我不能想像沒有你的生活。

隔天，彼耶特洛去大學以後，我問鄰居能不能替我照顧小瓊和艾莎幾個鐘頭。我把寫好的信擺在廚房餐桌上，就離開了。我想：就要發生的好事會讓舊的生活方式完全崩解，而我自己就是這崩解的一部分。我在羅馬和尼諾會合，在車站附近的飯店見面。緊緊抱著他，我對自己說：對他這緊張的身體，我永遠不會習以為常，這永遠會是個驚喜，這修長的骨架，散發興奮氣味的皮膚，這個實體、這個力量、這個靈活度和彼耶特洛，和我們舊有的習慣完全不一樣。

隔天早上，我這輩子頭一次登上飛機。我不知道怎麼繫安全帶，尼諾幫我。引擎開始變得越來越大聲，飛機開始起飛時，我緊緊捏著尼諾的手，真是太刺激了。飛機一衝而起，看見房子變成平行的六面體，街道變成長條形，郊野變成一片綠，大海宛如一大塊鋪路石，雲朵像柔軟的岩石滾落在下方，我覺得好興奮，煩惱、痛苦、極度快樂都變成這閃閃發亮的獨特運轉的一部分。在我感覺裡，飛行讓一切都成為簡化的過程，我輕輕嘆氣，想要讓自己沉浸在這一切之中。我不時問尼諾：你開心嗎？他點頭說是，並親吻我。偶爾我會覺得我腳下的地板——這勉強可以算是我唯一踩著的地表吧——抖抖顫動。

國家圖書館出版品預行編目（CIP）資料

那不勒斯故事. 3, 逃離與留下 / 艾琳娜.斐蘭德(Elena Ferrante)
著 ; 李靜宜譯. -- 初版. -- 臺北市 : 大塊文化, 2017.09
面 ;　公分. -- (to ; 91)
譯自 : Storia di chi fugge e di chi resta
ISBN 978-986-213-819-9(平裝)

877.57　　　　106013616

LOCUS

LOCUS

LOCUS

LOCUS